STORY AND DISCOURSE

Narrative Structure in Fiction and Film

当 代 世 界 学 术 名 著

故事与话语

小说和电影的叙事结构

[美] 西摩·查特曼（Seymour Chatman）／著
徐强／译

中国人民大学出版社
·北京·

“当代世界学术名著”
出版说明

中华民族历来有海纳百川的宽阔胸怀，她在创造灿烂文明的同时，不断吸纳整个人类文明的精华，滋养、壮大和发展自己。当前，全球化使得人类文明之间的相互交流和影响进一步加强，互动效应更为明显。以世界眼光和开放的视野引介世界各国优秀的哲学社会科学前沿成果，服务于我国的社会主义现代化建设，服务于我国的科教兴国战略，是新中国出版工作的优良传统，也是中国当代出版工作者的重要使命。

中国人民大学出版社历来重视对国外哲学社会科学成果的译介工作，所出版的“经济科学译丛”、“工商管理经典译丛”等系列译丛受到社会广泛欢迎。这些译丛侧重于西方经典性教材；同时，我们又推出了这套“当代世界学术名著”系列，旨在迻译国外当代学术名著。所谓“当代”，一般指近几十年发表的著作；所谓“名著”，是指这些著作在该领域产生巨大影响并被各类文献反复引用，成为研究者的必读著作。我们希望经过不断的筛选和积累，使这套丛书成为当代的“汉译世界学术名著丛书”，成为读书人的精神殿堂。

由于本套丛书所选著作距今时日较短，未经历史的充分淘洗，加之判断标准见仁见智，以及选择视野的局限，这项工作肯定难以尽如人意。我们期待着海内外学界积极参与推荐，并对我们的工作提出宝贵的意见和建议。我们深信，经过学界同仁和出版者的共同努力，这套丛书必将日臻完善。

中国人民大学出版社

序 言

9

法国人凭其新发现的词源学热情创造了**“叙事学”**（*narratologie*）这一词语，用以指研究叙事结构的学问。英美知识界颇怀疑于“-ology”的大胆运用，也许不无道理。不过，名称问题不应与话题的合法性相混淆。尽管关于长篇小说、史诗、短篇小说、民间传说、寓言等具体文类的研究著作汗牛充栋，但从总体上讨论叙事学科的英语论著却极少。除体裁区别的分析以外，还有对于“叙事**本质上**是什么”这一问题的界定。文学批评家们太过倾向于单独地考虑文字媒介，尽管他们每天都通过电影、滑稽连环画、绘画、雕塑、舞剧与音乐来消费故事。在这些人工制品之间必定有某些亚层次是共同的，否则我们无法解释《睡美人》如何能被改编成电影、芭蕾舞剧或哑剧表演。

对我来说，通往这些问题的最令人兴奋的方式是亚里士多德主义传统中的二元论与结构主义。遵循罗兰·巴特、茨维坦·托多罗夫与热拉尔·热奈特等法国结构主义者们的方式，我假定了一个**“是什么”**（what）和一个**“如何”**（way）的问题。叙事的“是什么”，我称之为其“故事”（story）；“如何”，我称之为其“话语”（discourse）。第一章包括了我的观点及其前提的简单陈述。第二、三两章聚焦于“故事”

的诸成分：事件与实存（实存包括人物及背景）；第四、五章则处理“话语”，即故事得以传达的方式。要说我的安排不免随意，那仅仅是就我可以颠倒两个主要组别的顺序、始于话语而终于故事这一点而言的。我之所以垂青于目前这一安排，是因为这样看上去更好地反映了叙事理论的历史。（我并不想以任何直接的方式处理历史这一课题，而只是简要地介绍历史上的意见，以此作为讨论的背景。）但就算我可能那么做，我还是无法做到为读者提供选择章节、倒着读等大众化选择。理论——姑且这么说——只有作为一个整体阅读，它的每个部分才有意义。

理论之难读，一如其难写；它严谨，执拗，令人疲倦。我尽可能地使它生动，让定义吸引人而不烦琐。特别是，在可能之处，我都通过引述例子来证实和检验其实效性。在本书的开始，有时我会首先给出例子以引出论点。艺术拯救了我（如果说它拯救了我），它不仅为关于理论的理论提出的断言提供证据，而且为其添彩。当学术论文与约瑟夫·康拉德的块团（dollops）相混合时，读到这些自由间接文体也是颇令人愉快的。事实上，我已不得不删除了许多令人愉悦而又难以寻找的例子，以保持本书在可买、可读的限度内。

平衡与范围的问题是最重要的，我必须证明恰好只把这些而不是更多的理论呈现出来是合理的。我首先关注的就是尽量清晰地写出“故事—话语”二分法中的若干分歧，自行或借他人理论去解释它所引发的那些观点。这样我就排除了很多能引起文学学者兴趣的叙事话题——创作，模仿，体裁的历史发展，叙事与文学的其他方面的关系，与人类学、哲学、语言学、心理学之间的关系。我们不可能在一本书里囊括所有触及叙事的有趣问题。与其只是提及它们，却不把它们整合进中心讨论，不如根本不提它们。对于“什么是叙事”，也就是“它的必备要素是什么？辅助要素又是什么？它们之间的关系怎样?”这一问题，我给出了一个合理又现代的回答，但我不希望（也不能）去解释叙事中的一切。值得一提的是，我关心形式，而不是内容；或者说，仅仅当内容可以表示为形式的时候，我才关心内容。我的首要对象是**叙事的**形式(narrative form)，而不是叙事作品表面的形式——文字区别、印刷设计、芭蕾式运动。在此意义上的“文体”（style）、媒体的结构属性是迷人的，读过我的书的人都知道我在上面花了很多时间。但在这里，我只 11
是在“它们参与了或揭示了更广阔、更抽象的叙事运动”这样的程度上关心文体细节。

我特别聚焦于那些在我看来显著的、有争议的和困难的叙事结构问题，诸如“视点”、“意识流”、“叙事声音”、“第三人称叙述”之类的术语频繁出现在批评性讨论中。通过澄清术语，通过使批评概念尽量可行且尽量一致，我希望解释棘手的案例、先锋的故事、极端的情况。我更想形成这样一种理论：它适用于宽广范围的叙事文本，而不只是汇编一本可接受的意见手册。我欢迎感兴趣的读者指点反例。我触及了很多问题，但只详析有疑难的那些，尤其是那些有必要重新定义之处。这些都是对某种叙事理论的助益，而不是理论本身。

由于理论是“元批评”（metacriticism），因此我不揣冒昧地引用了诸多批评家和理论家们的作品，也大段引用了韦恩·布斯、米哈伊尔·巴赫金、巴特、热奈特、托多罗夫的作品。我的目的不在于争鸣，而在于综合最有影响力的见解——英美的、俄国的及法国的。我不为任何特定学派辩护。正是理论家与批评家们的实践——我更愿意说是他们的行动，和创造者及接受者们的行动一样引起了我的兴趣。

最后交代一下我为什么如此频繁地征引一篇短篇小说——詹姆斯·乔伊斯的《伊夫琳》，那仿佛暗示它给予了我什么既得利益。的确，我对于这篇小说有所偏爱：我冒险进入叙事理论，对罗兰·巴特在 1966 年提出的技巧极为详尽地应用，所分析的第一个对象就是它。但我对《伊夫琳》的持续兴趣却不仅出于感情。通过追随与这篇小说的遇合史，我揭示了也许是我借助其他新材料所想不到的、富有批评意义的某些分析层面。另外，通过对照其原文与本书，不能阅读法文的读者将会发现叙事学家之间某种类似发展之合理平行物。

除非特别说明，所有例子都是由我本人译出的。 12

非常感谢以下诸位的批评建议：泽尔达和朱利安·鲍伊德，艾利克·拉伯金，乔纳森·卡勒，伯恩哈德·肯德勒，巴巴拉·赫恩斯坦·史密斯，苏珊·苏雷曼，托马斯·斯洛尼。以下诸位尽管没有读到我目前的手稿，但我从他们那里获益良多：罗伯特·阿特勒，罗伯特·贝尔，克里斯汀·布鲁克-罗斯，阿雷恩·柯亨，安贝托·埃科，保罗·法布里，玛丽琳·法伯，斯坦利·费什，热拉尔·热奈特，斯蒂芬·赫斯，布利安·亨德森，弗雷德里克·詹姆逊，罗纳德·利法科，萨缪尔·莱文，路易斯·马琳，克里斯蒂安·麦茨，布鲁斯·莫里塞特，拉尔弗·雷德，阿兰·罗伯-格里耶，罗伯特·肖尔斯，茨维坦·托多罗夫，以及 1977 年夏季科罗拉多大学博尔德分校美学讲习班、1977 年加利福尼亚大学尔湾分校批评班的参加者们。罗兰·巴特的著作对我有特别的启发。

感谢加州大学伯克利分校研究委员会在本书写作期间的资金支持。在手稿的准备方面，朱迪斯·布洛奇和玛格丽特·加纳尔给我以不可估量的帮助。感谢允许我使用此前已出版的资料的诸位编辑与出版者们。第二章的某些部分曾以“热奈特关于时间关系的分析”为题发表于《精神创造者》第 14 期（1974 年）。第一章的某些部分以“走向叙事理论”为题发表于《新文学史》第 6 期（1975 年），第四章的某些部分以“小说与电影中的叙述与视点”为题发表于《诗学》第 1 期（1974 年）。第五章某些部分系《叙事传达的结构》一文的重印，原刊于《文学中的文体与结构：新文学论文集》一书，由巴西尔·布莱克韦尔出版社于 1975 年出版。对该书使用征得了康奈尔大学出版社与巴西尔·布莱克韦尔出版社的许可。

西摩·查特曼

加州大学伯克利分校

目　录

第一章 导论

“从头开始，”国王严肃地说，
“一直念到尾，
然后停止。”

——路易斯·卡洛尔
《爱丽丝漫游奇境记》

如果你要造出一个术语，它应当标志
某个真正的种类，及某个特定的区别；
否则你得到的只是
空虚无聊的冗词

——亚里士多德
《修辞学》

文学理论——广义上的诗学——有许多迫切要求，其中之一就是合理解释叙事的结构、故事讲述的诸要素、它们的结合与表达。这一任务由亚里士多德勾勒出，但他也仅仅是勾勒；《诗学》所提出的问题远多于它所回答的问题。英美叙事研究有着卓越的传统：亨利·詹姆斯，珀西·卢伯克，韦恩·布斯。俄国和法国近期的大量工作在我国鲜为人知，但十分重要。

俄国的形式主义传统，尤其是弗拉基米尔·普罗普的著作，强调了简单叙事——民间故事[①]、神话、侦探小说（romans policiers）。但现代叙事性小说有着额外的结构复杂性。俄罗斯神话故事中那种情节的始终同质性和性格塑造的简单性，在很多现代叙事中显然并不典型。尽管如此，我们仍能从这些研究中获益良多，特别是有关情节的理论，以及
16 从其每种单纯的表现——语言学的或其他方面的表现——中分离出叙事结构的必要性。某种不利之处也必须注意，特别是分类上的简单主义。总体来说，一个可行的现代叙事理论是由什么构成的呢？[②]

---

① 见 *Morfologia Skazi*（Leningrad，1928），英译本 *The Morphology of the Folktale*，Laurence Scott 译，2 版（Austin，1970）。对普罗普分析的概括见其论文“Les Transformations des contes fantastiques”，收入茨维坦·托多罗夫主编 *Théorie de la littérature*（Paris，1966），pp. 234－262；又见克劳德·布雷蒙，“Le message narratif”，*Communications*，4（1964），4－10。

② 规模最大的俄国形式主义选本是最近出版的两卷本德译本：*Texte der Russischen Formalisten*，居里·斯特里德特（Juri Striedter）主编（Munich，1969）；茨维坦·托多罗夫编辑了规模稍小的法文译本，*Théoriental de la littérature*（Paris，1966）。该书囊括了艾亨鲍姆、什克洛夫斯基、雅各布森、维诺格拉多夫、迪尼亚诺夫、勃里克、普罗普的重要文章，同时附有雅各布森的回顾性文章及托多罗夫的介绍性文章。【该书中译本即《俄苏形式主义文论选》，蔡鸿滨译，北京，中国社会科学出版社，1989。查特曼所列举作者名字至少漏掉一位，即托马舍夫斯基。——译者注】更小的选本则是 *Russian Formalist Criticism*，Lee Lemon 与 Marion Reis 主编（Lincoln，Neb.，1965）。又参见 L. Matejka 与 K. Pormorska 主编，*Readings in Russian Poetics*（Cambridge，Mass.，1971），及 L. Matejka 与 I. Titunik 主编，*Semiotics of Art*：*Prague School Contributions*（Cambridge，Mass.，1976）。

法国结构主义的相关著作为数众多，下面仅略作举隅：Claude Lévi-Strauss，“La structure et la forme”，见普罗普著作的意大利文译本 *Morphologia della fiaba*，Gian Bravo 主编（Turin，1966）；Lévi-Strauss，*Anthropologie structurale*（Paris，1958）；Claude Bremond，“Le Message narratif”，*Communications*，4（1964），4－32，及“La Logique des possibles narratifs”，*Communications*，8（1966），60－76，均收入 Bremond，*Logique du récit*（Paris，1973）；Roland Barthes，“Introduction à l'analyse structurale des récits”，*Communications*，8（1966），1－27，Lionel Duisit 的英译文见 *New Literary History*（1975），237－272；A. J. Greimas，*Sémantique structurale*（Paris，1966）；Gérard Genette，“Frontières du récit”，*Communications*，7（1966），152－163，特别是“Discours du récit”，见 *Figures* Ⅲ（Paris，1972），67－282（英译本将由康奈尔大学出版社出版），它对我个人的著作有极大影响；Tzvetan Todorov，“Les Catégories du récit littéraire”，*Communications*，8（1966），125－151，

作为开始，我先略述从当前理论据以构想而出的文学与艺术之总体概念。 17

叙事与诗学

形式主义和结构主义认为构成诗学主题（subject）的不是文学文本本身，而是——用罗曼·雅各布森的说法——它的“文学性”（literariness）。与文学批评不同，对诗学来说，问题不在于“是什么使得《麦克白》伟大”，而在于“是什么使它成为悲剧”。茨维坦·托多罗夫的一段论述很好地概括了这种情况。

> 文学理论［诗学（poetics，*poétique*）］……与任何科学一样，区别于对文学作品的描述（description）。因为描述是以一定的理论为基础，力图获得对研究对象的合理表述，而科学成果的呈现则是在体验了所描述的对象之后探讨和转化的理论基础本身。在文学中，描述是合理的概括，它必须以这样的方式来进行：对象的主要特征不能遗漏，事实上还要更明显地浮现出来。描述是展现（而非

收入 *Littérature et signification*（Paris，1967），“Poétique”，见 Oswald Ducrot 主编，*Qu'est-ce que le structuralisme?*（Paris，1968），pp. 99 - 166，“Structural Analysis of Narrative”，*Novel*，3（Fall 1969），70 - 76，及 *Grammaire du Décameron*（The Hague，1970）；Christian Metz，“Remarques pour une phénoménologie du narratif”，见其著作 *Essais sur la signification au cinéma*，Ⅰ（Paris，1968），25 - 35，现已有英译本 *Film Language*，Michael Taylor 译（New York，1974），pp. 16 - 30；Roland Barthes，*S/Z*，已有英译本，Richard Miller 译（New York，1974）。

在德国与荷兰有一个符号学学派从“文本语法”角度切入叙事分析，试图拓展现代语言学传统做法，超越句子到达更大的话语单位。见 Teun Van Dijk，*Some Aspects of Text Grammars*（The Hague，1972）——该书附有极为丰富的参考文献——以及他主编的杂志，Poetics。

在美国，已出现评述上述发展的两本书：Robert Scholes，*Structuralism in Literature*：*An Introduction*（New Haven，1974），及 Jonathan Culler，*Structuralist Poetics*（Ithaca，N. Y.，1975）. 杰拉德·普林斯在 *A Grammar of Stories*（The Hague，1973）中试图循乔姆斯基主义的线索把“故事”形式化。我本人对于这一课题的早期思想，见“New Ways of Narrative Analysis”，*Language and Style*，2（1968），3 - 36，及“The Structure of Fiction”，*University Review*，37（1971），199-214。

> 隐藏）其自身组织之逻辑原则的“释义”（paraphrase）。在这个意义上，任何作品都是其自身最好的可能性描述：完全内在的和彻底的。如果我们不能用描述满足自己，那是因为我们的原则差异太大。
>
> 我们已看到，我们这个时代已发展了越来越多的描述文学作品的娴熟技术。例如，一首诗中所有的组成要素和相关要素都将被识别出来，然后是相关的配置，最后是同一首诗的一种新的展现：这一展现允许我们更深地穿透它的意义。但一部作品的描述永远不能引导我们修正我们的前提，而只能例证它们。
>
> 文学理论家（“诗学家”）的做法则迥然不同。如果他分析一首诗，那并不是要例证他的前提（假如他例证了，也只例证一次，而且只是为了教学），而是要从这个分析中得出能够完善或修正基本前提的结论。换句话说，文学理论的对象不是作品，而是文学话语，而文学理论也将与另一种话语科学并列，这种话语科学将必须是为每一种语言而建立起来的。
>
> 文学理论在通往其完全散漫的目标之路上不能回避文学；同时，它也只有超越了具体作品，才能达到那一目标。①

18 由此观点看来，文学理论是对文学本质的研究。它并不关心对任何具体作品从其自身着眼所作的评价和描述。它不是文学的批评，而是对批评的假定事实、文学对象及其各局部的本质的研究。就像雷纳·韦勒克与奥斯汀·沃伦指出的那样，它是一种“方法上之原则”（organon of methods）。②

正如现代语言学一样，文学理论应该好好考虑理性主义的和演绎的方法，而不是通常的经验主义方法。可以认为，定义是制造出来的，而不是发现的，文学概念的演绎比归纳更经得起验证，因此也就更具说服力。诗学应当建立“一种关于文学话语的结构与功能的理论，一种呈现可能的文学对象之一系列生动场面，以使现存的文学作品显得像具体的

---

① *Littérature et signification*, p. 7.

② *Theory of Literature*, 3rd ed. (Harmondsworth, England, 1963), p. 19.

现实情况那样的理论。”①

亚里士多德提供了一个先例。《诗学》完全是一种关于某种类型的文学话语之特性的理论。诺斯洛普·弗莱在《批评的剖析》中有直言不讳的演绎。我们不必期待现实作品充当我们的类目之纯粹实例。这些类目标记了抽象网络，具体作品在这些抽象网络上能找到自己的位置。没有哪个个别作品是某种文类——长篇小说、喜剧史诗，或者其他——的完美标本。所有作品在文体特征上都或多或少地是混合性的。

换句话说，体裁是要素的结构或构成。例如，长篇小说与戏剧需要情节与人物之类的要素，而对于抒情诗来说并不重要；但这三者又都利用象征性语言这一要素。另外，作品通常以不同比例混合各种要素：《傲慢与偏见》和《达洛维夫人》都含有自由间接文体的例子；但在《达洛维夫人》中，自由间接文体的比例更大一些，这使得它在性质上成为另一类小说。我们不必因“文本必然是混合的”这一事实而困窘，在这一方面它们与多数有机个体相似。建立理性探究的主题是它们的共同倾向。

叙事理论并没有什么批评利斧需要磨快。其目标是通过建立最小叙事要素来展现一幅可能性之网。它在网格上为个别文体标出位置，并追问它们的位置是否需要网格的校正。与其说它并不宣称作者应该或者不应该如何如何做，毋宁说它提出这样一个问题：关于“像叙事这样的结构以何种方式组织其自身”，我们能说些什么？这一问题又产生了下列一些连带问题：我们通过什么方式识别叙述者的在场或缺席？什么是情节？什么是人物？什么是背景？什么是视点？ 19

叙事理论诸要素

如果把诗学当作一门理性的学科，我们就可能像语言学家追问语言问题那样去问：叙事的必要而且仅有的构成成分是哪些？结构主义理论认为每一个叙事都有两个组成部分：一是故事（story，*histoire*），即内

① Todorov，“Poétique，” p. 103.

容或事件（行动、事故）的链条，外加所谓实存（人物、背景的各组件）；二是话语（discourse，*discours*），也就是表达，是内容被传达所经由的方式。通俗地说，故事即被描述的叙事中的**是什么**（what），而话语是其中的**如何**（how）。如图 1—1 所示。

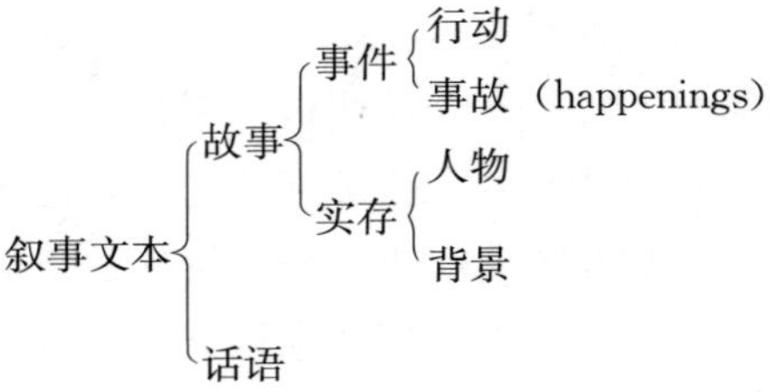

图 1—1　叙事的诸要素

这种区分，无疑自《诗学》以来就被认识到了。在亚里士多德那里，对现实世界中的行动的模仿，即“实际运用”（*praxis*），被看作建立某种理念，即逻各斯（*logos*）；从这一逻各斯出发，选择出（还可能重新安排）构成情节的单位，即“事件安排”（*mythos*）①。

俄国形式主义者也作出了这一区分，但只用两个术语来表示：“本事”（fable，*fabula*）和与之相对的“情节”（plot，*sjužet*）。“本事”即基本故事素材，或者将要在叙事中讲述的事件的总和；“情节”
20 即通过把诸事件连接在一起而真正讲述出来的故事。② 在形式主义者看来，“本事”是“一系列绑定在一起的事件，它们是在作品成形的过程中被传递给我们的”，或者是“实际上所发生的”；情节是“读者是如何渐渐知悉所发生的事的”，基本上也就是“（事件）在作品本身中出现的顺序”③，包括正常的（abc）、闪回的（acb）、从中间开始的（bc）。

---

① *mythos* 后面有时也直接译为“情节”。——译者注

② Victor Erlich，*Russian Formalism*：*History*，*Doctrine*，2d ed.（The Hague，1965），240 - 241.

③ Boris Tomashevsky，*Teorija literatury*（*Poetika*）（Leningrad，1925）. 其相关章节为“Thématique”，收入 Todorov 主编 *Théorie de la littérature*，pp. 263 - 307【中译文见托多罗夫编《俄苏形式主义文论选》中《主题》一篇，蔡鸿滨译，北京，中国社会科学出版社，1989。——译者注】及 Lemon 与 Reis 主编 *Russian Formalist Criticism*，pp. 61 - 98。此处引文译自 Todorov 编法文本，p. 268。fabula 与 *sjužet* 之间的区别见 Lemon 与 Reis 著作，68 页。

法国结构主义者也吸收了这类区分。克劳德·布雷蒙认为存在着一个——

> 独立的意义层次，它被赋予一个可以从信息整体中分离出来的结构：故事（story，*récit*）。这样，任何一种叙事信息（不仅仅是民间故事），不管它运用什么表达过程，都以同样的方式显示出这一层次。它只是独立于其所伴生的技术。它可以从一种媒介转换到另一种媒介，而不失落其基本特质：一个故事的主题可以成为一部芭蕾剧的情节，一部长篇小说的主题可以转换到舞台或者银幕上去，我们可以用文字向没有看过影片的人讲述影片。我们所读到的是文字，看到的是画面，辨识出的是形体姿态。但通过文字、画面和姿态，我们追踪的却是故事，而且这可以是同一个故事。而被叙述（narrated，*raconté*）的对象则有其自身的意指因素，即故事因素（*racotants*）：既不是文字，也不是画面，又不是姿态，而是由文字、画面与姿态所指示的事件、状态或行动。①

故事的这种可转换性，为声称故事确实是独立于任何媒介的结构，提供了最强有力的理由。但是，什么**是**结构？为什么我们准备把叙事归入其中？在该学科中最好的一本简论中，让·皮亚杰指出，各种各样的学科，如数学、社会人类学、哲学、语言学与物理学，都使用了结构这一概念，而且在多门学科中都引出了这样三个关键概念：整体性、转换性与自我调节性。任何一组不具备这些特点的材料都只是一个聚合体，21
而不是一个结构。让我们根据这三个特性检验一些叙事，以看清它们是否真的是结构。

显然，每个叙事都是一个整体，因为它是由事件与实存等因素构成的，而这些因素又区别于它们所构成的东西。事件与实存是单独的和离散的，而叙事则是连续的复合体。此外，叙事中的事件（作为“奇迹汇编”的对立面）倾向于被关联起来，或相互需要。如果我们从餐前闲聊中任意抽取出一组发生在不同时间、不同地点、不同人身上的事件，那

① “Le message narratif,” p. 4.

么我们得到的显然不是叙事（除非我们坚持要推断出一个——我在下文将予以讨论的一种可能性）。相反，一个真正的叙事中的事件，用皮亚杰的话说，是“按照已排好的序列表现出来的”①。和一堆随意集结成团的事件不同，它们显示出一种可以觉察的组织。

其次，叙事既需要转换，也需要自我调节。自我调节意味着结构自行维持与终结，用皮亚杰的话说，“一个结构所具有的各种转换不会超出结构的边界，而且总是产生属于这个结构并保存该结构之规律的成分……把完全是任意的两个整数相加或相减，人们总是得到整数，而且它们证实这些数目的‘加法群’里的那些规律。正是在这种意义上，结构是‘封闭的’”②。一个叙事事件被表达，其所经由的过程就是它的“转换”（正如在语言学里，一个“深层次结构”中的要素，要在表层呈示中出现，就必须经过“转换”），然而，这一转换，无论作者选择根据其因果顺序排列事件，还是用闪回效果颠倒它们，都只有在特定可能性出现时才会发生。另外，叙事将不容纳那些不“属于这个结构并保存该结构的规律”的事件或其他现象。当然，某些并非**直接**相关的事件或实
22 存也可能被引入。但其相关性必须在某一时刻表露出来，否则我们就会反对，说该叙事是“错误构建”的。

这样，称叙事为“结构”的证据看来已经足够坚实了，即使在严格意义上的结构主义者看来也是如此。

到此为止我们还只谈及了叙事的故事成分。接下来是叙事话语，即“如何”（how）。它可以分为两个亚成分：一是叙事形式本身——叙事传达之结构；二是其表现——它在具体材料化媒介中的呈现，如文字的、电影的、芭蕾的、音乐的、哑剧的或其他的媒介。叙事传达涉及故事时间与讲述故事的时间之关系、故事的来源或权威性亦即叙事声音、“视点”（point of view）等。自然，媒介也影响到传达，但对理论来说，

---

① 参见［瑞士］皮亚杰著，倪连生、王琳译：《结构主义》，4 页，北京，商务印书馆，1984。有改动。——译者注

② Jean Piaget，*Structuralism*，Chaninah Maschler 英译（New York，1970），p. 14。【参见《结构主义》中译本，8～9 页。有改动。——译者注】

将这两者区分开来十分重要。

叙事是符号结构吗?

叙事是一种结构：我们可以继续追问它是否独立地具有意义，也就是说，它是否可以从其本身传达自己的意义，而与所讲述的故事分离。语言学及关于符号的一般科学——符号学——告诉我们，通过表达（expression）与内容（content）之间的简单区分不足以获得交流情境中的所有要素。与这一区分相交叉的还有另一区分，即质料（substance）与形式（form）之间的区分。对于读过费尔迪南·德·索绪尔和路易斯·叶尔姆斯列夫的人来说，图 1—2 是很熟悉的。

	表达	内容
质料		
形式		

图 1—2　叙事结构

表达平面上的诸单位传达着意义也就是内容平面上的诸单位。在语言中，表达的质料（例如，由嗓音发出的实际声响或纸上的字迹）是语言学要素的物质本性。相反，内容（或"意义"）的质料，则是"人类 23
共通的，独立于他们所操持的语言的思想与感情之整体"[①]，每种（反映其文化的）语言都以不同的方式分享这些精神经验。这样，内容的**形式**就是"某种特定语言加到同一基本材料上的关系之抽象结构"[②]。发声器官能够发出无穷多变的声音，但每种语言都选择一个相对小的数量，并通过它们表达意义。例如英语，在前高元音之间做出了三种区分，比

---

① John Lyons, *Introduction to Theoretical Linguistics* (Cambridge, 1969), p. 56.

② 同上书，55 页。约翰·利昂斯的例子：英语中"brother-in-law"【姐夫。——译者注】一词，译成俄语可以是"*zjatj*"，"*shurin*"，"*svojak*"或"*deverj*"，而"……'*zjatj*'一词有时必须译成'son-in-law'【女婿。——译者注】。但我们不能就此得出结论说'*zjatj*'一词有两个意思，其中一个与另三个词同义。所有这四个词在俄语中都有其不同意义。巧合的是俄语把姐（妹）夫与女婿合并在一起（*zjatj*），而把妻兄弟（*shurin*）、妻姐妹的丈夫（*svojak*）及丈夫的兄弟（*deverj*）区分开来。这样，俄语中就没有一个词与'brother-in-law'对应，正如英语中没有一个词与'*zjatj*'对应"。

如说，在“beat”、“bit”与“bait”之间；而大多数其他欧洲语言在同一语音系列中只分为两种，如在法语里“qui”与“quai”中都有元音，但二者之间就没有别的了。这样，语言学家把（语音）表达之**质料**（即特定语言所利用的无数可辨听的声音）同表达之**形式**（即其所特有的一小组不连接的语音或者语音对立的系列）区别开来。

如果叙事结构真的是符号结构，也就是说，在其故事之可以改述的内容之外还能凭其自身传达意义，那就应当能用上面提到的四分列阵来解释。它应该包含两个方面：(1) 表达的形式与质料；(2) 内容的形式与质料。

在叙事中，表达的领域在哪里呢？精确地说是叙事话语（narrative discourse）。故事是叙事表达之内容，而话语是该表达之形式。我们必须
24 把话语同其物质表现——如用词语、绘画或其他——区别开来。后者显然是叙事表达之**质料**，即使当表现是独立的符号编码时也是如此。但通常符码作为质料服务于其他符码。例如，巴特指出，在时尚的世界里服饰符码“只有在它穿越了语言这一中继——语言提取出服饰符码的所指（以用途或理由的形式）——这一点上来说，才享有其系统的地位”。他得出结论：“很难想象有这样的形象或对象系统：其**所指**（signifieds）能够不依赖于语言而存在。”[①] 恰恰是以同样的方式，叙事是语言（*langues*），它通过言语（*paroles*）——即具体文词或其他交流手段——来传达。

至于叙事的内容，它也有其质料与形式。事件和实存之质料是可由作者（电影导演等）加以“模仿”的各种可能的对象、事件、抽象观念等整体世界，或者更准确地说，是它们的集合。如表 1—1 所示。

表 1—1　叙事结构的具体内涵

	表达	内容
质料	能够传达故事的媒介（有些媒介本身即符号系统）	对于真实或想象世界中的对象与行为的表现，它们可以被以某种叙事媒介加以模仿，经过作者所处社会之规范的过滤
形式	由任何一种媒介叙事所共有的因素构成的叙事话语（叙事传达之结构）	叙事的故事成分，包括事件、实存及其联结

① Roland Barthes, *Elements of Semilology*, trans. Annette Lavers and Colin Smith (Boston, 1967), p. 10.

但是，当我们说叙事本身就是一个有意义的结构时，这实际上又意
味着什么呢？这个问题不在于“某个特定故事的意义何在”，而在于 25
“叙事本身（或将某文本叙事化）的意义何在”。“所指”（*signifiés*，signifieds）准确而言有三方面——事件、人物及背景描述；“能指”（*signifiants*，signifiers）则是（任何媒介的）叙事陈述中能够代表这三者中任何一者的那些因素，就第一者而言是任何一种物质的或精神的活动，就第二者而言是任何人（准确地说是任何可以人格化的实体），就第三者而言是对于地点的任何唤起。我相信，我们有理由认为叙事结构能传达上述三者的意义，正是因为它可以以一种正常的一对一的代表性关系赋予一个无意义的原始文本（ur-text）以事件性、性格性与背景性。在一些栩栩如生的卡通中，完全无内容的对象被赋予性格，也就是说，开始具有“人物”的意义，因为它做出某种适当的神人同形的行为，即那些让人想起人类行动情况的银幕行动。例如查克·琼斯的电影《点与线》，情节大致如下：一条直线引诱一个点，而这个点却绕着一团胡涂乱画的曲线——一个调皮的恶作剧者——转。无论我们把直线与点想象成什么几何图形，胡涂乱画的一团曲线都毫无意义，除非它运动起来。也就是说，作为映射在银幕上的、画出来的对象，除了一些任意线条的搭配之外，谁都不会把它识别为别的任何东西；但在具体语境中，在其与点及直线之间的可视的运动关系中，它成为一个人物。（事实上，叙事者通过话外音讲述了这一故事，但即使不依靠音轨去看，故事也是可以理解的。）

本书基本上是讲叙事的形式而不是其质料的，但在那些看似能增进对于叙事形式的理解之处，质料也将会被探讨。例如，文字叙事显然比电影叙事更易于表达关于时间概要的叙事内容，而后者则更易于展示空间关系。一个毫无理由的视觉联结可以把两个镜头绑定在一起。（在《公民凯恩》中，查尔斯·福斯特·凯恩童年时期家中檐廊柱的线条，切换为冷冰冰的监护人给他的圣诞礼盒的包扎绳；《甜蜜的生活》中，
圣彼得教堂顶部好莱坞小明星身体曲线的延展，切换为一个室外夜总会 26
里萨克斯管的延展。）

上述论述提醒我们要对图 1—1 予以重新画定。如图 1—3 所示。

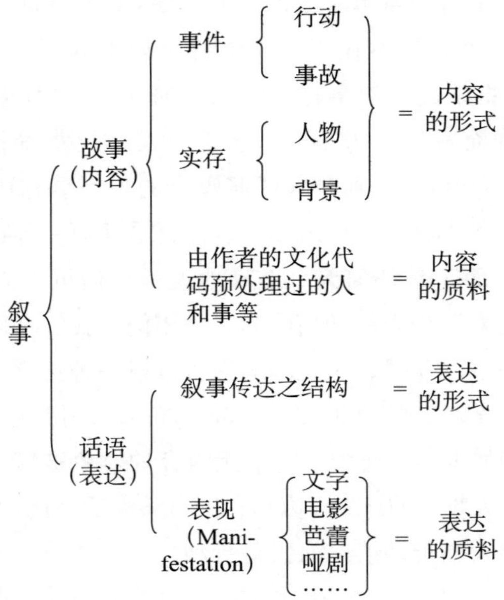

图 1—3　叙事诸要素的拓展

表现与物质客体

故事、话语与表现还应该进一步从叙事的纯物质处理方面加以区分，比如书里的实际印迹，演员、舞蹈者或提线木偶的行动，纸上或油画布上的线条，或者其他。

这一观点可以用现象学美学，特别是罗曼·英伽登的理论来解释。罗曼·英伽登指出了博物馆、图书馆、剧院等呈现给我们的“现实客体”与“审美客体”之间的基本区别。[1] 现实客体是外部世界中的事
27 物——一块大理石，有着干燥颜料的油画布，以某种频率振动的声波，

[1] 参见 Roman Ingarden，“Aesthetic Experience and Aesthetic Object”，见 Nathaniel Lawrence and Daniel O'Conner，eds.，*Readings in Existential Phenomenology*（Englewood Cliffs，N. J.，1967），304。

装订成册的一摞印刷页面。审美客体则相反，它是在观察者以审美方式经验现实客体时才开始存在的东西，因此它是观察者意识当中的一种结构（或重构）。审美客体可能于现实客体的缺席中存在。我们可以通过完全虚构的对象获得某种审美经验。举例来说，我们可以“只是想象‘字母’或相应的声音，比如在凭记忆背诵一首诗的时候”。这样，有形的书（或其他）就不是“一部文学作品，而仅仅是‘凝定’作品的一种手段，或者毋宁说是使其易于为读者所接受的一种手段”。在一定程度上，一本书（或其他人工制品）的物质条件并不影响由其凝定的审美客体之本质：电影《大卫·科波菲尔》保留了小说《大卫·科波菲尔》的内容，无论读的是一种雅致的文学编辑本，还是一个脏兮兮的、有水渍的本子。另外，**单纯地**阅读并不是审美经验，正如单纯地看一座雕像并不是审美经验。它们仅仅是通向审美经验的第一步。在某种意义上，感知者必须在心理上建构审美客体的“领域”或“世界”。

叙事的审美客体是由话语表现的故事，即苏珊·朗格所称的叙事的“有效”对象（virtual object）[①]。一种媒介——语言、音乐、石头、颜料、油画布或其他东西——实现了叙事，使它进入一个现实客体——一本书、一首乐曲（听众席上或唱片上的震动声波）、一座雕像、一幅绘画，但读者必须通过穿越其媒介表面挖掘出有效叙事。（参见下文关于“读”与“读出”的讨论。）

叙事推断、选择与一致性

如果说话语是指任何可能的媒介（自然语言、芭蕾、“演奏的”音乐、幽默连环画、哑剧等）中的故事之一切表达这一层级，那么它必定是一个抽象的层级，仅包括对于所有实际表现出来的叙事来说共有的那些因素。首要因素是顺序与选择。前者我已经谈到；后者是任意话语选 28

① Susanne Langer, *Feeling and Form* (New York, 1953), 48页等多处。关于叙事的章节见260～265页。

择“哪些事件与对象来真正陈述、哪些则只是暗示”的一种能力。举例说，在“完全”的叙述中，从来不给出所有细节、“最终观点”或“逻各斯”，每个人物显然首先必须出生，但话语不需要提及他的出生，而可能选择从他十岁、二十五岁、五十岁或任何适应其目的的时候开始他的历史。这样，在一定意义上，**故事**就是预设了一整套能够想象的细节的事件之连续体，也就是说，能够由物质世界的一般规律设计出来的事件之连续体。当然，在实际中，它仅仅是读者推测出来的一个连续体和一套细节，在解释中还有着差异之余地。

叙事是一种交流，因此它预设了两个参与者——一个发送者和一个接受者。每一方都包含三个不同的角色。在发送者这一端包含真实作者、隐含作者与叙述者（如果有的话），在接受者这一端则包含真实受众（听众、读者、观众）、隐含受众与受叙者。（这些区分将在第四章中作进一步阐述。）

叙事运作所经由的感觉通道或者是视觉的，或者是听觉的，或者二者兼备。在视觉类型中，是非言辞性叙事（绘画、雕刻、芭蕾、纯粹的或“非肥皂性”的滑稽连环画、哑剧等）加上书面文本。在听觉类型中，是游吟诗、音乐叙事、无线电播送或其他的口头表演。但这一区分隐含了书面与口头文本之间的一种重要的共同性。所有的书面文本都口头地实现；它们尚未得以上演，但随时都可以上演。也就是说，它们天然就是易于上演的。

无论叙事是通过一段表演还是通过一段文本而被感受到，受众成员们都必须予以解释性回应：他们无法避免地参与进互动中。他们必须用由于各种原因而未被提及的各类必要的或适当的事件、特征或对象来填补空白。如果在一个句子中，我们被告知约翰穿上衣服，而在下一个句
29 子中他冲向机场检票口，那么我们就能猜测在间隙当中有很多艺术上不重要但逻辑上必要的事件：抓起旅行箱，从卧房走到起居室再走出前门，然后走向自己的汽车、巴士或出租车，打开车门，坐进去，等等。受众提供合理细节的能力几乎是无穷的，正如几何学家对两点之间的无穷小的空间的想象力。当然，我们在普通阅读中并不这么做。我们只是

提及叙事的一种逻辑特性，即激发一个潜在情节细部世界的那些特性，其中有很多未被提到，但可以被提供出来。对于人物也同样如此。我们可以在特意提及的关于人物的细节之基础上设计出任何数量的补充性细节。如果一个女孩被描述为“蓝眼”、“金发”、“十分优雅”，我们就会进一步假定她的皮肤白皙、毫无瑕疵，说话优雅，脚比较小巧，等等。（事实也可能是另外的样子，但我们必须被告知如此，而我们的推断能力是不屈不挠的。事实上，我们继续推断出各种各样的细节来描述其“一致性”。）

这样，在某种特定的意义上，叙事可以说就是选择。在非叙事的绘画中，选择意味着某一部分与绘画世界中的其余部分分离。画家或摄影家框住**这个**模仿的自然，而其余部分留在了框架之外。在这个框架之内被精确表现的细节之数量与其说是一个一般结构问题，不如说是一个体裁的问题。一个荷兰静物写生画家可能顾及他面前的对象的细节的再现，直到桃子上最细小的滴露；而一个印象主义画家可能只用一刷子匆匆画出远处的行人。但叙事作为固定数目的陈述之产物，永远都不会像摄影再现那样完全“彻底”，因为可信的中介行为或性质的数目几乎是无穷的。在高度真实的绘画中哪些东西得以展示，取决于对于画家来说何者是可见的，而这是他与所描绘的景物之间的距离的一个功能。因而，比例尺控制着细节的数目。但叙事并不受空间比例尺的约束，也并 *30*
不承受这样的控制：视觉叙事、连环漫画或电影，可以从近景向长景运动，并毫不费力地变回来。在事件之间有着几乎无穷多的连续的形象化细节，这些细节通常都不会被表达，但它们本来是**可以被表达**的。作者选出他感觉足以引出连续体的必要意义的那些事件。通常来说，受众满足于接受主要线索并用他在日常生活和艺术体验中获得的知识来填补缝隙。

到此为止，我们论述的是不管什么媒介的任何叙事所共有的空隙。但还存在着一种不确定性——现象学称之为**“不定性”**（*Unbestimmtheiten*），它产生自媒介的特殊性质。媒介可能专事某种特定的叙事效果，而不是其他效果。例如，电影能够轻而易举地——而且是常规地——表现人物性格，而无须表达其心理内容，通常有必要从其公开的言行推测其思想。而文字叙事则会发现此种约束很难——即使是欧内斯特·海明威，也竭力回避直接陈述他笔下人物的思想感觉，有时“一滑而过”。相反，文字叙事可以选择不表现某些可见方面，例如人物的衣饰。它对它们保持总体的“不确定”，或者以笼统方式描述它们：“他们穿着平常的衣服。”而电影无法回避对于可视细节的相当精确的表现。它不能简单地“说”“某人走进了房间”，他必须穿某种衣服。换句话说，服饰在文字叙事中是不确定的，而在电影中必须是确定的。

选择与推断的另一个限制是一致性（coherence）。从一个事件到另一个事件，叙事实存必须保持同一性。如果没有同一性，那么就必须出现某些（隐蔽的或公开的）解释。假如有这样一个故事：“彼得病了。彼得死了。彼得被埋葬了。”我们就假定每一事实中都是同一个彼得。在E. M. 福斯特的例子中：“国王死了，王后也因悲伤而死去。”我们假定王后实际上是国王的妻子。如果不是如此，就必须有某些对于王后之死的
31 解释，例如：“尽管她不认识他，但却因对王室的衰败深感悲伤而死。”必然有某种“一致性”原则在起作用，也就是某种“实存身份固定并持续”的感觉。事件是否也必须以因果联系方式联结起来，还不是如此清楚。

由读者作出的叙事推断是一种低层次的阐释（interpretation）。也许它配不上这一名称，因为“阐释”作为“诠释”（exegesis）的同义词已经在文学批评中被牢固确立。这种叙事的“填充”太易被遗忘，或者被认为毫无趣味，是阅读心理中的一种单纯的反应行为。但忽略它却是个批评性错误，因为这种推断行为根本不同于抒情诗、笺注或其他文类所需要的那种推断行为。

叙事结构概述

叙事话语由一系列联结在一起的叙事**陈述**（statements）组成，此处的“陈述”完全独立于特定的表达媒介。它包括舞蹈陈述、语言陈

述、绘画陈述等。（关于联结的性质，将在第二章中详论。）“叙事陈述”（narrative statement）与“以叙事方式陈述”（to state narratively）在此是作为技术术语来运用的，它指的是被看做独立于其表现质料的某种叙事要素的任何表达。这一术语有一个宽泛的话语性意义，而不是语法性意义。例如，一个叙事陈述可以用疑问或命令语气加以表现，就像它在自然语言中可以由陈述句加以表现一样。

叙事是交流，这就很容易被想象为从左到右、从读者到受众的箭头运动。但我们必须区别真实作者与受众、隐含作者与受众：只有隐含作者与受众才是内在于作品的，才是“作为文本的叙事互动”（narrative-transaction-as-text）的结构；真实作者与受众当然也交流，但只能通过其隐含对应物。被交流的是**故事**（story），它是叙事的表面内容要素；故事又是通过话语（discourse）交流的，话语是叙事的形式表达要素。可以说，话语陈述了故事，而依据是“有人做了什么或有什么事情发生了”，抑或仅仅是“有什么事物简单地存在于故事中”。陈述又分为两种——
动态的（process）与静态的（stasis）。动态陈述采用“**做**”（DO）或 32
“**发生**”（HAPPEN）的模式，这不是指英语或任何一种自然语言中的实际词语，（这些构成了表达的质料），而是指一种更加抽象的表达类型。无论是英语句子“He stabbed himself”（“他刺伤了他自己”），还是滑稽演员将一把想象中的剑刺入自己的心脏，都表现了同一个叙事性的动态陈述。静态陈述采用“**是**”（IS）的模式。一段完全由静态陈述构成的文本，也就是仅仅陈述一系列事物之存在的文本，只能包含一个叙事。**事件**（events）可能在逻辑上必不可少，也可能不是如此［“核心”（kernels）对“从属”（satellites）］。此外，它们可能是动作（acts），也可能是行动（actions），其中的实存是事件（event）或**事故**（happenings）的行动原（agent），这时实存是一个被动者。反过来，实存是一个**人物**（character），还是**背景**（setting）的一个要素，取决于它是否执行有情节意义的行为。静态陈述可能传达下列两方面的一个或两个：实存的身份与其某方面的属性，例如人物的特性（traits）（参见第三章）。

动态陈述可以说是**叙述**（recount）或者**表演**（enact）一个事件，其间的区别在于它是否被精确地呈现出来，也就是说是否由一个叙述者精确地说出来。这一区分早在古代就已被注意到。叙述自身——即对一个事件的讲述（这是第五章的主题）——与表演——即其无媒介的呈现（这是第四章的主题）——之间的区别，与**叙述**（*diegesis*）和**模仿**（*mimesis*）的经典区分（在柏拉图意义上使用这两个词语），或者用现代术语所说的**讲述**（telling）和**显示**（showing）之间的区分相一致。对话当然是非凡的表演。叙述本身与表演之间的对比，可以由表述人物话语的两种形式——间接的对直接的——加以证明："约翰说他很累"对"'我很累。'（约翰说）"。第一个必然需要一个人来讲述约翰的话，而第二个只需让约翰说出些什么——在受众面前，如此这般地说出。

与此相似，静态陈述既可以是无媒介的，即**展示**（expose），也可以是有媒介的，即**呈现**（present）。这就是"约翰生气了"与"很不幸，约翰生气了"之间的区别。与这一区别相交叉的则是相位（as-
33 pect）之区别：静态陈述既可以是**身份**（"约翰是个书记员"），也可以是**性质**（"约翰很生气"）。

另外，事件可以暗示或**指示**（index）实存，反过来实存也可以反映（project）事件。例如，"约翰诱惑了玛丽"指示了"有一个人物叫约翰"和"约翰是一个诱惑者"。"约翰是个失败者"则反映了"约翰白费了很多时间，并将继续如此"。最后，一个事件可以暗示另一个事件，一个实存可以暗示另一个实存，如"约翰谋杀了玛丽"暗示了"他后来被捕"或"他逃避了审判"，"约翰是一个谋杀者"则暗示了"他不是一个很快乐的青年"。

"约翰离开了"或"约翰很高"是叙事所能做到的最接近于舞台模仿的了——一个演员走向舞台侧翼，或者选择一个高个儿而不是矮个儿的演员。所以似乎有理由将对此类行动与表现的叙事陈述称为"非叙述"（unnarrated）。但"很不幸，约翰离开了我"或"不幸的是，约翰很高"就必须预设一个说话人，他把判断何者为幸、何者为不幸引为己任。它们显然是阐释性陈述，而阐释暗示了某个叙事者。

当然，在严格意义上，所有的陈述都是媒介化的，因为它们都是由某个人创作出来的。即便是对话，也必然是由某位作者创造出来的。但很显然（也是理论与批评中的定论），我们必须在以下二者之间作出区分：一是叙述者或说话人，即当前“讲述”故事的人；二是作者，即故事的最终设计者，他也决定着（例如）是否要有一个叙述者，如果有的话，叙述者应该具备怎样的显著性。忽视作者但不能忽视叙述者，这是一个基本的惯例。叙述者可能是公开的——一个真正的人物（康拉德笔下的马洛[①]）或是一个介入性的局外人（《汤姆·琼斯》的叙述者）；也可能是“缺席”的，就像海明威或多萝西·帕克那些只包含对话和不加评论的行动的小说那样。当“叙述者”现身时，他是一个内在于叙事自身的可论证、可辨识的实体。每个叙事，即便整体上是“显示”的或无媒介的叙事，最终也都有一个作者，是他设计了它。但“叙述者”不能在此意义上使用。毋宁说他应当仅仅意味着某一个真正向受众讲述故事的人或现身者——不管如何细微地唤起他的声音或接受者倾听的耳朵。 *34*
一个不给人以此种在场感的叙事，也就是竭力去除这种在场感的叙事，我们有理由称之为“无叙述的”或“非叙述的”（nonnarrated）。（它们表面上的矛盾仅仅是术语方面的。它们纯粹是“未被明确讲述出来的叙事”或“避免显出它是被讲述的这一点的故事”的简称。）因此，没有理由断定叙事的第三种类型（像“戏剧的”或“客观的”之类），因为那本质上是“‘无叙述’的叙事”。

对于一个最简叙事理论来说，这样一个关于实存的讨论似乎是多余的，至少是次要的。但如果不辨识导致那些事件的实存或由那些事件所导致的实存之存在，那我们就无法解释这些事件。在话语的层面上，任何媒介都无法创造出一个不包含主体的事件之陈述。当然，叙事的确可能很少有甚或完全没有公开的描述，但没有履行行为的行动原的叙事是不可能的。因此它至少包含一个最小种类的描述。例如，如果我们被告知（或指示）他爱上一个女子，此外再无其他，那么我们至少有“他是

---

① 《黑暗的心》的主人公。——译者注

一个有爱情的人”（由一个动态陈述指示的性质）这样一个明确的描述。

让我们以一个图画的而不是语言的叙事为例，这样做部分是为了强调叙事成分的一般性（它们也出现于自然语言以外的媒介），部分是因为本书的其余部分将只引用文字的或电影的例子。当然，图画叙事在很多世纪以来一直都很普遍，正像贝叶挂毯及贝诺佐·戈佐利的画作《莎乐美之舞和施洗者约翰被斩首》（参见图 1—4）所显示的。[①] 在其最简单的形式中，图画叙事用清晰的序列表现事件，即从左到右，类似于西文字母表的顺序。但实际上是另一个顺序：例如在戈佐利的画中，莎乐美为希律王跳舞的场面在画的最右端，其后的事件——一个士兵挥剑于约翰的头顶上——出现在最左端，最后的事件——莎乐美将首级呈给母亲——则出现于中间部位。

37

连环漫画一例

图画叙事可分为多帧，这就是现代连环漫画的技巧。没有对话、说明与气泡型圆圈表示的对白的连环漫画都是关于图画形式叙事的相当纯正的（即便是陈腐的）例子，能够方便地例示我的叙事情境图。

我选出的连环漫画（参见图 1—5）原载 1970 年旧金山《纪事》的星期日副刊。为方便讨论起见，我将十幅画从 O 到 Ⅸ 加以标注（O 为导引或“前”状态）。除了第Ⅰ幅中的“气泡”和第Ⅳ、Ⅵ、Ⅶ幅中的标牌，这一叙事中没有其他语词。即便是那些语词，实际上也可以用区别赌场与当铺的视觉指示来取代——一个用传统的三球指示，另一个用一副骰子指示。而如目前这样，媒介是混合的，我们必须区分出（1）图画——无论是具象的还是风格化程式的——与语词的两种用法，即（2）对话（“气泡”中连环漫画传统的对话）及（3）解说（区分两栋建筑物的标牌）。

---

① 贝叶挂毯（Bayeux Tapestry）是中世纪精美的绣制工艺品，描绘有诺曼底威廉大公征服英国的情形。贝诺佐·戈佐利（Benozzo Gozzoli，1420—1497），文艺复兴时期画家。——译者注

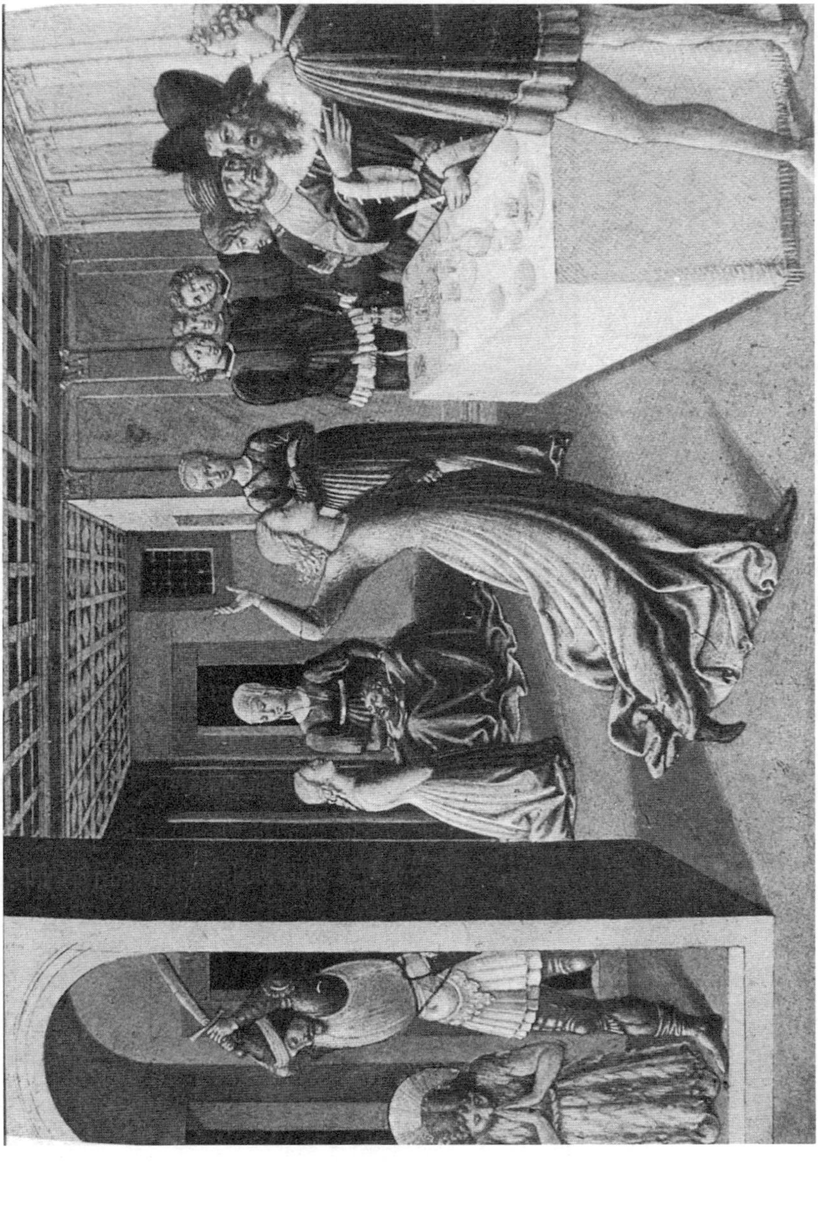

图1—4 贝诺佐·戈佐利画作《莎乐美之舞和施洗者约翰被斩首》，华盛顿，国家美术馆，萨缪尔·K·克莱斯藏品

36

图1—5 弗兰克·奥尼尔（**Frank O'Neal**）的《小幽默》

该故事可以用言语表述如下：

从前有个国王，他站在城堡的高塔上，用望远镜看到一个有趣的东西。他冲下楼，跑出城堡，很快来到“皇家赌场”，他掷骰子，却输了。他沮丧地离开，正巧来到“皇家当铺”。于是他心生一计，当掉自己的皇冠，换来一大笔钱，这样他又能回到“皇家赌场”继续赌博了。

这是抽象的叙事陈述，因此我对字体作了强调处理。这一英语语言版本并不完全是故事本身，而仅是故事的另一种（更弱的）表现性呈示形式。故事，在我赋予该词的技术性含义上来说，只存在于一个抽象层面上；任何表现都已经包含了由某种特定媒介加以现实化的话语所承担的选择与安排。不存在一种有优先权的表现。

另外，尽管如上所述，但我想，对于故事中“发生了什么”的合理的完整描述，仅仅是从无穷的可能性事件中引用一部分而已。例如，国王的存在本身就预设了他的出生这一事实，他的王权也预设了他那曾是国王的父亲（或祖先们）的存在，以及他本人的加冕礼这一事实，等 38
等。这些对于理解实际故事来说是基本的（纵然不重要）。即便在这一简单叙事中，也有一些事件是留待读者推断出的，“赌桌上惨输”这一决定性事件在空间上发生于第Ⅴ和第Ⅵ两幅图之间（正如在罗伯-格里耶的《窥视者》情节中，谋杀发生在“空洞”中）。[①] 卡通画家本来可以展示一个庄家从国王手里拿走钱的画面，但他选择不这样处理，而是将推断任务留给读者。第Ⅵ幅图中国王沮丧的表情与第Ⅱ和第Ⅳ幅中生气勃勃的表情形成对比：他的胳膊无力地垂在体侧，嘴也朝下努着。我们从这些存在的事实推断出核心事件，换句话说，用前面叙事情境图的观点来看，“国王很沮丧”这一静态陈述已经反映了“他赌博输掉”这一事实。

现在让我们看一下该故事中的一些抽象的叙事性陈述。

从图 O 我们知道，**有一个国王**［无媒介的静态陈述揭示（确认）一个人物，由一个简单的再现性图画，特别是尖头的王冠、貂皮的领口

① 罗伯-格里耶的《窥视者》写主人公马弟雅思谋杀 13 岁少女雅克莲，这个关键情节并未被正面叙述，但读者可以推断它一定发生在小说结构留下的时间“空洞”当中。——译者注

与袖口表现出来]，**国王很兴奋**（静态陈述揭示人物的一个特征，用一个程式性的略图来表现，眼睛上面的曲线暗示了运动），还有**国王在用望远镜看**（动态陈述表演一个行动，由再现性图画表现）。这些事情都是故事内的。话语主要是无媒介的，也就是说，不存在听得见的或看得见的叙述者。然而，有一个重要的话语因素通过下列事实传达出来：在这幅画中，国王通过望远镜所看见的被故意删除了，因此我们也无法看到它。显然，我们被召唤来分享国王的视点或角度，电影创作者称之为视线顺接（eye-line match）[①]（关于视点，见本书第四章）。最后，尤其是从第Ⅳ幅图开始，我们客观地看**向**国王，而不是**与他一起**看——视点转换了。

从第Ⅰ幅图我们读出这样的叙事陈述：**天气晴朗，国王在塔顶，他**
39 **在想……**（由传统的图解表现，即附以作为可视化“思想”的对话“气泡”，也就是不相连的、尺寸递减的气泡）**……“那看上去很有趣”**（以国王的思想表现，直接印出文字），以及**画面右侧有一座楼在低处**。

我们还可以做出某种补充性推断。我们从椭圆形的（赤红）物体猜测天气晴好。它本身不是完美的圆，这一点颇令人困惑，直到将它与年代错乱的望远镜（以及稍后的塔的疯狂般的倾斜）放置到一起，我们才可以得出这样的推断：“这些事情发生于一个癫狂的世界中。”这是国王的塔，这一点可由关于国王的一般知识，通过巴特所称的**基准符码、格言符码或文化符码**自我证明。[②] 文字陈述“那看上去很有趣”解释了图O中上扬的眉毛显示的被激发的兴趣，二者均被第Ⅰ幅图中用以显示热切兴趣的笑的、上扬的嘴角线所加强。我们仍然贴近国王的视点，但他的注意力集中于什么目标我们却不太清楚。他在朝建筑物的方向看，“有趣”的所在也许就是那里，也许是画面之外的某处。

在第Ⅱ幅图中，我们看到**塔楼窗户里栖着一只鸟，国王跑……下楼**

---

① 视线顺接，电影的一种摄影与剪辑技巧，即观众看到银幕上的人物所看见的东西。其方法是：先展示人物在看银幕外的对象，然后切到他正在看的对象本身。——译者注

② *S/Z*，Rrichard Miller 英译本，p. 18：“发自人类传统经验的集体而无个性特征的声音。”【采屠友祥译文，见《S/Z》，82 页，上海，上海人民出版社，2000。——译者注】

梯（双脚同时离开地面的那一刻表现出）……**迅速地**……（由身后的云状灰尘和头上方弯曲的“运动线”这一传统方式表现）。

在第Ⅲ幅图中我们看到**国王跑向“看上去很有趣”的楼**（用传统的一阵尘土的图解再次强调“速度”），再也看不到别的楼了，而且它与第Ⅰ幅图中的楼很相像，由这一事实可以推知，它就是与“有趣”相关联的那座楼。在第Ⅳ幅图中，**国王将要进入皇家赌场**（用标牌上的自然语言解说）。我们推断皇家赌场就是“看上去很有趣”的地方，因为那儿正是从第Ⅰ幅图起国王直奔而去的热切目标。**国王渴望得到快乐**（从他脸上的微笑推断出）。

在第Ⅴ幅图中，**国王掷骰子**（用传统手法显示骰子的两种运动）。 40
我们由“掷骰子通常是赌场里的行为”这一文化知识推断国王在第Ⅳ与第Ⅴ幅图之间确实是进了赌场。该行为是用视觉性举隅法（在电影语言中叫“特写”）来显示的：掷骰子时我们只看到国王的手和袖口。

从第Ⅵ幅图我们看到**国王慢慢离开**（双脚都着地），**他垂头丧气**（嘴角转向下，双臂垂至体侧）。我们又一次以格言符码推断，国王输光了所有的钱。从一个关于实存的静态陈述推断出先前的一个事件。在第Ⅶ幅图中，**国王跌跌撞撞地来到皇家当铺**（曲线表示“心不在焉”，用自然语言解说指示“当铺”）。

在第Ⅷ幅图中，**国王心有所思**，严格来说，这是由**国王看似处心积虑**（他的苦思是根据他放在嘴上的手读出的）之类的静态陈述导出的结论；国王**似乎诡计多端**（由姿态——“恶魔般的”眉毛角度——传达出来，由此我们以转喻推断国王的思想是邪恶的；这样，从一个静态陈述推出另一个静态陈述）。第Ⅸ幅图显示**国王带着一袋子钱离开皇家当铺**（作为解说的符号手段）……**皇冠不在了**（之前出现过的道具缺席）……由此我们推断，国王当掉了皇冠；**国王走在返回赌场的路上**，我们推断……他是**去继续赌博**。

读出了故事以后，我们就倾向于这样阐释国王的性格：他很愚蠢，或者诸如此类，至少他不尊重自己的王权。因此我们是从整个情节中推断出人物特性的，也就是说，一系列事件指示出了国王的性格。当然我们未必会将阐释止于此处。我们还可以得出这样的结论：国王的整个表演是徒劳的演练，因为如果“皇家”表示它的字面意思，那么他本人既拥有赌场，又拥有当铺。他是全部叙事中唯一的人物形象；整个王国属于他一个人，他看上去也是它唯一的居民。他把
41 钱输给了自己，然后又为了更多的自己的钱而把皇冠典当了，以便再次输给自己。但接下来我们就被引导着注意到他是在一个疯癫的世界中。欢迎其他感兴趣的人寻找比我更深入的阐释——例如弗洛伊德主义的或马克思主义的。①

“读”与“读出”

尽管本章把故事当作一个对象，但我们并无意暗指它是实体化的对象，可以从其在“读者”意识里浮现的过程中分离出来（“读者”一词不仅包括扶手椅上的读者，同样包括电影院、芭蕾剧院、木偶剧院中的观众等）。我试图证明这样一个过程——我们经由这一过程，在一种非文字叙事（如连环漫画）的表现方式中或通过该方式，读出相关叙事要素。这种“读出”在性质上不同于普通的“读”，尽管它是如此熟悉以至于看上去似乎完全是“自然”的。但惯例如此，而且十分重要，即便明显是自我证明和自我指示的——任意符号，比如在画中，用喷发烟气以示速度，或用“气泡”表示对话与思想，这些连很小的孩子都能毫不费力地学会。很明显这是惯例。读者从“读”的表面或表现层次渗透到

① 博学的读者会对此连环漫画作出完全不同的另一种解释。他注意到一个“重要区别”，即“皇家赌场”在最后一幅的标牌上只标以“赌场”，他会感觉尽管有“皇家”一词，国王却根本不拥有赌场或当铺。如果他有此感觉，那么，“（a）他不需要当铺，（b）当铺不需要他以皇冠作抵押。最初，用透过望远镜激动张望的国王奠定了《小幽默》的世界之情境。然后是一个拥有发达技术的现代世界，通过这一技术，国王被孤立于塔中。他希望改善处境，于是下来，进入一个看上去属于他自己的世界。但我们知道它不是。此处真理之核心适用于我们所有人，并不需要一种马克思主义的或者别的社会经济学的解释（尽管这种解释可以提供支持）”。这一连环漫画还曾激发起学生或同仁们的其他的深刻阐释。无疑，阐释学发现了一种与星期日松饼一样可供咀嚼品味的极好的新媒介。

更深的叙事层次，这就是我技术性地称为**“读出”**（reading out）的过
程。因此“读出”是一个“层次间”（interlevel）术语，而“读”
（reading）则是一个层次内（intralevel）术语。我试图尽可能回避技术
性的用语，但在这里似乎是必需的，而对于“从表面到深层叙事结构的
解码”来说，“读出”是一个相对明晰的术语。从一种媒介到另一种媒 *42*
介的叙事转换是可能的，主要就是因为能够读出同一套事件与实存。

显然，本书更关注“读出”叙事，而不是简单地“读”其表面。我并不是贬低表层阅读中所包含的问题，它本身是一个深刻的文化过程，而绝不是个“自然”的过程。人类学家报告证明，土著居民连理解对于我们来说“无须证明”的收音机或电影画面都有困难。但正是在“读出”的层次上才产生了基本的文学分层问题，在此处，学生们可以理解每一个孤立的句子的意思，却不能从整个叙事文本中得出任何意义（或任何充分意义）。

现在让我们转而对故事作更加具体的检验，首先来看其**事件维度**（event-dimension），或者说情节（plot）。

43

第二章　故事：事件

除了带来好的事情

情节还意味着什么邪恶？

——白金汉公爵

《彩排》

传统上，人们说一个故事的诸事件构成了一个叫做“情节”（plot）的序列。亚里士多德把“情节”（*mythos*）定义为“事件的安排”。结构主义叙事理论认为这一安排严格说来是由话语承担的一个作用过程。故事中的事件通过话语——即呈现的方法——转化为情节。话语可以以各种各样的媒介表现，但它与其中任何一种可能的表现都有着内在结构上的质的区别。也就是说，情节——即“作为话语的故事”——存在于超出任何具体形式（任何一部特定的电影、小说等）的一个更一般的层次上。其呈现的顺序不必与故事的自然逻辑顺序相同。其功能在于强调或弱化特定的故事—事件，在于解释其中的一些而将另外一些留待推测，在于展示或者讲述、评论或者保持沉默，聚焦于某事件或某个人物的这个或那个侧面。作者“可以用极为多样的方式安排故事中的事件。他可以详细处理某一些，而对另一些很少注意或者完全忽略，就像索福克勒斯忽略了忒拜国瘟疫之前发生在俄狄浦斯身上的所有事情。他可以按照编年顺序观察，也可以扭曲它，他可以运用送信人或者闪回，如此等等，不一而足。每一种安排都会产生一种不同的情节，而由同一个故事可以创造出大量的情节”①。

看下面这几个微型情节：（1）彼得病了。（2）他死了。（3）他没有亲戚朋友。（4）只有一个人参加他的葬礼。（此处意思不是说它们呈现的是实际的英语句子，而是呈现抽象层面上的“故事”的 44
单位；即使无声影片也可以通过展示彼得在街上昏迷或在床上辗转反侧来表达第一个单位。）陈述（1）、（2）和（4）显然都描述了事件，它们是我所称的“动态陈述”。我们可以把它们表示为用以呈现时间的水平线上的点（参见图 2—1）。

图 2—1　事件排列示意图一

不过请注意，陈述（3）不属此类。它不是“编年顺序的”（chronological）；或者更准确地说，它不是“编年—逻辑的”（chrono-logical）序列（连字符表示我们不仅谈论时间，而且谈论时间的**逻辑**）。的确，它不完全是关于一个事件的动态陈述，不是彼得或其他人做了什么或发生了什么事情，而是对其中某一个侧面或特性的引证，也就是一个关于描述的静态陈述。在文学叙事中，描述必须用语言公开地表达；但在剧院或影院中，我们只是目睹了表演彼得的演员的外貌。

但在叙事的意义上讲，什么是事件？事件同时是行动（动作）和**事故**（happenings）。二者都是状态的改变。行动就是由一个行动原引发的或对一个被动者造成影响的一种状态的改变。如果动作有情节意味，

① O. B. Hardison, Jr.,“A Commentary on Aristotle's Poetics,” *Aristotle's Poetics* (Englewood Cliffs, 1968), p. 123.

这一行动原或被动者就被称为人物。[1] 这样，人物就是该叙事判断的叙事性主体——尽管未必是语法性主体。我们的讨论仍然在抽象的故事层次上，与任何一种具体的表现完全分离开来。在语言的表现中，例如在实际的英语句子这一层次上，人物未必是语法的主体："The diamonds
45 were stolen by the thief"（钻戒被小偷盗走）与"The police were informed that some diamonds had been stolen"（警方被告知钻戒被盗）。在后一例中，人物甚至没有出现在表述中，他的存在是靠推断得出的。

人物或其他实存能够履行的行动的主要种类是非语言的身体动作（"约翰沿街奔跑"）、言语（"约翰说：'我很生气'"或"约翰说他很生气"）、思想（内心言语发声，如"约翰想：'我必须走了'"或"约翰想他必须走了"），以及感觉、知觉、感情（不发之以言辞，如"约翰感到焦虑"或"约翰看到汽车隐约在前方"）。叙事理论可以把这些当作基本术语运用而不加预先界定［尽管话语也许可以依据"以言行事"（illocutionary）哲学或话语行为哲学得到有效的分析（见本书第四章）］。

一桩事故（happening）需要一个谓项，人物或其他被聚焦的实存为该谓项的叙事对象，例如，"狂风吹得彼得四处漂流"。在此，我们又一次看到，对一般叙事理论而言，重要的不是精确的语言表现，而是故事逻辑。因此，在"彼得试图拉下船帆，但他感到桅杆失灵，小船被巨浪裹挟了"中，在"表现"这一浅显层次上，彼得是一系列行为的主体；而在"故事"这一深层次上，他却是叙事客体，是受影响者，而不是影响者。

---

① "事件"在俄罗斯形式主义著作中被称为"动机"（motif），见 Boris Tomashevsky 文章，收入 Tzvetan Todorov，ed.，*Théorie de la littérature*（Paris，1966），p. 269："本事（fable，fabula）呈现为一套自然时间顺序，从原因到结果的动机；主题（subject，*sjužet*）呈现为一套同样的动机，但根据其在作品中出现之先后顺序。"对"状态"（state）与"事件"（event）、偶发事件（happening-events）与动作性事件（action-events）之间区别的最精彩的说明，见 Zelda and Julian Boyd，"To Lose the Name of Action：The Semantics of Action and Motion in Tennyson's Poetry，" *PTL*，2（1977），21－32。他们都区别了动作（acts）与行动（actions），前者是瞬时的而后者是持续的。

顺序、偶然性与因果关系

自亚里士多德以来人们就认为，叙事中的事件从根本上是相互关联的、成链条的、相辅相成的。按传统观点，它们的顺序不是简单的线性的，而是因果的。其因果关系可能是公开的，即准确的；也可能是隐蔽的，即暗示的。

我们再来看一下 E. M. 福斯特的例子（为了当前的目标，略作改动）。福斯特说“国王死了，王后也死了”仅仅是个“故事”（在“单纯时间顺序”的意义上）；“国王死了，王后也因悲伤而死去”是个“情节”，因为它加入了因果关系。但有趣之处在于，我们的理智根深蒂固地要寻找结构，而如果必要，它们总能提供出来。除非得到其他指令，读者都倾向于假定，即使是“国王死了，王后也死了”本身，也表现了一种因果联系，即国王的死与王后的死有某种关系。我们这么做，是本 46
着与在视觉领域中寻求一致性同样的态度。也就是说，我们天性中就有将新感觉转变为知觉的倾向。这样我们就会说，纯粹的“编年顺序”是难以做到的。“国王死了，王后也死了”和“国王死了，王后也因悲伤而死去”在叙事意义上不同，那仅仅是指表面层次上精确程度的不同，而深层结构上的因果关系因素在二者当中都同样存在。读者“理解了”或补充了它，即推断国王之死是王后之死的原因。“因为”是通过关于世界的通常假设，包括话语的意图特征推测出来的。

在经典叙事中，事件以流布的方式出现：它们的联系是从原因到结果，结果又导致另一个结果，直到最终结果。即使两个看似无明显相互关系的事件，我们也会根据稍后将会发现的某种更大的原则推断其有关联。

亚里士多德与亚里士多德主义理论家在可能性模式上解释因果关系。例如保罗·古德曼说：“‘在已经呈现过的部分之后出现’与‘导致其他部分’，这两者之间的关系我们称为‘可能性’，正如存在这样一种可能性：麦克白将在第Ⅰ至第Ⅲ幕表现过的事件、人物、话语与现象之后再次找到女巫们。”然而，单纯的“在那些部分之后出现”及相反的“在那些部分之前出现”显然还不足以说明“可能性”的特征；重要的词语是“导致”，是它暗示了因果关系。古德曼的言论也许这样开始会更好一些：“‘紧随（或继起于）已呈现部分而出现’与‘导致其他部分’，这两者之间的关系……”他继续论述道：“对一首诗的合理分析，主要是论证其遍及各部分的一种可能性。更准确地说，在开头处任何事情都是可能的（possible），在中间处变为或然的（probable），而在结尾处任何事情都成为必然的（necessary）。”[①] 这是一个重要的洞见：生产情节（至少是某些情节）就是削弱或窄化可能性的过程。选择变得越来越有限，而最终选择看上去完全不是选择，而是一种必然性（inevitability）。

47 亚里士多德关于“开头”、“中间”、“结尾”三个术语[②]的讨论与其说适用于真实行为本身，不如说适用于叙事，适用于作为“模仿”的故事—事件。原因很简单，因为这些术语对现实世界没有意义。在现实中，永远没有哪个结尾会以一部小说或电影的“终”那样的方式结束。即使是死亡，也不是结束——不论是从传记、历史，还是从我们使用该词语的任何一种意义上来看。这样三个术语标记出了情节，即“作为话语的故事”。严格来说，它是创作活动的一个人工产品，而不是新鲜故事材料的一种功能（无论其来源是现实的还是创造的）。

顺序与因果关系之间的关系，是一种必然性关系，还是一种可能性关系？是否存在单纯的时间顺序，即是否存在对于只是一个接着一个、彼此之间毫无关系的事件的描述？

的确，现代作者宣称拒绝或改变关于严格的因果关系的观念。现代趣味的改变已经被很多批评家描述过。[③] 但随之而来的问题是，把这些文本统摄起来的又是什么呢？让·布庸提议用“偶然性”（contingency）

---

① Paul Goodman，*The Structure of Literature*（Chicago，1954），p. 14.

② 通常也称“起”、“中”、“结”。——译者注

③ 例如 A. A. Mendilow，*Time and the Novel*（New York，1965），p. 48。

这一术语，它确实能够涵盖极端的现代事例[1]——不是在“不确定性”或“偶然性”（accident）的意义上，而是在严格的哲学意义上，“就其存在、发生、特征等方面来说依赖于不确定之事”（《美国学院词典》）。偶然性观念之广泛是引人注目的，因为它能容纳新的组织原则，像罗伯-格里耶的累积式的描述性重复。

但无论像“偶然性”这样单独的术语是否能够概括任何叙事的组织原则，理论都必须承认我们把极为歧异的事件联结起来这一强烈倾向。读者从一盒自由印刷的页码中自由洗牌，洗出自己的故事[2]，这样的叙事实验依赖于我们把事情连到一起处理的意识倾向，即使偶然情况——页面的随机并列——也不能阻碍我们。

没有情节的叙事在逻辑上是不可能的。那并不是没有情节，而是情节不复杂难懂，是其事件“没有多大重要性”，是“没有什么事情发生 48
改变”。在解决性情节的叙事传统中，有一个“问题—解决”的意义，即“以某种方式解决事情”、某种推理的或感情的目的论的意义。罗兰·巴特用“阐释”（hermeneutic）符码来描述这一功能，它是“以不同的方法表述问题、回答问题，以及形成或能酝酿问题、或能延迟解答的种种机遇性事件”[3]，其基本问题是“将会发生什么”。不过在关于“解决”的现代情节中，重点在别处；话语的功能不在于回答那一问题，甚至也不在于引出它。一开始我们就推断事情将会保持不怎么变。不是事件被解决了（幸福地或悲惨地），而是事情的状态被揭示出来。因此，强烈的时间顺序感在“解决”性情节中比在“揭示”性情节中有着更重要的意义。第一种情况中的发展是一种解决（unraveling），第二种情况中的发展则是一种显露（displaying）。解决性情节倾向于强烈的性格定位，关注实存的无穷细节，而事件被减弱到相对次要的、例证性的地位。无论伊丽莎白·伯奈特结婚是否是一件重要的事，都不能否认克拉

---

① Jean Pouillon，*Temps et roman*（Paris，1946），26－27.

② Marc Saporta，*Composition N.1*（Paris，1962）.

③ 参见 Roland Barthes，*S/Z*，p.17。【采屠友祥译文，见《S/Z》，79 页，上海，上海人民出版社，2000。——译者注】

丽沙·达洛维花费时间购物、写信或做白日梦的重要性，因为这些或其他行为中的任何一个都会准确揭示她的性格或境况。

逼真性与动机

在这一章的开头，我们先看了一下事件何以看上去互相联结以构成叙事——无论我们将那一原则称为“因果关系”、“偶然性”还是其他的什么。这显然是一个习惯倾向，而理解此类传统的本质，对于任何叙事理论都是基本的。本章其他话题（以及本书其他部分）也都同样涉及传统成规，从事件的相对重要性到对分析者如何概括情节宏观结构的判断。用逼真性（verisimilitude）“填入”这一传统习惯在讨论中首先浮
49 现出来，因为它对于叙事一致性有着根本性的意义。这一讨论将为后面其他叙事惯例的讨论提供启发性范式。

接受者通过把传统“自然化”（naturalizing）[①] 来逐渐辨识与解释它（“自然”是由列维-斯特劳斯建立的**“自然／文化”**人类学二分中的一半）。“归化”一种叙事传统，意味着不仅要理解它，而且要“忘记”它的传统特征，将它纳入“读出”的过程，纳入自己的解释网络，给予它不多于给予表现媒介（如英语语言或舞台框架）的思考。[②]

“归化”观念非常接近逼真性观念，古人诉诸可能性，而不是现实

---

① 感谢乔纳森·卡勒（Jonathan Culler）对这些问题的出色概括，见 *Structuralist Poetics*（Ithaca，N. Y.，1975），Chapter 7，“Convention and Naturalization”。同样感谢 *Communications* 上关于 *Vraisemblance*（逼真性）的讨论，11（1968），Todorov 主编。【naturalizing 一词，国内学界一般译为“归化”。《结构主义诗学》中译本（盛宁译，北京，中国社会科学出版社，1991）中第七章标题即为“程式与归化”。此处译为“自然化”，是为照顾上下文。——译者注】

② 卡勒收集了若干同义词以解释这个过程：“复原”（to recuperate）（回收、付诸实践）、“动机实现”（to motivate），它是俄国形式主义的术语，指“通过说明文本的结构单元之并非随意紊乱的、而是可以理解的功能，从而证明这些结构单元的确属于作品结构的一部分的过程”，“在读者的不理解中产生”，“（把怪异）复原到可交流的功能中”，“吸收”，“减少文本的陌生性”，“弥合距离（及差异，即德里达的 différance）”，“定位”，“提供一个框架作品，针对恰当的期待”。【参见《结构主义诗学》中译本，206～207 页。——译者注】

性。结构主义者们兴致勃勃地重拾了这一观念，因为它解释了读者借以“填补”文本中裂缝的技巧，把事件与实存整合成统一的整体，即使在日常生活期待受到质疑时也如此。

在第一章我曾提到过这一问题，但关于它在“情节”的特殊语境中的问题，我还有更多的话要说。为什么叙事结构理论需要讨论从叙事事件到现实世界中的事实和可能性的“归化”过程？因为一个叙事的完满构建（也就是说，是什么使它成为叙事，成为好的或坏的故事，而不是成为另一种文本）依赖于这样的问题。什么构成“真实性”（reality）或“可能性”（likelihood），这是一个严格的文化现象，虽然叙事虚构作品的作者把它变成“自然的”。不过当然，“自然的”也因不同社会或同一社会的不同时代而有变化。对于《间谍》，第一次世界大战之前的读者和当代盎格鲁—撒克逊读者都能理解关于“革命”的下列特点，即 *50*
使他们不同意：大多数革命者都是“纪律”和“兵役”的敌人。然而对于苏联和中国的公民而言，这一观点不仅是可以反驳的，而且也许是不可理解的。或者引用乔纳森·卡勒提供的一个例子：“当德拉斐特夫人写道，唐德伯爵得知他的妻子因与人相好而怀孕时，‘……他想到了在这种情况下所自然会想到的一切……’，显然她充分相信她的读者能领悟这种写作方式的内涵。”[①] 卡勒认为逼真地读出就是“把握或构建语言的客观所指”。但显然，现代欧美读者不能构建适合此例的不证自明的指涉。从现代的性风俗来看，读者不会就一种适当反应达成一致，甚至连那种单一的反应也是不可能的。这个句子对于当今生活的逼真性几乎没有意义。即便这个句子的“意味”在表面上已经足够明晰，它也只能依靠对 17 世纪风俗的熟稔才能从深层叙事中读出。

艺术可能性，即逼真性的基础是什么？热奈特在他富有创意的研究中指出了公共见解、常识之意识形态、亚里士多德主义的公理或传统主

---

① *Structuralist Poetics*，p. 134.【译文参见《结构主义诗学》中译本，202 页。引文出自德拉斐特夫人《唐德伯爵夫人》。——译者注】

题（*topoi*）中的这一基础。[①] 这一观念根本上是柏拉图式的。逼真性关心的不是偶然的真实，而是本质的真实："不是事物本来的样子，而是它们应当有的样子。"[②]

根据结构主义，逼真性之标准是由先前的文本——不仅是实际的话语，而且是整个社会中适当行为的"文本"——建立起来的。逼真性是一种"主体的效果"或"文本间性"（intertextuality）的效果［因此也
51 是主体间性（intersubjectivity）的效果］。它是某种形式的阐释，从结果指向原因，甚至还原为箴言（maxims）。另外，因为箴言是公认的，倾向于"不言自明"，因此它们可能是含蓄的或幕后的。当江奈生·魏尔德向莱蒂希亚小姐求婚，他说出这样一句话："既然自己不难去想象，我在这里就不写它了。"菲尔丁猜测读者可以以传统的逼真性之沉默方式预测出他的话。除了"亲爱的小姐"以外，一个18世纪男性还会说什么**别的**呢？

在古典叙事中，只有对那些据流行的（公众的或普遍的）行为标准来看不大可能的行为予以说明时，公开说明才是急迫的，但那样它就是必要的了。它采取我称之为"概括"（generalization）的叙事评论这一形式。有些"一般真理"被阐述为能够解释明显反常的现象。我把这个词放在引号里，是因为根据要"证明"的观点，这种情况下的"真理"是极为多变的，甚至是可颠覆的。当年轻的魏尔德和狡黠的伯爵打赌时，"他的手频频伸向伯爵的口袋"。大众观点将猜测受骗者会感到愤怒。在美国西部片中，一扣扳机就解决了，但那绝非菲尔丁的计划；他希望使伯爵成为魏尔德的"朋友"和临时合作者。于是他依靠一个概述性说明：

> 这件事情的发觉不但没使这两个贼匪吵起架来，他们反而更要好了。因为一个聪明人——也就是一个流氓——看着别人在生活中玩把戏，就如同一个赌徒看着别人在赌台上玩把戏一样，他一面马

---

① "今天，什么叫做意识形态？是一系列箴言与预设，它同时构成世界观和价值观。"Gérard Genette, "Vraisemblance et motivation," *Communications*, 11 (1968), 6.

② 同上。

上提防，一面又非常佩服玩把戏的人本领高强。

菲尔丁显然感到隐含读者不能够揭示他自己的说明性箴言，或者会忘记它到底导向“小偷中间也有廉耻”还是“小偷中间**没有**廉耻”。这一“概括”是不是“真的”，这无关紧要；重要的是它提供了一种“说明”。毕竟，唯一需要的是似真性（plausibility）。非必然的行为，只要它们以某种方式得到解释或“实现”，它们就应被允许。因此在古典小说中，概括性评论是为了把艰难时刻正常化。无论这一说明本身多么荒唐或武断，它之被提出这一事实，就已经充分满足“合理的似真性”这 *52*
一需要了。

然而，这种公开说明只有对于极端情况才是必需的，这种模式即**无动机的**（unmotivated）逼真性。多数事件不需要说明，因为“每个人”（也就是说，所有合格的读者）都立即就能理解这些何以发生以及怎样发生。但历史——18 世纪末期与 19 世纪爆炸性的政治与社会事件——将改变这一一般理解的基础，尤其是在法国。多数现实主义小说家变得难以理解，因为历史就是不可思议的。粗暴专横的叙事，在整个 19 世纪中日益流行。于连·苏瑞奥攻击米·罗纳尔而没有给出任何说明，罗德里克·赫德森的行为是神秘的，即使对最好的朋友也是如此。再想想拉斯柯尔尼科夫。①

在快速变动的电影世界中，朝着情节逼真性改变的态度是极为明显的。例如简单运动：拍摄于 20 年前的电影，可能因为过分关注于展现人物如何从一个地方移动到另一个地方而给我们留下深刻印象。摄于 1956 年的一部不重要的影片《样板》（菲尔德·库克导演）中有个插曲，表现的是一个商务经理在一家酒吧里思考他的某个同事之死。他的妻子找到了他，他告诉她，尽管公司总裁对同事之死负责，

① 但在这一世纪中期的、或巴尔扎克风格的叙事中——在司汤达、陀思妥耶夫斯基或詹姆斯的小说中，“说明”还在持续。他们的说明“太过原始（太‘真实’），以致对公众来说不够明晰（就‘其似真性仍是推测出的’这一意义而言），又太过胆小，或者说过分满足于暧昧”。因此巴尔扎克在《人间喜剧》中就太过频繁地运用“卖弄学问的教师爷式的从句，大张旗鼓地引入解释性说明：‘这是为什么呢？……’‘这是一种解释。’等等”（Genette, “Vraisemblance et motivation,” p. 13）。

但他已决定提交辞呈。妻子坚持陪同他去。导演的逻辑问题仅仅是要跟随经理夫妻从酒吧到总裁的办公地。根据现代标准，他要从酒吧直切到办公室。但他没这么做，而是引入了至少五个插入性事件的镜
53 头：（1）经理和妻子穿过酒吧门口；（2）两人钻进一辆站台车，后面跟着的是一个现在的剪辑者会认为是无理由的渐隐，以强调到达目标地所需要的时间的流逝；（3）金融区的摩天大楼；（4）办公室；（5）男主人公突然冲进办公室门口，迎头面对总裁。即便承认（3）与（4）中用一个镜头强调摩天大楼和公司装饰的压抑气氛是适宜的，镜头（1）与（2）仍然显得冗余。它们通过展示那些我们很容易自行想象出的东西，减缓了情节的进度，也蔑视了我们的智力。然而在1956年，导演显然认为把这些剪掉将是“太极端的”、“混乱的”等——这是自40年前D. W. 格里菲斯着手发展“银幕标点”的整体装置以来，对制片处理的一种普遍抱怨。

核心与从属

叙事事件不仅有其联结逻辑，而且还有其**等级**（hierarchy）逻辑。有些事件比其他一些更重要。在经典叙事中，只有主要事件是可能性事件（contingency）链条或骨架上的一部分。次要事件有不同的结构。在巴特看来，每一个这样的主要事件——他称之为*noyau*，我译为“**核心**”（kernel）——都是阐释符码（hermeneutic code）的一部分；它通过设置并解决问题而推进情节。核心是这样一些叙事时刻：它们在朝事件前进的方向上引发问题之关键（cruxes）。它们是结构上的节点或枢纽，是促使行为进入一条或两条（甚至更多）路径的分岔点。阿喀琉斯可以放弃他的女孩，也可以拒绝放弃；哈克·芬可以留在家中，也可以顺河而下；兰巴特·斯特瑞塞可以建议查德留在巴黎，也可以建议他回

去；艾米丽小姐可以偿税，也可以将征税人撵出去，等等。[①] 核心若被去除，就不可能不破坏叙事逻辑。在经典叙事文本中，在任一特定地方对事件予以适当的解释，是紧跟持续前行的选择、将后来的核心视为早前核心之结果这一能力的一种功能。

次要情节事件——**从属**（satellite）[②] 在此意义上就不那么重要。它 *54*
可以被去除而不会扰乱情节的逻辑，尽管它的去除当然会从美学上损伤叙事。从属不需要选择，而仅仅是在核心上所作的选择之产物。它们必然暗示着核心的存在，但反过来却不然。它们的功能是填充、说明、完足核心；它们在骨架上形成肌肉。核心—骨架理论上允许无限详细化。任何行为都可以细分为大量的部分，而这些部分又可以细分为大量的亚部分。从属不必马上就紧跟在核心之后，同样还是因为话语不等于故事。它们可能先于核心，也可以后于核心，甚至与核心隔开一段距离。但由于事件与实存、故事与话语运作于结构深层，而且独立于媒介，因此我们不在特定文本的实际语词（或画面等）当中寻找它们的领域。它们只可以用分析者的元语言（metalanguage）加以讨论，这种元语言是该叙事的一种释义（另一种表现形式）。

图 2—2 直观地表示了核心与从属之间的关系。

核心即每个圆圈内顶部的小方块。圆圈是完整的叙事团块。诸核心 *55*
由一条竖线联结起来，以表示故事逻辑的主要方向；斜线表示可能但未发展出的叙事路径。圆点是从属：竖线上那些圆点，遵从故事的普通次

---

① 阿喀琉斯，古希腊神话人物；哈克·芬，马克·吐温《哈克贝利·芬历险记》的主人公；兰巴特·斯特瑞塞，亨利·詹姆斯《使节》的主人公；艾米丽，福克纳《纪念艾米丽的玫瑰花》的主人公。——译者注

② 这一术语译自法国结构主义者的 *catalyse* 一词。其英语对应词"catalyst"【直译为"催化"。——译者注】会暗示如果没有它的意外出现，则"因—果"匹配连接就不会出现，而从属在逻辑上则永远是可牺牲的。托多罗夫把托马舍夫斯基指称"核心"的术语译作 *motif associé*，把指称"从属"的术语译作 *motif libre*（*Théorie de la littérature*，p. 270）。我发现后者是误导，因为事实恰恰是：从属依赖于核心并以某些重要方式与它们绑定。巴特在《S/Z》中未加任何解释地放弃了"核心/从属"（*noyaul/catalyse*）【这是巴特在《叙事作品结构分析导论》中的概念，中译本也曾译为"核心/催化"。见《符号学美学》（沈阳，辽宁人民出版社，1987）所收张裕禾译本、《叙述学研究》（北京，中国社会科学出版社，1989）所收张寅德译本。——译者注】的区分，尽管这一区分似乎也暗含在他对《萨拉辛》的事件的罗列中。

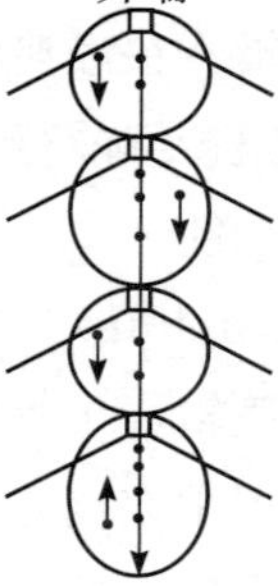

图 2—2　核心与从属的关系图

序；线外那些带箭头的圆点，则是对嗣后核心的预叙或对早先核心的回溯（依箭头指示方向而定）。

结构主义叙事理论中的这一区分被批评为仅仅是术语上的和机械的：有人说它们“没有增益什么，也没有为阅读带来任何提高”，顶多“不过是为我们在普通阅读行为中以无意识的恰当方式所做的事情提供一种烦琐的解释方法”①。但理论不是批评。它的目的不在于为作品提供新的或增量的阅读，而在于精确地解释“我们在普通阅读行为中以无意识的恰当方式所做的事情”。这样一种解释不应该被轻视。如果它真是一种解释，那它必然是对我们关于叙事形式及关于一般文本之理解的一个重要贡献。诺姆·乔姆斯基和其他现代思想家已经向我们指出：把我们在直觉层面上“已经知道”的事物加以具体化，这一点具有不可缺少的重要意义。每个人都“已经知道”怎样走路，但那并不妨碍生理科学。一个叙事中主要的枢纽事件和次要的补充性事件之间的区分，是每个人都可以向自己证明的一种心理现实。他会明白，在关于“一个特定

① Frank Kermode, “Literature and Linguistics,” *The Listener*, December 2, 1971, pp. 769 – 770. 乔纳森·卡勒提供了一个答案，见“The Linguistic Basis of Structuralism”，收入 David Robey, ed., *Structuralism: An Introduction*; *Wolfson College Lectures 1972* (Oxford, 1973)。乔纳森·卡勒引述巴特的话：“通过区分致力于为作品派定意义的批评与文学的‘科学’或‘诗学’，他（巴特）指出后者必须是对意义之条件的研究。”(p. 31) 这些条件不提供解释，而是描述逻辑，而解释必须依据这一逻辑才能达成。

故事中哪些是核心，哪些是从属”的问题上，达成一致意见是多么容易。这些特殊术语是否烦琐，这无关于正题；重要的是这些叙事因素存在着，它们对于叙事理论来说是至关重要的。① 56

故事与反故事

关于图 2—2，最有趣的事情之一就是它突出经典叙事和某种现代主义叙事之间区别的那种方式。如果说经典叙事是核心的网络（或链条），它提供的选择途径中只有一种是可能的，那么**反故事**（antistory）就可以定义为是对这一惯例的攻击，它把所有的选择视为同等有效的。

乔治·路易斯·博尔赫斯在《小径分岔的花园》中十分完美地描述和例示了这种反故事的逻辑。这一标题指的是一个名叫彭最的作家写的一部同名小说，他的方法由一位英国汉学家向叙述者描述，这位叙述者是一名华人间谍，后来正是他杀死了汉学家。汉学家说：

> 我注意到这句话：“我将小径分叉的花园留诸若干后世（并非所有后世）。”我几乎当场就恍然大悟：“小径分叉的花园”就是那部杂乱无章的小说，“若干后世（并非所有后世）”这句话向我揭示 57
> 的形象是时间而非空间的分岔。我把那部作品再浏览一遍，证实了

---

① 不过，如何精确地辨认核心并为之命名的问题，却是个合理问题。多年前，我曾尝试通过对乔伊斯《伊夫琳》的分析来图解这一过程。乔纳森·卡勒富有洞察力地指出，我对核心的定位和命名不是建立在一套可识别的程序上，而且我的直觉只能是：（a）回顾式的，（b）以我所吸收并施加于文本解释上的文化模式为基础。他说：“只有当读者开始将行动置于序列中，只有当他意识到按照一定目的组织起来的结构时，他才开始把握情节。在《伊夫琳》一例中，我们可以说，只有当我们通过回顾辨识出开篇第一句所展示的‘坐在窗前’这一行为是作为后续情节‘下定决心’的重要成分的冥想或反思之一部分，情节才逐渐成形。这构成了从动作到情节的运动。”Jonathan Culler，“Defining Narrative Units,” in Roger Fowler, ed.，*Style and Structure in Literature*（Ithaca，N. Y.，1975），p. 136. 换言之，我只有读过整个叙事之后，才能分离和确定第一个核心的合适名称或主题词（*mot-clef*）。伊夫琳坐在窗前这一动作，在另一故事中会有完全不同的功能。在为序列**命名**之前，我既未能正确地辨识出核心，也未能确定序列被包含在何种边界之内。

> 这一理论。在所有的虚构小说中，每逢一个人面临几个不同的选择时，总是选择一种可能，排除其他；在彭最的错综复杂的小说中，主人公却选择了所有的可能性。这一来，他就**创造**了许多不同的后世，许多不同的时间，衍生不已，枝叶纷披。小说的矛盾就由此而起。
>
> 比如说，方君有个秘密，一个陌生人找上门来，方君决心杀掉他。很自然，有几个可能的结局：方君可能杀死不速之客，可能被他杀死，两人可能都安然无恙，也可能都死，等等。在彭最的作品里，各种结局都有；每一种结局是另一些分岔的起点。有时候，迷宫的小径汇合了：比如说，您来到这里，但是在某一个可能的过去，您是我的敌人，在另一个过去的时期，您又是我的朋友。①

在真正的意义上，这类文本应该被称为“反叙事”（antinarratives）。因为准确地说，它们质疑的是这样一种叙事逻辑，即一件事导致且仅导致另外一件事，第二件事又导致且仅导致第三件事，依次类推，直到最后。但说这类文体没有情节也是不准确的，因为显然它们的效果依赖于对传统叙事选择线索的预设。②

阿兰·罗伯-格里耶那些精彩的长篇小说，则是另一种反故事——或至少是故事缺失（story-*manqué*）的典型。他没有处理无穷的选择项，而是创造了在关注重要事件方面的故意“失败”。例如在《嫉妒》中，叙述者—人物，即匿名的丈夫的出场——事实上是他的全部存在，都从未被叙述到。句法自始至终都是非人格的；叙述者是一个无形的“**我**”（*je-néant*），我们只能通过推测意识到他的存在。但他的确**存在**：没有他，叙事将完全没有意义。不过对他的任何提及——无论是通过名

① 安东尼·克瑞根（Anthony Kerrigan）英译。【引文采王永年译文，见《小径分岔的花园》，43页，杭州，浙江文艺出版社，1999。文字略有改动。黑体及段落划分也依查特曼引述情况改动。——译者注】

② 有读者指出：“《小径分岔的花园》不仅指涉彭最的长篇小说，**也**指涉它自身，指涉它所标举的故事，指涉余准的家乡所在地的风光，指涉余准的私人花园——当然也指涉博尔赫斯以此为名的小说。”此说甚是：我仅引介此一段，因为它十分完美地表达了无限分岔的**理论**，因为在这里，博尔赫斯的小说本身就提供了如此精确的叙事—理论的宣言。

词还是代词——都被禁止了，那么如何传达他的行为、他最简单的身体运动呢？它们只能通过为其他实存的命名来反映。只要他在阿×与弗兰克的面前，他的行为就还是相对容易猜测的。但当他离开他们身边，我们就只能从对于他所触及的对象的静态陈述来加以推测了。例如： 58

其实，这种饮料不凉，喝上一口就能判断出来。弗兰克已经喝完两口了，却没能作出明确的答复。再说，两只瓶子中，只有一瓶是刚刚从冰箱中取出来的，就是那瓶矿泉水。绿色的瓶身上挂了一层薄薄的白霜，上面还留着纤细的手指印。

白兰地一向是放在酒厨里的。阿×每天拿饮料时，总是把冰块一齐带来的，可今天却没有这样做。

"算了！"弗兰克说，"也许不必了。"

去厨房的捷径是穿过房子。一跨进门，伴随着半明半暗的气氛，顿时有一种凉爽的感觉。在右边，书房的门虚掩着。

轻便的胶底鞋走在走廊的方砖地上没有任何声响。打开门窗没有发出吱扭声。书房的地面也铺了方砖。三扇窗子都是关着的，百叶窗半掩着，为的是避免使正午的炎热侵入房间……

跟卧室和洗澡间一样，书房是被走廊隔在房子的一侧的，而这条走廊则直通饭厅，中间没有门。餐桌上已经摆好了三套刀叉。肯定是阿×刚刚命令为弗兰克添了一套餐具，因为她早就推说今天中午没有别的客人……

在厨房里，仆人已经在准备冰块了。地板上放着满满一桶水，他用这桶水给制冷用的小铁盒加温。他抬起头，宽厚地笑了。[1]

在我们阅读《嫉妒》时，我们学会了从其他人物的行为中读出叙述者—主人公的行为，尤其在"假如它们未以某种方式直接显示给我们，它们就很费解"之处，特别是从对某些存在的陈述中读出。这些陈述是基本的，但仅仅从隐含主人公身体位置的改变衍生出来。我们如何知道

---

① Richard Howard英译。【采李清安译文，见《嫉妒》，收入柳鸣九编选《新小说派研究》，207～208页，北京，中国社会科学出版社，1986。——译者注】

主人公是去取冰块？通过对去往厨房之路的不连贯步骤——对厅内的凉爽、走在走廊方砖地上没有任何声响的鞋、从书房门道看向露台的视
59 线、有三套刀叉的饭厅、厨房里仆人抬头笑等这一切的冗长描绘中读出。这些描绘出现的顺序很重要：它们（用我的术语）反映（project）了主人公去往厨房又回到阳台的运动。

悬念与惊奇

人们很早以前就对悬念（suspense）与惊奇（surprise）作出了区分，这两个术语显然与情节的核心与从属这一对概念有关系。在一本当代文学术语词典中，我们读到关于悬念的下列定义：

> 不确定性，经常以焦虑为特征。悬念通常是痛苦与愉悦的一种奇特的混合……多数伟大的艺术对悬念的依赖比对惊奇的依赖更重。我们可能很少重读那些依赖惊奇的作品，在这些作品中，惊奇一过，趣味遂成陈迹。悬念通常部分地由预兆——关于将会发生什么的迹象——达成……悬念与悲剧性反讽有关。悲剧人物越来越近地走向他的厄运，尽管他可能为厄运惊奇，但我们却不；我们被悬念攫住。事实上，如果他突然地、意外地获救（像音乐剧中的主角那样），我们反而会觉得受骗了。①

的确，如果我们不是因人物的厄运而惊奇，那谈何“不确定性”呢？那顶多是部分的不确定：结局是确定的，不确定的只是达到结局的方法。（好比斗牛：牛最终必然要死，问题只是它如何死。）因此，焦虑并非是对于结局之不确定性的反映，因为那是必然结果。毋宁说，我们知道将要发生什么，但我们却不能把这信息传递给人物，我们对他怀有同情。用一位将自己全部职业生涯建立在悬念效果之上的电影导演的话

① Sylvan Barnet, Morton Berman, and William Burto, *A Dictionary of Literary Terms* (Boston, 1960), pp. 83 - 84.

来说：

> 我从来不用侦探小说的技巧，因为它完全关注于神秘化，这种神秘化弥漫而不聚焦于悬念。在戏剧与电影中有可能建立一种几乎不能忍受的紧张，在其中，观众在任何时候都知道谁是凶手，而且从一开始他们就想向情节中的其他所有人物尖声喊出来：“提 60
> 防着某某某！他是杀手！”那时你有一种真正的紧张和不可抵抗的欲望，想知悉发生了什么，而不是想认识部署在人类棋局难题上的一群人物。因为这一原因，我更相信尽可能早地把所有真相交给观众。①

预叙（foreshadowing）——对预期中的“从属”之传达——与“尽可能早地把所有真相交给观众”之间的关系颇有意思。预叙也可以采取从实存那儿得出推论的形式，即上文讨论的“反映”。然而，尽管悬念总是需要一个程度或高或低的预叙，但反过来却未必。叙事可以用非悬念的方式预叙。如果没有威胁迫近主人公，则预期的“从属”可能导致一个更“正常”的事件，一个有着“适当原因”的事件。认为所有的叙事进程都有赖于悬念原则，这是错误的。② 叙事可以不用悬念就能隐藏人物将如何反应。显然，非悬念性的叙事是存在的。

悬念与惊奇是一对互补的而不是对立的术语。二者在叙事中可以通过复杂方式共同作用：事件链条可以自惊奇进入悬念模式，然后以“扭转”（twist）结束，也就是预期结果的落空——另一种惊奇。《远大前程》提供了经典例子，它的情节堪称悬念—惊奇复合体的网络。它们同时作用于故事与话语两个层面，这又增加了复杂性。让我们稍微追踪一下它的某条线索。最初的惊奇是匹普在墓地上意外地被麦格韦契抓住时

---

① Alfred Hitchcock, quoted in “Pete Martin Calls on Hitchcock,” in Harry Geduld, ed., *Film Makers on Film Making* (Bloomington, 1971), p. 128. 肯奈斯·伯克简洁而富有洞见地谈过悬念、惊奇与揭示，见“Lexicon Rhetoricae”, *Counterstatement* (New York, 1931), p. 145。

② 例如艾里克·拉布金（Eric Rabkin）在 *Narrative Suspense*（Ann Arbor, 1973）中似乎就这么认为。

所受到的震动，这导致了在偷窃食物和锉刀时渐渐增强的悬念（“梯子上的每一条木板、木板上的每一条裂缝，似乎都在我背后喊：‘捉贼啊！乔大嫂快起来啊！’”[①]）。悬念部分地因其过渡到麦格韦契而缓和。匹普
61 不需要为自己的心肝而担忧了，但我们体验了一个双重悬念：一是故事的，即匹普自己的担心；二是话语的，即我们预见到匹普所不知道的麻烦。匹普随手偷了些东西，“一点面包，一点干酪皮，半罐碎肉……又从陶器酒坛里偷了些白兰地”，还有单列出来予以特别注意的猪肉馅饼，而馅饼是为圣诞晚餐准备的。我们担心匹普会因新的理由而被为难。我们的预感被证明是对的：在吃过布丁之后，当匹普觉得“至少眼前我是得救了”[②] 时，他姐姐突然对乔说：“拿干净盆子来——不用热烤！”我们的悬念感被证实了，但对匹普来说这是惊奇——他感觉像他姐姐的盆子一样冰凉。因此，悬念在话语里，惊奇在故事中。匹普的惊奇转化为他承受不了的悬念：“我……连忙放掉桌腿拼命往外跑。”只是他被新的（故事）惊奇挡住：门口站着士兵。这一章到此结束了。士兵也给**我们**以惊奇，但是原因不同：我们知道（叙述者——即成年的匹普当然也知道，却避免评论），即使小匹普的偷窃行为被发现，也不必有一队士兵来纠正他。但如果是这样，他们又为什么要出现在那里呢？

进一步的复杂性出现了。食物与锉刀的悬念式过渡被一个惊奇所打断——被匹普当成麦格韦契的那个人实际上是另一个逃犯。现在悬念属于麦格韦契对于另一个伙伴的好奇心了。匹普简单地认为此人是那个如果匹普不带来食物就会被他挖心肝的“老朋友”，但匹普只是个容易上当的孩子。主要的交流发生于麦格韦契的反应（由成年匹普叙述）与受述者之间。和少年匹普不同，我们抓住了麦格韦契关于那个年轻人的玩笑的要点。关于其身份的悬念由此开始了。

在许多惊奇与悬念的复合体中，这是唯一一个在当前层次上发挥作用的。还有一个主要的和总体的复合体——匹普的“远大前程”之秘密。在这一点上，受述者明显被叙述者匹普误导，以接受人物匹普所相

---

① 采王科一译文，见《远大前程》，17 页，上海，上海译文出版社，1979。——译者注

② 同上书，34 页。——译者注

信的，即郝薇香小姐是他的恩人，尽管她向艾斯黛拉宣称要去“伤他的心”，并对乔说，对于按合同付给乔的二十五磅，匹普“不会嫌少，今后也不会再要的”。但从贾格斯第一次宣布他的好运，直到第二十一章 62
后面麦格韦契来访并揭露秘密，小匹普一直确信是郝薇香小姐给了他新财富。不仅作为叙述者的成年匹普没有评论，而且在贾格斯被郝薇香小姐与麦格韦契双重利用之间也存在着一致，甚至是更强烈的、言辞上的一致。在贾格斯说“首先我要声明，委托人要求你永远使用匹普这个名字”[①] 那一刻后没几天，郝薇香小姐就说：

> “……你明天就走吗？”
>
> “是的，郝薇香小姐。”
>
> “是一个有钱人收养了你吗？”
>
> “是的，郝薇香小姐。”
>
> “没有透露姓名？”
>
> “是的，郝薇香小姐。”
>
> “是由贾格斯先生做你的监护人？”
>
> “我知道，郝薇香小姐。”
>
> “……再见，皮普！——你一辈子都得用这个名字，你是知道的啦。”
>
> “是的，郝薇香小姐。”[②]

郝薇香小姐仅是在观察，但在此种情势下，我们像匹普一样，把它理解为施恩者的命令。

时间与情节

有阅读—时间，也有情节—时间，或者我更愿意把它们区分为话

① 采王科一译文，见《远大前程》，167 页，上海，上海译文出版社，1979。——译者注

② 同上书，190 页。——译者注

语—时间（discourse-time）——细读话语所花费的时间——和故事—时间（story-time），即叙事中主旨事件的跨度。[①]

二者之间的关系引发了诸多饶有趣味的理论问题。例如，故事如何
63 被固定于当前时刻？何时是开始？叙事如何提供关于那些引向当前事态的诸事件之信息？故事中事件的自然顺序与话语中它们的呈现顺序之间是什么关系？话语呈现之跨度与实际故事事件之跨度又是什么关系？话语如何描述再次发生的事件？

叙事建立一种当前时刻的感觉，它可以称之为叙事**现在**（narrative NOW）。[②] 如果叙述是公开的，那就必然有两个**现在**：一个是话语的现在，即现在时态中叙述者所占据的时刻（“我打算给你讲下面这个故事”）；另一个是故事的现在，即行为开始发生的那一时刻，通常用过去时态。如果叙述者完全缺席或隐蔽，那就仅仅有一个故事**现在**清晰地浮现出来；叙述时间就是过去的，除非是对话以及外在与内在独白的呈现。

顺序、时长与频率

热拉尔·热奈特对于故事—时间与话语—时间之间的时间关系所作的精致分析是当下讨论的基础。[③] 热奈特区分出三种关系类型，即顺序（order，*ordre*）、时长（duration，*durée*）和频率（frequency，*fréquence*）。

---

① 门迪洛称前者为“编年顺序”（chronological）时间，称后者为“伪编年顺序”（pseudo-chronological）或“虚构”（fictional）时间（pp. 65–71）。简便的德文术语是 *Erzählzeit* 与 *erzählte Zeit*，出自 Gunther Muller，“Erzählzeit und erzählte Zeit”，见 *Morphologische Poetik*（Tübingen，1968）。克里斯蒂安·麦茨区分了“被讲述事物之时间与讲述之时间（所指时间与能指时间）”，见 Christian Metz，*Film Language*：*A Semiotics of the Cinema*，Michael Taylor 英译（New York，1974），p. 18，布鲁克斯（Brooks）与沃伦（Warren）称此关系为“比例尺”（scale）。

② 门迪洛：“故事中作为时间基准点的某一时间点。”

③ G. Genette 的概括，见“Time and Narrative in *A la recherche dutemps perdu*”，Paul de Man 英译，收入 J. Hillis Miller 主编，*Aspects of Narrative*（New York，1970），pp. 93–118。

1．顺序（order）

话语可以按照自己的喜好重新安排故事的事件，前提是故事序列保持可识别性。如果不这样，传统情节就不能做到“整一性”（unity）。对于电影来说尤其如此。电影的一般创作技巧是**蒙太奇**（montage）或**剪接**（cutting）；有时很难说清某个特定剪接是标志着一个闪回，还是一个闪进，抑或仅仅是后面紧跟着的故事中下一个事件（空间位移）的一次省略。

热奈特区分了正常序列与“错时”序列（anachronous sequences）。 *64*
正常序列中，故事与话语顺序相同（1 2 3 4）。错时序列可分为两种：一种是闪回（flashback，*analepse*），即话语打断故事流动，唤回早先的事情（2 1 3 4）；另一种是闪进（flashforward，*prolepse*），即话语往前跳到中间事件之后的事件上去。[①] 这些中间事件自身必须在后面某个地方被叙述到，否则这种跳跃就仅仅构成省略。闪进只能被回顾式地辨识出来。闪进区别于预叙式“从属”或叙事性“伏笔”（seed）（契诃夫所说的挂在墙上的枪），因为它显然需要核心。

但“闪回”与“闪进”这两个术语，对于特殊的电影媒介来说也许应该加以限制。导致早期电影制作者引入这些多彩比喻的，不纯粹是对于文学传统的无知。在电影中，“闪回”指“回返”的叙事段落，但它特指视觉化的、作为场景的、以其自身条件实现的“回返”，亦即通过一些诸如切入或叠化之类显见的过渡符号引入的“回返”。闪回与闪进仅仅是倒叙（analepsis）与预叙（prolepsis）这些大类在特定媒介中的实例。

有声电影甚至可以引入部分的或分离的闪回，因为视觉与听觉这两条信息通道，可以有一条保持在当前，而另一条闪回。更为常见的情况是银幕外叙述。话外音以文辞介绍、解释或仅仅是报告银幕上正在展示

---

① 一个虽平庸但颇典型的例子来自电影《大盗铁金刚》：一伙匪徒占领了公寓大楼，洗劫每一间公寓。随着劫掠的发生，在**当前**过程中，“闪进”转到了警察所的场面，各种各样的房客在那里讲述他们的遭遇。这些必定是闪进而不是房客闪回下的“当前”，因为我们尚不知道最终有什么事情发生在主人公——匪徒们身上。【《大盗铁金刚》是美国导演西德尼·吕美特（Sideny Lumet）的作品，拍摄于1971年。——译者注】

的内容。话外音在当前，而画面是故事时间中的过去的“那时”。相反的情况——尽管很少应用——也是可能的：视觉画面保持在当前，而声音闪回。亨宁·卡尔森的电影《群猫》讲的是一群洗衣女工诬告女经理
65 强迫其中一个女孩发生同性恋关系。这个女孩丽卡有一天早上来上班，在一夜的纵情之后她病了，十分疲倦；女经理给她洗浴并包裹以温暖的毛毯。有一刻两人坐着对视，但嘴唇都没动。同时我们却始终听到她们的声音，但从说话内容看，显然这又不是自言自语，不是听觉方式显示的思想，而是先前谈话的回声——那时两人处于朋友关系之早期阶段。

热奈特区分了错时的“跨度”（distance，*portée*）及其“幅度”（amplitude，*amplitude*）。“跨度”即从“**现在**”往前或往后直到错时的起始时刻之间的时间距离，“幅度”是错时事件本身的持续时间。把错时融入持续发展的故事中有几种方式：外部的，内部的，或混合的。外部错时的开始与结束都发生于**现在**之前，内部错时是从**现在**之后开始的，混合错时开始于**现在**之前而结束于**现在**之后。内部错时又分为两种：一是“异故事的”（heterodiegetic），即不干扰被中断的故事的；一是“同故事的”（homeodiegetic），即干扰被中断的故事的。后者又可以区分出补充的（completive，*complétives* 或 *renvois*）与重复的（repetitive，*répétitives* 或 *rappels*）。补充错时填补空白——过去的或未来的。这些既可以是直接的“正面”省略，也可以是侧面的省略，即省叙（*paralipses*）。在省叙中，空白的不是介入性事件，而是那正在展开的情境本身的组成部分——例如，马塞尔全面地隐瞒了他家庭中一位成员的存在。重复的错时则相反，它重复了之前陈述过的内容——“叙事返回过去，有时是明确地沿着自己的足迹返回”——但是对于原始事件持有不同观点。自爱森斯坦以来，这一手段在电影中也已很普遍。

热奈特将第三种可能性称为“无时性”（*achrony*）［对应的修辞法为“轭语”（*syllepsis*）］，它允许故事与话语之间的无“时间逻辑”关系（甚至反“时间逻辑”）。无时性的集合既可以是任意的，也可以建立在适用于其他文本种类的组织原则之上——空间接近、逻辑散漫、有主
66 题，或其他类似的原则。例如《嫉妒》这样的叙事，其事件发生的顺序

令我们迷惑，这种迷惑是叙述之不可靠性的一个功能。

这些区分建立在这样一个假定基础上：假定有一条单一故事线索，它承受着时间重心（姑且如此说）。正是依赖于这一重心线索，错时与无时性才得以辨认。但自古以来的叙事都包括两条或更多的故事线，有时这种优先假定不合实际。每条线都有它自己的重心、自己的**现在**。一个经典电影例子是 D. W. 格里菲斯的《党同伐异》。片中有四条故事线：（1）“现代故事（母与法）”，在这个故事中，一个被误认为是凶手的年轻人在关键时刻得救；（2）“基督受难故事”，关于耶稣和法利赛人的冲突的故事；（3）“中世纪故事”，关于一些胡格诺教徒在到达巴黎后，于1577 年圣巴戴莱姆日被屠杀的故事；（4）“巴比伦的陷落”，关于波斯人入侵巴比伦的故事。影片以一段预言仇恨将最终消除的收场白结束。在这些故事之间，经常出现交叉剪接，格里菲斯在一个故事中把人物留在暂时的危机困境中而开始另一个故事。四个故事当中没有一个可以说有高于其他几个的时间优先（前面那些故事绝非“引向”现代故事，而是在理论上平行于它）。因此，每一个故事都有其自己的**现在**，都有自己的一套故事与话语的时间关系。

不同故事线之间无论是有同等优先权——像《党同伐异》中这样，还是一个仅是另一个的背景——像《包法利夫人》中的永镇博览会片段那样，都可以指出事件的两种可能的性质。要么是两个事件序列在时间上部分交叠，每条线索在下一秒钟马上接续，仿佛它从未被打断（如在《包法利夫人》中）[①]；要么两个事件是同时的，故事线索 B 中的时间流驶速率，与故事线索 A 被详尽叙述的速率相同，因此插入性事件没有被述及。人们把后者恰如其分地称为“非编年性成长”（unchronicled growth）。[②] *67*

① 约瑟夫·弗兰克说：“至少，对于场景的跨度而言，叙事的时间流动是停止了。”Joseph Frank，“Spatial Form in Modern Literature，” *Sewanee Review*，53（1945）[in Mark Schorer，Josephine Miles，and Gordon McKenzie，eds.，*Criticism*（New York，1948），p. 384].

② 卡尔·格莱伯（Carl Grabo）的说法是：“当故事从一个亚情节转换到另一个亚情节，被丢弃的人物继续某种未被记录的存在。”见 Carl Grabo，*Technique of the Novel*（New York，1928），p. 215。

在关于叙事顺序的讨论中，如何安顿“解说”（exposition）这一概念呢？解说与其说是倒叙或预叙的一个亚类，不如说是它们的一种功能。这一功能提供“关于存在于故事事件本身开始之前的人物与事件的必要信息”①。其重点在于强烈的解释性。传统上，解说是按概念模式进行的。19世纪小说就独具特色地在一开始处引入这种概述（典型地以完成时态）：“美丽聪明的爱玛·伍德豪斯小姐出生于一个很殷实的家庭，生活中的幸福和愉快她几乎应有尽有。在她一生的前二十一年当中，不快和忧愁几乎未曾打扰过她。”或者，像《荒凉山庄》在“从中间开始”（in medias res）② 的起始之后，就把我们引入大雾天的大法官庭：“贾迪斯控贾迪斯案一拖再拖。随着时移日转，这件吓唬人的讼案变得这样错综复杂，以致世上活着的人都不知道这是怎么回事了。”③

“概述段”传统受到了当代小说家和小说理论家们的质疑。福特·马多克斯·福特认为他所称的“时间顺序环路”（chronological looping）是揭示早先事件的一种方法。他建议把解说“分开”，“首先以一种强烈的印象直抵人物，然后围绕他的过去向前或向后运作”④。闪回可以或多或少地起到解说的作用，尽管可能因为意外事件的发生，我们不清楚被阐明的究竟是主要叙事中哪一方面。

2. 时长（duration）

68 时长涉及读出叙事所花费时间与故事事件本身持续时间之间的关系。有五种可能：（1）概述：话语时间短于故事时间；（2）省略：与（1）相同，只是话语时间为零；（3）场景：话语时间与故事时间相等；

① Cleanth Brooks and Robert Penn Warren, *Understanding Fiction* (New York, 1959), p. 684. Meir Sternberg 的论文“What Is Exposition?”［见 John Halperin, ed., *The Theory of the Novel* (New York, 1974), pp. 25 - 70］，托马舍夫斯基关于 *fabula* 与 *sjužet* 的区分，为这一特征提供了坚固标准。

② in medias res，史诗的一种手法，场景从故事的中间开始讲述。——译者注

③ 采黄邦杰等译文，见《荒凉山庄》，8页，上海，上海译文出版社，1979。——译者注

④ 转引自 Mendilow, *Time and the Novel*, p. 104。

（4）拉伸：话语时间长于故事时间[1]；（5）停顿：与（4）相同，只是故事时间为零。

（1）概述（summary）：话语比所描述的事件简短。叙事性陈述概括了一组事件；在文字叙事中，它可能需要某种持续性的动词或副词（“约翰在纽约住了七年”），包括反复形式（“公司一次又一次地试图结束罢工，但无济于事”）。

语言为表示概述提供了种种语法及词汇特征，例如动词及动词形式之间“体”的区别（aspectual distinctions）。有些动词因其语义性质而精确，它们指称在一个相对短的时段里只发生一次而不会重现的事件。例如“他跳起来”，或“他决定了”，或“他们结了婚”。这些动词只有靠外部手段才能延续或重复，像延续性动词形式（“他正在跳”[2]）、情态（“他持续跳跃”）、反复（“他跳了跳”）等。另外，还有一类天然的可持续性动词——“等待”、“认为”、“流浪”等。这些词完全凭其语义就指涉了一段只能由时间状语（“一个小时”、“从星期二起”）来加以限制的时间。

甚至在话语与故事之间的精确同步性被视为必然的地方，例如在对话中，也会出现概述的例子。人物说出它的要旨，但放在一个单独引号中——这种概述性对话早在简·奥斯汀的小说中就出现了。

> 小说家有权将也许被猜想为是在多个话语中分别说出的话，合并进一个单独话语中。速度与浓缩效果的收益是引人注目的…… 69
>
> （例如《诺桑觉寺》：）凯瑟琳·莫兰在焦急地等待朋友，听见钟敲了十二下，她宣称：“我还没完全绝望呢。不到十二点一刻，

---

① 热奈特只列出前四种，尽管他承认不对称。事实上他还构想出一种“慢速场景”（slowed-down scene），并想到了普鲁斯特作品中的例子。但他认为，这些“被叙述外的因素拉长或被描写停顿打断”，“详述这些行为或事件比完成或承受这些行为或事件的过程更慢……作为有意识的实验它大概可以实现，但它不是标准形式”（“Discours du récit,” p. 130）。无论是否“标准”，这些形式在现代小说中，尤其是电影中毕竟是常见的，不应从理论可能性的列表中被排除出去。【热奈特的论述参见王文融中译本《叙事话语 新叙事话语》，60 页，北京，中国社会科学出版社，1990。——译者注】

② he was jumping，用过去进行时。——译者注

> 我是不会甘休的。现在正是天该放晴的时候，我真的觉得天亮了一点。得了，都十二点二十了，我也只有彻底死心了……”在说出不到四十个单词的过程中，小说家毫不为意地让二十分钟时间流走。①

电影在概述上有些麻烦，导演经常借助于小物件。“蒙太奇序列”早就很寻常了：一组镜头展示被选中的某个事件或序列的若干侧面，它们通常由连续的音乐结合成一体。还有很多更原始的解决方式，例如撕下日历，在银幕上写明日期，或通过话外音叙述者。有些导演解决这个问题时颇具创造性。例如《公民凯恩》以纪录片概述主人公生活开始。在克鲁佐的电影《恐惧的代价》中，大批流浪者在大萧条的美国中部一个小镇上被逮捕而不能脱身，这一事实在电影开场时由某个新来者和老手之一之间流动不居的对谈来解释。但我们知道，我们获得的，是对分布在七天里的一次对谈中马里奥告诉乔的信息的概述。这一点的达成，靠的是把音轨上他们之间的持续对话与两人在镇上的各个处所、在不同天气情况下朝相反方向闲逛等各种不连续的画面结合起来。因而我们所听到的，就必然是他们跨越几天的一次对谈之要旨的传统化表现。

十分有趣的是，本来是为解决电影中的某个问题而发明的“蒙太奇序列”技巧，在文字虚构中却也找到了它的路子。在《洛丽塔》中，概述用一段简短有力的描写来显示，这段描写与其说铺叙了不如说例证了
70 其所概括的那一时代之状貌。亨伯特用简短的、有代表性的画面，把他在比尔兹利学院的生活告诉我们，让我们可以想起断断续续的电影镜头：

> 对洛丽塔冷冰冰的卧室爱恋又失望了一阵以后，我躺在我书房狭窄的床上，总要温习全天，检查我的形象，让它在大脑红色的眼睛前徘徊，而不是一闪而过。我看见黧黑又漂亮的亨伯特博士，不是非塞尔特人，没准是高教会派的，也可能是更高的高教会派的，正望着他的女儿上学去。我看见他微笑着愉快地拱着手朝从脚黑到

① Norman Page, *Speech in the English Novel* (London, 1973), pp. 29 – 30.

> 眉毛的蠢笨的霍利根太太打着招呼，她浑身散发瘟疫（我知道，她第一个举动就是朝主人的杜松子酒走去）。韦斯特先生，一位已退职的行政官抑或是位宗教论文的撰写者——谁关心这？——我看见他和邻居——那位的名字是什么来着，我认为他们是法国人或瑞士人——在他窗明几净的书房里坐在打字机前的骨瘦如柴的侧影，他苍白的额头上，有一簇希特勒式曲发。周末，人们很可能看见亨教授身穿精心裁制的大衣，戴着褐色手套携女儿漫步到沃尔顿酒馆（那儿的戴紫罗兰色缎带的陶制松鼠和巧克力盒很有名，你就端坐其中等一张仍然遍布你的前任的面包渣的“双人桌”）。还会在工作日里的午后一点左右，看见我威严地向百眼巨人伊斯特敬礼，一边将小汽车调出汽车厂，绕过该死的冬青，而后朝光滑的公路驶去。……带多丽进城吃饭，人们看见埃德加·亨·亨伯特先生用刀叉对付牛排，这很是大陆风度。同样，欣赏一场音乐会：两个面容冷峻、神态安然的法国人在他们身旁就座，亨·亨先生喜爱音乐的小女儿坐在父亲右边，韦教授（在普洛维顿期度过了一个健康之夜）喜爱音乐的小儿子坐在亨·亨先生的左边。开着门的停车厂里，一片灯光吞噬了小汽车又熄灭了。穿着漂亮的睡衣，急忙去拉下多丽卧室的窗帘。星期六早晨，谁也看不见，在浴室里庄严地压卧着被冬天漂白了的小姑娘……①

这些句子相当于展现亨伯特如何度过他的时光的一些零散的电影镜头。尽管他的名字被优雅地变来变去，句法却保持相对固定，重复了其行为的平淡性。这样我们就看到，在某种叙事媒介中“不得已而求其次”（*faute de mieux*）才发展起来的一种技巧，在本身不受类似结构限制的另一种媒介中却成为一个令人兴奋的新可能。

（2）省略（ellipsis）：话语终止了，而故事中时间仍在继续流驶。《太阳照常升起》第五章末尾处，杰克·巴恩斯与罗伯特·科恩共进午

① 采于晓丹译文，见《洛丽塔》，233～235页，南京，江苏文艺出版社，1989。——译者注

71 餐，接着“我们扯了一通别的事情，然后我向他告别，回到编辑部”。第六章开头是：“五点，我在克里荣旅馆等候勃莱特。”这样，就有三四个小时未被述及；我们设想杰克在办公室做了日常编辑工作，然后去往旅馆。但这些细节没有必要报告。

省略早在《伊利亚特》中就出现了。但就像很多批评家所指出的，那种特大幅度的和出乎意外的省略则是现代叙事的特征。热奈特指出普鲁斯特在《追忆似水年华》中的省略越来越出乎意料，也许是作为下列事实的一个补偿：中间场景被叙述得越来越详细，尽管它们涵盖的故事时间段越来越短。整体效果是，话语时间与事件时间之间有一种永在增加的不连贯性（discontinuity）。《达洛维夫人》也有同样的特征。

省略有时被认为和电影当中不同镜头之间的“剪接”（cut）有关，即两个相关联镜头之间通过简单结合的过渡，在放映过程中，给人一种第一个镜头突然地、瞬间地被第二个镜头所取代的印象。（“剪接”确切来说是编辑的行为：他在镜头 A 的适当帧幅之边缘和镜头 B 的开端处准确剪下胶片，然后把它们粘合到一起。）但应该将“省略”与“剪接”这两个术语小心区别开来。它们之间的不同是层次上的不同。“省略”指的是故事与话语之间的叙事不连续性；“剪接”则相反，是特殊媒介中作为方法的省略之表现，是类似于印刷纸页上的黑区（blank space）[1]或星号的一种实现。

或者更确切地说，剪接**可能**传达省略，但它仅简单地呈现空间的转换，也就是说，连接两个完全连续或基本上连续的动作。例如，镜头 A 展示一个人用手旋转门把手、朝他自己的方向拉开门；接下来是在剪接后，一个相反的镜头 B 从外面的大厅里展示同一扇门打开，这次是向里面开，面向摄影机，这个人就出现了。这一例中话语的连续性不比故事

72 的差；剪接仅仅因摄影机逾越墙壁的空间困难而成为必要。剪接也可以用来显示下一个镜头发生于人物的思想中，它是想象出来的，等等。其

① “空白（white space），一个巨大的空白，不经过任何过渡之暗影。”这是普鲁斯特对《情感教育》所作的评论（转引自 Genette，p. 132）。【见中译本《叙事话语 新叙事话语》，62 页。——译者注】

他的转换或电影技巧——溶入（dissolve）、拂拭（wipe）、晕入（irising in）、晕出（irising out）等也是这样。所有这些都是电影表现的保留手段，而不是叙事话语的组成部分。就其自身而言，它们并没有特殊的叙事意义。只有语境可以告诉我们一个特定的溶入是否意味着"几个星期以后"或"几个星期之前"或"与此同时，在小镇的另一个地方"。

（3）场景（scene）：场景把戏剧的原则吸纳入叙事中。在这种情况中，故事与话语有相对等同的时长。它有两个常见成分，一是对话，二是较短时长内的显见的身体动作。把它表演出来所花费的时间不长于叙述出来所花费的时间。约翰·多斯·帕索斯《美国》中有一例：

> 菲妮在办公室外清扫卫生，这时一个长着生鱼排脸庞的男人走上楼梯；他正抽一支细黑雪茄，菲妮从来没见过这种雪茄。他敲了敲落地玻璃门。
>
> "我想和奥哈拉先生谈谈，泰摩塞·奥哈拉。"
>
> "他还没来，一会就来的，先生，您等他一会？"
>
> "你知道我会等的。"

下面让我们转入话语时间慢于故事时间的情况。

（4）拉伸（stretch）：话语时间比故事时间长。通过慢镜头（over-cranking）——亦即让摄影机的运转速度高于其后的放映速度——电影就能在人所共知的"慢动作"（slow motion）中表现"拉伸"。但还有些别的方式能够导致的话语时间更长；例如可以通过某种重叠（over-lapping）或反复剪辑（repetitious editing）拉长故事时间。[①] 一个经典例子出自爱森斯坦的《十月》，其中彼得格勒布尔什维克最初的失败的 73
浓烈悲伤，与大桥的开裂阻塞了无产阶级过河抵达冬宫联系在一起。通过重叠剪辑，大桥看上去在无休止地断裂；通过滑稽地悬挂在抬升起来

① Noël Burch 的称谓，见 *Praxis du cinéma*（Paris，1969），p. 17。*retour en arrière*【直译为"返回到后面"。——译者注】在英译本 *Theory of Film Practice*（New York，1973）中被糟糕地译为"time—reversal"【"时间—倒转"。——译者注】。诺伊尔·伯奇在显然与晚近叙事理论相同轨道上的一篇有意思的评论中，指出 *retour en arrière* 是空间上分离的两个镜头之间可能出现的五种时间关系之一。

的大桥中央的一匹拉过布尔什维克之车的死马的画面的复现，强调了阻击的失败。同样的技巧也用于《战舰波将金号》中著名的敖德萨台阶片段，它延长了观众对于战士们坠落的体验并使之达到残酷之顶点。

显然，文学叙事不具备重叠、剪辑或慢动作的资源，尽管词语可以被重复、被释义，而且特定事件可以用语言表达多次。在罗伯-格里耶《嫉妒》的**故事**中，也许阿×仅有一次因看见蜈蚣而大喊，但话语对此事件的叙述则一再重现。

文字表达可以比事件本身延续更长时间（至少在一个印象主义尺度上）。心理事件的情况尤为有趣。说出你的思想所用的时间，要长于思想本身的时间，而把它们写下来用的时间就更长。因此，在某种意义上，文字话语如果传达的是人物内心的活动，尤其是突如其来的感觉与洞察时，它总是更慢些。许多作者为这种悬殊、为语词导致的延迟而抱歉。[①] 关于延续的一个经典例子是阿姆布鲁斯·比尔斯的《枭河桥纪事》。小说中一个因间谍罪被绞杀的人幻想着从刽子手那里完全逃脱——挣脱镣铐，在子弹阵中顺河而下游泳，爬上岸，跑了若干米回到了家。当他拥抱着妻子时，“一阵炫目的白光在他周身闪耀，伴随着像大炮一样震耳的声音——然后一切都陷入黑寂。帕伊顿·福尔科瓦死了；只剩半截短颈的身体，在枭河桥桥梁下悬荡，悠过来悠过去。”一段几百字的幻想，描述的是人物在被绞断的瞬间的意识。

74 （5）停顿（pause）：故事时间停止了，而话语仍然继续，如在描写性段落中。由于叙事基本上是一种时间艺术，另外一种话语形式接管了它。如在《洛丽塔》中：

> 黑兹夫人的女低音突然从上边降落……
>
> 我觉得我最好直截了当地描述她，可以清晰易解。可怜的妇人三十五六了，她的额头很有光泽，眉毛剔过，五官端正但不动人，

---

① 约瑟夫·康拉德让他的叙事代言人马洛（他本人是个差劲的理论家）谈到他刚向朋友们描述过的场景：“这些事情接连发生还用不了我叙述起来这么久的时间，因为我是用迟缓的言语将当时目击的印象一一说出来的。”【采梁遇春、袁家骅译文，见《吉姆爷》第五章，36页，北京，人民文学出版社，1983。——译者注】

或许能形容为玛雷娜·黛德丽的一次不稳固分解。[①]

现代叙事倾向于回避直接的描写式停顿（除非他们自觉地喜欢这么做，像在上述引文中那样），而宁愿选择戏剧模式。正如最近一篇文章指出的，像左拉这样的作家为这种必要转换提供了常规做法。他希望尽可能详细地描绘虚构世界的表面现象，但又拒绝将言词放在某个叙述者的口中，而是让人物替他说。通常是：一个好追根究底的或博学的人（画家、美学家、间谍、工程师、探险家之类），发现自己手头有时间（外出散步、等待约会、工间休息），因为某种原因（怀疑、迂腐、好奇、审美嗜好、健谈）而抓住机会向另一个因为某种原因（年轻、无知、缺乏专门知识）而不懂某个复杂对象（一台机车、一座花园）的人，描述（讲授、指出、证实）这一对象。换句话说，人物之间的一次交谈，一次互动，都是为了描述某事物、减轻该任务之叙述者的压力这一表达目的而创造出来的。[②]

在我的印象里，在叙事影片中，描写就其本身而言总体上是不可能的，故事—时间一直伴随着画面在银幕上放映而保持前进，同时伴随的是我们感觉到摄影机持续向前。在斯坦利·库布里克的电影版《洛丽塔》对应于上引段落的片段中，亨伯特只是目睹夏洛特走下楼梯，焦点仍保持在事件之上。时间对于影片中的亨伯特来说在流驶，在这一意义上，故事时间对于我们来说也在持续流驶。

只有当电影在所谓“定格画面”（freeze-frame）（放映机持续运转， 75
但所有帧幅都完全显示同一画面）效果中真正“停止”，纯粹描写效果才会出现。约瑟夫·曼凯维奇的《彗星美人》中有一例：艾弗（安娜·巴克斯特饰）被授予一项戏剧大奖，当她伸出手领取它时，画面定格了。故事时间停止了，同时作为话外音叙述者说话的、爱挖苦人的戏剧批评家（乔治·桑德斯饰）在黑暗一侧提示艾弗的声名鹊起，并一一介绍宴会桌旁的其他演员。

---

① 采于晓丹译文，见《洛丽塔》，42～43 页，南京，江苏文艺出版社，1989。——译者注

② Philippe Hamon，“Qu'est-ce qu'une description?” *Poétique*，12（1972），465 - 487.

批评家们（例如珀西·卢伯克）已经注意到经典小说展示着场景与概述间相对稳定的交替。现代主义小说则相反，正如弗吉尼亚·伍尔夫同时从理论上和实践中发现的，它倾向于回避概述，而表现一系列由省略分隔开来的场景，对这些省略，读者必须予以填充。这样，现代主义小说就更为电影化，尽管我并不认为它是在电影的影响下改变的。

如果我们从《傲慢与偏见》这样的一部早期小说中随便选取一章，比如第六章，就似乎能够发现经典的交替式节奏——假如我们宽泛界定“场景”与“概述”的话。它的表现是：一个起始概述（关于吉英对彬格莱日益增长的钟情），一个场景（夏绿蒂与伊丽莎白谈话），又一段概述（达西对伊丽莎白增长的兴趣），一个场景（威廉·卢卡斯爵士家的晚会）。这最后一个场景又被分成数个不同的场面——伊丽莎白的抱怨和对达西的取笑，她的钢琴表演（又被关于曼丽之音乐嗜好的一段简洁概述与描写性附论所分隔），威廉爵士与达西谈话并企图让他和伊丽莎白跳舞、结果挫败，达西的幻想，以及最后他与彬格莱小姐的简短的概述性交谈。

但这一“节奏”只是粗略的和近似的，且场景通常要与空间维度相协调。某种稳定的空间结构（威廉爵士的房子）保证了场景感的持续，即便在话语—时间明显短于故事—时间的那些时刻（达西的幻想及与彬格莱小姐交谈的时—空）中也是如此。这样我们就可以指出概述的另一
76 功能——给出场景内的态度与行为之要旨。

反过来也成立。简短的孤立场景也不过是用来说明其所在的总体概述，或使之生动。在《傲慢与偏见》中，这样的场景常常是非空间性的。它们仅仅是纯粹时间意义上的场景：话语—时间放慢节奏，与故事—时间同步展示。例如：

> 她现在心里最得意的一件事便是不久就可以到湖区去旅行，因为既然母亲和吉蒂心里不快活，吵得家里鸡犬不宁，当然一想起出门便使她获得了最大的安慰；如果吉英也能参加这次旅行，那就十全十美了。
>
> 她心里想：“总还算走运，我还可以存些指望。假使处处都安

> 排得很完满，我反而要感到失望了。姐姐不能够一同去，我自会时时刻刻都感到遗憾，不过也反而可以使我存着一分希望，因此我所期待的愉快也可能会实现。十全十美的计划总不会成功；只有稍许带着几分苦恼，才可以大体上防止得了失望。”
>
> 丽迪雅临走的时候，答应常常给母亲和吉蒂写信来。[①]

中间那段呈现了伊丽莎白脑海中掠过的各个字眼，其话语—时间显然等于故事—时间，这样，根据定义，它必定是“场景”。但很明显，这些语词出现的确切地点与时间点并不确定，这一段并未上演一个独立事件，而只是简单说明了在所概括的这段时间中伊丽莎白脑海中闪过的那种思想。

在当代小说中，概述的通常方式是让人物来进行，无论是处于其意识之内还是外在式地处于对话之中。但这样的段落并非经典意义上的“概述”，因为比例并不是事件的时距与读者其描述的时距之间的，而是人物对那些事件的记忆之时距与读者阅读它们所花费时间之间的，这是一个大体上相当于“场景”式的比例。概述是次要的，是推理行为的副产品。

《达洛维夫人》的大部分由人物的回忆录组成，不仅是克拉丽莎、
彼得、卢克雷齐亚等主要人物的，而且还有那些只有单一的、短暂的出 77
场，与主人公及主要情节关系很小或没有关系的人物的。对人的意识的这一沉浸是该书中最有意义的创新之处。它结合了对城市的视觉听觉之现代主义呈现——公共汽车、大本钟、飞机盘旋、摄政公园里的长凳、任意路人的内心生活，奇怪而有挑战性的是他们有着“莫尔·普莱特”、“玻利先生”、“柯蒂斯夫人”这样的名字。城市的内部与外部生活，经由小说的话语技巧这一交换机而传达出来。概述的取消确实有助于表现都市经验的突然性与速度感。叙述者不需要概述，因为往昔在主要人物的回忆录中占据如此显要的支配地位：

---

① 采王科一译文，见《傲慢与偏见》，268～269页，上海，上海译文出版社，1980。——译者注

> 是他用“伤感”、“文明”这两个词来评价他；她生活中的每一天都是以这两个词开始，仿佛他在保护她。一本书是伤感的，一种生活态度是伤感的。也许她总在回忆过去也是“伤感的”。[①]

克拉丽莎现在五十多岁了，从商店回到家，就像一个修女回到其狭小的房间，脱下衣服，沉思自己的过去——在鲍尔顿度过的青春及其后来与彼得的关系。虽然涵盖了一个很长时期，但话语时间等于故事时间：故事时间与其说是已过去的大约三十年生命，毋宁说是她思考它们所用的时间。就结构而言，概述材料从属于我们所聚焦的主要叙事事件，亦即克拉丽莎的追忆行为。

1925 年，一个评论者指出：“伍尔夫夫人……把小事放大，留给我们以生活网络的无尽的丰富性之感觉。”小事通过丰富追忆的精心安排而被放大：“她能够控制住兴奋，在一种狂喜中梳理头发（现在对她来说旧感觉开始恢复，因为她取出了发夹，放在梳妆桌上，开始梳头），白嘴鸭在暮色中上下翩飞，她穿上衣服，下楼，当她穿过门厅，‘如果
78 现在死去’，那现在就是最幸福的！”在某种意义上，整本书是由拥有足够年龄和闲暇的人所作的一种从今日之喧闹中暂时抓住的追忆之庆典。的确，追忆是最重要的叙事行为，其他的则不过是传达外部面貌。

在这种叙事中、对这些人物类型而言，“解说”不再是一个问题。就像在普鲁斯特那里，过去之生动并不逊于当前——它经常会更为生动。**现在**的地位不再重要，不再需要“解释”情节的信息，因为情节没有提出任何问题，没有什么推理方式需要遵从，我们没有需要对准的目标。小说最后一行明显描绘了一幅图画，图画上的内容在一定意义上说是一直就在那里的：

> 是克拉丽莎，他说。
> 因为她就在眼前。

因此，《达洛维夫人》的现代主义节奏就不是在概述与场景之间摇

① 采王家湘译文，见《达洛维夫人 到灯塔去 雅各布之屋》，33 页，南京，译林出版社，2001。——译者注

摆，而是单独的场景节奏，故事的接力棒从一个人物到另一个人物进行传递，即使他们互不相识，而仅仅是在相互之间的无意识靠近中“实现”这种传递。

3. 频率（frequency）

话语时间与故事时间之间的第三种可能性关系是频率。热奈特区分出了以下几种：（1）单一（singulary）叙述，即对单一故事时刻的单一话语呈现，如“昨天我睡得很早”；（2）复合—单一（multiple-singulary）叙述，它是多次话语呈现，每一次呈现几个故事时刻中的一个，如“星期一，我睡得很早，星期二，我睡得很早，星期三，我睡得很早”等；（3）重复（repetitive）叙述，即对同一故事时刻的多次话语呈现，如“昨天我睡得很早，昨天我睡得很早，昨天我睡得很早”等；（4）综合（iterative）叙述，指对多个故事时刻的一个单一话语呈现，如“这一星期的每一天我都起得很早”。①

关于热奈特对前三种类型的讨论，几乎没有什么可以补充的。单一叙述形式当然是基础，而且也许是必需的，至少在传统叙事中如此。热
奈特的第二与第三种类型是边缘情况，它们出现得相对较少，只为特定 *79*
效果使用。但在极端情况下，它也是可以被运用到极限的。例如，回顾一下罗伯-格里耶《嫉妒》中事件的竭尽全力的重复：捻死蜈蚣，阿×的端送饮料和梳头发，蹲在河面上的当地工人，等等。我们不免疑惑：他们究竟是对各各不同（即使高度相似）的故事时刻的单一话语呈现（即上面的第一种）呢，还是对同一故事时刻的多次话语呈现（即上面的第三种）？举例来说，阿×**到底**在阳台上为弗兰克和叙述者端了几次饮料？是否每一个陈述都对应于一次以上的端饮料场面？

---

① 参见热奈特著，王文融译：《叙事话语 新叙事话语》，73～75页，北京，中国社会科学出版社，1990。英文中 repetitive 和 iterative 语意近似，都有“重复、反复”之意。考 iterative narration，系源于热奈特的法文术语 *récit itératif*。*itératif* 的法文原意亦为“反复”。王文融把 *récit itératif* 译作“反复叙事”（见王文融中译本《叙事话语 新叙事话语》），对中国读者而言，似易引起与上面“重复叙述”的混淆。胡亚敏从法文译为“综合性叙事”（见王先霈等主编《文学批评术语词典》），谭君强、姚锦清等从英文译作“概括性叙述”（见谭译米克·巴尔《叙述学》、姚译里蒙-凯南《叙事虚构作品》），都考虑了与上面的“重复叙述”的区别，较合理。兹从胡译。——译者注

热奈特的第四种类型需要进一步讨论。和在其他语言中一样，“综合”形式在英语中也有其特定的说法。它们可以用“during”（在……期间）这样的词表达，也可用表达时间段的名词表达，特别是可以用特殊的反复模式如“would”（将）或“kept”（保持）（加现在分词形式）来表达。如《无名的裘德》的开头：“其后连续三四**年**期间，在马利格林附近的篱路和少人走的乡下小道上，**常常看到**一辆样子稀奇古怪的老旧运货小马车来来去去，赶车的样子也稀奇古怪。”（黑体为笔者所加）[①] 其效果是反复性的，而不仅是持续性的，这一点是我们理解上下文后明白的：马车行遍马利格林而不仅沿着某条直线穿越村庄。由此我们把它归为综合叙述。行程本身是规律性的：“经过这番变化，裘德一礼拜得三回给紧挨马利格林一带的乡亲和单身汉送面包。”[②] “常常看到”一语的功能无疑在于使感知距离化，不仅是空间上的［它是电影中“远镜”（long shot）的文学对应物］，而且是时间上的——感知的随意性得到强调。它暗示着，如果观察者没有看见马车，那是因为他处在错误的时间和地点，因为裘德的行程本身是极有规律的。

时间差别如何表现

文字叙事对故事时间的标记，不仅通过一整套语法要素，诸如动词时态、语气（说话者“对谓语的实现之态度”）、体态（行为的持续，例
80 如时间上的一个点、一个跨度等）以及副词，而且通过语义学手段。电影同样也有其指示故事中时间变化的方法，尽管还不清楚这些是否相当于“语法”之类。克里斯蒂安·麦茨认为，将它们视为一个“标点”系统（system of “punctuation”）更为适宜。

英语中的时态系统并不十分丰富，但它无须借助副词就能够指示事

---

① 采洗凡译文，见《无名的裘德》，22 页，南京，译林出版社，1999。据引文情况略有改动。——译者注

② 同上书，23 页。——译者注

件序列中至少四个时间段：（1）最早的时间段，通过过去完成时表达；（2）紧随的时间段，通过过去时态（或过去进行时）表达；（3）更晚的时间段，通过现在时（或现在进行时）表达；（4）最晚的时间段，通过将来时（或一般现在时、发挥将来作用的现在进行时）表达。让我们用“先前时间”（anterior time）、“过去时间”（past time）、“现在时间”（present time）和“将来时间”（future time）来指称它们。我们也要承认“无时间”（timeless）的存在，即一个指明某种一般状况的陈述之时间，或该时间的缺席，通常用一般现在时——“生活是美好的”，“黄金是宝贵的”，“光阴荏苒”。（在叙事中，这一时间可用过去时表达。）多数叙事将其“故事**现在**”置于第二阶段即“过去时间”上，文字叙事通常用“过去时”来表示。但也有少数将“故事**现在**”置于第三阶段上。至少有一部小说[1]将其置于将来时上。“话语**现在**”一般用第三阶段即“现在时间”，除了“框架”（frame）叙事情况（例如，马洛讲述某个“先前时间”所发生的事情）。[2]

使问题复杂化的是时间性副词与动词形式之间的关系。这是叙事分析中一个相当有趣的问题。表示现在的副词可以伴随过去时态的动词出现，这很久以来就被承认。乔伊斯的《姐妹》的开头（着重为我所加）：“**这一次**他是没有希望了，这是第三次中风……他曾常常对我讲：‘我在今世待不久了。’而我却以为他的话没有什么依据。**现在**我明白这些话原是当真的。”（There was no hope for him *this time*：it was the third stroke…He had often said to me：“I am not long for this world，” and I had thought his words idle. *Now* I knew they were true.）在普通情形下人们当然会用“那一次”（that time）和“那时”（then）来代替现在时 81
动词形式。“这一次”（this time）和“现在”（now）显然为强调作为人物的“我”之“现在”而服务，以使它的视点作为其后来的化身之视点——即叙述者“我”回望童年感觉——的对立面更为生动。我们可以

① 即 Michael Frayn's *A Very Private Life*（London，1968），W. J. M. Bronzwaer 在 *Tense in the Novel*（Groningen，1970）曾讨论过，见 70 页脚注。

② 指康拉德小说《黑暗的心》的框架故事。——译者注

将此称为“人物同时化”（character contemporization）手段。有位理论家把它视为自由间接文体的中心要素①，而另一位理论家则强调更甚——认为正是因为它，小说与非小说才得以区分开来，这样运用的过去时态构成了一种特别的“史诗”时态。② 后一观点显然过分，过去时态形式与现在时间副词的混合是任何说话人都会用的习惯措辞。不能滥用想象力地把它用于定义我们称之为“虚构性”（fictionality）的那些林林总总的理论实体。③

上述问题可以展开更多，但由于它必须与叙事传达即话语相关，因此这里我将只讨论与时间问题相关的方面，为后面某章中“自由”类型话语的定义作准备。

我一再区别了故事—时间与话语—时间。而与之平行的另一个区分，是“人物—**现在**”与“叙述者—**现在**”的区别。“人物—**现在**”指的是人物当前时间的这一刻，“叙述者—**现在**”指的是故事讲述过程中对于叙述者而言属于当下的这一刻。那么，时间与时态、体态这样的纯粹语言学现象之间的关系，又是怎样的呢？时间是一个叙事问题，一个故事与话语的问题；而时态则是语言中的语法问题。时间的点与段都在故事**当中**，又**通过**话语表现出来。而话语又由某种媒介表现。在文字叙
82 事中，一个给定的时间要素，可以通过对各种各样的动词形式、时间副词、词汇等的选择来表现。通常语法上的选择绝对是最小的。在《都柏林人》的第二篇小说《遭遇》中，一般过去时态几乎标志着每一个短暂的意外事件。小说以持续式和反复式指涉开头：“把西大荒介绍给我们

① Franz Stanzel， “Episches Praeteritum，Erlebte Rede，Historisches Praesens，” in *Deutsche Vierteljahrfeschrift für Literaturwissenschaft und Geistesgeschichte*，33（1959），1-12. 布朗兹瓦尔（Bronzwaer）支持此观点。【*Erlebte Rede* 是德国学者洛克（Etienne Lorck）在 1921 年为了指称法语中的 *Style Indirect Libre*（自由间接文体）一语而创造的新术语，指“作者将自己想象为人物，是一种经验语言”。——译者注】

② Käte Hamburger，*Die Logik der Dichtung*（Stuttgart，1968）中各处。斯坦泽尔用他自己的概念宣称：只有当读者的“定位中心”（center of orientation）处于“某个人物的意识内或小说场景的某个想象性观察者身上”时，“史诗”效果才能出现。

③ 针对汉伯格理论已有多种批评，其中最详细的是布朗兹瓦尔，他提供了颇具说服力的例证以显示这一实践何等普遍。这些例子很明显都是非虚构文本——一篇语言学论文，一封写给杂志社的信，一部大众化的历史著作。

的，正是乔·狄龙。他略有些藏书，尽是些过期杂志，《联合杰克》、《勇气》和《半便士奇闻》。每天黄昏放了学，我们就在他家后园子碰面，排演印第安人的打仗游戏。”（IT WAS Joe Dillon who introduced the Wild West to us. He had a little library made up of old numbers of *The Union Jack*, *Pluck* and *The Halfpenny Marvel*. Every evening after school we met in his back garden and arranged Indian battles.）下面一段生动描绘了乔·狄龙如何像一个印第安人那样蹦蹦跳跳，描绘以直接引用他的叫喊结束：“呀！呀哈，呀哈，呀哈！”接下来我们读到：“后来有消息说，他有志于做一名教士，大家都不太相信。不过这却是真的。”（Everyone was incredulous when it was reported that he had a vocation for the priesthood. Nevertheless it was true.）那个消息是关于很久之后发生的事情的，处在未来时间中，但动词形式仍用一般过去时。我们甚至并不需要一个副词（“后来”之类）来帮助理解，有上下文就足够了。[①]

事实上，过去完成时在英语言说中相对极少运用，即使在精熟的言说者中也如此，除非是必须强调事件的先前情况。在高品位的文学语言中它更为常见一些，而用它或不用它，具有多种类型的文体含意，包括人物同时化。

人物同时化的另一个标志是在概括的、无时间性的或者（正如它们被称作的）“格言”（gnomic）目的的陈述中运用过去时态。假如我们读到一个不用过去时态句子的叙述如“战争是地狱”（War is hell）[②]，我们会以为这一结论为叙述者所掌握，如同（甚至更甚于）为人物所掌握。但“战争是地狱”（War was hell）[③] 就必然意味着是人物如此认为。[在反讽性概括中则不总是这样。如《傲慢与偏见》的开头：“凡是有钱的单身汉，总想娶位太太，这已经成为了一条举世公认的真理。”

① 此处采徐晓雯译文，见《都柏林人 一个青年艺术家的肖像》，12页，南京，译林出版社，2003。——译者注

② 系用现在时态。——译者注

③ 系用过去时态。——译者注

(It is a truth universally acknowledged, that a single man in possession of a good fortune, must be in want of a wife.)对于这“举世公认”的观点，叙述者和受述者都知道不会接受它。如果该句作“It *was* a truth universally acknowledged…”，反讽仍然保存，但仅仅是对于人物而言了。[①]]

83 英语写成的文字叙事偶尔会用现在时态写作。但故事时间通常仍然是过去的。这样，该时态就被称为“历史的现在”(historical present)。不过那仅仅是过去时态的一个替代品：“故事—**现在**”与“话语—**现在**”之间的区别仍然十分清楚，因为叙述者知道故事的结果，而且显然，他的当前保持在人物之当前的后面。一个有趣的例子是杜鲁门·卡波特的《圣诞记忆》。“话语—**现在**”，即叙述者——“漫步在（无名的）校园”的一个学院生或预校生——的当前时间，在文本最后一段中被设定为故事中主要事件十年或十五年之后的一个“特别的十二月的早晨”，而主要事件发生于他七岁的时候。那些事件——为和他“六十多岁”的未婚亲戚亲密共享的圣诞做精心准备——是在七个“故事—**现在**”中描绘的，它们被从三个小时到七个星期不等的省略所分隔。第一个“现在”出现于最后一段——年轻人接到的他亲戚的死讯。这样，第八个“故事—**现在**”与“话语—**现在**”**之时刻**取得了一致。卡波特用现在进行时来强调准时体（punctual aspect），亦即故事—时间中的准确时刻，因为一般现在时不像过去时，它暗示着重复、习惯等。在这篇小说中，一般现在时留给了季节性上演的行为之追忆。这就导致了一个双重效果：这些事件属于“这个”特定的圣诞季，但它们与过去的圣诞季的事情相同。“买好说，但得有钱。我们都身无分文。”[②] 这不仅意味着“在这个特定的时刻”，而且意味着“永远”。至于一般现在时（“当我们在炉火的火光中敲剥山核桃时，我们的影子和正在上升的月亮混为一体”[③]），

---

① 原句用现在时态，改句用过去时态。——译者注

② 原文是：“But before these purchases can be made, there is the question of money. Neither of us has any.”用一般现在时。——译者注

③ 原文为：“Our reflections mingle with the rising moon as we work by the fireside in the firelight.”——译者注

它与现在进行时（“厨房黯淡下来”①）交替出现。当持续的时间段从过去开始而直到当前或更远，那么任何时态都是可能的：“就在今天，壁炉又开始了它季节性的呼啸”，“很快就找到了她的帽子，是一顶旧草帽，装饰在上面的玫瑰色的丝绒早已褪色”，“我在给她扎一只风筝”②，等等。始于过去、也终于过去的持续时段，则通过现在完成式［“……拣拾（山核桃）是多么不容易啊！大多数早已被果园的主人摇落、出售了”③］，或带有解释性副词的一般过去时（“这顶草帽原来是属于我们的一个时髦亲戚的”④）来表达。这类小说中将来时间的指示是一个问题，因为现在时态也可以指涉将来。副词变得极为重要：“我们用晚餐（冷饼干、培根、黑莓酱），讨论明天。明天的任务是我最喜欢干的活：购物。”⑤ 卡波特还用了一种真正的将来时态以使事件清晰：“天哪，我们真需要一匹小马把童年拉回来！”⑥ 84

说电影只出现于现在时间中，这很正常。和文字媒介不同，电影在其纯粹的、未剪辑状态下是绝对系于真实时间的。读完“约翰起床，穿衣，坐出租车去机场”只花几秒时间，而观摩它则在理论上需要花费与其本身同样长的时间。不过当然，几乎所有电影都经过了省略或剪辑（安迪·沃霍尔和麦克尔·斯诺的实验是罕有的例外）。就像小说作者一样，电影制作者也通常期望观众能够重构或补充那些他们以为太明显以至于不需要展示的细节材料。而程度大小就是一个风格的问题了。随着观众的经验日益丰富，电影制作者就会有更大胆的剪辑。

---

① 原文是：“The kitchen is growing dark.”用现在进行时。——译者注

② 这三句原文分别是“Just today the fireplace commenced its seasonal roar”，“The hat is found, a straw cartwheel corsaged with velvet roses out-of-doors has faded”，“I am building her a kite”，分别用一般过去式、一般现在式、现在进行时。——译者注

③ 原文是“how hard［pecans］were to find (the main crop having been shaken off the trees and sold by the orchard's owners)”，用现在完成时。——译者注

④ 原文是“［the hat］once belonged to a more fashionable relative”，用一般过去时。——译者注

⑤ 原文是“We eat our supper (cold biscuits, bacon, blackberry jam) and discuss tomorrow. Tomorrow the kind of work I like best begins: buying”，用一般现在时。——译者注

⑥ 原文是“……why, we'll need a pony to pull the buggy home”，用将来时态。——译者注

叙事宏观结构与情节类型学

到此为止我们一直聚焦于情节分子单位的形式本质——其组织原则，包括否定的可能性（反故事），以及其在实际媒介中的表现。这些话题包括叙事的宏观结构，即其单独的碎片如何拼装到一起。显然，叙事的一般理论同样需要解释宏观结构，也就是情节的总体设计。这样，宏观结构就暗示了一种情节类型学的理论，即如何根据结构相似性对情节加以归类。

我们目前的知识状况只允许推测。考查一些更为著名的方案，将会展示该问题的难度。

传统上，理论家们在内容上的用力超过宏观结构准则之表达，例
85 如：经典的悲剧之**突转**（peripeteia），即在情节的某部分上从一种状态转变为其完全对立面；或者**发现**（anagnorisis），即主人公所经历的从不知到知的变化。这些之所以是内容之概括（content-generalizations），恰恰是因为它们假定判断任一事件都需要所谓“不知”与“知道”这样的大的行为范畴。

自亚里士多德以来的文学研究，都将情节宏观结构的分析奠定于主人公状况变迁的基础上。根据主人公的状况上升或下堕，亚里士多德区分了“幸运”与“毁灭”的情节。对他而言，最有趣的形式是复杂的，即变化的走向：悲剧的、毁灭性的情节线对喜剧的、幸运的情节线。这些可能性根据主人公的不同性格而延展。亚里士多德指出三种类型——极好的人，极恶的人，以及上乘但并非完美的人，即介乎前两种之间的人——他足够好以至于他的错误或缺陷（*hamartia*）也不能阻止我们对他的堕落感到怜悯与恐惧。[①] 这样就产生了 6 种情节类型。在毁灭的范畴中有：

---

① hamartia 在宗教教义中原意为“未中的”，即人的行为够不上神的标准。——译者注

（1）一位极好的主人公失败，这对我们来说实在不可思议，因为它违背或然律。

（2）一位卑劣的主人公失败，对此我们感到高兴，因为正义得到了伸张。

（3）一位上乘的主人公因判断错误而失败，它唤起我们的怜悯与恐惧。

在幸运的范畴中则有：

（4）一位卑劣的主人公成功，但这使我们厌恶，因为这违背我们对可能性的感觉。

（5）一位极好的主人公成功，这引起我们道德上的满足感。

（6）一位上乘的主人公（如俄瑞斯忒斯）因判断失误而受挫，但这仅仅是暂时的，其最终结局令人满意。[①]

显然，这一分类只能涵盖较少数量的叙事，即“好”、“成功”之类观念绝对明显的那些叙事。

分析宏观结构与情节类型学的当代努力，如诺思洛普·弗莱、罗纳德·卡莱恩及诺曼·弗里德曼等所做的，增加了参变量的数目，从而将可能性之网络拓展至更新的叙事种类。 86

弗莱为宏观结构分析提供了两个不同路径。第一个是人物中心的，基于他所谓的“模式”（mode），也就是“在虚构型文学作品中赋予主要人物的程式化的行动力量，它们倾向于前后相继形成一种历史的序列”[②]。对人物的强调与亚里士多德相同，除了评价标准不再是好与坏，而是主人公相对于受众而言的力量。如果他是完全优越的，也就是神，那么宏观结构就是“神话的”（mythic）；如果他比较优越，是人但非同

① 改编自 Hardison and Golden，pp. 179 - 185。后两种类型未被亚里士多德实际议及，但很显然包含在他的体系中。

② *Anatomy of Criticism*（Princeton，1957）中的第一篇论文，“Historical Criticism：Theory of Modes”。【中译本参见陈慧、袁宪军、吴伟仁译：《批评的剖析》，472 页，天津，百花文艺出版社，1998。*mythoi* 是弗莱理论的特有概念，《批评的剖析》中译本音译为“密托依”。该词在国内学界多译为“叙述程式”，例如叶舒宪选编《神话—原型批评》（西安，陕西师范大学出版社，1987）、王宁等编《弗莱研究：中国与西方》（北京，中国社会科学出版社，1996）等。本书采用这一习译。——译者注】

一般，那宏观结构是“浪漫故事的”（romantic）；如果他比较优越但仍不过是人，比方说贵族，那宏观结构是“高模仿的”（high mimetic）；如果他同于我们，宏观结构是“低模仿的”（low mimetic）；如果他低于我们，宏观结构就是“反讽的”（ironic）。这些类型又与另外一些因素交叉——悲剧（“被社会排斥”）对喜剧（“融入社会”）、素朴对精致、可怜对可怕，从而提供了一个详尽的情节类型网络。

弗莱的第二个构想是一种直接的神话理论，它正面抨击了情节类型学。[①] 他指出了4种“叙述程式”（*mythoi*）：喜剧、浪漫故事、悲剧、反讽—讽刺。每一种又分为6个“相位”（phases），依据其与相邻的两种叙述程式的距离而变化：这样总共就有24个类型。这些都是“叙述范畴……它比普通的文学体裁更宽阔，逻辑上更优越”。换句话说，它

87 们是与文类相结合的一套特征。长篇小说和戏剧一样都可以是喜剧的或悲剧的，浪漫故事的或反讽—讽刺的。举例来说，在《韩富瑞·克林克》中，当主要人物在马车倾覆事件后烘干衣服，互相认出对方，“幽默社会胜利了或保持不败”，它证明了最接近于反讽一极的喜剧相位。[②]

弗莱的范畴概念开阔，而他出众的博学为他填充了大量的例子，从《伊利亚特》和卢西安的《众生的销售》到《哈克贝利·芬历险记》和《芬尼根守灵夜》。另外，他分类的基础是出色的演绎法。但弗莱很少或者说完全没有告诉我们这个演绎法的概念基础，甚至也没有告诉我们那是随心所欲的。为什么是4种类型、6个相位，而不是6种类型、4个

---

① *Anatomy of Criticism*（Princeton，1957）中的第一篇论文，“Historical Criticism：Theory of Modes”，pp. 158－239。实际上，弗莱在第四篇论文“Rhetorical Criticism：Theory of Genres”（pp. 303－314）中还提出了第三个情节类型学基础。文类是根据其朝向受众之转换的类型而区分的，例如，“口传史诗”的“表现的原则”是“作者或游吟诗人作为口头背诵者”，而小说（fiction）的表现原则是“印刷或书写下来的语词”。后者的亚类包括长篇小说（novel）、罗曼司（romance）（与第一篇论文中提到的意义不同）：这些是根据其人物的处理而区分的——现实的对程式化的。其他类型还有自白体（confession），麦尼佩斯讽刺体（Menippean satire）和剖析体（anatomy）。总共有11种可能的结合体。

② 《韩富瑞·克林克》，苏格兰作家托比亚斯·乔治·斯摩莱特（Tobias George Smollett，1721—1771）的小说。参见陈慧等译：《批评的剖析》，21页。小说有中译本，《汉弗莱·克林克》，北京，华文出版社，1983。——译者注

相位，或者是10种类型、10个相位？在标题上，“叙述程式”对应于四季，喜剧对应春天，浪漫故事对应夏天，悲剧对应秋天，反讽—讽刺对应冬天。但还有一些数字同样伴随着意义——3代表三位一体，7代表邪恶与善行，12是黄道带符号。如果向我们提供一个以隐喻为基础的类型学，却不对隐喻加以解释，那它就是个障碍。如果要求我们接受一个严密封闭的体系，而它的特征经不起反例的质疑因而也不能被精练化，那它也是个障碍。

罗纳德·卡莱恩的分类学同样依赖于传统：亚里士多德所指出的诗的6个特征中的3个。卡莱恩提出了行动情节、性格情节和思想情节。第一个需有主人公状态的一次变化（《卡拉马佐夫兄弟》），第二个需有其道德品质上的一次变化（《一位女士的肖像》），第三个则需有其思想感情上的一次变化（佩特的《享乐主义者马利乌斯》）。[①]

诺曼·弗里德曼在这些基础上增加了亚里士多德关于3种主人公、两种命运的区分，提出了14种类型（从数学上，人们总会期望更大的数量）。例如，“钦敬”情节是一种行为情节，它包含“由富有同情心的主人公性格的高尚引起的向好的方面改变”（如《罗伯茨先生》）。“成长”情节是一种性格情节，其中有一个“目标被错误想象的、富有同情心的主人公”向好的方面改变（《吉姆爷》）。“教育”情节中，主人公的思想提升了，但没有继续展示这种有益变化在其实际行为上的效果，因为如果展示的话，那将变成一个“成长”情节。教育情节的例子如《国 88

---

① “The Concept of Plot and the Plot of ‘Tom Jones’”，见其所著 *Critics and Criticism* (Chicago，1957)，pp. 66－67。卡莱恩的构想留下很多有趣的问题。谁的“思想”？是隐含作者的，还是人物的，抑或是叙述者的？这些思想是**关于**什么的？是关于作品世界——事件、人物、状态的，还是关于一般事物的？除了满足古马其顿斯塔利亚人仁慈的幽灵之外，为什么要把“思想”从其他行为中分离出来？如果说言语行为是行为的种类，为什么思想行为就不是？为什么停留在前三类上？为什么没有措辞（diction）的情节，例如格特鲁德·斯泰因或者《芬尼根守灵夜》的叙事？或者为什么不能有场面（spectacle）或旋律（melody）的情节？【格特鲁德·斯泰因（Gertrude Stein，1874—1946），美国女作家、诗人、剧作家，作品以文字游戏著称。“A rose is a rose is a rose”、“There is no here there”等都是她的游戏性名句。文中提及的佩特，指的是沃尔特·佩特（Watter Patet，1839—1894），英国批评家、作家，唯美主义代表人物。——译者注】

王班底》和《机密代理》。[1]

还有一些别的方案我们可以讨论[2]，但是这些已足以说明以内容为基础的情节类型学之报偿与风险所在。对于这样的分类法的首要评论，也许就在于它们依赖于不被承认的文化前提。以“好”或“行为”与
89 “思想”之区分为基础的理论，推定人们普遍理解这些事实，并就基本术语达成一致。可能就一般情况而言这是正确的，或者可能对某一套特定的古典文本而言是正确的，而且仅当我们同样忽略了受众如何知悉并想象式地接受这一推定背景时才如此。但在一套完备的理论中，文化前提这一事实应该以某种方式得到说明，因为它涉及一个有趣的受众行为之复合体。组成一个人的“好”的品质，因时代而异，因社会而异。理解某特定品质或行为真的“好”，除了需要对该人物的熟悉与想象式共鸣，还需要对传统的熟悉与想象式共鸣。古希腊人与基督徒的美德相似，但与非洲或美洲印第安文明所推崇的美德不同。但即使在西方传统内部，我们也很容易忘记一点，即必须弄清很多前提。俄狄浦斯王基本

---

① “Forms of the Plot,” *Journal of General Education*，8（1955），241－253. 其他的11种是行为情节（R. L. 斯蒂文森的小说）、悲悯情节（《德伯家的苔丝》）、悲剧情节（《俄狄浦斯王》）、惩罚情节（《理查德三世》）、感伤情节（《辛白林》）、改革情节（《红字》）、考验情节（《丧钟为谁而鸣》）、堕落情节（《夜色温柔》）、揭露情节（罗尔德·达尔《小心狗》）、感情情节（《傲慢与偏见》）与幻灭情节（《毛猿》）。

② 例如，E. M. 福斯特提供了空间比喻（*Aspects of the Novel*，p. 151）：“一部作品呈更漏型，一部作品是古代方块舞中的长链型。”阿那托儿·法朗士的《苔依丝》与亨利·詹姆斯的《使节》都是“更漏型”的小说，而珀西·卢伯克的《罗马画卷》则是“长链型”设计的例子。其他模式还有凯瑟琳之轮形与普罗克拉斯提斯之床形。【参见方土人译：《小说美学经典三种》，322页，上海，上海文艺出版社，1990。——译者注】另外一些理论家则注意到情节结构、修辞性比喻与形象之间的相似性。参见 T. Todorov，“L'Héritage methodologique du formalisme”一文所引的什克洛夫斯基观点，载 *L'Homme*，5（1965），76；再版本见 *The Poetics of Prose*（Ithaca，N. Y.，1977；Richard Howard 英译）。所提到的那篇论文是 *O teorii prozy*（*Theory of Prose*）（Moscow，1929）中的一章，译文“La Construction de la nouvelle et du roman”，见 *Théorie de la littérature*，pp. 170－196。但相似很少是因果关系上或发生学上的。看上去更像是我们的心智包含着些高度一般性的开放模式，它既可以在叙事的局部层次上也可以在其全局层次上表现出来，它确实在一般文本的这两个层次上表现出来。【见蔡鸿滨译：《俄苏形式主义文论选》，北京，中国社会科学出版社，1989。——译者注】肯奈斯·伯克早在1931年就在其《语汇修辞》、《心理学与形式》及《诗学过程》（《反论述》）中持此观点。

上是善良的、高贵的，尽管他在路口杀死了那老人——掌握这一点需要我们对早期教养进行重组。

因此，正是内在于叙事理解的相对主义，而不是对它们进行的分析和分类，使得叙事被深刻感知。如果我们认真对待理论，就必须追问我们事实上究竟是如何得出这样的结论的。我们是否要永远处于亚里士多德的道德前提下，而不管它们如何不适应现代人物与环境？如果不是的话，我们该如何去找到新的、更适当的分类特征？在另一端，我们又如何防止失去控制的激增？我们的控制手段是什么？我们怎样用如此之少的有说服力的诊断性试验，驾驭如此之多的潜在的变量？我无法给出答案，但我想，看一下形式主义和结构主义在对特定同质文本进行宏观结构分析方面取得的成功，对我们来说是有益的。我们可以问，他们的研究中的那些原则是否适用于其他种类的叙事。

结构主义分类依赖于叙事内容的**形式**，而不是叙事内容的质料。弗拉基米尔·普罗普是第一个持此观点的：

> 最常见（首要）的对故事的划分，就是把它们分成有神奇内容的故事、日常生活故事、动物故事。初看起来一切都没有错。但有一个问题却会自然而然地冒出来："难道动物故事不包含神奇的因素——有时还是在相当大的程度上包含它们？"反之："不正是动物们在神奇故事中发挥着很大的作用吗？"可以认为这个标志是足够准确的吗？[①] *90*

他认识到，在无关紧要的生物学与物理学观点之下，各种人物——比如说一个老太婆、一只熊、一个森林之神，或者是一只马头——在不同但相关的故事中都可以完成"同一"行动，例如考验并奖赏一位英雄，简单地说就是它们可以是一个具有单独功能（function）的"功能者"（functors）。他是如何做到这一点的呢？他通过揭示并论证：在全部资料的每一个故事中都隐含着一个符码，这一符码为俄罗斯童话的爱好者们所知悉并接受。只有作为某种语言的操持者，才能辨识出一个音

① *Morphology of the Folktale*, p. 5.【采贾放译文，见《故事形态学》，3～4页，中华书局，2006。略有改动。——译者注】

素的不同发音与一个词素的不同变体“实际上是一回事”。俄罗斯童话的受众早已知道，不同的行动者和行动种类“实际上是一回事”，分配给它们的名字并不重要，但同一功能内部的“功能者”的可互换性却很重要。事实上正是这一可互换性，保持了该文类对于其受众而言的生动性。受众既从旧有者（功能本身）找到抚慰，又从新出者（一个火星人也可以充当反面角色）中得到想象的愉悦。作为分析者，普罗普注意到了俄罗斯神奇故事的叙事“语言”之“本土操持者”的行为。他的成功，显然得力于故事的相对简单及其数量的庞大，庞大到足以构想和检验关于核心（kernels）的本质及次序的假说。[①] 托多罗夫富有说服力地将类似技巧应用于分析《十日谈》，他明确断言这一原则：

91 如果要辨识一个叙事结构，那么关系的复现是必要的……如果我们把自己仅仅局限于一篇短篇小说，我们就无法说清该小说的结构……庞大的数量也是一个保证：它使我们能够展开可以证实或证伪我们的假说的检验工作。只有一部广泛的文集能够允许我们提出关于系统的组织的问题；在两个同等可靠的描述中，选择的标准之一就是选更具简单性的那个。[②]

① 遗憾的是，普罗普本应就其分析做更多说明。我们可能只遗憾于他接受维谢洛夫斯基的预言，并用这预言结束了他的《民间故事形态学》：“在这一领域是否允许提出典型图示的问题……作为现成的程式世代相传、能够借新情绪复活、引出新东西的图式呢？……情节繁复、照相式再现现实的当代叙事文学显然排除了类似问题的可能性；但是，当它对于后代来说是在悠远的背景上浮现，如同从史前到中世纪的古代世界于我们一样时，当时间——这位伟大的删繁就简者——的综合掠过现象的复杂性将其简化为延伸的一个个点，它们形成的一条条的线与我们回望遥远年代的诗意创作的时候袒露在我们面前的东西汇聚在一起时——图式化和重复性的现象就会获得全方位确立。”【p. 116。采贾放译文，见《故事形态学》113页。——译者注】幸运的是普罗普后来在《民间故事形态学》的意大利语译本中修正了这一谬论，“在结构主义出现之前，本书中提出的方法……在其应用方面是有限的。凡在某宏大层级如语言或民间传说上具有可重复性的地方，它们都是可能的而且是有益的。但当艺术变成一个不可重复的天才之行为领域，那么仅当对可重复性因素的研究伴随着对唯一的、我们视为某不可知奇迹之表现的东西的研究时，精确方法的运用才会有积极结果”（D'Arco Silvio Avalli 英译，见 *Proceedings of the First International Congress of Semiotics*）。

② Tzvetan Todorov，*Grammaire du Décameron*（The Hague，1969），p. 11. 参照 Todorov，“Narrative Transformations”，见 *The Poetics of Prose*，pp. 218 - 233；及 A. J. Greimas，*Du Sens*（Paris，1970）的第Ⅲ部分。

像普罗普（及其他晚近叙事学家们）一样，托多罗夫也用代数公式呈现了《十日谈》故事中的情节复现。首先他将故事减缩为它的释义。从释义句中，他提取出三个基本符号——叙事的名词性主语（代表人物）、叙事性形容词（它们的品性或状态），及叙述性谓语（实施的动作）。显然符号本身并不怎么重要：我们不能仅仅通过把名字和字眼简单转换为大写、小写、正号、负号、箭头等来实施有意义的分析。除非这些简化导致新的洞见，否则它们是没有用的。这样，简化就是好坏参半的事了。在积极的意义上，它提供甚至强调了一个结论：人物、品质、状态、行为必须用符号置换。它们的排列使得不用符号时看不出的模式得以浮现，而且这一模式能够以作品集中的其他故事为背景加以检验。这种分类为有待验证的假说提供了基础。“新”的“十日谈”故事可以被创造出来，但不能保证这种减缩没有被过度强化。释义不是个单 *92*
纯的步骤，其原则也没有得到很好的理解。一个潜在的条件要素可能被忽视了：普罗普和托多罗夫的保障在于其强烈的直觉——作为“那一模式**应该**如何运作，以及如何引入符号以检验那一直觉”（这一语言的）“本土操持者”的直觉。这样他们的“语法”就不是发现性的程序：代数公式不能揭示俄罗斯民间故事和《十日谈》故事的结构，只能**说明**分析者对模式的预先感觉。

（在某种意义上，尽管是在规定性意义上来说，亚里士多德也是这么做的。他假定，古代戏剧情节组成一个清晰的文本世界。这样，他就可以容纳一些稳定项，诸如“人”这样的主体，“高尚”或“幸运”这样的性质，“浮”、“沉”这样的谓语。但他在阐明其规则之前一定已经直觉到了结构。规则的运行范围限于“它们能说明所有的希腊戏剧，又仅仅是希腊戏剧”。）

但是将普罗普与托多罗夫的方法移用于任何叙事宏观结构是有问题的。大部分叙事结构不具备必要的、支配一切的复现。现代小说与电影的世界并不是俄罗斯民间故事或《十日谈》那样的非黑即白的二元价值（two-valued）世界。比如，在莫里亚克的《毒蛇之结》或乌纳穆诺的《阿贝尔·桑契兹》中，谁是英雄，谁是反面主人公？或者，如果退回到亚里士多德的基本的二分法，在一个对其所叙述的社会价值恰恰持质疑观点的叙事（例如萨特的《自由之路》）中，我们如何知道人物的处境是改善还是恶化？

同时，我们似乎也不具备外部界限明晰的文集之语境支持。多数叙事并不像《十日谈》那样以封闭、明晰的架构出现。现代文化也不会为多数叙事（或至少为有文学特质的叙事）广泛提供模式化人物与情节。尽管在好莱坞（及莫斯科），每日都有大量故事被炮制出来，它们遵循与俄罗斯民间故事同样的坚韧模式，但艺术叙事之宝贵首先是因为它不能被减缩为公式。

我的意思并不是说形式主义—结构主义者的宏观结构分析理论没有
93 价值，或不应在适用之处奉行。我只是说他们绝不能打造一些让个别叙事无法在上面安睡的普鲁克拉斯提斯之床。这里有两个告诫性的例子：(1) 罗伯特·肖尔斯在最近将托多罗夫的公式运用于《伊夫琳》的过程中[①]无论取得何种成功，都依赖其对《都柏林人》压倒性主题结构的认识。判断符号代表什么，显然受到有关“**所有**故事是关乎什么的”这一理论的启发。举例来说，对归诸伊夫琳的属性之选择——“A＝都柏林人”和“B＝禁欲”——显然是用通观小说集里其他作品之后的眼光所推出的。为什么是“一个都柏林人”而不是“一个爱尔兰女人”或“一个欧洲人”或“一个女性”？为什么是“禁欲”而不是“贫穷”或“卑微”？肖尔斯这样认为：“（她是都柏林人）这一归属，建立在所有的小说的整体序列之上，事实上正是所有小说之所系……都柏林人们倾向于禁欲，或者不幸福的婚姻……”但很显然，叙事未必是更大的主题整体之组成部分，因而归属选择也就更成问题。对解释的控制更含糊，代数模式可能恰恰是运用错误的那一个。(2) 有些法国结构主义者，如克劳德·布雷蒙，已比普罗普和托多罗夫走得更远。他们主张将分类方法适用于一切叙事；他们坚称确实存在一些普遍类型，任何一种行动都可以置于其中。在这种观点下，任何叙事最终都可以被分析为十几种稳定的

---

① “Semiotic Approaches to a Fictional Text: Joyce's ‘Eveline,’” *University of Idaho Pound Lectures in the Humanities*, April 8, 1976.

微型叙事要素的集合，这些要素与特定的“基本”生活状态相对应：“欺骗”、“契约”、“防卫”，诸如此类。叙事分析的任务是推论出那些基本情境的配置。就像所有的假说一样，它也值得认真考虑：它可以引向富有意义的洞见和富有挑战性的反例，也就是说，布雷蒙的十几种要素当中所未预见到的叙事，因而暗示着潜在的新的和更有包容力的类型。然而我们又不无忧虑。一般类型不仅可以用于解释情节，而且也可以在解释中将它们消解，把它们从复杂性减缩为一个预设公式的简单性。或者，这些类型宽泛到无意义的地步，几乎等同于叙事结构本身，也就是 94
实存加上事件。

为一大组叙事之核心命名的一套关键词（*mots-clefs*）或描述性术语也不应被分为任何故事都可以减缩成的一些类别。核心是情节的真正特性；它们存在着，可以被分离出来，并应当被命名。对很多叙事来说，重要的是实际分析之微妙复杂性，而不是强烈的减缩之简单性。卡勒等人指出，一个给定的事件不能从其语境中被孤立出来加以分类，特别是结尾事件。“杀死”可能不是谋杀，而是一种慈悲行为，或者是一种祭献，或者是一种爱国行为，或者是一次意外，或者是一件或很多件其他事情。任何一套预先建构的分类，如果不依赖于、而且先于对整体的阅读，就不能说明它的特性。在预先存在的对可能的叙事性事件的语义学分类中，文学理论家找不到多少趣味。和人类学家相反（也并不否认对此类问题的合法兴趣），他不会期望关于下列问题的被动结论：是否最好把给定的事件称作“复仇”、“拒绝”、“分离”或其他一些现成（ready-made）的术语？“给出”（making）术语正是整体解释的一部分。他更希望理解分析者如何着眼于总体故事、并在“每一部分如何与其他部分结合起来”的基础上为核心命名。他希望把“对行为进行一般分类”这一工作委托给作为另一类研究的人类学的高手。真正有意义的不是为符码分类本身，而是弄清符码如何指示不同叙事之间的相似性，《东尼欧·克鲁格》为什么看上去更像《哈克贝利·芬历险记》而不是《战争与和平》？也就是说，文学史家是如何辨识出像“成长小说”（*Bildungsroman*）这样的情节类型的？也许理解分类的最好方法是把历史学家或批评学家视为（语言的）“本土操持者”、符码的熟练运用者。他的行为和其作品本身一样，需要我们仔细考量。这丝毫不意味着叙事理论消融于文学理论中；相反，理论家应当学习作为差异之库存的文学史，后者的成功不是依赖于其“真实”本质而是依赖于传统。就绝
95 对意义而言，奥赛罗的嫉妒在“悲剧性弱点之程度”方面究竟分值几何，这一点并不重要，重要的只是观众认为它如此。或者更准确地说：观众理解并接受一个符码的条件，在这些条件下，嫉妒是一种可以驱使丈夫去杀人的感情。

简言之，宏观结构与类型学中的情节之典型特征，依赖于对文化符码及其与文学艺术符码和日常生活符码之间的相互作用的理解。它严重依赖于逼真性。在我们能够简明表达**所有**的文化符码之前，我们的思考只能停留在与普罗普和托多罗夫等人的研究作印象主义比较上。情节类型学家必须承认其基本单位之传统本质。只有当受众在可认知与可习得的传统之基础上进入与作者之间的契约时，这些单位才能实现。这是一种机制，关于它的详情我们所知太少。很显然，情节类型的区分是叙事研究领域中问题最大的领域，它很可能需要等待，直到我们有了大量像《S/Z》那样的深度分析并进入了一个关于文化的一般符号学。但即便那时，我们的目标也永远不会是还原论的。

就目前而言，那种所有叙事皆可根据少量情节内容的形式而成功地归并这一观念，在我看来是高度可疑的。应该对各种类型逐一展开研究，因为在“内容—形式”观点下对诸多叙事进行比较方面，我们需要探究的东西太多了。至于向情节的宏观结构与类型学展开密集攻坚，我们尚未做好准备。

第三章　故事：实存

96

何等样人决定了干何等样事，同样，
干何等样事决定了是何等样人。

——乔治·艾略特
《亚当·比德》

故事—空间与话语—空间

正如“故事—事件”的维度是时间一样，“故事—实存”的维度则是空间。又正如我们把“故事—时间”与“话语—时间”区别开来一样，我们也必须把“故事—空间”（story-space）与“话语—空间”（discourse-space）区别开来。在视觉叙事中，这一区别最为明显。在电影中，明确的故事—空间是实际展示在银幕上的世界的一部分；隐含的故事—空间则是对我们来说处于银幕之外，但对人物来说可以看见、或者处于听力所及范围之内、或者由行动所暗示的一切。

在现实生活中看见一系列客体，与在电影上看见它们，二者之间的主要区别在于画框所执行的武断的剪接。在现实生活中，除了一个逐渐聚焦的过程使我们感知到所看见的东西之外，并不存在一个黑色的矩形边框鲜明地限定一个视觉界域；我们知道，只要转一下头，就能把周边目标纳入视野。另外，显然我也并不总是坐在一个黑屋子里看东西。

故事—空间包含着实存，正如故事—时间包含着事件。事件并不是空间性的，尽管它们发生于空间当中；实施它们或受它们影响的那些实体才是空间性的。①

电影中的故事—空间是“实实在在”的，也就是说，物体、维度和关系，至少在二维性上，是与真实世界中的物体、维度和关系相类似的。而在文字叙事中它是抽象的，需要在头脑中予以重构。这样，关于故事—空间的讨论，从电影开始最为方便。

97

电影叙事中的故事—空间

让我们来看在电影中传达故事的几个空间参数。正如已指出的，这些在展示时必须是具体的——在电影中它们是**确定的**。多数电影手册都提供关于这些特性的大量实例讨论②，我只想强调故事—空间与话语—空间的区别。

（1）比例或尺寸。每一个实存都有其尺寸，这是它在现实世界中及其与摄影机镜头之间的距离形成的“标准”尺寸（相对于其他可辨认物

---

① 物理学家（还好，他们不会读这本书）将会嗤笑于这一区分之天真，他们是对的。当然，在某种意义上说，世间万物都是一个事件；不仅太阳，甚至每一块石头最终都由一系列电荷组成。事件—实存的区别纯粹是个由我们的文化符码教会我们的民族（“常识”）观念。文化可以把事件“归化”为实存：“fist”（拳）在英语中是一个名词，于是我们把它视为一个物体；在别的语言中它是个动词，于是人们把它视为一个事件。叙事分析建立在民族基础上，而不是科学、物理学基础上。

② See Alan Casty, *The Dramatic Art of the Film* (New York, 1971), chs. 4, 5, 6, 7, 11, 12; Raymond Spottiswoode, *A Grammar of the Film* (Berkeley and Los Angeles, 1965); Noël Burch, *Theory of Film Practice* (New York, 1973).

体）的功能。邻近性可以被操纵，以营造出自然的和超自然的效果。浴缸里的西班牙大型帆船的小比例模型，经过相对近距离拍摄后，在放映时又被放大，看上去跟真实的帆船一样。一个两英寸蜥蜴的特写，当通过背景合成（back-projection），衬着东京的摩天大楼，在银幕上就仿佛一只恐龙在怒目而视。

（2）轮廓、质地与密度。银幕上的线性外廓，与所拍摄的物体密切相似。但电影作为另一种二维媒介，必须凸出其第三维。画面的质地在扁平银幕上只能通过阴影造型传达。

（3）位置。每个实存都被置于（a）画面的垂直和水平维度中，和（b）与画面上其他实存的关系中，与摄影机形成一定角度：正面或背面，相对高或相对低，朝左或朝右。

（4）反光照明的度数、种类与区域（及彩色影片中的色彩）。实存被强光或弱光照亮，光源是聚光的或是散射的，诸如此类。

（5）光学分辨率的明晰性或度数。实存处于鲜明的或“柔和”的聚 *98*
焦［与绘画中的“渲染”（sfumato）相一致］下，在聚焦之内或之外，或者通过扭曲的透镜展示。

故事—空间与话语—空间之间的边界，不像故事—时间与话语—时间的边界那么容易确定。与时间顺序不同，方位或物理的布局在真实世界中并没有其天然的逻辑。时间对于我们所有人来说都以同样的时钟方向流驶（如果不是心理学速率），而物体的空间布局则是相对于其他物体，相对于观察者自身在空间中的位置。① 角度、距离等都受控于导演的摄影机机位。生活并未为这些机位提供先决性的原理。它们都是选择，也就是说，是导演艺术的产物。例如《公民凯恩》中李兰德要求调到《问事报》芝加哥分部的场景。一个常规的叙事性“时间逻辑”之选择摆在面前——凯恩可以接受他的要求，也可以拒绝。凯恩拒绝了。然后李兰德可以选择留在《问事报》纽约分部，或者选择辞职。李兰德以辞职相威胁。然后凯恩既可以接受他的辞职，也可以同意他的调动。凯恩选择了

---

① E. H. Gombrich 在 *Art and Illusion*（Princeton，1972）等著作中很圆满地解释了这一现象。

后者。此处是叙事性事件之时间结构中典型的分岔。但没有一种可比较逻辑能够告诉我们，李兰德在提出请求时应该站在凯恩的左侧抑或右侧，甚至他是否应该出现在画面中——整个画面本来也可以通过聚焦于凯恩的面部，从银幕之外注视他听到李兰德的请求时的表情这一方式来表现。

图 3—1 呈现的是从那一场景中框出的一帧画面，用低角度镜头拍摄，两个男人出现在我们上方。显然其效果在于将这一瞬间显著戏剧化，强化两个已经疏远的朋友之间的冲突。李兰德感到凯恩已经背叛，因此这一冲突既是身体上的，也同样是意识上的。低角度使人物形象高
99 耸，成为“大于生活”的原则之象征，而不是作为私人的个体。

图 3—1　奥逊·威尔斯《公民凯恩》剧照

100 让我们进一步用上面罗列的各个参数来考察一下这帧画面。（我并不是说关于实存的信息仅仅由这些因素提供——我只是说，它们把我们从对话、故事文本等当中也能缀合起来的东西，予以强化了。）大小：好莱坞行话称之为“双人特写镜头”（two-shot）。银幕尽其容量被两人

的躯体充满，大约从头顶到大腿，于是就有了中—近镜头距离。人物被挤在边缘处，夸大了两个人物中间那冲突性的空白空间，这制造了一种紧张感。轮廓：李兰德的挑衅因其挺直而得以强调，尽管他有醉态。相反，凯恩头微微下垂地站着，这在上下文中被读作失败姿态。从质地方面看，双方都衣冠不整，李兰德醉成这样（有凹痕的帽子，无领衬衫），凯恩如此疲惫（他的衣服尚存些许优雅）。位置：李兰德在左，两人（除了凯恩的头）平行于画面边框的竖直线。李兰德的外套尽管开着襟，但还是平行于画面边缘，而凯恩的背心、外套、裤子上的条纹则是“越轨”的，也许是为了支持李兰德道义上的洞察力之“正直”。两个人物间的身体缝隙强调了其友谊的隔阂，这种缝隙并未因威士忌酒瓶而有所缓解——其角度是暂时的，它没有消除鸿沟。唯一把他们两个联结起来的是天花板上两根梁椽的不友好的斜线，它们的交汇点被李兰德的身体挡住。尽管躯干站在一个朝向摄影机的半开放的角度上，李兰德的脸却控告式地转侧着。相反，凯恩的眼光是沮丧的，强化了他的不情愿对抗。照明：疏远感增强了。深重的阴影遮蔽了李兰德的眼睛，勾画出他的鼻子（与梁椽的阴影相反的投射），突出他的怒容和呈抱怨姿态的下巴。凯恩的面部也在聚光灯下，脸部线条显得僵硬，尤其在太阳穴和左颧骨处，显示他倦于、不情愿于还击。聚焦：聚焦强烈而干净。每个细节都能清晰地突出出来——李兰德的喉结和衣领扣，凯恩背心上的扣眼。光秃秃的聚焦反映了这一刻的赤裸裸的现实，即老朋友的深刻决裂。

电影当然不仅仅是一套单独的画面：实存可朝任何方向运动，包括银幕外；摄影机也可以以无数种组合方式伴随它们或逆着它们运动。另 101
外，剪辑也可以暗示出运动。稳定的可运动性使电影的故事—空间有高度弹性，而不会破坏“它的确**在那儿**”这一至关重要的幻觉。甚至可以在建立起我们推测出的话语边界的那一银幕当中，嵌入第二个虚构的银幕，就像一个文字叙事可以嵌入另一个当中。《公民凯恩》就利用了这样的内层故事（intradiegesis），在开端处用一部新闻短片说明凯恩的一生。最不为观众知悉的是两个银幕在短片结束时完全重合了；然后戏法揭穿，“真”的摄影机左移，显示短片的标题，这时它以倾斜角度扭曲了。弥散于放映室中的雪茄烟雾，标示出摄影机的圆锥形“投射”。

文字叙事中的故事—空间

在文字叙事中，故事—空间与读者之间有双重隔离，因为不存在银幕上由拍摄形象所提供的肖像或相似物。实存及其空间，如果说完全“看见了”，那也是在想象中看见——从语词转换为精神映射。不存在像在电影中那样的实存之“标准画面”。读一本书时，每个人都创造出他自己关于呼啸山庄的主观想象。但在威廉·威勒的电影改编中，其呈现对我们所有人来说都是确定的。正是在这一意义上，可以说文字的故事—空间是抽象的。它不是“非实存”，但与其说它是一个相似物，不如说是一个精神结构。

文字叙事同样可以通过故事—空间描述运动，甚至是以电影化途径。在威廉·戈尔丁的《蝇王》中，故事—空间由孩子们被困的荒岛之岸所限定。给定这一空间后，小说就频繁地“画面化”（framed），极像一部电影。

> 猪崽子从曙光初照的灰白的海滩上，沮丧地抬头眺望黑魆魆的山岭。
>
> “你有把握吗？我是说，真的吃准了？”
>
> “我告诉过你几十遍了，”拉尔夫说，“我们是亲眼目睹的。”
>
> “你认为咱们在下面这儿安全不？”
>
> 102 “他妈的我怎么会知道呢？”
>
> 拉尔夫从他身边猛地闪开，沿海滩走了几步。杰克跪在地上，用食指在沙子里画着圆圈。猪崽子的话音传到了他们耳中，声音是压低了的。
>
> “你有把握吗？真的吗？”①

---

① 采龚志成译文，见《蝇王》，145页，上海，上海译文出版社，1985。——译者注

效果颇类于电影中的“摇拍”（pan）——从拉尔夫与猪崽子的相遇，跟随到他与杰克的相遇。我们的注意力中心继续移动，离开了猪崽子。“猪崽子的话音传到了他们耳中，声音是压低了的”——这是“画外音”。

这样，可以把作为一般属性的话语—空间定义为**空间注意力之聚焦点**。它是隐含受众的注意力被话语所导向的框定区域，这个区域是整个故事空间中“被注意”或被遮蔽的一部分，而这种“被注意”或被遮蔽是根据媒介的需要，经由叙述者或摄影镜头之眼（这个“眼”按字面意思是指在电影中，按比喻义是指在文字叙述中）来展现的。

文字叙事如何引发故事—空间的心理想象呢？我们至少可以想到三种方式：直接运用文字修饰语（“巨大的”、“鱼雷状的”、“蓬头乱发的”）；通过定义指涉那些各项参数均为标准化的实存，也就是说，传递出它们自己的修饰语（“摩天大楼”、“1940 年雪佛兰跑车”、“貂皮外套”）；与某些标准进行比较（“像马一样大的狗”）。这些都是明确的，但形象也可以由别的形象所暗示（“约翰能单手举起 200 磅重的杠铃”就暗示了约翰臂力之大）。

另一个值得关注的重要问题是：描述的是谁的空间感？我们依赖的是用来看的“眼睛”——叙述者、人物、隐含作者。我们是在人物的内部还是外部？是什么意义上的“外部”？是彻底分离，还是相并行，抑或是别的什么？这里，我们就陷入了**视点**（point of view）这一朦胧领域中。在第四章中我尝试解释它的意义及其和叙述**声音**（voice）这一常与之混淆的概念之间的关系。

人物只能通过一个感知性的叙事谓语感知到故事世界中的事物。这一谓语的对象出现在他**感知到的故事—空间**中，而其视点则是以其所**占据**的故事—空间为出发点的：“理查德·达洛维和休·惠特布莱德…… 103
朝一家商店的橱窗里看……理查德意识到自己正在看着一只詹姆士一世时期的双柄银杯，而休·惠特布莱德欣赏着一条西班牙项链……”[①] 我

① 采王家湘译文，见《达洛维夫人 到灯塔去 雅各布之屋》，113 页，南京，译林出版社，2001。——译者注

们可以推断达洛维和惠特布莱德的视野——其距离（大约三四英尺）、角度（向斜下方）、尺寸（一扇大约一百平方英尺的商店橱窗）等。

文字叙事一旦在人物意识中建立了据点，它就可以无须精确地感知动词而传达人物的感知空间（正如可以传达内部认识而无须精确的认知性动词）。雷奇亚和赛普蒂莫斯孤单地坐在摄政公园的椅子上，被刚从爱丁堡来的梅西·约翰逊问到去地铁车站的路：

> 多么古怪呀，她向他们问路的这一对，那女的吃惊地摆着手，那男的——他显得古怪得要命；也许他们在吵架；也许就要永远分手了；她知道肯定是出了什么事；现在所有这些人（因为她回到了大道上），这些石盆、整齐的花朵、这些老头老太太们，他们多半都是坐在轮椅里的病人——对于从爱丁堡来的她都显得非常古怪。[①]

其中没有一个“她看见”，但这是一系列话语期待：仅仅提及这对夫妻、石盆、花朵、轮椅上的老人，就预设了梅西对它们及其周围环境的观察。

另一方面，叙述者可以为故事—空间划界，无论是直接描述，还是曲折地、顺带地。观察可以由这样一个叙述者呈现：他认为人与地方均需介绍或确认。叙述者可以无所不在（omnipresent）（与“无所不知”相区别的一种权力）。“无所不在”是叙述者从人物所不易获得的优势地位进行报道的一种能力，或者从一个地点跳到另一个地点，或者同时处在两个地点。在《无名的裘德》的开头几句中，我们的注意力首先被引向马利格林村，一辆小马车和一匹马停在小学前面。叙述者与对象的视觉关系含混不明；叙述者没有强调各样东西看上去是什么样子，而是强调了它们的意义与历史（那是磨坊主的车和马，小学老师从来没学过钢琴，等等）。我们不确知叙述者站在哪里，或者
104 他是否真的“站”在某处。第二段在空间上同样模糊：“教区长……整天都到外边去了……”教区长的空间是“错位的”（allotopic）；但

① 采王家湘译文，见《达洛维夫人 到灯塔去 雅各布之屋》，23～24页，南京，译林出版社，2001。——译者注

它仍然存在于故事世界中的某个地方。第三段的空间是具体的了，它固定于学校里面：我们想象中的视觉画框现在恰恰容纳得下三个人和一架钢琴（别无他物）。①

这样，文字的故事—空间就是读者受到激发，而以人物的感知和/或叙述者的报道为基础，在想象中创造出来的（在他能及的范围内）。两个空间可能是一致的，或者焦点可以自由地来回转换，就像在《包法利夫人》中：

> 有一天，三点钟上下，他来了；人全下地去了；他走进厨房，起初没有看见爱玛。外头放下窗版，阳光穿过版缝，在石板地上，变成一道一道又长又亮的细线，碰到家具犄角，一折为二，在天花板上颤抖。桌上放着用过的玻璃杯，有些苍蝇顺着往上爬，反而淹入杯底残苹果酒，嘤嘤作响。亮光从烟囱下来，掠过铁板上的烟灰，烟灰变成天鹅绒，冷却的灰烬映成淡蓝颜色。爱玛在窗、灶之间缝东西，没有披肩巾，就见肩膀冒小汗珠子。②

从严格的感知视点看，头两句是含糊的。查理的进入，既可能是从外部，即从叙述者的优势地位，也可能是从人物的优势地位看的（我们分享了**他的**关于到达的感觉，我们看见了门，又跟他一起进去）。但在第三句中，故事—空间就很明显是叙述者的了："……起初（查理）没有看见爱玛"，尽管爱玛就在房间里。但后面一句又暗示了查理的角度。呈现顺序——放下的窗版、穿过版缝的阳光等——记录着它们进入他的视野中的时间顺序。转完一圈回到窗户，查理的目光最后落在爱玛身上。 *105*

读者在阅读中并不经历这样的推测性旋转，但他获得故事—空间的

---

① "布托尔解释道：正如一个叙事或一首乐曲中的时间跨度的每一组织……都只能借习以为常的阅读或聆听时间之中止而存在，所有向我叙述的人物与经历之空间关系，也只有通过我与我周围的地方所保持的距离这一中介才能抵达我。"转引自 F. Van Rossum-Guyon，*Critique du roman*（Paris，1970），p. 25n（原题"L'Espace du roman"，*Répertoire* Ⅱ，43）。

② 采李健吾译文，见《包法利夫人》，20 页，北京，人民文学出版社，1979。——译者注

逻辑必定与之有些相似。无疑，仔细检视电影叙事（它的话语—空间是类似的）的价值之一就在于使我们意识到场景如何变换，人物如何从一个地点到另一个地点，等等。文字和电影叙事在描述空间方面共同享有传统的舞台所不具备的灵活的流动性。在传统的舞台表演中，一个单独的背景就可以满足一场、一幕甚至整出戏的需要。单独的对话将包含“其他部分”。另外，人物的距离关系、观察角度等是相对固定的。即使人物的移动穿越舞台所允许的最长距离，比如说从最右后方到最左前方，观众所看到的他的身体，也并不比在他保持原位时看到的更多一些。但在电影中我们就能实实在在地（在小说中则是比喻式地）看到人物脸上的毛孔，只要摄影机想展示它们。

人们经常注意到电影与文字叙事之间的密切关系。的确，“摄影机之眼”是传统文学批评中的一个贴切的比喻：“《荒凉山庄》第一章中无所不在的、注视场景的眼睛，就其流动性而言恰似一个电影摄影机的镜头。它可以在一句之内完成一次全景扫视，也可以对人物或局部细节进行近距离细察。”① 在文字叙事中，艺术家所能掌握的唯有文字，那么它究竟能在多大的精确程度上做到上面那一点呢？答案必然在词语本身当中。《荒凉山庄》第一页对英国南方的“传达”是用一些名词实现的，这些名词的意义恰恰暗含着广延性、弥漫性：“到处是雾……河的上游……河的下游……厄色克斯郡的沼泽……肯德郡的高地……”，“大街上，有些地方的煤气灯在浓雾中若隐若现”，“满街泥泞，好像洪水刚从
106 大地上退去”②。这一切“不可数”名词表示那些以大量的连续体存在的事物。所出现的“可数”名词都是不确定复数，再次暗示广延性，它们是不同类事物的集合：“街道”，“狗，浑身泥浆，简直看不出是个什么东西”，“马”，“行人，手里的雨伞，彼此碰撞”，“小岛和草地”，“鳞次栉比的船只”，“沼泽和高地”，“煤船的厨房，大平底船和小木船的舷

① W. J. Harvey, *Character and the Novel* (Ithaca, N. Y., 1966), p. 95.

② 采黄邦杰、陈少衡、张自谋译文，见《荒凉山庄》，5页，上海，上海译文出版社，1979。——译者注

边”①。叙述者的眼睛无处不在，既用鸟瞰角度，又用盘旋运动方式——从街道到草地，从鳞次栉比的渔船到格林威治区的火炉边。正是这种“电影摄影机式”（cinematographic）的监视［而不仅是“照相式”（photographic）的复制］能力，这样一幅有着动态（而不是静态）画布的图画之能力，提示爱森斯坦从狄更斯小说中发现 D. W. 格里菲斯电影的灵感源泉。

但是文字与电影的故事—空间之间仍然存在着重要区别。回到画框——文字的描绘性段落在我的内心唤起的形象并不为画框所包含，但无论我对一部电影如何地全神贯注，我都摆脱不掉这样一个感觉：我所看到的东西被银幕的边缘所限定。另外，阅读过程中我的内心之眼“看到”的只是有名称的东西。而在电影中，我既能注意到中心目标，如一个西部边陲小镇上沿着空寂无人的大街行走的牛仔；又能注意到周边目标，如天空、楼房、拴着的马匹等。假如电影攫不住我的兴趣，我的注意力就可能从中心到边缘游走。即使边缘地带被淡灰色或黑色彻底破坏，画框也还在，以一种空间上随心所欲的方式截取作品世界。此外，文字叙事可以完全是非场景性的，“哪儿都不是”，与其说它发生在某个地方，不如说发生在某个意识领域中。电影则难以激发这种无地点性（nonplace）。甚至一个纯粹的黑色、灰色或白色的背景，也会暗示着夜晚，或者浓雾弥漫的地域，或者天堂，或者过度照明的房间，却很少“哪儿都不是”。

最后一点，电影不能**描写**（describe）（在这个词的严格意义上来说）行动，也就是不能阻滞行动。它只能“使人看见它”（let be seen）。有很多特技可以做到这点，如特写镜头、特定的摄影机运动等。但这些都很难称得上是普通的字面意义上的“描写”。电影制作者可以运用叙述者的“话外音”（voice-over）；但他们发现这一效果缺乏艺术性，因此通常把它限制在“介绍”方面。太多直白的文字描写暗示着对这种媒 107
介缺乏信任，多丽丝·莱辛会对此深表遗憾。因此电影必须找出可见视

① 这些名词在狄更斯原文中都用复数形式。——译者注

觉符号的支撑。例如表现一个年轻女子有做母亲的愿望，就像英国影片《乔琪姑娘》中那样，导演拍摄她戴着双焦眼镜，“束”着一件宽大罩衫，坐在电视机前，一边看一档关于分娩的节目，一边织一件小小的衣物。对对象的电影式呈现与文字式描写之间的区别，最重要的结果之一就是：无论对象有多大，或其各部分有多复杂，其电影形象都可以完整地出现在银幕上；我们能建立起一个即时的视觉综合体。文字描写则相反，它无法回避经由时间的线性描绘：“这样每一部分都保持……个别化、突出化、独立性……电影的对象享有**强烈的自主**……描写的对象……则（只有）相对的自主。”① 现在让我们转向故事—空间中包含的对象——实存，即人物与背景。

故事—实存：人物

关于人物的理论，文学史和文学批评中谈论得十分少，这一点值得注意。如果我们翻阅一本权威的手册，我们很可能发现“人物”这一**类型**（genre）的定义（托马斯·欧佛布利，拉·布吕耶尔）。如果我们翻到“人物塑造”（characterization），就会读到：“在写作中，描绘一个人（person）的清晰形象，他的行为，以及他的思想与生活方式。人的禀性、环境、习惯、情感、欲望、本能：所有这一切使人（people）成为人。技巧高明的作家通过对这些因素的描写，把他的重要人物（people）清晰展现给我们。”② 除了“在写作中描绘”的作为“人身”（persons）或“人”（people）的人物身份之外，留给我们的几乎没有什么

108

① Jean Ricardou, *Problèmes du nouveau roman* (Paris, 1967), p. 70.

② William F. Thrall and Addison Hibbard, *A Handbook to Literature* (New York, 1936), pp. 74-75. W. J. Harvery (*Character and the Novel*, p. 192) 评论道：“现代批评，大体上都把对人物的处理归入它所注意的次要部分，最多给它一个客气而敷衍的点头，更经常的是把它视为陷入误区的、又易误导的空想。大量的‘人物素描’仍然层出不穷，它们只作为此种敌意的简单的靶子起作用，但假如我们想向学生们提及关于人物的有见识、有价值的一般论述，那么自 30 年前 E. M. 福斯特所做的令人迷惑的浅薄论述以来，我几乎再也无法给他们指点什么了。”

别的东西了。①

人物的确只是以某种方式留存在书的封面与封底之间、或借舞台和银幕上的演员们留存下来的"人"，这似乎是个不必明言的真理，是符号学逻辑中跟在符号"∃"之后的不用言语表达的实体。② 也许这个"真理"是必然的，但没有人争辩过有必要**判断**它是否真的"必然"，"人物"与"人"是否真的是（用肯尼斯·伯克说法）"同质的"（consubstantial）。显然，叙事理论至少应该关注二者的关系。无论我们是否将个性心理学规律运用于人物，都应该是有意而为的；这不仅仅是因为我们没有可替换的思想。在目前阶段，"特征"（trait）这一概念关乎我们在人物讨论中的一切，但必须强调其转换为虚构存在这一传统（而不是必然性）。理论需要一种朝向别的可能性的开放精神，这些可能性也许能更好地适应叙事结构的需要。

亚里士多德的人物理论③

《诗学》第二章开头是这样一个陈述："艺术家摹仿的对象是在行动中的人。"在 O. B. 哈迪森看来，"在古希腊，重点强调的是行动，而不是实施这一行动的人……首先有行动；它是模仿对象。行动的施动者随后出现"。接下来他强调了亚里士多德理论中的一个重要区分："行动原 109
（agent，*pratton*）应该同人物性格（character，*ethos*）谨慎区别开来，

① M. H. 艾布拉姆斯也同样强调了"人"（people）："情节是戏剧作品或叙事作品中表现的行动系统；人物是被赋予特殊道德与性格特征的人（people），由他们发出动作……除了包括由一个人的性格所驱动的身体动作，'人物'的范围可能渐进式扩大甚至包括他借以表现其自身的那些思想与言语。"［M. H. Abrams, *A Gloossary of Literary Terms* (New York, 1958), p. 69.］不仅由人物实施的活动是人物的组成部分，而且连身体动作、思想与言语都是人物的组成部分，这不啻惊人之论。而更糟糕的是，就在对人为的和结构性的情节（一个"行动系统"）作出如此明确的断言的同时，又如此简单地把"人物"解释为"人"（people）与"人身"（person）！

② 在符号逻辑中，"∃"为存在量词，表示存在着某项。——译者注

③ character 既指"人物"也指"性格"。在本章不同的地方，译者根据情况，有时译为"人物"，有时译为"性格"。——译者注

因为行动原——实施行动的人——对于戏剧来说是必要的；而技术性的、亚里士多德意义上的性格则是后来附加的，事实上它对于成功的悲剧来说并不重要，正如我们从第六章（1.159）所获知的那样。”[1] “如果有的话……也是后来附带的”：对亚里士多德来说，有些特征不仅是第二位的，而且是无关紧要的。但很显然，每一个行动原或*pratton*至少必须有一个特征，也就是从他所实施的行为中导出的、隐含在施事名词中的一个事实：实施谋杀或放贷的人，（至少）是谋杀者和高利贷主。对此不需要做出明确陈述，仅由行为的实施即可抓住这一特征。在哈迪森看来，“行动原的**关键**特征（甚至）早在性格（*ethos*）被附加上之前就已（由功能）决定了”。

亚里士多德（在第二章中）将一种外加的特性归之于行动原（*pratton*）：行动原“必须是好人或坏人，因为只有这种人才具有品格，一切人的品格都只有善与恶的差别”。好（*spoudaios*）和坏（*phaulos*）这些特性——而且只有这些——是基本的，以某种直接方式从属于施动者（*pratton*），而不是以间接或“附加”方式从属于他的性格（*ethos*），因为“它们是因其参与的行动而内在于行动者的特性”[2]。看来有理由追问为什么好/坏这些特性成为“行动”（action）的唯一映射。假如说一种特性归诸一种行动，这一制约为什么不能放开？奥德赛因其行动表现出“敏锐”——这既非“好”也非“坏”，为什么“敏锐”不能归诸其施动者呢？

除了“高尚”和“卑鄙”之外，行动者可能有其性格（*ethos*），比
110 如“善良”（*chrestos*），也可能没有性格。亚里士多德说：“我用性格一词指这样的因素：按照这一因素，我们说行动者属于某个类型。”该

---

① Golden and Hardison, *Aristotle's Poetics*, pp. 4, 82. 行动的首要性在《诗学》全篇中被再三强调。例如在第六章中，把情节同“绘画的总体计划”相比较，把人物同涂抹在其空间中的“颜色”相比较。（但素描也令人满意。）仅仅有这一种颜色的绘画“反不如在白色底子上勾出来的素描肖像那样可爱”。【参见罗念生译：《诗学 诗艺》，22页，北京，人民文学出版社，1982。——译者注】

② 同上书，5、83页。和其他论者相反，哈迪森注意到，“严格来说，好和坏完全不能成为性格的组成部分。”他们占据的是“情节与人物之间的某种‘无人地带’（no-man's land）”。

“因素”是个人品质或特性的混合，这些品质或特性是从诸如《尼各马科伦理学》，尤其是古典修辞学中的“类型公式”这样的资源[1]中选出的，例如青年、老年、富人、权贵。亚里士多德提到性格塑造的四个方面。第一是“善良”（*chreston*），前面已经讨论过了。第二是“适合”（*harmotton*）。在哈迪森看来，它的意思是“‘合适’的特性，它使（性格的）质素能够更详细地、以与行动相关的必然性或/和或然性的方式刻画出来”。性格塑造的第三个原则是 *homoios*，它常被译为“相似”（like）。哈迪森承认它很难翻译，他理解为“像个体的人”，换句话说，它具有“使总体轮廓弱化但不模糊化的一些特性”。在像古希腊悲剧这样高度传统性的艺术形式中，这种“相似化”并不意味着亦步亦趋地复制自然、复制生活原型。例如：“在描绘阿伽门农时，诗人应该运用与‘习惯上同传说中的阿伽门农保持一致的特点’相似的那些特点。”[2] 最后一个原则是“一致”（*homalon*）：“由戏剧结尾处的言语所揭示的特性，应该与由戏剧开始处的言语所揭示的特性属于同一类型。”[3]

显然，亚里士多德关于人物及人物塑造的一般公式，并不完全适合于叙事的一般理论，尽管他通常能够激发一些不可忽视的问题。

看来没有不言而喻的理由把行动的首要性视为特性之根源，同样也不能因此就反过来认为（特性为行动的首要性之根源）。行动者与性格之间的区分真的必要吗？我们还是认为情节与性格同等重要，而回避解释“性格”（*ethos*）的特征是如何以及何时被“附加”于行动者身上的这一棘手问题吧！

形式主义与结构主义的人物观 111

形式主义者、（某些）结构主义者们的看法与亚里士多德的极为相

[1] Golden and Hardison, *Aristotle's Poetics*, p. 199.

[2] 同上书，203页。

[3] 同上书，204页。

似。他们也认为人物是情节的产物，其地位是“功能性”的；简言之，认为人物是参与者或**行动元**（actants），而不是**人**（personnages），认为把人物视为真正的人是错误的。他们说叙事理论必须回避心理学本质，人物的诸方面都只能是“功能性”的。他们只想分析人物在故事中做了什么，而不想分析他们是什么——也就是说，由外在的心理学或伦理尺度所决定的他们之“是”什么。另外，他们强调，人物运动所居的“行动范围”“数目较少，有代表性，可以分类”。

在弗拉基米尔·普罗普看来，人物只是特定的俄罗斯民间故事需要他们做的事情的产物。① 这仿佛是说外貌、年龄、性别、生活关怀、地位等区别**仅仅是**区别，而其功能的相同性才是唯一重要的。

托马舍夫斯基的规定不同于那些比较民俗学家，但对他来说，人物相对于情节而言同样是第二位的：“人物是各种**动机**（motives）的一种有生命的载体，呈现人物是把这各种动机（母题）集中和联系起来常用的一种方法……人物起一种导线的作用，它帮助我们在细节的堆砌中自我定位；人物还是对具体的动机加以分类和排序的一种辅助手段。”② 托马舍夫斯基承认，由于叙事通过情感与道德观念吸引人，它需要观众与人物分享同情和厌恶，因此产生了有其紧张、冲突及解决的故事情境。人物仍是第二位的，是情节的派生物。尽管构成主人公“心理”（结构主义者排斥这个词）的是“特征”之混合，即“与人物密不可分地联系在一起的动机体系”，但“主人公对于本事（*fabula*）几乎没有
112 什么必要性。本事作为动机体系，完全不需要主人公和他的典型特性”③。

法国叙事学家们大大继承了形式主义关于“人物是故事的手段而不是其目的”的立场。尽管克劳德·布雷蒙指出普罗普的神奇故事可能与

---

① Vladimir Propp, *Morphology of the Folktale*, p. 20.

② B. Tomashevsky, “Thématique,” in Todorov, ed., *Théorie de la littérature*, p. 293.【采蔡鸿滨译文，见《俄苏形式主义文论选》，261 页，北京，中国社会科学出版社，1989。有修改。——译者注】

③ 同上书，296 页。巴特注意到托马舍夫斯基后来修正了这一极端立场（Barthes, *Communication*, 8: 16）。

这条规则相左，事实上它们也偶尔被承认“证明了人物的心理学或道德价值”①，但普罗普自己的体系却只关心可能的事件—序列之分析，而完全忽视人物。但是，人物所扮演的角色是唯一引起受众兴趣的部分。我们因为人物自身而欣赏其特性，包括那些与“所发生的事”关系很少、甚至没有关系的特性。很难理解特定角色的特殊性是怎样被解释为诸如“帮助者”、“复仇者”、“仲裁者”这些基本类型的实例或其复合体的。例如，如何解释兰伯特·斯特瑞塞所充当的“专使”角色的充分反讽性？——他被委派去寻回一名浪荡的新英格兰后裔，却在谈判中自己也成了个浪荡者。《到灯塔去》中的拉姆齐夫人，《伪币制造者》中的爱德华，或萨缪尔·贝克特笔下任何一个人物，他们的“角色”是什么？术语的不适当表明，不可能找到一个有足够概括性的、能够涵盖所有情况的分类体系。也就是说，承认人物是一个事实。

现代人物如利奥波德·布卢姆，与白马王子、伊凡之间的区别如此显著，以至于与其说是量上的区别，不如说是质上的区别。不仅这些特性的数量巨大，而且它们倾向于不“相加”，更确切地说，倾向于“分解”，也就是减少到任意单一的特点或模式。它们不能通过二分法来发现，这只能迫使议题打破人物身份的唯一性。给予现代小说中的人物以现代趣味所能接受的那种特定种类的幻觉的，恰恰是异质性，它甚至弥散于人物的人格中。

有些批评家恢复了这一平衡。亨利·詹姆斯问道：“除却决定情节之外，性格是什么呢？除却表现性格之外，情节是什么呢？”② 无论是 113
人物还是事件，从逻辑上看都为叙事所必需；主要兴趣落在哪里，这是一个作者及其公众的变化中的口味问题。在现代艺术叙事中，人物的冥思是主要乐趣。它依赖于个体独特性这一传统，这个传统丝毫不亚于关于行动之优先性的更古老的主张。

---

① “Le Message narratif,” in *Communications*, 4: 15 (reprinted in *Logique du récit*, Paris, 1973).

② ［美］亨利·詹姆斯著，巫宁坤译：《小说的艺术》，载《外国文艺》，1981 (1)。——译者注

亚里士多德与形式主义者及某些结构主义者把人物当作情节之下的次要因素，使它成为情节的一种功能、故事时间顺序的一个非必然的派生结果。我们同样可以坚称人物是最重要的，而情节是派生的，可以为“什么都没发生”的现代派小说辩护——也就是说，在这些小说里，事件本身并不构成趣味（例如，迷惑等）的独立来源。但对我来说，“优先性”或“支配性”这一问题没有意义。只有在事件与实存同时出现之处，故事才会存在。不会有“无实存的事件”。诚然，一个文本可以有实存而无事件（一幅肖像、一篇描写性散文），但没有人会把这叫作叙事。

托多罗夫和巴特论人物

其他一些对复杂叙事感兴趣的结构主义者，终于承认需要一种关于人物的更开放的非功能性的观念。

托多罗夫在关于《十日谈》、《一千零一夜》、《水手辛巴达》及其他“轶闻”叙事的研究中，捍卫了对于人物的普罗普主义态度，但同时他区分出了两种宽泛的类型——一是情节中心的或非心理的叙事，二是人物中心的或心理的叙事：“尽管詹姆斯的理论典范可能是这样一种叙事——在这种叙事中，任何事物都居于人物心理之下，但还是很难忽视文学里的一种整体趋势：行动不是为了‘例证’人物而存在，相反，人
114 物居于行动之下。”① 像《一千零一夜》、《萨拉戈萨手稿》这样的文本是文学的非心理主义的特殊情况。以“X 看到 Y”这一叙事陈述为例。像詹姆斯那样的心理叙事，会强调 X 的经验，而“非心理”叙事的焦点则会是“看”这一运动。对心理叙事来说，动作是人格的“印象”甚至是“征兆”，因而是“及物”的；对于非心理叙事来说，它们凭其自身而存在，作为乐趣之独立来源而存在，因而是“不及物”的。用叙事—语法术语来说，前者的焦点落在主语上，后者的焦点落在谓语上。

① “Narrative Men,” in *The Poetics of Prose*, p. 66.

辛巴达是最为非人格化的主人公，他的故事之模型句法不是“辛巴达看见 X”，而是“X 被看见”。

托多罗夫进一步发现，当某项特性在一个非心理叙事中被引证，必然立即跟随其后果（如果哈斯木贪婪，那他马上就开始寻找金钱）。但接下来该特性就差不多与其后续行动合并了：这时它们之间的关系就不是**潜在/实现**的关系，而是**持续的/点状的**或**反复/例证**的关系。轶闻的特性向来是行动的刺激性，这里不可能存在不依其行事的动机或欲念。其次，只有心理叙事能够以不同方式表现某一特征。如果“X 嫉妒 Y”这个陈述出现于一个心理叙事中，那么 X 可以：（a）成为隐士，（b）自杀，（c）追求 Y，（d）企图伤害 Y。而在像《一千零一夜》这样的非心理叙事中，X 只能企图伤害 Y。之前唯一暗示的东西（作为可能性，因此也是主体的一种特性），被缩减为动作的从属部分。“人物”被剥夺了选择，在真正意义上成为情节的自动功能。在非心理叙事中，人物本身成为“恰是其生活故事的那一虚构故事”[1]。

罗兰·巴特对人物也从狭隘功能观点转向了近乎心理学的观点。他在为著名的《交流》杂志 1966 年号所写《导论》中认为，“人物的概念是次要的，它完全从属于行为的概念”[2]，并暗示说，关于“心理本质”的观念仅仅是畸形的资产阶级影响下的产物。[3] 但他接下去又承认，人物问题不能轻易打发：

> 一方面，人物（不管人们怎么称呼：戏剧人物或者行动元都一 115
> 样）构成一个必要的描写平面，没有这一描写平面，所报道的那些琐细“行为”就无法理解。因此，可以说世界上没有“人物”，或者至少没有“施动者”的叙事作品是根本不存在的。而另一方面，这些“施动者”为数众多，不可能用实在的“人”一类的语言来描

① “Narrative Men,” in *The Poetics of Prose*, pp. 68 – 70.

② 这句话是罗兰·巴特引述亚里士多德的看法。采张寅德译文，见《叙事作品结构分析导论》，见张寅德编选：《叙述学研究》，24 页，北京，中国社会科学出版社，1989。——译者注

③ 参见张寅德编选：《叙述学研究》，24 页注 2，北京，中国社会科学出版社，1989。——译者注

写和分类，无论人们把“人”看成某些种类的纯历史的形式……还是宣称“人”始终仅是我们时代强加给纯叙事性施动者的一种批判性的合理化的说法。①

不过他又断言布雷蒙、托多罗夫与格雷马斯正确地“通过加入一个行动范围来定义人物，这些范围在数量、类型、可分类主体方面都是有限的”，而这样一种方案之难题（无力应付“巨大数量的叙事作品”，“只要按角度来分析人物参与的行动，就难以表示其多样性”，以及“人物系统过于支离”）可以迅速缓和。② 平心而论，这一预言还没有实现，而巴特本人已经改变了他的观点。

他在《S/Z》中对巴尔扎克的《萨拉辛》所作的分析是不朽的，它才华横溢，但又因其晦涩、即兴的文体而有点恼人。它用一本书的篇幅研究这个作品，但我只讨论其人物分析的内涵。巴特不再坚称人物与环境从属于行动。它们都是由自身“符码”——所谓“意素”（semic）符码（简写为 SEM）所揭示出来的叙事之属性。③ 他在 1966 年对“心理本质”所作的责难，被《S/Z》中“特点”、“个性”之类词语的实际运用所否定：“人物是化合的结果：化合是相对稳定的（意素时时复现就

---

① 参见张寅德编选：《叙述学研究》，24～25 页，北京，中国社会科学出版社，1989。有改动。——译者注

② “Introduction à l’analyse structurale des récits,” pp. 256 - 259.【参见张寅德编选：《叙述学研究》，26～27 页，北京，中国社会科学出版社，1989。——译者注】

③ *S/Z*，Rickard Miller 英译本，17 页等多处。“意素”（*seme*）一词的运用，有多方面的问题。在叶尔姆斯列夫—格雷马斯理论中，*sème* 即美国语言学界通常所称的“基本的语义学特征”，它是词语整体意义的一个个别成分。例如，像英语中的“*colt*”（小马）这样一个词[或者，用格雷马斯的术语称为“语义元素”（*semanteme*）]就至少由两个意素——/小/，以及/马科/组成。[并非如 *youngester* 中的语音成分/yəŋ/，而是语义成分/*young*/（小），这个语义成分同样出现于“小孩”、“小牛”、“小鸡”等中。]巴特隐喻式地将此术语运用于人物，但并未明确解释何以如此。用“意素” （*semes*）来指称特性，而不是简单地用“特性”（*traits*）或“特征”（*characteristics*），这暗示着它们是“意义整体”的组成部分。但事实上，人物是任何意义上的“语义元素”吗？意素是内容要素（而不是表达要素），且在一定意义上，我认为叙事当中被用特性“意指”的正是对于合适名称之唯一指涉对象的一个成分（巴特对此有充分讨论——见下文）。最后，为什么“意素”仅指实存，而不是同等地指向事件[巴特之“情节”符码（*action code*）的要素]？我们可以用完全同样的“意素”方式分解一个叙事性行动：“赠送某人一本书”可以分析为“交给＋赋予拥有权＋接受”，等等。那么“意素”对叙事分析的启发就不很明显了。

表明了这点），或多或少复合的［具有或多或少一致、或多或少矛盾的形象特点（特性）］；这复合态确定了人物的‘个性’，个性恰似菜的味 116
道或酒的芳香，亦由化合而成。”①

通过1970年的这部著作，巴特不仅仅是在强调“特点”、“个性”这些术语的合法性：而且还在主张，叙事阅读不啻一个“命名过程”，而且被命名的因素正是那一特点。“阅读即奋力命名，即让文本的句子处于语义转换状态。此转换飘忽不定，它徘徊于数种名称之间：我们若被告知萨拉辛有‘**一往无前的意志力**’，则我们读出些什么来呢？**意志力、活力、固执、顽强**云云？”②

人物是开放结构还是封闭结构？

关于人物的另一个限定源于故事与“话语之文字表现”之间的混淆。
一个通行观点是：“虚构作品有一个特点：关于它的某些问题不宜追问。 117
我们不能问麦克白夫人有几个孩子，也不能问哈姆雷特在威登堡大学学过什么课程。”③ 但这是否意味着因为某一个问题是无聊的，所以关于人物的所有问题就都是无聊的呢？“麦克白夫人是不是好母亲？如果是，是何种意义上的‘好’？”或者：“她性格中的哪一点能够解释她的嗜血残忍之野心，但一旦介入战争又比较缺乏持久力？”或者关于哈姆雷特：“他是哪一类学生？他的学术兴趣与他的总体气质之间有什么关系？”简而言之，这样一个似乎是天赋的权利——只要我们愿意，就可以对人物加以推断甚至猜测——应该被限制吗？任何这样的限制都使我惊心于一种审美经验的贫乏。推断与猜测属于对人物的阐释，正如它们也属于对情节、主题及其他叙事要素的阐释。O. B. 哈迪森关于此话题的观点使我困惑：

---

① 采屠友祥译文，见《S/Z》，147～148页，上海，上海人民出版社，2000。——译者注

② 同上书，92页。

③ 转引自 David Lodge，*The Language of Fiction*（London，1967），p. 39，初见于 J. M. Cameron's lecture，“Poetry and Dialectic”，收入 *The Night Battle*（*London*，1962）。

> 至于人的行为，我们把它们当作实施者的个体性格与智力——“个性”——的结果。性格与思想是行为的“自然原因”。当我们读一部悲剧，我们带着这一先入之见。也就是说，我们把哈姆雷特与麦克白的行为视为这两个悲剧形象的个性之结果。但略微一想就会发现这是个错误的归因。哈姆雷特与麦克白仅仅作为印刷页面上的词语存在。他们没有意识，他们做剧作家需要他们做的任何事情。关于“他们是活生生的人，他们的个性决定他们所实施的行为”这一感觉只是个错觉。①

我不仅是“略微”地想了这个观点，也实在不敢苟同。哈姆雷特和麦克白当然不是“活生生的人”，但那并不意味着作为结构化的模拟的他们只限于印刷页面上的词语。他们在纯粹文字层面的存在当然是相对表面化的。我们为什么不能像经由并超越鲍斯韦尔②的语辞来洞察“萨
118 缪尔·约翰逊”这一结构那样，也去经由并超越莎士比亚的语辞来洞察“哈姆雷特”这一结构呢？萨缪尔·约翰逊的确曾经是活生生的人，但任何要“认识”他的当代企图都需要重构、猜想与推测。不管鲍斯韦尔提供的事实与观点比莎士比亚所提供的多多少，总有更多的东西需要重构与推断。个性的范围在我们面前总是会缩小的。和地理学家不同，传记作家永远不必担心失业。没有人会指责**他们的**传主只是纯词语的存在。同样的原则也适用于新结识的人：可以说，我们在他们的字里行间阅读；我们试图描绘出他们，预言其行动，等等。

把人物同“纯粹的词语”画等号，在其他领域中是错误的。太多的哑剧、太多的无字幕默片、太多的芭蕾舞剧都已显示这一限定之愚蠢。有一种情况发生得很频繁：我们生动地回忆起虚构人物，却并不忆起他们活跃于其中的作品里的哪怕一个单词。事实上，我斗胆断言：读者一般都是以这种方式记住人物的。尽管我们对克拉丽莎·哈洛或安娜·卡列尼娜保持清晰的记忆③，但恰恰是那一媒介被“逐渐淡忘，模糊不

① Hardison, *Aristotle's Poetics*, p. 122.

② 詹姆斯·鲍斯韦尔（James Boswell，1740—1795），《约翰逊传》的作者。——译者注

③ 参见方土人译：《小说美学经典三种》，4 页，上海，上海文艺出版社，1990。克拉丽莎是 18 世纪英国小说家理查森的《克拉丽莎，又名一位青年妇女的故事》中的女主人公。——译者注

清”，就像卢伯克所说的那样。①

作为文体学者，我将最后一个提出：媒介的有意思的外在结构，即在文字叙事中表现人物的那些词语，不如叙事结构中的其他部分那么值得研究。我只是说，它们是可以分离的，情节与人物是可以被独立地记住的。

在复杂叙事中，有些人物保持开放的结构，正如在现实世界中有些人保持神秘，无论我们对他们是何等地了解。也许正在这里存在着家喻户晓的人物在电影中被强制视觉化的困惑。过于明晰的演员——珍妮弗·琼斯饰爱玛·包法利，格瑞尔·加尔森饰伊丽莎白·伯奈特，甚至一流演员像劳伦斯·奥利佛饰希斯克利夫——似乎都过分为人物划定界 119
限，尽管其演技是卓越的。② 而在人物简单一些、“扁平”一些的地方，问题就不那么严重：巴西尔·拉斯伯恩饰演的歇洛克·福尔摩斯较易接受，因为首先柯南·道尔的人物就更有限度。福尔摩斯行为（他搜集线索的能力，他对华生的取笑）的可预测性，也十分适宜地与演员的可预测的表演相匹配。

走向开放的人物理论

一套可行的人物理论，应该保持开放性，并把人物当成自主性存在体，

① Lubbock，*Craft of Fiction*，p. 4.

② 对照 Wolfgang Iser，*The Implied Reader*（Baltimore，1974），p. 283：“许多人都有过的观看一部据小说改编之电影的经验证实了这一观点的正确性。在阅读《汤姆·琼斯》时，他们可能从来不会对主人公长什么模样有清晰的概念，但在看电影时，有些人可能会说‘这不是我所想象的那样’。这里的关键之处在于，小说《汤姆·琼斯》的读者实际上能够自行把主人公视觉化，这样他的想象能意识到大量可能性；一旦这些可能性减少为一种完成的、不能改动的画面，那些想象就失效了，于是我们感觉自己似乎受骗了。这样说也许是把过程过分简化了，但它的确是朴素地阐明了那种必不可少的潜能之丰富性，这种丰富性起源于下列事实：小说中的主人公必须被画面化，却又不能被看到。在小说中，读者必须动用想象以综合所获得的信息，这样他的感知就同时既更为丰富、又更加私人化；在电影中，他却被仅仅限制于物理感知，任何关于曾被他画面化的世界的记忆，都被无情地删除了。”正是出于同样的原因，福楼拜不允许别人为自己的书作插图：“一个女人被画得像某个女人，那就完了。从那一刻起，意念就是封闭、固定的了，而所有的句子就都没有用了。”（致 Ernest Duplan 的信，转引自 Ricardou，*Problemes*，p. 79。）

而不仅仅当作情节功能来对待。应当指出，人物是由受众根据所显示或隐含在原始结构中的、由不管什么媒介的话语传达的迹象重构出来的。

我们重构的到底是什么呢？一个不很严谨的回答一定首先会说："人物像什么模样。"此处的"像"（like）暗示着他们的个性是开放式的，是易受进一步推断和丰富化、显影和重新显影的。当然，限制还是有的。批评家们反对溢出故事的边界或者寻找多余的或过度具体的细节，这是正确的。所要求的洞察力之类别是"深切"的，而绝非不合理的宽泛和不必要的具体；它们通过生活与艺术中的经验来丰富化，而不是通过自我放任的联翩浮想。都柏林之旅程不仅能帮助我们理解乔伊斯加诸其居民身上的麻木之特殊品性，而且认识都柏林的一个工人阶级女孩，即使在 1978 年[①]，也将使我们更深切地洞察伊夫琳的困境与个性。我们将更准确地推测我们尚未领会的或不很清晰的特性。我们将了解特殊的爱尔兰式困境——宗教联想，严密的家庭束缚，内疚感，使监狱都显得舒适的那些感情的混合（例如"欢乐"感——"他父亲带上母亲的女帽，惹孩子们发笑"），等等。我从未到过爱尔兰，但我知道，如果我去过的话，伊夫琳的父亲那种特有的"大步流星"会更清晰。叙事唤起一个世界，由于它仅仅是一种召唤，因此我们仍然可以自由地用我们所获得的任何真实或想象的经验去丰富它。不过我们知道何时应该停止推测。欧内斯特是否吸烟？伊夫琳的头发是什么颜色？显然有一条界线将值得猜测的和无关紧要的划分开来。（但假如我们必须选择，我们宁愿冒险选择无关紧要的，而不是排除关于人物的潜在的、丰富的猜想与推测。）

120

我们重构出"人物像什么模样"。但这到底是什么意思？真实的与想象的个性之间是什么关系？在《哲学词典》中有这样一个关于"性格"的简洁定义："标志某个单独个性（personality）或自我之特征的精神特性之整体。参见**自我**（self）。"[②] 我们原谅作者在定义中重复被定义词条，翻看"self"，我们却发现一条对我们的目标最为有用的定

① 作者写下本书的年份。——译者注

② Dagobert Runes 主编（Totowa，N. J.，1975），p. 230。也许"个性"（personality）乃"个人"（person）之误：该《词典》告诉我们"个人"指"具体的行动统一体"。这给我们提供了一种彻底的行为主义观点，它可以满足亚里士多德、形式主义和结构主义者，但由于上面提出的原因，它对于一套一般的、开放的叙事理论来说是不合适的。

义："在变化中保持独特性和持续性的品格……借助它，任何人都可称自己为'我'并与其他的自我区分开来，正如'我本人'（myself）、'你本人'（yourself）、'他本人'（himself）等词语所暗示的那样。"①需要特别考察的词有"整体"（totality）、"精神特性"（mental traits）及"导致不同的自我之间的区别的……独特性（uniqueness）"。

整体：有两个问题浮现出来：（1）这种整体的本质是什么？在叙事中它是可达到的吗？显然不是。"整体"乃是一种理论性结构，一种永不能达到的限度，一条我们随着智力的增长和感情的成熟，满怀希望地朝它而去的地平线。（2）这一整体性是在某种意义上组织起来的吗？它究竟是目的论的设置呢，抑或仅仅是一种集结？这个问题需要充分注意，当下，一个开放的理论也许需要同时支持这两种可能情况。事实上这两种情况在文学史上都会出现。

特性：个性是否仅限于**精神**特性？把注意力从哲学上移开，我们发现心理学家一般不限定这一术语，而我们似乎也没有什么特殊理由对虚构人物作出如此限定。什么是特性？它是不是虚构人物的极小品质之最佳名称呢？我所见的最有用的定义是 J. P. 古伊尔弗德所提出的：它是"任何有区分性意义的、相对持久的方式，经由这一方式，某个体区别于其他个体"②。经典的心理学界定则是由高尔登·W·奥尔波特所作

---

① Dagobert Runes 主编（Totowa，N. J.，1975），p. 288。

② J. P. Guilford，*Personality*（New York，1959），转引自 E. L. Kelly，*Assessment of Human Characteristics*（Belmont，Ca.，1967），p. 15。另外一些定义有："个体适应其环境的一致且稳定的模式"[Gordon W. Allport and Henry S. Odbert，*Trait-Names：A Psycholexical Study*，*Psychological Monographs*，vol. 47（Princeton，1936），p. 26]；"作为人的区别性行为之载体的单位或因素"[Allport，"What Is a Trait of Personality?" *Journal of Abnormal and Social Psychology*，25（1931），368]；"人格倾向……行为倾向的整合系统，它由人格整体结构的摩尔单位构成"，"一般化秩序的'行为之持久可能性'……能够限制或引导特定阶段的反应的表层的、表层下的或心态的倾向……特性包括长期姿态与态度，同样也包括'知觉反应倾向'、'人格结构'、'认知类型'等易变因素"[Allport，"Traits Revisited，"见 *The Person in Psychology*（Boston，1968），p. 43，p. 48]；"个体的观念倾向或反应性质的限定……可以通过这样一些特征而观察到：（1）该特征被社会视为对身份及名称有足够的重要性；（2）该特征被认为是个体的构成性本质之表达或表现"，也就是说它"标志着某给定个体的特征并把他与他的同侪区别开来……（无论）就起源来说是固有的，还是获得的"[H. A. Carr and F. A. Kingsbury，"The Concept of Traits，" *Psychological Review*，45（1938），497]。

的。他列举了 8 条性质，其中有 4 条对于叙事理论似乎有极重要的意义：

> 1. 特性比习惯更为笼统……（它是一个）由诸种相互依赖的习惯构成的庞大系统。如果说某人刷牙的习惯……与左右着生意人的某种习惯没有联系，那么就不会有这两种习惯并存于某一普通特性中这种情况了；但如果说左右着小店主的某种习惯……与靠蒙混过关钻空子的习惯有关，那么就可以推定，存在着某种普通特性，它同时包含这两种习惯……
>
> 122 2. 一种特性之存在可以凭经验或以统计方式确认……为了知道某一个体具有一种特性，有必要获得重复反应之证据，这些重复反应，尽管在类型上未必是固定的，但似乎应始终是同一基本决定因素之功能……
>
> 3. 各种特性相互之间仅有相对的独立……（例如）在一项研究中，与外倾相关联的拓展性达到＋.39 的程度，与保守相关联的支配性达到＋.22，与洞察力相关联的幽默达到＋.83……
>
> 4. 与某种特性不一致的行为，甚至习惯，都不足以成为该特性不存在之证据……在某单一个性中，也可能存在对立的整合，亦即矛盾的特性……每一个性中都存在这样的行为：它们与目前的特性没有关联，它们是刺激及当前态度的产物。①

对叙事理论最为有用的是把“特性”与“习惯”加以区别：“特性”是相互依赖的习惯之庞大系统。叙事作品不必对习惯作纤维式的检核，但它们的确需要受众能够辨认出作为某种特性之表征的特定习惯：假如一个人物不住地洗手，擦已经干净的地板，掸家具上的灰尘，受众就会读出一种“强迫症”之类的特性。

特性的相对持久很重要。叙事受众不会进行统计学分析，但他们的证据是经验主义的。诸多特性通常部分地重叠，注意到这一点同样重要，至少对于古典叙事来说如此。这有助于促成人物性格逼真的一致性

---

① “What Is a Trait of Personality?”一文中各处。

那一感觉，而这种感觉正是虚构作品的基石——至少在古典虚构作品中。“行为，甚至连习惯”可能与某一特性不一致，而在一个给定的人格中可能有内在冲突性的特性：注意到这一现象，对于现代人物理论来说绝对重要。第一点可以解释为什么一个本质上恶的人物，像《危险的关系》中的范尔蒙，也会做出一桩善行；第二点则可以说明复杂的“圆形”人物，像哈姆雷特或利奥波德·布卢姆。[①] 123

“导致不同的自我之间的区别的……独特性”——不言而喻，一个一般化的理论将需要这样一个尺度。只需要想想某些人物的名字——奥赛罗、汤姆·琼斯、希斯克利夫、多萝西·布鲁克、密考伯先生、于连·索雷尔、三月兔、奥吉·玛琪[②]——就能确定这些名字对我们来说比那些泛泛之交或者（天哪!）过去的学生们更熟悉。即便人物的特性可能遗忘，我们的对其独特性的感觉也很难褪去。

注意一下特性如何获得名称是饶富趣味的事情。结果证明，它们同样是被从文化上加以编码的。心理学家看到：

> 那也就是每一个社会阶段，按照该时期所特有的标准与趣味概括人的典型品性的倾向。历史地看，可以认为“特性之名称”的引入在极大程度上遵从这一“文化（而不是心理）决定”的原则。也许人类在数不尽的岁月中已经展示了诸如虔诚、怜悯、忍耐等特性，但在基督徒把它们变成被认可的、明晰的基督教美德之前，这些词语并未确立现在的意义。[③]

我们的特性名称的另一些来源是占星术（友善、阴沉）[④]、格林药

---

① 《危险的关系》，18世纪法国作家拉克洛的书信体长篇小说。利奥波德·布卢姆，爱尔兰小说家乔伊斯的长篇小说《尤利西斯》中的主人公。——译者注

② 希斯克利夫，艾米莉·勃朗特的小说《呼啸山庄》的主人公；多萝西·布鲁克，乔治·艾略特的小说《米德尔马契》中的主人公；密考伯先生，狄更斯的小说《大卫·科波菲尔》中的人物；于连·索雷尔，司汤达的小说《红与黑》的主人公；三月兔，刘易斯·卡洛尔的小说《爱丽丝漫游奇境记》中的人物；奥吉·玛琪，索尔·贝娄的小说《奥吉·玛琪》中的主人公。——译者注

③ *Trait-Names*, p. 2.

④ 原文为 jovial，saturnine。——译者注

学（高兴、冷血）[1]、宗教改革（忠诚、顽固、狂热、自信）[2]、新古典主义（愚昧、冷酷、土气）[3]、浪漫主义（忧愁、漠然、胆怯）[4]、心理学及心理分析（内向、神经质、精神分裂）[5] 等。这些显然为符号学建立了一套有益的代码。就像所有重要的哲学问题一样，它们也可以从现实论和唯名论的相反角度加以考量。前者认为，这些词语，无论来源如何，都是“为‘一般概念’（universals）命名的，这些‘一般概念’有
124 着某种从若干单独事件中抽离出来的实存”[6]。后者则坚称特性“只是名称，别非他物”，并不存在“语言符号对一般概念的必然对应”，事实上，也没有这样的一般概念。[7] 现实论者认为恰恰是唯名论者可能“把名称仅视为对一系列感知到的相似性这一事实命名……证实了一般概念的客观有效性……它们**就某方面而言**是相似的，而一般概念本身正是存在于这个方面之上”[8]。不过，唯名论者在这一点上是对的：它认识到特性的**名称**是“社会地创造出来的符号，绝不是对物质性地发生在自然之深层的事实的完美命名。特性名称并不是特性本身”[9]。

这种心理学观点的审慎考察表明，叙事理论家们可以正当地依赖于历史所储备的、用普通语言所作的关于特性名称的丰富编码。这一名称宝库精确适配于向某受众传达的文类，该受众用文化的（因此也是语言疆界的）术语，即以逼真性方式来分析人。心理学家承认他无法提供比传统名称更好的名称，他同意弗兰西斯·培根所说的话：“人的气质问

---

① 原文为 good-homored，cold-blooded。格林（Galen，131—201），罗马籍希腊人，被认为是西方药剂学鼻祖。——译者注

② 原文为 sincere，bigoted，fanatic，self-assured。——译者注

③ 原文为 fatuous，callous，countrified。——译者注

④ 原文为 depressed，apathetic，diffident。——译者注

⑤ 原文为 introverted，neurotic，schizoid。——译者注

⑥ *Trait-Names*，p. 5.

⑦ 同上书，6 页。例如，A. P. 威斯就否认存在着任何像“仁慈”（benevolence）这样的特性：“从感觉运动立场上，这些行为（‘仁慈’的公认情况）各各不同。”或者像奥尔波特与奥德伯特从唯名论立场所说的：“一个特性名称……涵盖许多被感知到的品行之相似性，但对于分析式感知来说，通常只是一个失败。”

⑧ 同上书，8 页。

⑨ 同上书，17 页。

题……是属于这样的事情之一：在这类事情中，人的普通话语比书本更英明——它是一件极少发生的事情。”以及路德维希·克拉格斯所说：“在无意识洞察力方面，语言胜过最有才能的思想家的敏锐，而且我们认为，无论是谁，只要有适当的才能，即使不做别的，而只是检验那些处理人类灵魂的词和惯用语，他也会比所有忽视这么做的哲人获知更多，并且，他也许比通过观察、器材及对人做实验的方式所获知的多一千倍。”①

那么，在叙事学目标下，特性可以说出自标举人物的某种个人品性 125
的本国语的叙事性形容词，因为它固守故事的局部或全部（它的“领地”）。正如我们把故事层面的“事件”定义为一个叙事谓语（“**做**”或“**发生**”），我们也可以把“特性”定义为叙事性形容词，当取代普通及物动词谓语时，它与叙事系词联系在一起。当然，实际字面的形容词未必出现（在现代派叙事中则不出现）。但无论它是否被推断出，它都是内在于文本深层结构的。例如在《伊夫琳》中，并没有诸如“胆怯”、“麻木”之类的词出现。但显然我们必须推断出这些特性才能理解叙事——“理解型”读者的确是这么做的。因此特性存在于故事层面上：事实上，整个话语被明确设计以促使它们出现于读者的意识中。

把叙事中的特性定义为一种形容词，而后者又被定义为一种个人品性，这看起来似乎是轻信名称或者只是在贩卖名称。但它很好地强调了叙事与受众之间的互动。受众依赖于他在现实世界中关于特性编码的知识，这一编码十分庞大。② 在命名过程中，我们鉴别由文化所认可的特

---

① *Trait-Names*, p. 4（引自 *The Advancement of Learning*, Book Ⅷ, ch. 3), and p. 1（引自 *The Science of Character*），转引自 Allport and Odbert。【路德维希·克拉格斯（Ludwing Klages，1872—1956），德国精神分析学家和哲学家。——译者注】

② 奥尔波特与奥德伯特从《韦伯斯特未删节词典》中搜集到一份包括 17～953 个特性名称的清单。它们被划分为四部分（p. 38）：Ⅰ.“指称可能的相关特性的中立性词语”（如唐突、心不在焉、节制）；Ⅱ.“主要描述临时性心境与行为的词语”（如局促、茫然、全神贯注）；Ⅲ.“传达对于个人表现的社会性个别性评判的加重的词语，或指称其对他人造成的影响的词语”（参见上述特性清单第六条，其中奥尔波特排除“道德品质”）（如反常、引人注目、荒谬、可接受的）；Ⅳ.“其他各种：对于体格、能力、发展情况的命名；比喻性或质疑性词语”（能够、不成功、粗暴、专制）。

性。同时，叙事理论不需要心理学家对道德善恶、行为倾向、态度、动机等所作的区分。如果我们全部的关切在于“人物是什么样子”，那么所有相对持久的个人特点都可以马马虎虎地凑到一起。我不认为这种对受众和特性编码的依赖是回避正题。相反，它把对人物阐释做出决断的功能恰恰赋予叙事互动中创造它的那一方，而满足于将评判机制的研究
126 留给别人（读者—反应理论家、阐释学家、或其他）。

我完全有意地采取了像“特性”这样的传统术语，在一个标榜新鲜而缜密的理论中，它们听上去陈旧因而可疑。我的理由很简单。第一，除非被新的概念区分证明有合理性，否则新术语不应该引介进来。就“叙事受众被要求以与真实的人同样的方式读出人物性格”而言，像“特性”、“习惯”这样的术语是完全可以接受的，我看不出有何理由引介或多或少的神秘的同义词。通过加上“叙事的”或“小说的”把叙事的同现实生活的情况区别开来，就足以提醒我们处理的不是心理学事实，而是艺术构成，但我们是通过高度编码化的心理学信息来理解这些构成的，而这些编码是我们在日常生活包括关于艺术的经验中获得的。

人物：特性的聚合

我主张——虽不是第一个但是很坚决地主张——把人物概念看作特性的聚合（paradigm）；“特性”是在“相对稳定而持久的个人品性”这一意义上的，承认它既可以展开，即在故事过程中早晚会浮现出来，又可以消失或者被其他特性所取代。换句话说，其范围可以终结。匹普的“羞涩”特性在他继承财产后被“势利”特性所取代；而后者，在他得知财产的来源之后，最终又被“谦恭”与“感恩”的特性所取代。同时，特性必须与更加短暂的心理学现象相区别，如情感、心绪、思想、临时动机、态度之类。这些可能与特性一致，也可能不一致。伊丽莎白·伯奈特，尽管基本上是善良慷慨的人，但也有其偏见时刻。另一方面，克努特·汉姆生的《饥饿》中由主人公呈现的烦躁不安仅仅作为一

种夸张打动我们，那是由营养不良导致的，有一种朝向紧张情绪与浪漫之兴奋的、普遍而持久的气质——由饥饿引起的疯狂之瞬时发作，它与主人公充满激情的奉献这一特性的区别更多的是在程度上而不是种 127
类上。

至于瞬时情绪与情感，也许它们就是亚里士多德用 *dianoia* 即“思想”一词所指的，在某特定时刻里从人物脑海中闪过的，不是其总的道德倾向——它“恰当且与偶然场合一致”，不是一种持久的品格。就此而论，它关系到 *topoi* 即完全不依赖于人物而存在的论证线索与整体真实性。

人物的聚合观点将特性的配置比作一种纵向聚集，它与构成情节的事件链条之横向组合相交叉。但这一观念与语言学分析中的聚合有重要区别。在结构主义语言学中，一个单独项——词、词素或其他类似物——被认为是出现于其他项目缺席的某特定位置，事实上，这个单独项对立于其他项的总体，这其他诸项能够潜在地填补它所占据的位置。这样：

The	cat	runs	bad	ly	猫	拼命	地	跑
	dog		smooth	ly	狗	从容	地	
	man		slow	ly	人	慢慢	地	
	horse		quick	ly	马	飞快	地	
	car		angri	ly	汽车	咆哮	地	
	ect.		ect.		……	……		

在日常生活话语中，一个特定项例如**人**或**笨拙**，不会唤起其他项。然而在诗中，却完全存在着其他可能性之唤起或回响，原因在于由语音一致性等所导致的敏感的总体增强，正像瑞恰慈等人已经指出的那样。[①] 在叙事中也同样，在那一刻之前所建立起来的整套人物特性对于受众都是可见的。我们梳理整个聚合，找出能够说明某特定行动的那一特性，如果我们找不出它，我们就在列表中增加另外一种（或至少提醒

① “Poetic Process and Literary Analysis,” *Style in Language*（New York，1960）.

我们注意寻找进一步的证据以说明我们所归因的那一特性）。简而言之，
128 特性的聚合像诗的聚合，而不像语言的聚合；它倾向于在场发挥作用而不是缺席发挥作用。①

这一实践看似在种类上与我们对现实世界中认识的人的日常评价没有分别。正如珀西·卢伯克所说：

> 从一系列在眼前闪现的人物和趣闻逸事中为自己创造出一个人、一个人物形象和一个人物性格概念是再简单不过的事情。这一类的创造，我们每天都在进行；我们不断地把我们周围人的零星迹象拼凑起来，在思想中塑造出他们的形象。我们就是用这样的方式来创造我们的世界的；尽管不全面，不完整，在很大程度上是任意的，但是却一直是这样做的，每个人都像一位艺术家那样磨炼自己的经验。②

现在我们就能理解事件与特性之间的一个基本区别了。前者在故事中有严格确定的位置（至少在古典叙事中如此）：X 发生了，然后是 Y 因 X 而发生，然后是作为最终结果的 Z。它们在故事中的顺序是固定的；即便话语呈现了不同的顺序，其自然顺序也总是可以被重构出来的。此外，事件之间是分离的；它们可能有交叠，但每一件事都有截然的开始与结束；它们的范围是有限制的。特性则不受这些限制的影响，它们可能流溢于整部作品甚至超出于作品，事实上在我们的记忆中会像作品本身一样长久。在这一意义上，伊夫琳对都柏林之外的世界的恐惧

---

① 巴特发现了这种叙事诡秘因素的在场（presence），它是一种蜃景："我们使用符码（*code*）一词，不是在一种清单——一种必须被重构的范例（即它有既存的架构）——的意义上来使用的。符码是引用的透视远景，是结构的蜃景；我们只知其出发和回返；那些从符码产生出来的单位（我们为其编制了清单），它们本身始终是文本的各扇门，是内在蕴涵的旁逸蔓衍的征兆、路标，指向清单目录的其余部分（绑架指涉每个曾被写过的绑架）；它们是这么一大堆永远已经读过、看过、做过、经验过的事物的碎片：符码是这'已然'（already）的纹路。"（*S/Z*，p. 20.）【采屠友祥译文，见《S/Z》，84～85 页，上海，上海人民出版社，2000。略有修改。——译者注】

② *The Craft of Fiction*，p. 7. 肯奈斯·伯克在《修辞学词表》（*Counterstatement*，p. 152）中写到特性模式的源起。【卢伯克引文采方土人译文，见《小说美学经典三种》，6 页，上海，上海文艺出版社，1990。——译者注】

是“永久”的。相反，正在消逝的或暂时的情绪，在文本中有其有限的时间范围：伊夫琳仅仅在开端处是“累”的，到结尾时就不再累了。她的累在故事中延续多久，这不甚了然：也许在她开始念及弗兰克及即将到来的分离时就已经忘记了累；或者也许更早，在她记起孩子们在田野中度过的美好时光时就已经忘记了它。“累”是暂时的而不是永久的， 129
它不是一种特性，它的领域是情感。和事件不同，特性并不在时间链条之上，但是却与时间链条的全部或其主要部分同时存在。事件作为矢量，“水平地”从早前向后来行进。特性则扩展到遍及由事件所标出的时间跨度内。它们对于事件链条来说是一个**参量**（parametric）。[1] 实存内容的传达并不像事件那样，与编年顺序紧密地捆绑在一起。再回顾一下关于彼得的基本故事（第二章），下面这一观察要优于直线的聚合，因为它指示出这一事实：第三个陈述——“彼得没有亲戚朋友”——并不指涉某事件，因此它不应该沿着事件轴线展开。现在我们发现了由箭头所标示出的从点 2 到点 3、从点 3 到点 4 的平顺连接这一错误（参见图 3—2），因为并没有哪个叙事性**时刻**经过第三个点。图 3—3 更为准确。

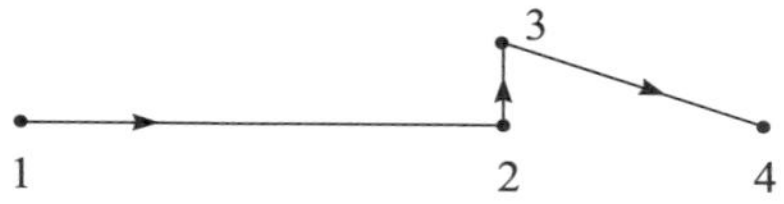

图 3—2　事件排列示意图二

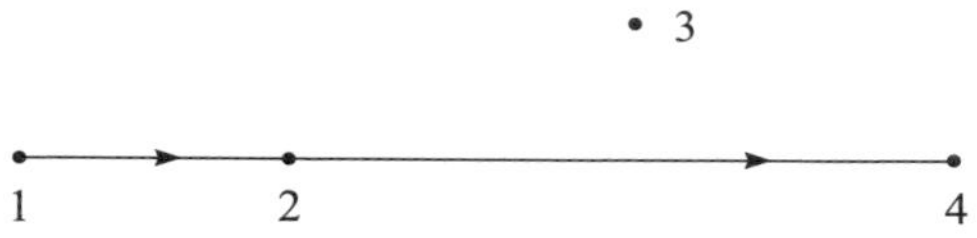

图 3—3　事件排列示意图三

但假如“孤单”这一特性（点 3）不以因果方式与事件（点 1、2 和 4）联结起来，那么在图示中给予它任何一个特定位置都可能是错误

---

① 巴特（《叙事作品结构分析导论》，249 页）引用尼科尔·鲁魏特（Nicole Ruwet）的看法，把在“整段音乐中保持不变的因素叫做参量因素”。【采张寅德译文，见张寅德编选《叙述学研究》，16 页，北京，中国社会科学出版社，1989。——译者注】

的，因为“孤单”这一特性进入该叙事的确切时刻就可能不是很明显。

说某种特性或其他的实存不在范围之内，这并不意味着它在话语中的表达时刻没有意义。例如，“彼得病了。他没有亲戚朋友。他死了”
130 这一序列可能很好地暗示着：正是**因为**他没有亲朋，所以他的病没有得到照料，所以他死了。而根据同样的逻辑，“彼得没有亲戚朋友。他病了。他死了”这一序列可以被认为是暗示着他因为没有人照顾而得病。“彼得病了。他死了。他没有亲戚朋友”则可能暗示着没有人为他送葬。对一个特性的静态陈述之相对位置，也可以被证明在事件层次上同样有着极重要的意义。这一事实并不会否定我们前面的概括。话语陈述经常同时在事件与实存两个维度上传达。因此彼得的无友、无家状态就是一个持续特征，只有**原因**因素属于事件链条。

因此，也许聚合特性的最佳方式如图 3—4 这样。

图 3—4　事件排列示意图四

其中，C＝人物，T^n＝某给定特性，大括号把诸实存从故事中的时间序列中分隔出来，但并不妨碍它们成为它的参量。该图示使得特性既是聚合的**又是**参量的这一点变得明显起来。特性聚合用 T^n 来表示，以此显示其开放性，并为尚未被认识到的、在后续阅读中可能使人想到的那些特性预留余地。随着对叙事的逐渐深入，我们能够唤起日益精确的描述性形容词。

巴特颇有意思地提出，尚未命名的特性作为一种神秘的残余，留在性格的专有名称当中：

131 性格是一种形容词、一种定语、一种谓语……萨拉辛是以下意素的总和、汇聚处：**骚动不安，艺术家材质，独立不羁，狂暴，过度，女性气质，丑陋，复合的性情，不虔诚，酷嗜凿刻，意志力，**等等。某种珍异的遗余物（它有点像个性，其中可定性说明与不可言喻兼具，它摆脱了对复合性格作常规簿记的方式）增补了总和。引发这类幻象的，就是专有名称，就是被自身的**专有**注满（完成）了的差异。专有名称允许个人存在于种种意素之外，不过，意素的总和仍然完整地构成了此个人。一旦某个专有名称（甚至某个代词）以流向一处并固着一处的方式存在着，种种意素便成为诸多谓语，成为真相（当然，是虚构的真相）的诸多引发因素，而专有名称则成为一个主语。我们可如是说，叙事所专有者，不是情节，乃是作专有名称用的人物：语义原料……**注满**了存在所专有者，以形容词**注满**了名称。[①]

这个意义上的专有名称，正是第一章中讨论过的自我属性本身或其精华。它可能正是亚里士多德的 *homoios* 一词的所指。[②] 它是个性的一种最终驻留，不是一种特质，而是特质的所在地，是被赋予那些特质（即叙事性形容词）却永不能被那些特质所穷尽的叙事性名词。即使当该名称强烈暗示着某特质或与该特质高度类似的东西，即它是拟声的或象征的——佩克斯尼夫、武尔庞、奥尔华绥，它也不会因此丧失其“珍异的遗余物”。[③] 那个人被确定为“伪善者（佩克斯尼夫）”，尽管极爱管闲事，却仍然是一个人，而且必然有一些其他的品性，但狄更斯严格拒绝提及它们。（我的意思并不是说隐含读者要求这些额外的特性；当然，他会赞同隐含作者的愿望。）

---

① *S/Z*, pp. 190 - 191。【采屠友祥译文，见《S/Z》，306～307 页，上海，上海人民出版社，2000。——译者注】

② *homoios*，意为“相同”、“相似”。——译者注

③ 佩克斯尼夫（Pecksniff），狄更斯小说《马丁·朱述尔维特》中的人物，一个伪善的建筑商。英语中 pecksniff 一词意为“伪善者”。武尔庞（Volpone），文艺复兴时期英格兰剧作家本·琼森（约 1572—1637）的讽刺剧《武尔庞》中的主人公，善于假想以像狐狸一样狡猾的手段骗取别人的钱财。英语中的 Volpone 一词意为“狐狸”。奥尔华绥（Allworthy），菲尔丁小说《汤姆·琼斯》中的人物，一个善良正直的乡绅，慷慨好施。英语中 all worthy 意为“一切都是值得的”。——译者注

名称是直证的（deictic），也就是说，它指向或被界定为“有限”、“非有限”或取自“无限”，被具体化，并且层次井然（尽管只是最低限度的）。因此，叙事不需要严格意义上的专有名称。任何直证式的符号才需要人称代词、修饰词（“留胡子的男人”、“穿蓝衣服的女士”）甚至指示代词或定冠词。（人物只有一次被称为“一个男子”——在第一个句子中。之后，他将被称作“那个男子”。）

人物的种类

如果说功能或 *actantiel* 理论不够充分[①]，那是否意味着所有划分人物种类的努力都将失败？有一种努力饱受了文学论争的风暴，那就是
132 E. M. 福斯特对“圆形人物”与“扁平人物”所作的区分。在一个开放的结构主义理论中，它是否能够找到合宜的表述？

按照我的理解，它能找到，因为这一区别可以对特性［福斯特的用语是“观念”（idea）与“素质”（quality），但显然它们与特性（trait）是等同的］进行精确公式化。主要有两个方面：首先，扁平人物被赋予单一的或很少的特性——“那就是密考伯太太，她说她不会抛弃密考伯先生；她的确没有抛弃他，她就是这样。”[②] 这并不意味着扁平人物不能生动有力，甚至也不意味着他必是“类型化”（typed）的——尽管常常如此（我用“类型化”称福斯特所指的“很容易就指认出他是现实或虚构世界中熟悉的类型”）。其次，由于只有单一的（或某一明显占优势的）特性，扁平人物的行为有高度可预见性。圆形人物则相反，具有多样化的特性，其中一些互相冲突甚至对立；他们的行为不可预见——他们可以改变，他们能够使我们惊异，等等。用结构主义词汇我们可以

① *actantiel*，法语词，“角色的”，格雷马斯用语。——译者注

② *Aspects of the Novel* (Harmondsworth, 1962), p. 75. 【方土人译：《小说美学经典三种》，255～256 页，上海，上海文艺出版社，1990。该书将“圆形人物”译为“浑圆人物”。——译者注】

说，扁平人物的聚合是直接化的和目的论的，而圆形人物的则是凝聚性的（agglomerate）。扁平人物之效果在于它有一个明显的方向，因此像福斯特所说，它可以更清晰地（倘不说是更容易地）被记住——只有**较少**的需要记，而这个**较少**是被十分明显地建构出来的。相反，圆形人物可以给人以强烈的亲切感，纵然存在它们并不“合情理”这一事实。我们把他们当成真人记住。他们似乎特别面熟。像现实生活中的朋友和敌人一样，我们很难描述他们究竟是什么模样。

说人物能够使我们惊异，这是“人物是开放的”之另一种说法。我们开始预感、准确地说是需要发现新的或意外的特性之可能。这样，圆形人物作为开放结构就容许深入洞察。我们的“读出”不限于与文本密切接触那一现实时段。当我们试图依据变化的或成长的、对我们自身或我们的同胞的洞察去说明矛盾或空白之处时，人物可能数日或数年地萦 *133*
绕我们。伟大的圆形人物简直是无尽的冥想对象。我们甚至可以把他们作为我们曾伴其（或在他们当中）生活过的精灵来记住，而不是作为独立的对象。

圆形人物之难以言喻性，部分地导源于诸特性之间巨大的跨度、多样性甚至矛盾性。但其他因素对此也有影响。他们的特性之迹象在一定程度上是模糊的。例如，媒介可能只是用关键资料予以暗示。电影尤其是简洁展现人物无声的内在生活之多面手。米开朗基罗·安东尼奥尼的《奇遇》、《夜》、《蚀》、《红色沙漠》、《放大》中筋疲力尽、冷淡无情、有着神秘烦恼的男女主人公们之所以引人好奇，正是因为我们没有直达其内心的通道。他们的对话只是在以撩人方式暗示表层之下的复杂性。

即使当媒介允许深度的心理投入，它们也可能从表达上通过模糊话语予以回避。康拉德的《吉姆爷》是一个显著例子：通过使关于吉姆的一切信息的来源成为一个叙述者——这个叙述者不断承认自己无力勘探吉姆的深度、调适他的矛盾，任何最终的调和都被堵塞了。事实上，“不可理喻”成为吉姆的特性中最后的但也是最有效的一点。或者，在更具现代性的叙事中，海明威与罗伯-格里耶的寡言都是“沉默导致丰富性”的明显事例。

当一个人物是开放性的，我们的推测当然不限于其特性，还包括可能的未来行为。完全有可能设想我们在最后把伊夫琳留在码头上的某种时间之罩里，或者在《红色沙漠》中朱丽安娜的永恒命运是和她的孩子在污浊的天空下漫步。实际上，特吕弗在《四百击》中定格最后一幅画面似乎正是想达到这种效果，他将年轻的主人公安东尼固定于永久逃避威权上。[①] 但我们的心理未必接受这一“罩”的限制。我们可以理解“逃避威权”代表着安东尼的很多未来行为的特征，但我们不肯放弃思考这一逃避之特殊效应的权利：对亲朋、祝福者更多的误解，更多法律
134 上的麻烦——尽管其性格中有着内在的温文尔雅。就像吉多，费德里克·费里尼的《8－1/2》的导演主人公[②]，我们忍不住想知道他们——这些进入我们幻想世界的宝贵的创造物——的境况将会如何。公众对续集或系列片的要求是不要沦为幼稚的庸俗主义。这体现了一种有理论意义的合理要求：去延伸幻想，追寻那些我们在其身上投入了感情与兴趣的人物的命运变迁。当然，无论作者选择回应还是不回应，都是他自己的审美的事了。

A.C. 布雷德利与人物分析

巴特颇富煽动性地把不定特性之追踪描述为“换喻的滑动”(metonymic skid)。在搜寻出特性（意素）的过程中，我们常常觉得自己发现的不是名称，而是——

> 复合体的共核，其间，话语将我们引向其他可能性、其他相类似的所指：于是，某种换喻的滑动，每一同义语都给其相邻的同义者添加某新质素、新起点……这种扩展是意义的真正运动：意义滑

① 《四百击》的主人公是人们心目中的不良少年，他最后逃离少管所，奔向大海。——译者注

② 《8－1/2》的主人公吉多是位导演，电影讲述了他在筹拍一部关于人类末日影片时遇到的困难与危机。——译者注

> 过去再收回来，又向前移。我们不分解意义，宁以意义的扩展、词汇的超越、跃跃欲入不已的属词来描述它。①

"滑动"的动机在于寻找性格中的关键点，即特性名称的精确结合，以把它概括出来。这种批评活动在不景气年代里已经衰落。在 A.C. 布雷德利关于莎士比亚悲剧的名作的批评达到一个高峰之后，这种批评陷入对其忽视语言"表象"（surface）的攻击当中。但布雷德利的著作仍然是开放式特性分析的一个范例，它值得我们重新审视。

他的方法简单而有效。它基本上是由对文本的仔细重读组成，特别是在那些传统可能以简单化态度蒙蔽我们的地方："依阿古是邪恶的，就是那么回事。"布雷德利想具体描述依阿古到底是怎样一种邪恶，希望由此找到其性格真正的主导原因。因此他细读了依阿古到底做了什么、没做什么，到底说了什么、没说什么，别人**对他**说了些什么，**关于他**又说了些什么，以便"读出"，并对这些资料进行推测。布雷德利感觉，如果能够建立一套关于依阿古特性的、有相对独立的一致性的观点，他就能发现依阿古打击奥赛罗的情节之动机。布雷德利的努力在公式化表述人物性格方面颇有成效，这些表述同时是内在的和高度老练的，仔细检核他的一套描述形容词，是一种有价值的演练。 135

他从依阿古的公众印象即别人如何看他这一点开始。在他们看来，他"大胆"、"粗俗"、"坦率"，但又"快活"，是个"老实人……并因此而受喜爱"，"幽默诙谐"而必要时又"严肃庄重"，但首先是"正直"。正是因此，其他人大多被他的伪装所欺骗。

当然，依阿古完全是另外一个人，他真正的性格显示出"虚伪及自我控制的巨大力量"。这样，尖刻语言就不是坦率正直之产物，而是出自其态度中被详尽表现的"伪装"的突出特质，是一种"安全阀"。布雷德利推测，事实上他不是一个"富有感情的与狂热的人"，而是一个"冷酷"的人，如果不是因为致命的诱惑力，他本可以不犯罪。为了使

---

① *S/Z*, p. 92.【采屠友祥译文，见《S/Z》，180 页，上海，上海人民出版社，2000。——译者注】

他的所作所为有效，依阿古必须十分聪明，“洞悉人类本性”并“积极地去影响它”，“面对突如其来的困难和机会有着迅速而自如的反应”，“不受怠惰与淫欲的诱惑”，“对他人没有良心、信用与尊重”。这些特性证明一种“感情之死”，而不是“实在的仇视”。布雷德利否定依阿古是个罕见的“嫉妒”与“野心勃勃”的人，而宁愿说他“对任何触及他的高傲与自尊的事物都很敏感”。他感觉“优于”他人，并容易为“任何干扰和伤害他的优越感的事物”所“激怒”。善良“作为一种愚蠢妨害了他的智力”。

勾勒出依阿古特性之轮廓后，布雷德利继续他的主要工作——探寻足以解释依阿古打击奥赛罗的罪恶情节之动机。依阿古做了什么既已明确，布雷德利接着问：他为什么选择做一些事？多数批评家感觉他是被对奥赛罗的嫌恶及对军阶晋升的渴望所激发，但布雷德利认为他不是为狂热所驱使，而是为快乐之渴望所诱惑：“对于这样一个人来说，最快
136 乐的事情莫过于那些极大地满足他的权力感与优越感的事情；人一旦专注于此，接下来就是能力的耀武扬威的发挥；再接下来，是危险的刺激，他的快乐也就圆满了。”[①] 事实上，布雷德利把他看作一个扭曲的艺术家：其罪恶的操控给他带来“艺术创造的紧张与快乐”[②]。

布雷德利对依阿古个性的评价是一种阐释行为，正如对于抒情诗及像《螺丝在拧紧》这类谜一般的小说情节的“封闭阅读”是阐释行为一样。他进行这一阐释是因为他认为先前的阐释是错误的。我对其阐释的关注，支持的不是其实质内容（那是一个文学批评问题），而是其**“作为一种操作”**之合乎逻辑性（这才是一个元批评问题，或理论问题）。

布雷德利受到精审派（Scrutiny）批评家特别是 L. C. 奈茨的攻击，攻击他以牺牲莎士比亚诗中的文字肌理为代价：布雷德利投入“这么大篇幅用于剧中人物的心理学与道德分析，而排除了对他们的语言的任何系统性关注”；特别是他继承了一个不良传统，即“论述莎士比亚的**剧**

① A. C. Bradley, *Shakespearean Tragedy* (New York, 1955), p. 185.

② 同上书，187 页。

中人时仿佛他们是真人，他们的生活让人感到仿佛超出了他们置身其中的戏剧”，这是“严重地帮了莎士比亚的倒忙”。在奈茨看来：“戏剧或小说中的‘人物’，和其‘情节’一样，除了作为读者对所读到的连续不断的词语的记忆的沉淀物之外，没有别的存在……就此而言，它们是纯粹的批评‘抽象物’，我们只有以穷尽自己对作品的‘总体回应’为代价，才能注意到他们。”

显然谁都不想剥夺莎士比亚戏剧中精致的文体外表。但如果我们的观点不错，那么诗存在于表现（manifestation），即表达之质料。关注媒介，作为一个批评行为类型固然是完全正当的，但也决不应低估戏剧与叙事中其他结构的现实存在——人物、背景以及情节——或者批评家们关注它们这一权利。我没有发现布雷德利在任何地方有对诗意的否定——关于他的研究，最大的可指摘之处就是它们的焦点在别的地方。正如 R. S. 卡莱恩指出的，双方事实上是在谈论两件不同的事物。“聚焦于人物，而人物是作为‘悲剧事实’的主要来源……不是作为出自最终书写下来的戏剧之文字的‘抽象物’，而是作为真实的男人女人之具体面貌，他们每一个都带有多多少少独立于他在完成的戏剧中所实施的特殊行为的本性。”[①] 这样说并没有错。这是批评家们之间另一个不必要的论争：关于“艺术作品的某些方面是否天生比另外一些更有价值”。把人物描绘成来自文字的“抽象物”或“沉淀物”，这很荒谬；这无异于说雕像是来自大理石的“沉淀物”。故事结构（人物是它的一部分）、话语结构以及表现之结构能够达成互相依赖，仅仅因为它们是独立地形成系统的。它们之间不存在价值等级——它们都服务于整个作品的共同目标。文字使人物现实化；但无声电影与舞台哑剧中演员的可视形象也能做到这一点，可没有人宣称**它们**是抽象物或文字沉淀物。卡莱恩正确地称它们为“具体面貌”（concrete semblances），立刻就强调出了它们的真正的、虚构的本质；它们是附属于某一名称的特性群组，但那是恰好未曾存在过的人的名称（也就是说，关于它们，没有作出、也不可能 137

① Ronald Crane's *The Languages of Criticism and the Structure of Poetry* (Toronto, 1953), p. 16.

作出真实性宣称）。[1]

把个体“特性之代码”作为人物分析的一种有用的和自然的方法，138 这一论点绝不意味着人物的“生活”范围“超出了他们置身其中的虚构”。人物没有“生活”；我们赋予其“个性”，仅仅是在“那一个性乃是我们在生活与艺术中熟悉的结构”这一范围之内。否认这一点似乎就是否认一种绝对重要的审美经验。即使是幻想叙事，也需要根据我们对于“**普通**人将如何”的感觉，加以推论、猜想、预期。我们的行为对于心理学的正规研究可能有所启示，也可能没有，这是不相干的问题。我不过是主张：受众的“性格阐释性”行为是被建构的。但这绝不是说人物是“活的”——他们只是多多少少是生动逼真的。当虚构的人物被当成真正的人进行心理分析，冷静的批评家会正确地质疑其效果。但人物作为叙事构成，的确需要术语以便描述，对那些出自心理学、伦理学及任何关于人类经验的其他领域之一般词汇的术语予以抵制的行为毫无意义。术语本身并不宣告心理学的正确性。以下论断的正确性没有争议：与真人的特性相反，虚构人物的特性只能是叙事结构的一部分。我们所需要的，就是用像引号这样的一些正字法手段提醒我们自己一个事实：依阿古是“冷酷的”，而不是冷酷的。

背景[2]

人物存在并活动于空间之中，而这一空间抽象地存在于故事深层，

---

① 人物“不仅是语言的一个产物或戏剧整体语境的一种功能。‘他是这样一种人：在如此这般的环境中，有如此这般的作为’——这正是我们在现实生活中讨论某人的性格时经常用的那种看法。如果说它适用于于莎士比亚戏中的人物，那么它运用于更大范围中的小说时就更具合理性。因为小说家有更多的时间与空间，他可以安排环境以证明‘有如此这般的作为’在我们印象中的合理性。事实上他不仅能做到这一点；正如我们所见，他还可以为我们留下足够空间，以让我们推测或建构小说中实际存在的环境之外的其他环境。换句话说，我们有时可以合理推测一个人物的意志，而且存在着一个合适空间，以容纳不易受‘反布雷德利’的批评家攻击的猜测与推论。这种猜测行为，事实上可以构成人物的对我们来说很大一部分的真实性”。W. J. Harvey, *Character and the Novel* (Ithaca, N. Y., 1966), pp. 204 - 205.

② “背景”（setting）一词，本书根据情况不同，有时译为“环境”。——译者注

也就是说，它先于任何一种具体化空间，例如二维的电影银幕、三维的舞台、“心理之眼”的投射空间。抽象的叙事空间包含着明显对立的一个形象和一个底子。正如在一幅油画肖像中可以把人和他或她所置身的背景区分开来一样，在故事中我们同样可以把人物与背景（setting）区分开来。背景在字面的惯常比喻意义上“衬托出人物”（sets the character off），它是人物的行为与感情适当显现所背靠的事物集合与地方。

但在弄清这一领域细节的过程中，就产生了很多问题。是否有明确 139
标准以区分次要人物和作为纯粹背景要素的“人类”——“过客们”，这构成一条批评性界限，任何严格的分类体系之命运似乎都依赖于对这一点的清晰表达。人们至少可以想到三条标准，仅靠其中任何一条都不够充分：（1）生物学；（2）身份（亦即命名）；（3）重要性。

（1）显然，生物学标准无法独立完足。把一大群“跑龙套的”或群众演员当作人物是没有意义的。在《五号屠宰场》中，叙述者想起“俄国卫兵看守着……英国人、美国人、荷兰人、比利时人、法国人、加拿大人、北非人、新西兰人、澳大利亚人，我们共上千人”。这一大群尽管是人，但显然不是人物；他们与雨、甜菜田、易水河一起，共同成为悲惨背景的组成部分，在这一背景上，叙述者及其朋友奥黑尔凸显出来。反过来也同样成立，我们很容易就想到那些以动物为主人公的叙事——例如伊索寓言，或者以无生命之物为主人公的叙事。不仅友善或不友善的机器人可以成为科幻小说中的人物，而且像火、风暴、太阳和月亮这样的原始力量也可以。我们可以想象有这样一部叙事，它以地球为主人公讲述太阳系的历史。因此，“人物须是有人形的”这一点并非确定无疑（尽管在大部分情况下，人物的确是人形的）。

（2）我用身份和命名来指称上文讨论过的巴特之所谓“遗余物”，即拥有一个名称这一神秘特点。假如该名称是一个处所或基点，各种特性围绕它而分布，我们也许就可以假定上述特点为人物资质之标准。但略一思索就同样会击碎这一说法。小说中有太多这样的例子：人有其名字，但称他为人物却违反直觉，他们仅仅是环境的一部分，人物在这一环境中发现自身。如安德烈·纪德《梵蒂冈地窖》开头：1890 年，在教

皇莱昂十三世的统治下，X 医生以专治各类风湿病而闻名遐迩，共济会
140 会员昂蒂姆·阿尔芒-迪布瓦慕名赴罗马求医。莱昂十三世显然不是这部小说中的人物（任何意义上的“人物”），X 医生也不是，尽管他们两人都有名字。和昂蒂姆不同，他们都没有“进入情节”，尽管在一定意义上他们现身于作品世界中。其“非人物资质”是其“非**重复性**出现”所导致的。类似地，在场景中，作品的世界中独立现身之缺乏，即我们所称的“缺席”（absence），似乎从人物资质中排除了那些虽有名字但仅存在于某人物的回忆与空想中的人，例如在《伊夫琳》中。伊夫琳的记忆为母亲、父亲、兄弟姐妹、家庭牧师、旧日玩伴之类所充满，其中很多是有名字的，但显然我们不会称他们为人物。他们是家具和小摆设的一部分，是伊夫琳思想意识的一部分，而只有她才是人物。

（3）对情节之重要性似乎是最有效的标准。我们可以将其定义为：实存在何种程度上实施具有情节意义的行为，或受此类行为影响（也就是说，履行一个核心事件，或受该核心事件影响）。但反例又一次立即出现。对象可能变得对情节有绝对重要的意义，而且显然仍是支撑物甚至巧妙的暗机关。希区柯克是使用此种手段的高手——他称之为“麦高芬”（MacGuffins）。麦高芬是“电影中的人物投以极大关注的对象”，一个投毒的咖啡杯，一个装有铀矿石的酒瓶，堡垒图纸，“一个飞机引擎或一扇炸弹仓门，诸如此类”[①]。“诸如此类”（or something）一语证明，作者带着适当的形式主义轻视来看待麦高芬的实质。它仅仅是将人物置于危难境地的一种手段。只有这一危难算是生死攸关的事情。但这种重要性很难使麦高芬获得人物资质。

有人可能会问：“那么‘人’（a human being）对情节的重要性又如何呢?”但我们同样可以考虑到“人物麦高芬”——例如戈多。他是像贝克特笔下的人物一样的“人”，也满足“人物投以极大关注”这一
141 要求。但这是否就使他成为人物呢？也许他顶多是一个潜在的人物，一个**未实现的**人物（a character *manqué*）。他所缺少的，是他的现身。

---

① *Focus on Hitchcock*, ed. Albert J. La Valley (New York, 1972), p. 43.

我想在这些思考中我们看到的，是与对叙事要素进行分类相伴随的问题，而不是与对其特征进行研究相伴随的问题。上述各条作为人物的标志性符号是无效的，但作为特征它们似乎颇有意义。这里同样明显的是，叙事性要素是诸特征（features）的复合体：特征越是个性化，人物的意外性就越强。在这种观点下，人物资质就成为一个程度问题：一个有名字的、现身的、重要的人，就比一个有名字的、现身的、重要的物件，或一个有名字的、现身的、但不重要的人等**更像**人物（即便是很次要的人物）。尽管可能没有一个单独的特征，但一系列累积性的特征同样可以获得成功。叙事实存的层次可以说包含两个亚层次，它们的界限不是一条简单的直线，而是一个连续体。

人物与背景因素的最后一个区别似乎在于人物难以预设。人物只是当其现身被宣告或被强烈暗示时才存在于场景中。但我们可以一直“填入”——简直是“填入”任何必要的东西，以证明背景为真的。在一部小说中，如果我们被告知场景发生在纽约的一条大街上，那我们就可以在内心用库存细节为它提供：汽车、行人、商店、警察。但我们无法提供一个主人公：他太特殊，以至于难以“填入”。

背景的一个通常的、也许是首要的功能，是促成叙事的基调（mood）。《伊夫琳》以其简洁再次成为佳例。它始于安静、沉思、回忆的基调。背景是在晚上，街道上很少有人，房子遂引起人的注意，激起深情的回忆。行人稀少，使街道显得冷清，而伊夫琳的决定也是孤单的。[①] 窗帘布尘灰覆盖，那不是因为伊夫琳不善持家，而是因为这是一片腐朽房子中的一座，周围是她想逃避的那种环境。那是印花布，一种廉价织物，而不是别的材料。别处也尽是一派衰朽之相：照片已经发黄，小风琴损坏了。

《伊夫琳》中的布景支撑物包括三种。在她家中，所有东西都污秽 142
且充斥着穷酸感：棉布窗帘和坏的风琴，“她的全部工资——七先令”，

① 在小说中，伊夫琳决定离开家，跟男友弗兰克到遥远的布宜诺斯艾利斯。本节有关该小说的引文均采徐晓雯译文，见《都柏林人 一个青年艺术家的肖像》，28～33页，南京，译林出版社，2003。——译者注

她的黑色钱包（她不会允许自己用稍微明快些的颜色），市场上的人群，大堆的食品（她没有运送员），两个“她一手照料大的孩子”，“大厅另一侧那间又沉闷又黑暗的屋子”（她母亲就死在那间屋子里），等等。但在她内在的、精神的背景中有一些令人愉快的不乏家的温馨的因素：火炉前，霍斯山野餐，父亲戴着的母亲的帽子。

在她的家之外，一切都是异国情调的、令人惊恐的、最终又是不能接受的。首先是夜班轮船（而不是**白班**轮船）本身，黑色的船身和闪闪发光的舷窗藏在货棚大门后。这样的船适合在薄雾中隐身。背着棕色行军袋的士兵让人想起远方，因此也令人想起无意义的暴力与恐怖。

背景因素可以服务于多种功能。街头风琴唤起的丰富联想，来自所有三种复杂背景——贫寒、家庭温馨和异国情调。街头风琴在城市贫民区比在富人区更为常见，在贫民区，警察允许乞丐在大街上自由行乞。尤其是伊夫琳把风琴与关于母亲之死的痛苦回忆联系在一起。对于一个一生都在工人阶级聚居的街道上的吵闹喧哗中听到它的人来说，街头风琴的曲调中也有一点温馨。最后，风琴也是异国情调的：它由一个意大利人操控，演奏的也是意大利乐曲。同样值得注意的是背景在最后以何种方式提升到象征的维度。就在女主人公极度痛苦的时刻，一直不被注意的叙述者无法抑制几个气候性象征。她这一情势之极端，验证了突如其来的超越性措辞：“一阵铃声敲痛了她的心房……世界上所有的海水都在她的心头汹涌着。他这就要把她拽进这些海水：他会淹死她的……在海水中她发出一声惨叫。”真实的铃声召唤船离开，真正的海存在于港湾之外。象征本质上存在于“并置”当中：“海水都在她的心头汹
143 涌”，“他这就要把她拽进……”。使象征充满力量的，是其以某种方式融合人物与背景，使人物经受环境的猛攻，使环境几乎成为一个人物——弗兰克与大海合谋，陌生而凶险的外部世界威胁要淹没了她。在这个小说中，叙述者唯一一次容许自己奢侈地使用成串的隐喻，而且恰恰是在讲述之顶点上。

少数批评家提出了背景与情节及人物发生关系的可能方式之分类体

系。罗伯特·里德尔聚焦于自然环境，把它分为五种类型。[①] 第一类自然环境是功利性的（utilitarian），它简单、低调，对情节来说必要性最小，一般来说未被情感所触及。简·奥斯汀的小说是典型实例。第二类是象征性的（symbolic），强调其与行动的紧密关系；此处的环境不是中立的，而是**像**行动。狂暴事件发生于狂暴的地方，如《远大前程》中的沼泽地；《荒凉山庄》中的多雨天气与戴洛克夫人心中的雨相一致。里德尔的第三种类型是“不相干的”（irrelevant），即并未被假定风景有什么要紧意义。人物没有特别地意识到它。例如《包法利夫人》中跟随查理·包法利在乡村转悠的那一部分。[②] 一个亚类别或者毗邻的类别是反讽的（ironic）环境，环境与人物的感情状态或总体氛围不协调。在《使节》中，斯特瑞塞为发现“四周一片碧绿”的法国乡村而激动，那使他想起多年以前在波士顿一家画廊里见过的朗比内的一幅风景画；这时他撞见了德·维奥内夫人和查德在小船上的幽会。对于斯特瑞塞来说，“这好像是梦中突然出现的荒诞古怪的危机”[③]。里德尔的第四种类型是“精神领域”（countries of the mind），如伊夫琳的回忆中那种内心风景。第五种类型是“万花筒式的”（kaleidoscopic），即从外部物理世界到想象世界的来回急遽转换。弗吉尼亚·伍尔夫的小说是这一类的典型。无疑还可以区分出其他一些背景类型，此处我们又一次需要某些探索性的分类原则。

罗兰·巴特主张，只有把背景作为典范的（易读）叙事之功能才是有意义的。[④] 他的论点让我们回到逼真性，并把背景同情节与人物捆绑 *144*
到一起。例如在福楼拜的《一颗简单的心》中，欧班夫人的房间里，晴雨表下面有一架钢琴，上面匣盒堆得像金字塔。巴特称晴雨表是“无用的”，是叙述的奢侈品。钢琴标志欧班夫人是中产阶级，匣盒成堆显示

① Robert Liddell, *A Treatise on the Novel* (London, 1947), ch. 6.

② 指原著中卷第1章，写包法利夫妇离开道特莱到永镇寺，小说首先对该地的自然环境进行了细致描述。——译者注

③ 事见《使节》第30章、第31章。采袁德成译文，见《使节》，388、396～397页，成都，四川人民出版社，1998。——译者注

④ 易读，此处为法文 *lisible*。——译者注

她持家无序，而晴雨表则除了“真实”，即逼真性外，没有别的存在理由。它也因此引起了叙事信息的“成本”，使它一定程度上更为昂贵(不仅是在延迟它这一简单意义上)。从严格的叙事观点看，这些描述似乎仅仅是高深莫测的。在巴特看来，叙事就其自身而言是“预言性的”(predictive)。其含义为：主人公做了X，那么Y就是其结果。“其他一切都是描述……或‘类推性的’（analogical)。”那些显然不重要的细节之源头是古代的藻绘修饰文类、典礼或展示中所用的话语、引起对于演说家的赞美的效果强烈的片段，特别是这一文类中的艺格敷词（ecphrasis)[1] 中的形象，即“自足的、可分离的精彩片段”。巴特感觉在《包法利夫人》中，对卢昂的描绘是为了文字肖像的愉悦而单独地引入的，完全不以其与情节及人物的关系为基础，其合理性在于“表现（的构成成分）之文化规则”。但对虽不相干却真实的细节的描绘，服务于幻想之辔头，使叙事避免脱缰失控。它是感觉对于智力之放纵的抵制，是现实生活对于智力潜能的抵抗。在此我们看到历史对虚构叙述的重大影响。古人在下面这两者之间有清晰的区分：一是真正的现实，这是历史的领域；二是可能的、逼真的、貌似的现实，这是虚构的领域。后者总是建立在关于可能性之公共观念的基础上。它是整体的，总是允许对立面——“每一个服从于可能性的经典话语之开头，所预设的伟大词语都是*Esto*（‘让我们承认……’)。”[2] 巴特认为现代叙事话语废除了这一
145 导入语，只容许“客观”现实。但它由此创造了一种新的可能性，即真实“自身”。他声称，新的文体排除了所指（signified)，直接从能指(signifier) 到达指示对象（referent)。这种新的似真性是“指示的幻觉”（referential illusion)。被描述的事物不再需要意义，它们仅仅**“是”**——那就是它们的意义。“最终被指示的是真实范畴本身（而不是

---

① *ecphrasis*，也作*ekphrasis*，源于古希腊语，意为用一种艺术媒介描写或表达另一种艺术媒介（的作品)。范景中曾建议用音义结合方式把它译为“艺格敷词”，兹从之。——译者注

② Roland Barthes，“L'Effet du réel，” *Communications*，11（1968)，p. 88. 肯奈斯·伯克说过类似的话，但他呼吁关注其自身考虑而描述叙事形式之“病症”（*Counterstatement*，p. 144)。【*Esto*：西班牙语词，“这个”。——译者注】

其纯粹偶然的内容）。”

无论我们怎么阐述背景的功能及其与人物的关系问题，人物的本质及其如何由身份与特性等要素构成的问题，有一点很明显：“实存”这一概念的批评意义不亚于“事件”这一概念，叙事理论不能忽略了它。

146

第四章　话语："非叙述"的故事

沉默变成他的母语。

——奥利弗·歌德史密斯[①]

《善性之人》

每一个叙事——按照本书理论观点——都是一个结构，它含有一个内容平面（称为"故事"）和一个表达平面（称为"话语"）。我们在第二、三两章已经对故事做了考察，现在转向该二分系统中的另一半。表达平面是一套叙事陈述，此处"陈述"是表达之形式（the form of the expression）的基本成分，它独立于任何特殊表现（manifestation）——即因不同艺术种类而变化的表达之质料（the expression's substance），且比它更抽象。芭蕾舞中的一个姿势，一组电影镜头，长篇小说中的一个完整段落，或者仅仅一个词语——其中任一项都可以表现一个单独的叙事陈述。我前面提到叙事陈述语有两种——动态的和静态的，这与深层叙事（而不是表层语言）的谓语是以存在（IS）方式还

① 奥利弗·歌德史密斯（Oliver Goldsmith，1730—1774），英国剧作家。——译者注

是行动（DOES）方式相对应。

与此"两分"相交叉的另一个"两分"是：陈述是直接向受众呈现，还经由某个中介——我们称之为叙述者（narrator）的人？直接呈现，就是设定了某种被受众无意中听到的情况。经由中介的叙述则相反，它或多或少设定了从叙述者到受众的表达交流。这基本就是柏拉图所区分的模仿（*mimesis*）和叙述（*diegesis*）——用现代术语即显示（showing）和讲述（telling）——的区别。既然存在讲述，那就必有一个讲述者，一种叙述声音。[①]

讲述者，即传播源，我想最好把它解释为某种可能性之变动范围——从最不能听得见的叙述者，到最能听得见的叙述者。贴在叙述者资质之消极端上的标签，其重要性程度比不上它在变动幅度中的实际情况。我说"非叙述的"（nonnarrated），读者可能更喜欢说"最少叙述的"（minimally narrated），不管怎样，这种传播之存在是已得到证实的了。 *147*

叙述者的现身，源自受众对某种显在的交流之感觉。如果他感觉似乎有些事情在向他讲述，那就预设了一个讲述者。另外一种是对行为的"直接目击"（direct witnessing）。当然，即使在戏剧或芭蕾这样的场景艺术中，纯粹的模仿也只是一种幻觉。但可能的相似性之程度大小不一而足。主要问题在于这种幻觉是如何达成的——借由何种契约，观众或读者接受"他'仿佛'身临其境"这一信念，尽管他不过是通过坐在剧场的椅子上或翻书页、阅读文字而接近事件的。作者可以制造特殊效果以保持这样一种幻觉：事件"确确实实地在读者眼前展开"——主要是通过限制可能出现的某些种类的陈述来保持它。

为了理解"叙述者声音"（包括其"缺席"）这一概念，我们需要思考三个预备性问题：叙事互动中几方之间的相互关系，视点（point of view）的意义及其与声音的关系，作为一般行为之亚类型的话语行为及思想行为的本质。这三个话题构成了叙述者声音分析的必要引言，任何关于叙事话语的讨论都依赖于这一引言。

---

① 热拉尔·热奈特又重新使用了这对术语，见"Frontières du récit"，*Communications*，8（1996）。

真实作者、隐含作者、叙述者、真实读者、隐含读者、受述者

作者与叙述者不容混淆，这一点的重要性已成为文学理论的共识。正如门罗·比亚兹莱（Monroe Beardsley）主张的："不能把文学作品中的说话人当成作者——因此说话人的性格与处境可以仅凭内部证据去认识——除非作者提供了一个把说话人与他本人联系起来的实际语境，或声明这样一种语境。"[①] 但即使在这样一种语境中，说话人也仍然不
148 是作者，而是"作者"（加引号表示"仿佛"），或者更确切地说是"作者"—叙述者，它是叙述者的几种可能种类之一。

除此之外，还有一个可证明的第三个参与方，韦恩·布斯适宜地称之为"隐含作者"（implied author）：

> 在他写作时，他不是创造一个理想的、非个性的"一般人"，而是一个"他自己"的隐含的替身，不同于我们在其他人的作品中遇到的那些隐含的作者……不管我们把这个隐含的作者称为"正式的书记员"，还是采用最近由凯瑟琳·蒂洛森所复活的术语——作者的"第二自我"有一点很清楚，读者在这个人物身上取得的画像是作者最重要的效果之一。不管他如何试图非人格化，他的读者必然将构成以这种方式写作的正式书记员的画像。[②]

他是"隐含"的，也就是说，他是读者从叙事当中重构出来的。他并非叙述者，而是创造叙述者的那一原则，伴随着叙事中其他诸方面：以这种特定方式洗牌，让这些事情发生于这些人物身上，用这些词语或

---

① See *Aesthetics* (New York, 1958), p. 240. 参照 Walker Gibson, "Authors, Speakers, Readers, Mock Readers," *College English*, 11 (1950), 260 - 269；及 Kathleen Tillotson, *The Tale and the Teller* (London, 1959)。

② *Rhetoric of Fiction*, pp. 70 - 71.【采华明、胡苏晓、周宪译文，见《小说修辞学》，80 页，北京，北京大学出版社，1987。略有改动。——译者注】

形象。与叙述者不同，隐含作者可能丝毫都没**告诉**我们什么。他——更准确说是**它**——没有声音，没有直接的交流手段。它无声地指示我们，通过整体的设计，用所有的声音，凭借它选择让我们知悉的一切手段。我们能够把握隐含作者的观念，最明显的是通过比较由同一位真实作者写作、但设定了不同隐含作者的不同叙事。布斯举了一个例子：《江奈生·魏尔德》的隐含作者"暗中非常关心公共事务和不可遏止的对世界上掌握权力的'伟人们'的影响"，而"在《阿美利亚》的第一页向我们致意的"那位隐含作者则传达了一种"故作庄重的一般态度"[①]。相反，《约瑟夫·安德鲁斯》的隐含作者听上去"好开玩笑"而又"漫不经心"；不仅是其叙述者，而且连同其整体构思，都在一种完全不同于《江奈生·魏尔德》与《阿美利亚》的基调中运行。亨利·菲尔丁则创造了明显不同的三个隐含作者。

这一区别在"不可靠叙述者"（unreliable narrator）（布斯创造的另一个令人满意的词语）情况中尤为明显。使一个叙述者成为不可靠叙述 *149*
者的，是其价值观与隐含作者的价值观有显著分歧；也就是说，叙事的支撑——"作品的准则"——与叙述者的呈现相冲突，使我们对他的真诚性或讲述"真相"的能力抱有怀疑。不可靠叙述者与隐含作者有实际矛盾，否则其不可靠性不会浮现出来。

隐含作者建立了叙事的准则，但布斯关于这些准则乃道德准则的主张看上去却并非必要。准则乃一般文化代码，其对故事的意义我们已讨论过。真实作者可以通过其隐含作者来假定任何他所喜欢的准则。因为隐含作者导致《暗夜旅程》或《年轻女孩》中发生的事情而谴责真实的塞利纳或蒙泰朗[②]，并不比让真实的康拉德为《间谍》或《在西方的注

① *Rhetoric of Fiction*, p. 72.【采华明等译文，见《小说修辞学》，81～82 页，北京，北京大学出版社，1987。——译者注】

② 塞利纳（Céline，1894—1961），原名路易斯-费尔迪南-奥古斯特·德斯托奇斯（Louis-Ferdinand-Auguste Destouches），法国作家、医生。长篇小说《长夜行》（*Journey to the End of the Night*，1932）是他的代表作。蒙泰朗（Henry de Montherlant，1895—1972），法国小说家、散文家、戏剧家。四部曲《年轻女孩》（*Les Jeunes Filles*，1936—1939）是他的代表作，曾两度被改编为电影。——译者注

视下》的隐含作者之反动立场负责（或者进一步让但丁为《神曲》的隐含作者之基督教观点负责）更有意义。我们的道德品质不会被隐含作者的狡猾所引诱。我们接受他们的世界是美学意义的，而不是伦理意义的。用某个我们在道德上、政治上或人格上可能钦佩也可能不钦佩的历史人物去证明“隐含作者”这一结构原则之错误，将严重削弱我们的理论创新。[1]

隐含作者总是存在，尽管可能不存在一个单独的普通意义上的真实作者：叙事有可能由委员会集体创作（好莱坞电影），由漫长时期中完全不同的人群创造（很多民歌），由电脑随机数生成（random-number generation）创造，等等。[2]

隐含作者的对应物是**隐含读者**（implied reader）——不是坐在房间里读书的、有血有肉的你或我，而是由叙事本身所预设的受众。就像隐
150 含作者一样，隐含读者也总是存在的。也正如可能有一个叙述者也可能没有叙述者一样，可能有、也可能没有一个**受述者**（narratee）。[3] 他可能作为人物现身于作品世界中，例如在马洛展开吉姆或库尔茨的故事时倾听他的讲述的人[4]；或者可能完全不被公开提及，尽管能够感觉到他的存在。在这种情况中，作者使所期待的受众态度明确化，我们要想完全读通，就必须假定他无可怀疑。受述者—人物仅仅是一种手段，隐含作者借由它告知真实读者如何扮演隐含读者，接受何种**世界观**（*Weltanschauung*）。在像康拉德的那些道德构成特别复杂、善恶不易区分的叙事中，受述者—人物容易出现。在没有明确受述者的叙事中，隐含读

① 苏珊·苏雷曼对此问题作过富有意义的讨论。Susan Suleiman，“Ideological Dissent from Works of Fiction：Toward a Rhetoric of the *Roman à thèse*,” *Neophilologus*（April 1976），162－177. 苏雷曼认为隐含作者同叙述者一样可以是不可靠的，这样我们就可以想象式地接受一个在意识形态上所抗拒的叙事。

② Christian Metz，*Film Language*，p. 20.

③ 据我所了解，该词由杰拉德·普林斯首创。Gerald Prince，“Notes Toward a Categorization of Fictional ‘Nerratees,’” *Genre*，4（1971），100－105. 布斯的“假想读者”（postulated reader）亦即我所说的隐含读者。【有关内容可参见普林斯著，袁宪军译：《“叙述接受者研究”概述》，载《外国文学报道》，1987（1）。——译者注】

④ 约瑟夫·康拉德的《吉姆爷》和《黑暗的心》两部小说的叙述者都叫马洛。吉姆和库尔茨则分别是这两部小说中的人物。——译者注

者的态度只能以普通的文化或道德词语推断。这样，海明威的《杀人者》就不允许我们假定我们自己也是黑帮成员；恰恰是如果我们这么做，故事反而行不通。当然，真实读者可能在某个终极层次上拒绝他被设定的角色——无信仰者不会因为读《地狱》或《失乐园》而变成基督徒。但这种拒绝与接受叙事的基本理解所必需的隐含读者身份，二者并不矛盾。

在受述者、隐含读者（叙事之内在参与方）、真实读者（外在于、附属于叙事的参与方）三者之间作出区分，和在叙述者、隐含作者、真实作者三者之间作出区分有着同样的必要性。《汤姆·琼斯》的叙述者所称呼的“你”或“亲爱的读者”不是西摩·查特曼[①]，更不是叙述者亨利·菲尔丁。当我进入虚构契约，我就增加了另一个自我：我变成一个隐含读者。正如叙述者既可以把他自己同隐含作者结合，也可以不这样做，由真实读者提供的隐含读者既可以把他自己同受述者结合，也可以不这样做。在《汤姆·琼斯》或《项狄传》中，这种结合理所当然地很紧密；而在《危险的关系》或《黑暗的心》中，距离却很大。 151

受述者情况类似于叙述者：他在从“充分性格化的个体”到“无人”的范围间变动。“缺席”或“未标记”同样需要放在引号之内：在某种意义上每个故事都隐含着一个听者或读者，正如它隐含着一个讲述者。但作者出于多种多样的原因可能完全不提及这些成分——实际上是煞费苦心地暗示他们并不存在。

我们可以将整个叙事—交流情景进行图示，参见图4—1。

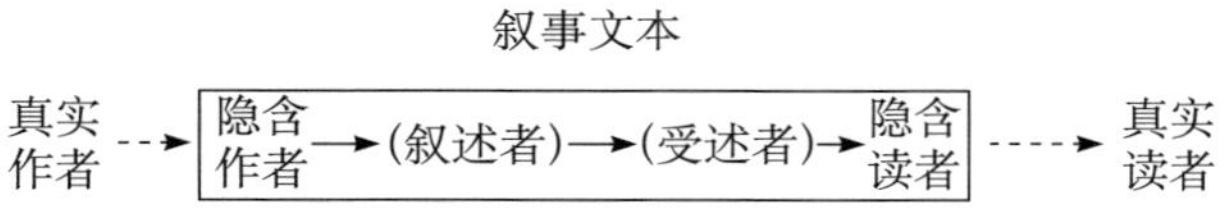

图4—1　叙事—交流情境示意图

方框显示只有隐含作者和隐含读者是内在于叙事中的，叙述者与受述者是可选的（括号内）。真实作者和真实读者就其本身而论是外在于

① 西摩·查特曼，即本书作者。——译者注

叙事交流的，当然，在最终实践意义上也为交流所必需。

我将在本章中论述“非叙述”的形式，而把对隐蔽或公开叙述者和受述者的讨论留在最后一章。

视点及其与叙事声音的关系

和任何理论一样，叙事理论也有一个任务：处理其所传承的术语之含混性与模糊性。为了理解叙述者声音这一概念——包括叙述者声音“没有”呈现（或最少化地呈现）的那种情况，我们必须首先将它和最复杂的批评术语之一——“视点”（point of view）区别开来。它的多义性一定让那些想在精确讨论中使用它的人踌躇。在普通用法中，至少可以区别出三种意义：

（a）字面上：通过某人的眼睛（感知）；

（b）比喻义：通过某人的世界观（意识形态、观念系统、信仰等）；

152 （c）转义：从某人的利益优势（表现其总体兴趣、利益、福利、安康等特征）。

下面三个句子将例示上述区别：

（a）从约翰在科伊特塔顶的视点来看，旧金山湾的全景令人兴奋。

（b）约翰说从他的视点来看，尼克松的态度虽然受到支持者的赞扬，但还不是那么高尚。

（c）尽管当时约翰没有认识到，但从他的视点来看，离婚是一场灾难。

第一句按约翰实际所见报告了“旧金山湾的全景”——他处于半圆视野之中心。我们称之为他的**感知**（perceptual）视点。第二句中没有提到他在现实世界中实际的身体位置，但提到了他的观念组成、他的思考方式，以及经其过滤之后的事实与印象如何。我们称之为他的**观念**（conceptual）视点。第三句丝毫没有提及约翰的思想，既未涉及感知能力，也未涉及观念能力，由于约翰没有觉察到所提及的后果，他并非在实际意义或比喻意义上"看"（seeing），因此"视点"这个词也就仅仅是"就约翰而言"的同义语。我们称之为**利益**（interest）视点。容易引起混淆之处在于，这样一来"视点"一词就可以指某类**行动**——感知或思想，也可以指某种**被动状态**。

这样，文本——任何种类的文本，甚至普通会话，都可能需要这些意义中的一个或其任意组合。关于一个实验的简单描述或探险家关于新大陆的说明可能仅仅传达作者的真实感知，但它同样可能需要他的世界观或他的实际利益。关于抽象论题的哲学论文通常不需要感知的视点，但可能十分雄辩地表达作者对该问题的个人兴趣，连同其意识形态。

当我们转向叙事文本，就会发现一个更加复杂的状况，因为正如我所见，这里不再像在说明性散文、布道、政治演说之类当中那样只有一个单独的现身者，而是有两个——人物和叙述者，更不用说另外还有隐含作者。他们当中每一个都体现一种或多种视点。人物可能如实地感知特定对象或事件，而且（或者）它可以在他的概念化意义上呈现出来， *153*
而且（或者）可能激发他之于它的利益（即使他并未意识到那一利益）。①

这样就有了视点与叙事声音的重要区别：视点是身体处所，或意识形态方位，或实际生活定位点，基于它，叙事性事件得以立足。而声音（voice）指的是讲话或其他公开手段，通过它们，事件及实存与受众交流。视点并不意味着表达，而仅意味着表达基于何种角度而展开。**角度**

---

① 西斯特·克里斯汀·莫里森（Sister Kristin Morrison）指出了"视点"的另外一种模糊性，见"James' s and Lubbock's Differing Points of View"，*Nineteenth Century Fiction*，16（1961），245－246。卢伯克及其追随者在"说话人（叙述者）之叙述角度"这一意义上使用该术语，而詹姆斯则通常在知晓者或读者的意义上使用它。鲍里斯·乌斯宾斯基（Boris Uspensky）区分出多种视点，其线索与我的相类似。*Poetics of Composition*，trans. Valentina Zavarin and Susan Witting（Berkeley，1974），ch. 1. 人们提出了很多"视点"（point of view）的替代词，如詹姆斯的"意识中心"（central consciousness），阿伦·塔特的"观察站"（post of observation），托多罗夫的"视野"（vision）（来自让·布庸）。后两个继续混淆了认识与利益。

与表达不需要寄寓在同一人身上[①]，而可能有多种结合方式。就说说字面上的“视点”，即感知视点吧。事件与实存可以由叙述者感知并由他用自己的第一人称来讲述：“我感觉自己坠下山去”或“我看到杰克坠
154 下山去”（叙述者在第一句中是主人公，在第二句中是目击者）。或者把视点派给某个并非叙述者的人物：这时分离的叙述声音可以让他自己听见，也可以不让他自己听见——对比“玛丽，**可怜的亲亲**，看见杰克坠下山去”与“玛丽看见杰克坠下山去”。或者事件以这样的效果呈现出来：不清楚是谁（假如有一个人的话）感知到它（或者感知不是问题）——“杰克坠下山去”。

“摄影机之眼”指这样一种惯例（一种“模仿”的幻觉）：假定事件只是在中立性记录的呈现中“发生”。把这种叙事传达称作“限制性第三人称”是错误的，因为它仅指明了视点，而没指明叙事声音。有必要在下列类型中作出区分：“出以隐蔽叙述者声音的限制性第三人称视点”，“出以公开叙述者声音的限制性第三人称视点”，等等。

感知的、观念的和利益的视点十分依赖于其表达方式。当我们说到“表达”，我们总是从视点（它只是一种感知或态度）转到叙事声音领域，即感知、观念及其他方面之交流所经由的媒介。这样，视点就在故事**之内**（如果它是人物的），而声音总在其外，在话语当中。如《青年艺术家的画像》：“不一会儿他发现自己来到五光十色的煤气灯和灰暗的

---

① 例如，最近有篇文章因混淆了人物视点与叙述者声音而误读了《伊夫琳》（Clive Hart，“Eveline，” in *James Joyce' s Dubliners*：*Critical Essays*，London，1969，p. 51）。作者认为伊夫琳对于爱情是浅薄而无能的——这也许是对的——但支持这一观点的证据却大有问题：“她把她与弗兰克的结合过分地戏剧化了，称它为‘私通’，而称他为自己的‘情人’；她用庸俗文学术语想自己‘说不出的’疲倦。但最明显的是在她再次断言要离开的那一段的语言中强烈语气之虚假性：‘她陷入了沉思，母亲一生那可怜的幻象一下子迷住了她生命的内核……’都柏林如此麻痹了伊夫琳的感情，以致她不能去爱，只能用一系列俗气的陈词滥调来想象自己和自己的处境。”其实，那令人反感的文词不是伊夫琳的，而是叙述者的。正是他，用俗气的陈词滥调戏仿了庸俗文学的多愁善感（正如《尤利西斯》中《瑙西卡》一章的叙述者所做的）。伊夫琳可能真的脆弱易感，但“陷入了沉思”、“可怜的幻象”、“一下子迷住了她生命的内核”却都不是她的词汇。【采黄雨石等译：《都柏林人 青年艺术家的画像》，31页，北京，人民文学出版社，1996。——译者注】

背景映衬下的舞台上。"[1] 其感知视点是斯蒂芬的，但声音却是叙述者的。人物的感知无须具有清晰的表达力——斯蒂芬并非在对自己说出"五光十色的煤气灯和灰暗的背景"这些**词语**，这些词语是叙述者的。这是一种叙述者报告。而在"他身体稍微颤动了一下，我看他慢慢站起来，好像有一只没有发抖的手从上头抓住他的头发，把他由椅子里拖出"（《吉姆爷》）[2] 中，不仅声音，而且连感知视点也是叙述者马洛的，而不是吉姆的。再看："如今是灵柩了。尽管他已死去，却比我们先到了。马扭过头望着棺材，头上那根羽毛饰斜插向天空。它两眼无神：轭具勒紧了脖子，像是压迫着一根血管还是什么的。这些马晓不晓得自己每天拉车运些什么到这儿来？"（《尤利西斯》"哈德斯"一章）[3] 感知视点是利奥波德·布卢姆的，词语也是他的，但他却并非叙述者。他不是在给某个受述者讲述什么。事实上，他甚至都不是在给自己讲述：该手法只表明他直接感知到了灵柩和马的无神的眼睛，此外再无其他。**没有**什么叙述者。 *155*

在所有这几种情况中都是人物感知：他的感觉直接向外指向故事世界。但假如该感觉是被报告出的，像在前两例中那样，就有必要预设另一个以独立视点来"看"的行为。我们说它属于叙述者，他"凝视进入"人物思想内部（当然是比喻义的），并从他**自己**的视点报告所见之内容。此种视点是否可以被称为"感知"的？这个词语听起来不可思议，而且也有充分理由。说人物实际地感知到作品世界内部的事物［用热奈特的说法是"同故事地"（homodiegetically）］尚能说得通；但叙述者从其自身角度所报告的总是外在于故事［"异故事地"（heterodiegetic）］，哪怕只是回忆，亦即有时间距离的，也是如此。就典型而言，他回首望向自己早先的"作为人物的感知"。但这一回望是一种思想观

---

① 见乔伊斯《青年艺术家的画像》第二部。采黄雨石等译文，见《都柏林人 青年艺术家的画像》，307 页，北京，人民文学出版社，1996。——译者注

② 见康拉德《吉姆爷》第九章。采梁遇春、袁家骅中译文，见《吉姆爷》，88 页，北京，人民文学出版社，1958。——译者注

③ 见乔伊斯《尤利西斯》第六章。采萧乾、文洁若中译文，见《尤利西斯》上卷，206 页，南京，译林出版社，1994。——译者注

念而不再是感知。完全外部的叙述者可能呈现一种甚至更为纯粹的观念性视点。他永远**不在**作品世界之内，话语时间并不是故事时间的向后延伸。他并未像任何人物的感知那样在同一个方向或故事意义上“感知”。就字面而言，他无法“看见”那另一世界中的任何东西。

这样看来，像“观察”（view）和“看”（see）这样的术语可能是有风险的隐喻。我们基于某种文化的或心理学的素质“看”问题，其机制完全不同于使我们能够看见猫或汽车的那一机制。尽管各种先入为主的观念确实也能影响我们严格心理学意义上的视觉（人们可能看不见就在他眼皮底下的东西，因为他有驱使他看不见的个人原因），但感知和观念之间仍然有基本的区别。另外，叙述者的观念化是**关于**故事的“二阶”（second-order）的或异故事的观念化——与故事内人物的“一阶”
156 （first-order）的观念化相反。在两者发生冲突的时候，也就是叙述者在明显不同于人物态度的另一副态度下运行的时候，上述区别最明显地暴露出来。因此叙述者的观念视点（除非他是不可靠叙述者）优先于人物的观念视点，尽管后者是兴趣和意识的中心。康拉德的《间谍》就是一个例子：叙事者显然不同情维尔洛克。或者更准确地说，人物的观念视点因叙述者描述它的那一方式而被削弱。维尔洛克的意识（虽然价值不大）中散发着慵懒气息，叙述者精心挑拣词语以如此描绘其特征。例如，维尔洛克不仅是待在床上，而是“辗转”其中。但叙述者（像康拉德的所有叙述者一样）都偏于有活力的成就一边。类似地，他告诉我们“如果有人以审美的眼光对他评头论足，任何时候他都会不动声色”[①]。出于叙述者的观念视点、以含蓄方式传达出的一点是：维尔洛克身体之不整洁是其道德懒散与政治不忠的恶劣而明显的反映。或者看一下维尔洛克与叙述者对女性心理的不同态度。维尔洛克与弗拉基米尔令人不悦的邂逅使他带着极度的愤怒回家。由于忘记了他妻子正处于丧兄之痛中而他本人恰要为妻兄之死负责，他失望于妻子没有安慰自己。不过他马

① 采张健译文，见《间谍》，4页，上海，上海译文出版社，2002。——译者注

上就认识到她是个"沉默寡言的女人"，但他关于自己与妻子关系的看法——他的观念视点——被用叙述者的超越性措辞绎述出来："（温妮亚）的寡言，多少表明他们互相深深信任。同时也说明他们的亲密关系中存在着含糊不清的成分。"[①] 尽管"互相深深信任"是叙述者的表达，而不是维尔洛克的，因为我们知道后者的文词风格没有那么优雅，但它只能是维尔洛克的意见。当然他的自命不凡被证明是毁灭性的。

人物的视点与叙述者对这一视点的表达之间的差异未必需要讽刺式对立（ironic opposition）来承担。叙述者可能中立地甚至同情地用言语表达人物（因年轻、缺少教养或智慧等原因）所不能清晰表达的东西。这正是詹姆斯的《梅西所知道的》的整体结构原则。梅西不确定下一次什么时候探望母亲，这一点是如此表达的："妈妈的保护伞，这一次轮到罩在这孩子身上了，但那是多么渺远的偶然……"显然这不是 157
用梅西的词汇说的。我们之所以接受它们，仅仅是因为敏感的小女孩可能在一定程度上拥有与叙述者的优雅文辞相匹配的感觉。也就是说，我们可以"译"成更孩子气的措辞——例如，"我不希望下次在妈妈这里还待这么短时间"。只有按照"善说的叙述者"之惯例，才会容许前一措辞。

表达某人"利益"的视点则是更加彻底距离化的，因为它连比喻意义上的"看"都算不上。主体可能完全没有意识到事件有利于或者不利于他的利益（福利、成功、幸福）。利益视点的确认可以遵从人物感知与观念视点之明显规范。一旦它们建立起来，我们就通过惯性作用持续认同他的利益，即便他对某些事情毫不知悉。在《使节》中，叙述者说到玛丽亚·戈斯特利善于"将其他人分门别类"："她尤其精于此道，而斯特瑞塞却恰恰相反。他俩在这方面的差别如此之大，要是他早明白这一点，他很可能不会与她较量。"[②] 叙述者提供了关于斯特瑞塞所不知道的玛丽亚性格方面的信息，说上述句子"出自他的视点"是极有意义的。注意的聚点仍在他身上，玛丽亚的特征只有在暗示斯特瑞塞方面才

---

① 采张健译文，见《间谍》，220页，上海，上海译文出版社，2002。——译者注

② 采袁德成等译文，见《使节》，5～6页，成都，四川人民出版社，1998。——译者注

有意义——尽管他并不知道这些特征。

通往人物意识之门路，是进入他的视点之标准途径，是我们对他产生共鸣的通常的和最快的方式。了解他的思想，能够为建立密切联系提供保证。思想是如实的，除非是故意的自我欺骗。和叙述者不同，人物只有对他自己才有可能是“不可靠的”。

同时，利益视点可以是完全独立地建立起来的。视点可以寓于在某种意义上“被追随”（followed）的人物身上，即使完全没有提及他的思考。假如第一个场景中有杰克和彼得，第二个场景中有杰克和玛丽，
158 第三个场景中有杰克和约瑟夫，那么我们很容易与杰克取得一致，因为他是唯一一个持续在场景中的。这与我们是否因人物的或其他的原因而喜欢他没有任何关系。

将利益视点概念运用于内部叙述者意义不是很大。他唯一的利益在于使叙事讲述出来。只有当他同时是一个人物的时候，才会出现其他种类的利益。那样他就可以把叙事本身作为证明、补偿、解释、辩解、谴责等来利用。讲一个故事有成百上千种理由，但这些理由都是叙述者的，而不是隐含作者的，后者没有个性甚至并不现身，因而除了建构叙事本身这一纯粹理论动机之外，他再无其他动机。叙述者的既得利益可以有明显迹象，乃至我们把他视为不可靠的。

不同视点通常结合使用，但在一些重要而有意思的情况中却不如此。试想“自传体”叙述或第一人称叙述，例如《远大前程》。作为叙述者的主人公从幼年的自己之感知视点报告事情。另一方面，他的思想意识倾向于属于老年的自己。叙述者更年长且因其经验而更智慧。在另外一些叙事中，思想意识可能并不改变；叙述者可能大量展示与早年自我之特征相同的个性。当叙述者是主人公之外的另一人，他可以呈现自己的思想意识，并依据它评判主人公的行为，不管是公开地，如《汤姆·琼斯》，还是隐蔽地、依靠推论地，如《使节》。叙述者可以利用某种任何人物都不可能有的感知视点，例如当他描绘俯瞰式景物，或者没有任何人出现的场景，又或者人物**没有**注意到的东西。

电影中的视点

电影赋予叙事以有趣的、新的视点操作之可能性，因为它们不是仅仅拥有一条而是同时拥有两条信息通道——视觉的与听觉的（而且在听觉方面，不仅有人声，还有音乐和噪音）。它们可以单独出现（在黑幕的同时出现声音，或者完全的画面伴以彻底的静音），也可以用各种方式结合出现。声音可以是完全同步的，即嘴唇动作和人物说话过程一致；也可以不同步，即虽无人动嘴唇，我们却听见了声音——这时我们 159
听到的是无言的思想之类。情况还可以因画外音与画内音并存共行而更加复杂。甚至可以只用一个声音，如在罗伯特·布莱森的《乡村牧师日记》中，话外音呈现的是牧师的日记，而日记恰恰在评论我们正看到的他所表演的那段情节。

最简单的电影情境呈现的是对发生在眼前的事情的单纯的视觉记录，就像《杀人者》那样。尽管摄影机可以运动，但它必须从某一单个位置拍摄。这一位置不必与任何人物的感知视点相一致。整个电影可以以纯粹视觉客观性在我们眼前展现，而摄影机绝不贴近任何人物。我们感到的任何对主人公的贴附，都是从对主题的共鸣得出的，或者也许仅仅是从"他在镜头前出现得比所有其他人物都要多"这一事实得出的。

不过，假如导演希望强调某人物的视点，他有两个选择。首先，通过演员置于画面中的位置，增强我们与他的联系。例如，他的背影或侧像可以出现于银幕最边缘的空白处。当他望向背景时，我们也与他一起看。另一个（蒙太奇）惯例是运用简单的匹配剪辑（match-cut）：如果第一个镜头中人物望向银幕外，向左、向右或向前、向后，紧跟着切换到一个他视野里的事物，那么我们就可假定他实际上是从那一感知视点观察那一事物的。我们也与他一起看到了它。（或者相反：我们可能先看到那一事物，然后切换到在看它的那一人物。）

即便如此，有一点仍然不总是很清楚：我们究竟是单独地从那一人物看到对象呢，还是与他一起看到，抑或是通过他看到？我们唯一能确认的是与他有一种感知共鸣。在《公民凯恩》中，记者汤普逊试图从银行家泰却的日记中发现“玫瑰花蕾”的秘密，摄影机聚焦于半身塑像，然后向下移到基座上的铭文“华尔特·帕克斯·泰却”。管理员贝尔塔在镜头外说：“泰却纪念馆的负责人要求我……”——这
160 时摄影机后移，显示汤普逊在前景中，贝尔塔坐在桌前。在语境中，观众从这种富豪的自我奉承之宏大展示中感到惊叹、娱乐和轻微的压抑。摄影机向后运动以展示仰望雕像的汤普逊，这暗示他也以同样的方式感觉。当然那只是个推测。我们看雕像的同时也看汤普逊。但我们是随他一道看雕像：他的感知视点是支配性的。这种奇特现象——某人物既是我们观察的对象，又是我们的视觉之媒介——经常出现于视觉叙事艺术当中；在文字叙事中则罕见得多，因为当叙述者是场景的一部分时，我们又通过他的眼睛去观察场景，这种现象并不普遍。作为叙述者正在描绘的画幅中的感知对象，他不能同时又是感知主体，即便他们是同一个人（叙述者—人物）。就像在《深坑和钟摆》和《泄密的心》中，叙述的一半在事后描绘了“作为人物的自身另一半”之情形。话语—讲述时间与故事—事件时间之间的鸿沟是至关重要的。多数第一人称讲述都是回顾式的。

但如果电影导演愿意，他可以完全把我们的眼光与人物的合一，不仅把摄影机镜头置于他旁侧，而且置于他的内部，真正地置于他的眼睛后面。这就是所谓的主观镜头技巧，在很多电影中有间断式应用，但只有一部电影（据我所知）持续运用了这种技巧，即《湖中的夫人》。饰演主人公的演员把摄影机绑在胸前，电影以各种各样的明显方式限制了视点：例如完全排除了看见人物身体的可能性，除非他从镜子里看；例如把他的四肢展示在银幕的边角处（当然，是严重扭曲的）；例如使与他说话的人直接看着镜头；例如让临近的物体，比如拳头，阻在镜头之外。

由于其在任何方向上突然地或平静地运动的能力，摄影机可以产生极不稳定的视点变化。视点的转换可以通过以视觉的“级进滑奏”

(*glissando*)[1] 方式简单剪接或摄影机跟拍、摇拍来实现。费里尼的《甜蜜的生活》中有一个经典例子，主人公马塞罗到达朋友斯坦纳的公寓。我们只看到开着的门。然后斯坦纳的妻子直视镜头，于是我们知道这是个主观镜头，感知视点是马塞罗的，我们在通过他的眼睛看。我们被带进房间：马塞罗受到斯坦纳的欢迎，而后者也直视镜头。可是随后斯坦纳把眼光转向右方，摄影机则以优雅而完美的平稳运动向左摇拍，显示马赛罗出现于画面左侧。这就实现了从主观镜头到客观镜头的转换，从这时起，马塞罗在晚会上才是充分可见的。类似的观察点滑动转换有时出现于现代派文字叙事中。例如在《达洛维夫人》中，感知可以从一个人物的转换到另一个人物的，或者转换到叙述者的报告，即使在一个单独句子的边界之内也可以如此。 161

叙述者与人物的言语行为

在我继续这后两章的中心话题之前，还是要作最后一点基础清理工作，也就是故事的传达是否伴以介入性叙述者。我们必须先考察言语、思想、身体行为的报告之本质，因为在文字叙事中，读者可以利用这些来判断到底是叙述者还是人物在说话、思考、行动。

这一区分之便利基础，是由哲学晚近发展起来的"言语行为"(speech act) 理论所提供的。它并不是严格意义上的语言学。它关心的不是某语言中句子的语法构成，而是它们作为说话人之现实行为在交流情境中的角色。该理论归功于英国哲学家约翰·奥斯汀。[2] 约略而言，

① *glissando*，法文，意为"级进滑奏"，原系音乐术语。在文学与电影方面，用以指镜头从摄影机的客观视野到主人公的主观视野的追踪、跟随。罗兰·巴特指出一个小说中"级进滑奏"的例子：在巴尔扎克的《萨拉辛》中，"萨拉辛做了个厌恶的姿势，扭过头去，于是便看到了雕像"。这一句中的"级进滑奏"包括几个阶段：(1) 萨拉辛一看见阉歌手就嫌恶，(2) 嫌恶使他眼睛移开去，(3) 眼睛移开去使他的头扭过去，(4) 就在此时，他的视线落到了雕像上。巴特说"自然符码进到布局符码，若连环锁然，由此及彼地打开"。采屠友祥译文，见《S/Z》，314 页，上海，上海人民出版社，2000。——译者注

② John Austin, *How to Do Things With Words* (New York, 1962).

句子所欲为——即奥斯汀所称的其“施事”（illocutionary）侧面——要与另外两个侧面严格区分开来：一是其纯粹语法侧面，即“言事”（locutionary）侧面；二是它们实际上的所作所为、它们对听者的影响，即所谓“成事”（perlocutionary）侧面。[①] 这样，当说话人用英语（或任
162 何自然语言）说出一个句子，他也就是在做至少两件、很可能是三件事情：（1）他在造那个句子，也就是根据英语语法规则建构它（“言事”）；（2）他通过说它，实施了一个完全独立的行为，该行为本来也可以通过非语言手段实施的（“施事”）。例如，假如他说：“跳到水里！”那么他（1）据英语祈使句等规则之标准，实施言说“跳到水里”这一行为，同时，（2）行使**命令**，这一行为也可以通过在水池边做跳跃姿态而实施。假如他实现了“施事”的意图，即如果他成功地让对话者跳进水中，那么他也就实现了（3）**说服**这一“成事”。

一个“施事”包含有“言事”与“成事”的丰富变化性。表 4—1 是关于**预言**行为之施事的一个直观表格。[②]

表 4—1　　预言行为的施事

言事（Locution）	施事（Illocution）	可能的成事（Possible Perlocutions）
“约翰无疑将会发疯（mad）的”	预言	劝诫
“约翰很可能最终会疯(crazy)”		说服
“约翰的疯狂（insanity）也许会表现出来”		欺骗
“约翰正在变疯（nutty）”		激怒
		威胁
		逗乐
……		……

也就是说，任何特定的以言行事，比如**预言**，都可以用若干“言事”

① illocutionary（施事）也译为“以言行事”，locutionary（言事）也译为“以言指事”，perlocutionary（成事）也译为“以言成事”。另外，“施事行为”也译为“言外行为”、“非措辞行为”，“言事行为”也译为“话语行为”，“成事行为”也译为“言后行为”。——译者注

② 威廉·阿尔斯顿将此列为若干以言行事行为之一。另外一些包括报告、宣布、承认、认为、询问、谴责、要求、暗示、命令、提议、表达、祝贺、允诺、感谢、规劝。William Alston，*Philosophy of Language*（Englewood Cliffs，N. J.，1964），p. 25.【参见牟博、刘鸿辉译：《语言哲学》，76～77 页，北京，三联书店，1988。——译者注】

中的一种、用不同的句法和词汇成分来表达。而且依赖上下文，它可以在受众那里产生多种多样的"成事"效果（包括完全无效）。

言语行为理论为区别"叙述者关于其叙事受众的语言"与"人物关于其他人的语言"提供了有用的工具。来看《卡拉马佐夫兄弟》开头三个句子： 163

> 阿历克赛·费多罗维奇·卡拉马佐夫是我县地主费多尔·巴夫洛维奇·卡拉马佐夫的第三个儿子。老费多尔在整整十三年以前就莫名其妙地惨死了，那段公案曾使他名闻一时（我们县里至今还有人记得他哩）。关于那个案子，请容我以后再细讲。现在我所要叙述的，就是这位"地主"（我们县里这样称呼他，虽然他几乎有生以来从来也没有在自己的领地上住过），这是一个虽然古里古怪、但是时常可以遇见的人物，是一个既恶劣又荒唐，同时又头脑糊涂的人的典型。不过，他这类糊涂人却会非常高明地经营他自己的财产，而且大概也只有在这类事情上十分在行。[①]

尽管句法多种多样，但还是出现了下列几个**身份确认**（identification）的"施事"：

> 有一个人名叫阿历克塞·费多罗维奇·卡拉马佐夫。
> 有一个人名叫费多尔·巴夫洛维奇·卡拉马佐夫。
> 阿历克塞是费多尔的第三个儿子。
> 费多尔是一位地主。

这些都是在词语的逻辑意义上的确认：也就是说"a"被说成"b"，其中"a"与"b"都是实体。其他实存的陈述都是"施事"的**描述**（或**归属**），也就是说谓语中的某种品质被归属于作为主语的某一实体：

> 他古里古怪。
> 他既恶劣又荒唐，同时又头脑糊涂。

---

① 采耿济之译文，见《卡拉马佐夫兄弟》，1页，北京，人民文学出版社，1981。——译者注

另外一些陈述，尽管其句法可能暗示着过程陈述，但同样是描述：

费多尔那时在我们县闻名一时。

费多尔至今仍被我们县很多人记住。

言语行动理论帮助我们理解基本叙事单位——故事陈述——并不等于句子，无论是就其表面还是内在的深层结构而言。在这里，作为归诸费多尔的重要品质或特征发挥作用的，是“闻名”和“（被）记住”这些用语。对叙事来说，重要的不在于“我们”认识他、记住他，而仅仅
164 在于他被这么多人认识和记住。表面特点，即动词“闻名”和“（被）记住”，转换成为叙事陈述中的特性。“我们曾经称呼他‘地主’”和“他几乎有生以来从来也没有在自己的领地上住过”对叙事来说是类似的“伪装”。对故事而言，重要之点不在于“我们”称他为“地主”，而在于他通常被如此称呼，在于那是他的属性之一。作为句子的句子被铸造为事件，这正是它的“言事”侧面。而在施事意义上，它的功能是描写。

相反，“由于他的莫名其妙的惨死”则不起描绘作用。毋宁说它是一个言语行为，告诉我们关于他的死这一事件。纯粹叙事性的陈述将会是“**他死了，莫名其妙地而且悲惨地**”之类。（当然我并非要冒昧改写陀思妥耶夫斯基，而只是要凸显这些句子的叙事学要旨。）

该段中其他的话语行为有**概括**（generalize）或**认为**（opine），例如，“但是时常可以遇见”及“他这类糊涂人……”。第二句看似采取了“身份确认”的形式，说“有那么一类糊涂人，他们……”，但它以某种重要方式区别于像“有一个人名叫费多尔·巴夫洛维奇·卡拉马佐夫”这样的明确确认。真正的“确认”永远是故事的不可缺少的成分，它不能受到读者的质疑，因为如果它受到质疑，就会阻止叙事的进展，就会否定它的结构本身。作者必须拥有传说所赋予的“假定所有这些实体与行为都是他的叙事所必需的”这一权利。但属于叙述者意见的那些陈述则无此保证。它们指涉他关于现实世界的看法，而不关涉故事的内部世

界，读者能够立即辨别出这种对故事世界之必需物的违背。[1] 当叙述者说**有**那么一类人头脑糊涂却会非常高明地经营自己的财产（注意这里运用了现在时态），而且这类人经常可以遇见，他大概是指涉 19 世纪的俄国这一现实世界。由于与外部世界有关，所以严格的"言语—行为"意义上的"**认为**"作了一次表面的真理宣示；我们可以以独立立场理直气壮地问叙述者是对还是错。但要问是否有一个名叫费多尔·巴夫洛维奇·卡拉马佐夫的人，这就没有任何意义。对 19 世纪俄国人格类型的统计学概括是一种逻辑可能性，但由于无人宣称费多尔曾经存在，故不可能判断他是否"恶劣"。（在第五章涉及"议论"时我们还会回到这一问题。） 165

人物的言语行为从逻辑上区别于叙述者的言语行为。即使人物在讲述主要故事内部的一个故事，他的言语行为也总是栖止于故事，而不是栖止于主要话语（primary discourse）。像他的其他行为一样，它们直接与其他人物互动，而不是与受述者和/或隐含作者互动。因而朝向他开放的"施事"之变化幅度，就比朝向叙述者的更为宽广。当克拉丽莎·哈罗维写道"请原谅我回信迟了"，所表明的施事是**道歉**。当她母亲写道"我不得不再次告诫你，要当心你的主人对你的殷勤"（萨缪尔·理查森的小说《克拉丽莎》），那是**警告**，如此等等。当然叙述者可以——菲尔丁和其他作家笔下的叙述者经常如此——道歉或者警告，但仅仅是、也必然是针对其与受述者在叙事中的相遇。他们只能为叙事自身而道歉或警告。在《汤姆·琼斯》第Ⅱ卷中，叙述者实施了**欲求**（intending）这一言语行动，但其意图显然指向叙事："尽管我们恰如其分地称这部作品为历史，而不称它为传记，或者目前更为时髦的'生平辩护录'，可是我们在这里宁愿遵循那些以阐述各国兴衰变迁自许的作

① "认为"是巴特的"所指（referential）符码"或"文化（cultural）符码"或"格言（gnomic）符码"（*S/Z*，trans. Richard Miller，p. 20）的一例——说它是"所指符码"，是因为它允许话语向外指向现实世界，指向某人科学上的或道德上的权威。【参见屠友祥译：《S/Z》，82 页，上海，上海人民出版社，2000。其中"所指符码"的法文原文为 *codes de références*，屠友祥译作"基准符码"。——译者注】

家所采用的方法，而不去效仿那些连篇累牍、卷帙浩繁的历史家学。”[1]显然，**欲求**与其他言语行为附属于叙述者的核心言语行为，即**叙述**；相反地，**叙述**永远不会成为人物的核心功能，除非人物变成叙述者，并由
166 此离开故事进入一个第二话语。人物用言语争辩，表达爱情、经商、吟诗、谋划、允诺、犯罪、死亡等，总是在故事世界的边界之内。[2]

以上考察了一些预备性问题——叙事话语中的各参与方，视点的意义，作为“施事”行为的言语与思想之本质。现在就可以着手按照推进叙述者资质程度的顺序（姑且这么说）来讨论叙述者的声音表现（vocal manifestations）了。我们必须记起我们的基本关注点在于以各种方式结合的话语**特征**（features），而不在于固定的文类。（尽管在分离出这些特征之后，作为特征之合成物的一个粗略的文体分类也是可能的。）我用“话语特征”指称叙事话语的某个单独属性，例如叙述者用第一人称代词的自我指涉或时间概要的运用或回避。这样一来，话语风格的多变性就可以用独立特征之混合来解释。叙事理论曾因下列做法而蒙受损失，即过分信任诸种分类，以至于有时因为“不适合”而忽略了个别叙事之充分的话语复杂性。

“非叙述”的一般表现

叙述者—呈现之消极端——“纯粹”模仿（*mimesis*）的这一端——是由假装为人物行为之原原本本的记录的叙事再现出来的。相反，在纯粹叙述（*diegesis*）这一积极端，叙述者完全用他自己的声音说话，使用“我”之类的“代词”，作出阐释、概括或道德评论等。

无媒介的或最小化媒介的叙事，仅仅记录人物的言语或言语化的思

---

① 采萧乾、李从弼译文，见《弃儿汤姆·琼斯的历史》，上卷，61 页，北京，人民文学出版社，1984。——译者注

② 关于人物之言语行为的分析，见 Richard Ohmann，“Literature as Act”，收入 Seymour Chatman 主编，*Approaches to Poetics*，*English Institute Essays*（New York，1973）。

想。叙事呈现之最小标志或"他想"、"他说"之类的标签可能会被删除——这一效果通常被称为自由文体（free style）。但即使使用那些标签，它们也纯粹是习惯上的；单独分段照样可以很容易地指示说话人的变换。

我们说只有人物的言语或思想被模仿，这并不暗示着这些模仿仅在 167
于其基本语义。米哈伊尔·巴赫金在一部重要理论著作中指出，引语是真正的复式（duplex）。一方面，像其他传统符号一样，它们的定位朝向自身的含义，正如它们在报纸、教科书等寻常文本中出现的那样。另一方面，它们又被"客体化"了，"不可单纯从它的所指客体这一角度来理解。它作为有代表性的典型的独特的语言，本身就是需要表现的客体"，亦即人物的反映。因此，人物的每一言语或思想就总是预设了**两个**"言语中心和两个言语统一体"——即使隐含作者并未容许某个叙述者，也是一样。"最终的语义权威（它只要求理解其所指述的事物）"——隐含作者——"存在于每一部文学作品中，不过并非总是通过直接的作者言语表现出来。"隐含作者的——

> 外部干预并不深入到客体化言语的内部；作者把客体化言语当作一个整体取来，不改变其语义和语调而使之服务于自己的创作目的。作者不赋予客体化言语以另外一种意义。这种言语虽已成了描写的客体，自己对此却还一无所知，就好比一个人潜心于自己的事，而没有发现别人正在看着他。①

从理论上说，复制文本（a copied text）是最小实例。话语假装只是传达已然书写下来的材料，如书信或人物的日记。与之隔一层的是对话引语，其唯一必要的假定是有人转述了人物的言语。我们所得的一切，是声音记录的文字版本。其前提是要有一个速记员。我们不能回避"某人已经加以转述"这一隐含事实，但是成规忽略了这一事实，而假

---

① Mikhail Bakhtin, *Problems of Dostoevsky's Poetics*, trans. R. W. Rotsel (Ann Arbor, 1973), p. 154, p. 155, p. 156. 我用"speech"代替了原译本中"word"——我发现后者未必是巴赫金想用的比喻。【采白春仁、顾亚铃译文，见《陀思妥耶夫斯基诗学问题》，257～260页，北京，三联书店，1988。有改动。——译者注】

定表达是一种纯粹的模仿；但从逻辑上看，仍然存在一次转化，即从原始样态到书面语言样态。

168 离纯粹客观一端更远些的是无言语动作（non-speech actions）——身体的或其他的运动以及内心过程、思想、感情、感觉印象。在后者当中，惯例是，在人物头脑中闪过的内容能够用词语复制出来。它预设了一个比速记员更复杂的手段——一个能阅读思想的人——不仅阅读文字的思想，而且阅读感觉、知觉、难以言表的感情，并把它们置于语言形式当中。

至于外部身体动作，叙事与戏剧不一样，它不能直接模仿身体运动。当演员坐下，他用身体模仿了人物的运动。具体表现人物的是他，而不是剧作家。而在文字叙事中，“约翰瘫在了椅子上”或“约翰闲逛”给我们一种阐释，它显然是叙述者的。这在逻辑上是成立的，即使字眼尽量中立——“坐”就比“逛”更中立。“坐”暗示一种中立的描述，也就是说回避了其他更富意味的字眼。那同样可称为阐释——“约翰（只是）坐下”；但使用传统上表动作的中立词语，倾向于暗示对叙述者这一中介的有意回避。直截了当的人物身体动作描绘给人感觉基本上是无媒介的，没有公开的主题阐释。读者只能从对纯粹外部行为的直截了当的描述中推测主题。海明威《杀人者》是完全报告体的典型例子，其中的动词仅仅传达了明显可视的动作，竭力回避哪怕一点点内部动作的暗示：“尼克沿着电车轨道走去，到下一盏弧光灯的地方转了一个弯，朝一条小街走去”，或“尼克从暗淡的街上走到弧光灯照着的街角，然后沿着电车轨道回到亨利的餐馆去”，或“奥勒·安德生一声不吭”。我们必须时时猜测尼克或奥勒在想什么。

另外，作者倾向于回避使用为其自身目的而孤立地描述背景的句子。海明威的小说中提及电车轨道和弧光灯，仅仅是因为它们框定了尼克的行动：它们是他运动的空间标志。它们是简洁而有目的地被提及的，蕴藏于句法当中，绝不——像巴特说到的福楼拜对卢昂的描绘——华丽地偏离情节，绝不“设置”描写。

169 在另一种非人格化叙事风格中，亦即某些“新小说”中，描写广泛存在，而且事实上成为主要成分。让·里加尔杜指出，在有些此类小说中，写作行为似乎从作者（或隐含作者）手中接掌权力，变成自治性的，或者用他的话，叫“经义性”的（scriptural）［比较巴特的“可写性”叙事（scriptible narratives）概念］。① 新小说的成规不是始自某些前定观念然后诉诸词语，而是笔端独立地追踪事物的轮廓。以此种平直方式描写的事物被抽空了人为意义；它们变成写作之纯粹功能，而不是相反。菲利普·苏勒斯的《戏剧》专注于红颜色，里加尔杜的《戛纳天文台》从三角形到三角形运动，克洛德·莫里亚克、阿兰·罗伯-格里耶、克洛德·奥利埃等人的作品也无不如此。

“非叙述”的类型：书面记录

在从最低程度到最高程度的“叙述者—媒介”、从其声音之最低程度的“可听闻性”标志特征到最高程度的“可听闻性”标志特征这一渐进阶列中，首先应该考察的是“传世文献”。在所有形式的文学叙事中，最不可能预设叙述者的，是那些假定由传世书信与日记组成的叙事。如果我们坚持要在隐含作者之外寻找一个行为主体，那他只能是一个纯粹的收集者或整理者。他的权力是为打字员收集（也许编辑了）书信或日记。他甚至不负责直接报告人物的身体动作，而只是呈现他们写下的手稿。唯一貌似改变的是从手稿到印刷品。但他甚至都不能允许自己成为打字员选择标点之类的一个配件。他的存在只有通过脚注或前言才能被知悉。拉克洛《危险的关系》中的**编辑者**（the redacteur）告诉我们他改了信中提及的人的姓名，并请求允许删除任何看起来多余的东西。《恶心》中的编辑者写到关于在洛根丁早年页面上标日期、手稿的自然状况及某些词语的解释等问题。他认出（identifies）了人物（“自学” *170*
者）并为洛根丁的阅读提供了一个书目。

---

① Jean Ricardou, *Problèmes du mouveau roman* (Paris, 1976), ch. 2.

但假如外部叙述者减少或不存在，我们是否可以不假定某种内部叙述者呢？多数书信或日记叙事是按由通信者或日记作者承担叙述来建构的，这难道不是事实吗？既然如此，为什么他们不能算第一人称叙事或自传叙事的一个亚类型？尽管书信或日记可以叙述而且经常叙述，但并非必须如此。故事可以被铸成这样的书信形式：其每一个句子都仅交代通信者之间的“彼时—彼地”关系。在这种情况下，其“戏剧性”并不比用引号引出的纯粹对话这样的替换形式少。马克·哈里斯最近的一部小说《醒来，傻瓜》即属于此种模式。主人公的信关注当前现实对自己的重要性。它们并不是报告上封信以来所发生的事情。这些事情需要读者自行从中摘取出来。

即使当书信包含大量叙述，我们也会发现很多“此时—此地”的因素。在《帕梅拉》中，在叙述和其真正属于故事的其他种类的言语行为——请求、命令、悲悼、质问等之间就有或多或少的连续运动。

帕梅拉的第一个言语行为是**宣布自己现在的意图**：“我有深重的痛苦，也有些许的安慰，我要告诉你。”然后当这一宣告的话题用过去时呈现出来时，就突然转入**叙述**模式：“痛苦是我亲爱的太太死了，死于我向你们提过的那种病症，我们所有人都为她的逝世不胜伤悼。”然后是**描写**人物性格：“她是一个可亲的好女人，对我们这些佣人都十分慈善。”在另一些叙述之后，是对母亲处境情况的**评价**：“有太多事情要做，以赡养你们自己……”这一评价不是叙述（话语），而是现实的讲述，也就是说，是对故事世界中当前事态的评估。帕梅拉不是在给父母讲一个他们所不知道的故事，而是和他们分析现实情况，权衡其意义。

171 另外一个重要特征是，和真正的叙述者不同，通信人或日记作者不知道事情最终向何处发展。他也不知道某件事情是否重要。他只能叙述故事的过去，不能叙述其未来。对未来他只能表示忧虑或作出预言。悬念来自我们关于其希望或担心是否成真之好奇心。帕梅拉表达了她的隐忧，后来我们从她父亲的信中知道最终发生了什么。

当然，在书信或日记篇页中讲述或出现的事件之间，一定有些时间间隔流逝了。但比起真正的回忆性叙述（例如自传体小说）中故事—时间与话语—时间的间隔来，这些流逝要短得多。创作的时刻呈现为故事风波之间的平静。帕梅拉有时候甚至都不能享受这种片刻的缓和，她写信时常被B. 理查森先生的侵扰所打断，她在信末用附记保存了事件的及时性："我被吓掉了魂，因为刚才，当我在老夫人的更衣室折叠上这封信时，少爷闯了进来！天哪，吓死我了！"

因此，书信体叙事是一种表演，一种无媒介叙事文本——尽管次要媒介总是可能的，一般来说也的确是出现的。但下列看法则是不准确的，至少是过分简单化的，即像让·卢梭所认为的，书信体叙事中的人物"讲的是他们自己于其所在的那一时间里的故事"，"使得读者与情节同步化"，他"正是在人物经历和书写其生活的同一时间里看这一生活"。说写作的时刻，这是对的；但说经历它的时刻，却大谬不然，只能是在那一刻之后。写作行为总是与写信人的生活拉开距离，即使是很小很小的距离。写信人侵扰了"生活者"。即使事件与其记录之间的延宕时间很短——即使事件是"趁热打铁"（卢梭的说法是 *saisie à chaud*）——它仍然是一个延宕。正是这个延宕，把书信体和日记体叙事同内心独白之类真正的故事—同步体形式区别开来。[①]

另外，书信体和日记体叙事人是报导（accounts）——它们强有力 *172*
地预设一个受众。相反，内心独白则不会自觉意识到受众——它是对人物思想的表现，而不是交流。

日记体叙事在受述者方面不同于书信体叙事。信的受述者是收信人；私人日记的受述者通常则是作者本人，尽管日记最终有其预期的某个其他人之眼（《毒蛇之结》、《钥匙》、《阿贝尔·桑契兹》）。日记作者可能为了他自己的启迪或记忆而讲述事件。但他同样可以在纸上处理自己的问题。他仍然是在与自己交谈。《恶心》中洛根丁的大部分日记篇目是解释性倾向，而不是叙事性倾向：

> 我认为历史学家的职业不那么有利于作心理分析，我们这一行接触的只是概括性的情感，统称为野心、利益等。

---

① Jean Rousset, "Le roman par lettres," *Forme et signification* (Paris, 1960), p. 67.

当叙事真正出现，它常常起到实例的作用：

> 我很少思考，于是一大堆微小变化在我身上积累起来，而我不加防范，终于有一天爆发了真正的革命，我的生活便有了这种缺乏和谐和条理的面貌。例如我离开法国时，许多人说我是心血来潮。在国外旅居六年以后，我突然回国，仍有人说我是心血来潮。我还记得在梅尔西埃这位法国官员办公室里的情景。他去年在佩特鲁事件后辞了职。梅尔西埃随一个考古代表团去孟加拉。我一直想去孟加拉，他便极力邀我同去。我现在想他为什么邀我去。[①]

电影提供了一些关于日记传统的有趣的扭曲。我所见最好的例子莫过于罗伯特·布莱森据乔治·贝尔纳诺斯的《乡村牧师日记》改编的同名电影（1950）。[②] 特别是在其开端，表现牧师在狭小住宅中的无望生
173 活的简洁镜头，与正在写日记的手的镜头（频繁的涂抹反映了其身体与精神的痛苦）交织起来。同时，他自己的话外音读出了手头写下的日记内容。但是通过话外音效果，日记可以持续地“说”，即使当摄像机已离开它而回到情节，“回到它所叙述的那一时刻”。在这样的时刻，我们在银幕上看到的是通常用“现在时态”表述的行动，是牧师的话外音说出日记之时我们听到的，“过去时态”表达内容的视觉对应物。话在持续，却也被一种惯常的电影成规改变成相应的闪回影像。而且还有可能产生某种更奇特的效果。在某一时刻，与其手写日记的视觉画面相伴，他的画外音突然中断，说他必须立即记下正在发生的事情。但当话外音描述那一当前行动时，视像展示的是行动本身，而不是他的手在日记里书写它的那一动作。对“生活”的叙述被“生活”本身打断了。

另一有趣效果也被多次运用，以显示牧师的内心无法掌握别人对自

---

① Lloyd Alexander 英译。【采桂裕芳译文，见沈志明、艾珉主编：《萨特文集》，小说卷Ⅰ，8～9页，北京，人民文学出版社，2000。因有异文，与亚历山大英译本相比，查特曼此处引英译本时有阙，现依桂裕芳中译本适当增补。——译者注】

② 雷蒙德·杜戈奈特说在小说中“日记是透明的，是一种契约，因为牧师应该（a）必须生而为小说家，（b）把一天的大部分时间花在写他的日记上面”（*The Films of Robert Bresson*, New York，1969，p. 46）。杜戈奈特认为电影中的日记在这个方面更加真实。牧师描绘“陈腐之词”的视觉画面，可以立即通过剪接继之以承担解释任务的纯粹“显示”性的电影手段。

己说了什么（不但为疾病，还为幼稚所困扰：他难过地说，他永远都不会理解人类）。情节以完全戏剧性的模式进展，也就是说，（例如）当（作为人物的）牧师与女伯爵交谈时，叙述性话外音仍然继续。在他倾听她时，摄影机聚焦于他，尽管我们听到的是她的声音。然后她的声音变弱，但仍能听得见；牧师的日记话外音开始与它交汇开腔，不过声音稍大一些，解释为什么在故事里的那一时刻他不能理解她在说什么。

纯粹言语记录

再往前走一步，就是不仅预设了整理者而且预设了一个打字员的那种话语的转录。言语记录的，可以是某个别人物的，即典型的戏剧性独白；也可以是两个或更多人物的，即无中介对话。

戏剧性独白（dramatic monologues）把一个人物说的话纳入另一个静默的人物。[1] 其基本限定在于说话人的核心行为不是叙述（narra- 174
tion），因为在那种情况中，他会是一个叙述者，而场景将仅仅是一个次要叙事（secondary narrative）之框架。纯正戏剧性独白的一个例子是多萝西·帕克的小说《淑女和灯》，它记录了一个无名主人公对她朋友莫娜的言语。莫娜饱受神经衰弱之苦，而无名主人公表面似乎是试图安慰她，实际上却在竭力让她更痛苦。故事用人物的自由直接引语传述（即以现在时态，用第一人称代词提及，不用引号或"她说"之类的对话标签）：

> 好了，莫娜！好了，莫娜！你这可怜的小病人！啊，你看上去好小，又苍白又弱小，你看你，躺在那么大的一张床上。你看你像

① 仅仅因为其最著名的典范是布朗宁的诗就把"戏剧独白"限定于诗歌是没有意义的。一个简单而有用的定义见 Joseph Shipley，*Dictionary of World Literature*（Paterson，N. J.，1960），p. 273："戏剧性独白是人物素描，或者压缩在单个插曲中的一出戏剧，由一个人对另外一群人的单边交谈来表现。"巴赫金说戏剧性独白是"隐蔽对话性现象"（the phenomenon of hidden dialogicality）（p. 163）。

个孩子，那么可怜，没人忍心责怪你。但我要责怪你，莫娜。哦，是的，我也应该责怪你。你从未让我知道你病了！

（“我也应该责怪你”一语暗示着此时莫娜申明她不应该受责怪。她的言辞反应一直没有出现于纸上，但可以从她的朋友所说的话中推测到。）

我错了，就是那样，我简单地以为在那之后——哦，现在，你不必那么做。你永远不必向我道歉，我理解。

（在“之后”的后面，一定是莫娜的致歉打断了说话人。）最后说话人惹得莫娜如此生气，以至于莫娜自己都为自己的反应所惊恐：

莫娜，别！莫娜，打住！求你了，莫娜！不要再这样说话，你不要再说这些了！

（莫娜大概以自杀相威胁。）在绝望中，说话人喊莫娜的女佣艾迪娅来，对话者的改变用斜体标示出来：

175 艾迪娅，哦，艾迪娅！艾迪娅，我想你最好打电话叫布里顿医生来！告诉他快来，给莫里森小姐些药吃使她安静。恐怕她是有点生气了。

显然，戏剧性独白效果如此特别，它的运用一定有什么重要原因。在《淑女和灯》中，一个人物的道德与心理上的愚钝及可能的怨恨，因“使他的对话者——牺牲者——不被听见”这样的技巧而获得支持。

多数戏剧性独白把对话者的议论完全留在文本之外，但凯瑟琳·曼斯菲尔德有一个短篇小说《两便士的车票，来两张》，其中用省略号赋予对话者一种声音假象：

夫人：……你听说过泰迪——是吗？

朋友：……

夫人：他已经变成……他已经变成……现在怎么了？不管是什么？我可真荒唐！

朋友：……？

夫人：哦，不！他很久以前就是少校了。

朋友：……？

夫人：上校？哦，不，亲爱的，比那还要高！

那个朋友只被允许有某种语气出现，别无其他，仿佛她转身离我们而去，我们只能捕捉住她的话尾音中的疑问语气。

人物之间的纯粹对话尽管比戏剧性独白更为普遍，但其表面的结构简单性只是一种假象。作为叙事信息的一个来源的对话，有很多问题我们可以谈论，但我将只限于谈推测与分类学问题。比起其他种类的小说来，仅由对话构成或严重依赖于对话的故事，需要隐含读者做更多的推测；或者，假如不是更多，至少是更特殊的一种推测。言语行动理论可以阐明这一问题。和普通小说相比，读者必须在更大程度上自行推测人物相互说出的句子之"施事"力量，也就是说，作为它们在情节上下文中之**所作所为**的一种功能的"意指"，因为没有关于那一行为的直接报告。那就仿佛在元文本意义上（metatextually），我们应该提供出准确的动词标签——"抱怨道"、"争辩道"、"抗议道"——以显示言语行为 176
的特质。下列句子出自海明威的《白象似的群山》：

姑娘正在眺望远处群山的轮廓。山在阳光下是白色的，而乡野则是灰褐色的干巴巴的一片。

"它们看上去像一群白象。"她说。

"我从来没有见过白象。"男人把啤酒一饮而尽。

"你是不会见过。"

"我也许会见到过的，"男人说，"光凭你说我不会见过，并不说明什么问题。"①

从"施事"角度看，姑娘首先是在加以**诗化**之类。男人看似**承认忽略**，但下文又告诉我们他在**抗拒**她的玄思或想象。然后她**批评**或曰**贬低**他。他反过来又**捍卫**自己并**挑战**她在对他下判断方面的权威。

① 采翟象俊译文，见《海明威短篇小说集》，上册，322 页，上海，上海译文出版社，1995。——译者注

对话表现中有一个至关重要的因素，即说话者的辨识。最小强制性标记是它们的简单位置：寻常惯例是说话人你一段我一段地交替。在《白象似的群山》的引文段中，我们知道是姑娘说了“你是不会见过”一句，因为这儿该轮到她说了——她的话在单数段落。如果文本是下面这样：

> “它们看上去像一群白象，”她说，“我从来没有见过白象。”
>
> 男人把啤酒一饮而尽。“你是不会见过。”

那么我们就会认为是男人指责姑娘缺乏视觉想象力，而不是相反。

我们作出关于言语行为的推测，一如我们在阅读中所作的一切推测——根据我们关于世界的编码化知识与我们对自己所知的社会中的人类行为的期待。这就是为什么纯粹言语报告式叙事如果跨越了巨大的文化差异，就特别难以理解。

在所有叙事理论中，巴赫金是最关注对话问题的。尽管他经常在很宽泛的意义上使用“对话”这个词（例如，作者与社会的“对话”），但他也密切研究了普通的内故事层（intradiegetic）的情况。他给出了对话中效
177 果可能性的一个宽泛的变动范围①，例如陀思妥耶夫斯基笔下的人物如何强烈地被其对话者的潜在回应所吸引。显然，海明威这一段中大量的紧张，系由我们关于每一言语对对话者的蕴涵意义之感觉引起。“我从来没有见过白象”显然是挑衅说法，姑娘及时回击了它。她的辩答以征求反辩答的措辞表达出来。两人陷入那种无休止的争吵，它暗示着如此激烈的斗争，因为他们彼此知道对方的弱点，都为最后定调而争斗。

大为不同的是巴赫金所称的“奴性”或“退缩”态度，即陀思妥耶夫斯基笔下常见的“怯懦的、惶愧的同时还带有极力克制的挑战的语言”。如《穷人》中：

> 我住在厨房里，或者换个说法就准确得多：挨着厨房有一个小间（我得告诉您，我们的厨房可是一间干净的、光线充足的上好房子），屋子不大，就那么一个不起眼的小窝……也就是说，或者更

---

① Bakhtin, *Dostoevsky's Poetics*, pp. 110ff.

准确点说，是我自己的一个小窝……

其中的"语言阻塞……中断与犹疑"显示了杰甫希金对他的书信对话者瓦连卡·多布罗谢洛娃"察言观色"的特征，这反映了他对她之潜在鄙视所怀的紧张心情。"他的话里似乎嵌入了他人的对语，事实上自然并不存在这种对语，但它作用的结果，明显改变了原来的言语。"[①]

这样的对话可以走向内部，两个"对谈者"表现同一人格的不同侧面。《同貌人》[②] 中的戈利亚德金就与某个第二自我对话。他自己的口气是卓然独立和无动于衷的，"他自管自，他无所谓"，意在安慰自己。与他本人相似的那个"他"则创造了一个"年长、自信的人"，始于安慰他，却终于（篡夺了反讽叙述者功能）转向戈利亚德金对自己的咄咄逼人之辞。同样的效果也出现于《地下室手记》、《白痴》、《罪与罚》、《卡拉马佐夫兄弟》中。

如果懂得更多关于文本及语义分析的知识，就有可能建立关于对话类型的可行的分类。毛里斯·布兰乔特提出一种三分法——虽然是印象主义的，但颇为有用。他的例子是马尔罗、詹姆斯与卡夫卡。在马尔罗的作品中，对话在传统的苏格拉底意义上服务于真正的讨论之功能。他的人物尽管充满强烈的张力，但"在明确的时刻里……突然而又自然地"成为"历史的宏大观念之声"。他们讨论是因为他们想找到真理，即便时代的压迫阻止他们如期达到。詹姆斯的人物则不同，他们在某种闲适交谈之气氛下进行讨论，像霍桑所说"围绕老妪杯里的茶"进行讨论。但在这样的交谈中可能突然出现"奇异的解释"，在这一解释中，主人公通过一个他们觉得自己无权知道的秘密，不可思议地相互理解了，并且暂时就无法沟通的问题进行沟通。这要归功于他们深自浸润的积累和相互理解，这种理解允许他们畅所欲言而不是做做样子。对卡夫卡的人物来说，他们永远以歧见百出的交谈彼此错过："人物不是真正的对话者；言语不能真正交流，尽管表面意义相似，但却永远没有同一含义或同一现 178

① 白春仁、顾亚铃译：《陀思妥耶夫斯基诗学问题》，282～285页，北京，三联书店，1988。——译者注

② 又译《双重人格》。——译者注

实：有些是言上之言，关于评价、要求、权威或诱惑之言；另一些是诡计、逃避、欺诈之言，这使他们避免任何互相酬答。”[①]

自白

叙事理论家用自白（soliloquy）这个词来描述另一种无媒介的人物言语表现，引例为弗吉尼亚·伍尔夫的《海浪》、福克纳的《我弥留之际》这样的作品。[②] 这一术语移用到叙事结构上是否有用？它是不是一个可行的叙事种类？让我们回顾一下“自白”在戏剧中的意义。标准例

179 子——哈姆莱特与麦克白的自白——（至少）包括以下特征：

（1）人物确实有言说（在电影版中是通过这样一个技法：他的嘴唇紧闭，而我们却听见他的声音）。

（2）或者是他独自在舞台上，或者假如是另有别人，则他们通过举止动作显示出他们听不见他。

（3）习惯上他面对观众。

（4）但他未必呼告观众的名字；他用第二人称代词或祈使语气，要么向他自己传达，要么用正式称呼，向不在场的某人（“上帝”之类）说。

（5）这样，他就不是向观众说，观众只是无意中听见人物对自己或某个不在场者说的话。

（6）自白的文体与措辞很大程度上是一个带有人物普通对话的片段；因此如果他以正式和诗意的方式向其他人物言说，那也是自白的文体；不存在“修饰他的语言以显示其为内心状况”这样的企图。

---

① Maurice Blanchot，“La douleur du dialogue，” *Le Livre à venir*（paris，1959），pp. 223－234. 感谢乔纳森·卡勒让我注意到这一点。

② 例如，Robert Humphrey，*Stream of Consciousness in the Modern Novel*（Berkeley and Los Angeles，1959），pp. 35－38。哈姆弗莱把“自白”定义为“直接从人物到读者来呈现某个人物的心理内容和过程的技巧，作者不现身，但心照不宣地假设了受众的存在”（而内心独白则不承认受众的现身）。人物不必呼告受众的名字；更确切地说，因为他在对所发生的事情作解释或评论，我们猜测他是在朝向某人做这些。

(7)其内容经常构成人物处境的一种解释或评论。

其中特征(1)和(2)是必需的,其他的是可选择的,但通常都具备。

接下来要问:在何种意义上,叙事中的段落可以被称为自白?《海浪》和《我弥留之际》事实上展示了某些这样的特征。[①]《海浪》中提到人物的言说时,“他(她)说”这一标签经常出现,归于每个人物的段落总是在引号之内。这样,其文体就是直接标示的(tagged)(“标示”意味着用言说动词标识出)。[②]

> “苏珊走过去了。”伯纳德说,“她刚走过工具房门口,把手绢紧紧揉成一团。她没有哭,不过她那挺漂亮的眼睛紧眯着,就像猫儿就要跳起来之前的眼睛那样。我要跟着她,奈维尔。我要带着好奇心悄悄跟在她后面,以便在她大发脾气,觉得‘我孤单极了’的时候,好马上去劝劝她。”[③] 180

《我弥留之际》用的不是标签,而是人名标题,以区别每一个说话人:

> 达尔
>
> 朱厄尔和我从地里走出来,在小路上走成单行。虽然我在他前面十五英尺,但是不管谁从棉花房里看我们,都可以看到朱厄尔那顶破旧的草帽比我那顶足足高出一个脑袋。[④]

这两部小说中,其他人物都不直接回应说话人的陈述,因而我们猜测其他人没有听到他们的话。所以其形式不可能是“戏剧性独白”。尽管伯纳德看似在直接对奈维尔说话,但在奈维尔自己的言语(出现于不

---

① 因此包灵把《海浪》说成内心独白小说[“What Is the Stream of Consciousness Technique?” *PMLA*, 65(1950), p. 339]是错误的。见后文关于内心独白的讨论。

② 言说动词,此处原为拉丁文 *verbum dicendi*。英语中的“say”(说)、“utter”(说道)、“ask”(问)等表言说意义的动词均为“言说动词”。——译者注

③ 采吴钧燮译文,见《海浪》,6页,北京,外国文学出版社,1993。——译者注

④ 采李文俊译文,见《福克纳文集·我弥留之际》,1页,上海,上海译文出版社,2001。——译者注

少于四页和十个说话人之后）中却无任何信息暗示了他听到伯纳德所说的话。事实上，其言语反倒暗示着伯纳德根本就不在场：

> “伯纳德在哪儿?”奈维尔说，“他拿走了我的小刀子。我们正在工具房做小船，苏珊经过门口……”①

在两部作品中也都未呼告读者的名字或向读者说话。在个别情况下“你们”偶尔出现，只起称呼的作用，如在路易谈论女子精修学校的话中：

> “我是十分感激你们这些身穿黑袍的人，还有你们这些目前已故的人的，感激你们的教导，你们的指引……”②

因此自白事实上在叙事中是可能的，前提是它们被标示出，永远都不是自由的，原因很简单：它们必须毫不含糊地被确认为言语，而不是思想，或者被确认为一种风格化的、超越单纯的思想或言语的印象主义形式。在这一意义上，《我弥留之际》比《海浪》更为含糊，因为它只是给出了“人名标题”，而没有具体指明究竟是否该具名人物思考或言说了后面的话。我个人感觉，我们应当假定福克纳小说里的话既不是言说出的，也不是思考出的，毋宁说是以某种超自然方式归诸人物的。但
181 表达总是外部的，因此它属于此处所讨论的无媒介言语。

自白作为术语的最佳应用也许是用来指称“非自然”或“印象主义”叙事，在这些叙事中，唯一的信息源是人物对事物的正式呈现、解释和议论。它们是庄重的雄辩——不是寻常意义上的言语或思想，而是两者的风格化的融合。如同戏剧性独白与对话一样，自白的惯例是：它们被某人“听到”，并转换进入书面文体。

思想记录：自由直接文体＝内心独白

下面转向人物的思想。对人物意识的再现同样可以是无媒介的（尽

---

① 吴钧燮译：《海浪》，10页，北京，外国文学出版社，1993。——译者注

② 同上书，41页。——译者注

管"它是被暴露出来的"这一事实暗示着比在严格话语记录中多一点点的媒介性)。但作为叙事概念的"意识"(consciousness)需要慎重和加以限定。一些简单意义上的观察可以帮助我们区分经常混淆在一起的多种情况。

不必深陷心理学[①]，我们就可以分析出两类精神行为：一种需要"言语化"(verbalization)，另一种则不需要——粗略而言，即认识(cognition)与感知(perception)之间的区别。在经过商场时，我有时会有意识地对自己说出"我必须买些牛奶和面包"这些**词**，但在经过花园时则很少说出"玫瑰是红的"，或者"看那朵红玫瑰"，又或者"那朵玫瑰的红"。后者是"感觉"到的，而不是说出来的。

因为认识已经是一种言词构成，或者仅仅被简化为一种言词构成，所以其向文字叙事的转移也是简单而即时的。而感知的交流则需要一个 *182*
转换为语言的过程。像电影这样的视觉媒介可以直接地、非言辞地、不表态地模仿一朵红玫瑰，也可以通过简单惯例显示那是人物感知的对象，例如通过让人物看银幕之外，然后切换到玫瑰本身。但文字媒介就必须预设一个对本质上非文字性的东西的文字化过程。

现在的一个重要问题就是这种文字化是否必然把词语分配给叙述者。非言词化的感知是否可以转换为"非指派"语词(unassigned words)？答案是肯定的：通过"内心独白"(interior monologue)。

把握人物思想的最明显与直接的方法是把它们看作"未说出的言语"(unspoken speech)，即把它们置于引号内，伴以像"他想"这样的标签。如《傲慢与偏见》中："'达西先生当真是这样一个人吗？'她想。"这是直接标示出的思想：引述从句的时态是现在时——而不是间

---

① 像厄温·斯滕伯格所做的，见 Erwin Steinberg,"The Stream-of-Consciousness Novelist: an Inquiry into the Relation of Consciousness and Language," 17 (1960), 432-439。斯滕伯格通过新旧各种心理学理论进行了研究，但所提出的也不过是这样一个观点：有一部分意识是非言语的(nonverbal)；因此作者的任务是在穿越人物心理时既模拟言语因素，也模拟非言语因素。但这一观点早已由包灵(p. 342)所申述过，而他并没有征引心理学家的文献。对于叙事理论来说，唯一重要的是作者、电影创作者、卡通画家及其受众把那种心理**假定**为什么样。他们的假定可能在科学上十分错误，但作为一种文化共识却照样逼真地发挥其功能。

接文体情况下的过去时——用了一个标签，思想内容出现于引号当中。这在打字机功能之外又加上了思想阅读器（mind-reader）的功能。但也仅仅是如此。没作什么解释。只是记录下词语——像是人物思想中“说”出来的准确的词语、措辞与句法。因假定了这一功能，叙述者更加突出了一点儿，但仅仅是一点儿。我们只是在这一幅度中向前移动一两个等级。

另外，去掉引号也是很容易的——而且这在西方小说中很久以来就已经十分普遍。更晚近以来，连标签语也去掉了。其结果就是**自由直接思想**（direct free thought）。这是一种在广义上被称为“内心独白”（interior monologue）的法则形式。[1] 其标准特征有：

（1）人物的自我提及，如果有，用第一人称。

（2）当前的话语—时刻与故事—时刻相同；因此，任何指涉当前时
183 刻的谓语都将用现在时态。这不是描绘过去时间的“史诗现在”（epic present），而是指涉行动之同步时间的真正的现在。记忆及对过去的其他指涉以简单过去时出现，而不是过去完成时。

（3）语言——习惯、措辞、词语与句法的选择——都可辨认出是属于人物的，无论是否另有叙述者干预。

（4）暗指到人物经验中的任何内容，除依其个人思想的需要所作解释之外，没有其他更多解释。也就是说——

（5）除思想者本人以外，没有另外的预设受众，没有对人物的无知或解释需求的服从。

条件（1）、（2）与（4）并非自由直接思想所独有。它们同等程度地适用于任何非媒介话语——戏剧性独白、对话及自白［但不适用于自由间接思想与话语，这两者是以“叙述者为媒介的”（narrator-media-

---

① 参照肖尔斯与凯洛格的定义：“对人物没说出的思想的直接、即时的呈现，没有任何介入性叙述者。”（p. 177）但不充分的定义是规则，而不是例外。典型的是多罗西·凡·根特的定义：“‘内心独白’技巧是主观视点的一种变化。它不是对传统惯例的背离，因为即使是菲尔丁，当他想‘从内部’展示一个人的思想如何活动时，也用此视点；但它是贯穿整部小说的主观视点之应用——而不是偶然运用。”（*The English Novel*：*Form and Function*，New York，1953，p. 267）。这一“变化”当然不仅仅是纯数量的。

ted)，尽管这种媒介最小化甚至有时很模糊]。

注意到下面这点很重要：内心独白的这一特征同时包括感知与认识两方面的法则。在这一点上，它与之前的观点（例如劳伦斯·包灵的）不同，那些观点都是用感知/认识这一区分来使内心独白与"意识流"形成对照的。

作为自由直接思想的例子，我们来看出自《尤利西斯》中《卡吕蒲索》一节的这一片段。[①] 我们首先在厨房里发现利奥波德·布卢姆（为方便读者计，我为每个句子都编了号）：

> [1] 当他脚步轻盈地在厨房里转悠，把她早餐用的食品摆在盘底儿隆起的托盘上时，脑子里想的就是腰子的事。[2] 厨房里，光和空气是冰冷的，然而户外却洋溢着夏晨的温煦。 184
>
> [3] 使他觉得肚子有点饿了。
>
> [4] 煤块燃红了。
>
> [5] 再添一片涂了黄油的面包。三片，四片，行了。[6] 她不喜欢把盘子装得满满的。[7] 行了。[8] 他把视线从托盘移开，取下炉架上的开水壶，把它侧着放在炉火上。[9] 水壶百无聊赖地蹲在那儿，噘着嘴。[10] 一会儿就能喝上一杯茶了。[11] 蛮好。[12] 口渴啦。[13] 猫儿高高地翘起尾巴，绷紧身子，绕着一条桌腿走来走去。
>
> [14] ——喵！
>
> [15] ——哦，你在这儿哪。布卢姆先生从炉火前回过头去说。[②]

这样的段落，虽然经常被作为内心独白的标准实例加以引用，但却绝非一成不变的纯粹自由直接思想。前四句传达的是某个被隐去的叙述者的直接报告（straightforward report）。人物用第三人称提及，他的行

---

① 《卡吕蒲索》即《尤利西斯》第四章。——译者注

② 采萧乾、文洁若译文，见《尤利西斯》，上卷，135 页，南京，译林出版社，1994；并参考金隄译文略改，见金译《尤利西斯》，上卷，86 页，北京，人民文学出版社，1994。两中译本段落划分均与查特曼引英文本有异，依查特曼所引做了调整。——译者注

动、思想用过去时态再现。实际上，叙述者的声音比《杀人者》的更可听闻。在第 3 句中，“它（it）”的删除暗示了直接文体，但时态仍保持过去时。

不过在第 5 句中，转换为自由直接思想，不是因为截短的句法（第 3 句也截短了，但传达模式没有转换），而是因为所删略的显然是像“他想”这样的标签以及代词“我”。我们猜测删掉的谓语是现在时的：“(他想，‘我需要）再添一片涂了黄油的面包’”［(He thought，“I need to add）another slice of bread and butter”］(之类)。为什么我们如此肯定闪过布卢姆脑海的恰好是这些词语呢？（1）因为“行了”（right）一词不可能归属于叙述者：在上下文中，我们无法想象是叙述者衡量任何东西的“行了”。只有布卢姆可以这么做。（2）因为叙述者按惯例不会用截断的句子来言说。（3）因为没有受众：布卢姆不是他本人的受述者。（4）因为语义：三片再加一片是四片，那就“行了”，这一准确数字合乎摩莉的口味。只有布卢姆才会对这道算术题感兴趣。

相反，第 6 句则是自由间接文体，因为谓语是“didn’t”，而不是“doesn’t”。[1] 第 7 句又是没有谓语的，因此我们假定它是自由直接思想。第 8、9 两句重新回到叙述者的声音。第 10 句中的“一会儿”
185 (soon）却是现在时的时间副词，它与本应出现、实际却缺席的谓语一道，把我们带回对闪过布卢姆脑海的词语的引用：“（我）一会儿（要喝）一杯茶”［（I’ll have a）cup of tea soon］。同样，第 11 句是“那样蛮好”（That’s good）的缩短。第 12 句却又以有趣的方式区别开。至此，所有的自由直接思想——第 5、7、10、11 句——传达的都是认识。诸词语说的是布卢姆的精神声音似乎明确要说的。但“口渴”（Mouth dry）可能只是意味着布卢姆的嘴**感觉到**口渴，在这一例中，按照前面讨论过的标准惯例，两个词语就转译了一种难以言传的感觉。或者可能是作为对“口渴”感觉的反应，他（同样）是在对自己**说**“我的嘴发干”。所意指的究竟是此意还是彼意，抑或两者都是，我们不得而知。

---

① 前者为过去时，后者为现在时。——译者注

概念与感知之间的区别因截短而导致的这种中性化，在内心独白中非常普遍。第 13 句重新回到直接叙述，第 14、15 两句当然是对话，亦即直接标记出的言语。

可以看到，自由直接思想不用怎么费力就让我们想到“内心独白”效果。另外，尽管这种文体伴随零碎的句法，但唯一必要的技巧正是自由直接思想——用第一人称（如果运用人称的话）自我提及（如果用的话），动词时态上的现在时定位，以及引号的去除。

把内心独白同意识的其他表现形式完全区别开来的是：它禁止由陈述者表达人物事实上所思所感的那些陈述。词语声称是精确的，且只有那些词语闪过他或她的脑海，或者是它们的替代品——假如思想是感知的话。

上述《卡吕蒲索》中的选段中的混杂特征不是偶然的。批评家们注意到，不加调剂的纯粹内心独白十分困难，在文本完全锁定于人物头脑之内的情况下，传达人物外部行为及处境也十分困难。推论只能走到这么远了。乔伊斯完全有理由在内心独白与隐蔽叙述之间来回转换，至少可以在利奥波德的段落与斯蒂芬的段落之间来回转换。为了展示利奥波德绕城市运动，需要一个客观视角。只有当人物的身体情境被绝对置于不重要的环境并在其中变动时，才能完全沉浸于精神活动。摩莉的内心 *186*
独白可以很纯粹，因为她在床上不能动，在黑暗中，只能睡觉、回忆、思考。但在前面的章节中，乔伊斯从内部到外部、从布卢姆的内心冥想到叙述者对他这个在人海中沿都柏林大街行走的人的直击的转换之平稳，是极佳的艺术技巧。它与爱德华·杜加丁在其《月桂树被砍了》中持续的内心独白之笨拙形成强烈对比，如果后者能不时地把内心独白转向外部，也许会更好。[①] 正如梅洛-庞蒂指出的，其结果是令人不悦的意识之重叠。像“*Ces gens me regardent entrer*”（“这些人看见我进来”）之类的句子尤为笨拙，因为人物只有在他们感觉到不自然时才会对其身体情状发表议论，但在小说这一特定时刻，自我意识根本就不是问题。

---

① 爱德华·杜加丁（Edouard Dujardin，1861—1949），法国剧作家、小说家，象征主义的重要参与者。其《月桂树被砍了》（1888）被认为是第一部内心独白小说。——译者注

意识流=自由联想

“意识流”(stream of consciousness)这一术语是怎么回事?应该如何定义它?或者问一个更有用的问题,既然我们对叙事的演绎诗学感兴趣:我们该如何决定把哪一套特征归之于它?可否把它作为内心独白的一个简单同义词?或者,是否存在什么重要的不同以使它们区别开来?我个人的结论是:我们可以有效地证实存在这样的区别,尽管是在一个稍微不同于以前的学者们之预设的基础上。

在早期的讨论中,两个术语间的区别只是词源上的。内心独白(interior monologue 或 internal monologue)是法语词 *monologue intérieur*(大仲马的杜撰)的英译。而“意识流”一词则是威廉·詹姆斯在《心理学原理》中第一次运用的,后来在英美的文学讨论(如梅·辛克莱对多罗西·理查森的《朝觐》的介绍)中大行其道。两个术语一开始被视为同义词(现在仍有许多评论家如此看待)。后来,人们作出了多种区分(在英语发展史上实际上是通用的)。

187 作为此主题最好的研究之一,劳伦斯·包灵主张“内心独白”应该限定于认知,限定于对人物脑海中已经以言词形式存在的思想的描述,是对人物沉默的自我“言说”的直接模仿。至于“没有被意识转换为语言的纯感觉与形象”,他更倾向于称之为“感觉印象”(sense impression)[即我所称的“感知”(perceptions)]。他的例子来自多罗西·理查森的《蜂巢》:

> 灰色的大楼高耸于两侧,消隐于渐近的远方——与天空成锐利的角度……大楼与大楼之间柔和的角度……高处塑成的角柔软得像面包芯,有着浓烟的阴影……蔓生植物从窗台上匍匐开来……

根据惯例,米莉亚姆只是感觉到这些事物,却不能清晰表达它们。她不能对她自己发出“灰色的大楼”等**词语**的音。这些仍是她的直接印象,而不是某个叙述者用**他自己**的话所做的叙述。对后者,包灵适宜地称之为"内心分析"（internal analysis）。对包灵来说，"意识流"应该意味着"整体的叙事方法，通过它，作者试图提供**思想的直接引用**——不仅是语言方面的，而且是整个意识的"。因此，在他看来，"意识流"不仅包括言词化思想之记录（即"内心独白"本身），而且包括"感觉印象"之记录，正在发生却没在人物内心清晰地表述为词语。它不是叙述者所作的内心分析的产物。

"直接引用"与"内心分析"间的区别当然应予保留。但是，假如它们没有牵涉人物的原话，我们如何能够谈论"感知、感觉印象的直接引用"？"引用"意味着对某人原话的转述。答案之一可能是：它是一个"相仿"种类的引用。其实不存在词语：词语是"不得已而求其次"（faute de mieux）才运用的。因为感知是非言词的，所以叙事结构需要一种非言词化的表达。在其他媒介中有这样的手段——电影实际上就可以单纯用视觉方式传达米莉亚姆的感觉印象。（这再一次证明，叙事话语是完全不依赖其媒介的。）而文字叙事却不能越过词语，所以必须用 188
词语，但必须做些什么来暗示它们不是词语、所传达的经验与词语无关。做一些什么呢？是什么让包灵确信，这一段是米莉亚姆感觉的直接引用，而不是叙述者的内心分析？在他看来，它是个"截短"的句子，"被三处省略号分离的简短语句"，如果对象没有移动，就不加动词、只用名词，如果对象移动，则用分词形式。[①] 不过，认知性思考显然也可以用同样的方式来表达。也许包灵不是在宣称截短句是"感觉印象"所独有的特征，而只是说，如果给定这样的内容，它可以标志着该形式为意识流而不是内心分析。

可是，为什么我们要用"意识流"来解释"感觉印象"呢？为什么

---

① 截短句是这样一种惯例：它被认为既暗示着意识倾向于普通冥想中的语法性截短，又暗示着存在一种类似"前言语"（prespeech）或"前言词"（preverbal）的心理活动之类的现象，它不遵循普通语法规则。语言学家会发现这一观点似乎正确，因为缩略句如果不是从一个普通句子中分离出来就没有意义。另外，意识流作家允许自己用的缩略句的数量是有限的。就像其他惯例一样，半截句也可以意指作者与受众允许其意指的任何东西。它已经成为冥想或类似东西的一个**符号**，一个不必与其所指示物（significate）有着实际的或"积极"联系的符号。

“感觉印象”本身作为术语不能满足需要？我们应该通过颠倒包灵的富有价值的区分从而维持它：让“内心独白”成为类别术语，而用其他两个指代两个亚类别——“概念性的”（conceptual）和“感知性的”（perceptual）。“概念性的内心独白”可以指称流经人物脑海的实际词语之记录，“感知性的内心独白”通过传统的言词转换的传达，则是对人物未经清晰表述的感觉印象之记录（不经叙述者的内心分析）。

这样“意识流”就解脱出来用以指称别的东西，即随意安排的思想与印象。这适合于“流”（stream）的含义。心理被平常的联想流动所吸引，它处于“为某目的而思考”的对立极端。

189 心理注意力既可以谨慎地靠在对象上［这被称为“可控联想”(controlled association)］，也可以并不集中，因意外的、突然的或其他吸引性、震动性刺激物而从一个对象向另一个对象游移［通常称为“自由联想”(free association)］。正是这一自由联想过程尤其成为意识流写作的典型特征，不是因为它里面缺少可控联想，而是因为在其他写作方法中通常缺少自由联想的直接呈现。①

内心独白以句法作为标志：它把现在时态动词与第一人称代词的指涉归诸思想主人公（或者当句子是截短句时，将这些暗示归诸他）。意

① H. A. Kelly, “Consciousness in the Monologues of ‘Ulysses,’” *Modern Language* Quarterly, 24 (1963), 7. 埃里克·奥尔巴赫（Eric Auerbach）给出了另一个定义（Mimesis, Princeton, 1953, pp. 473-475）：“变动的印象之涌流中漂浮着的意识之流动与表现……意识在其自然与无目的的自由中的持续性沉思……那些过程以其特有的自由展开的一种自然的，甚至如果你愿意，也可以说是自然主义的表现，它既不受目标约束，也不受某具体的思想主体引导。”一个更加含糊的主张则称“意识流”是一种**文类**——梅尔文·弗里德曼（Melvin Friedman）在 *Stream of Consciousness: A Study in Literary Method*（New Haven, 1955）一书中说：“当批评家把这两个名词等同起来的时候，他们正好把‘文体’——意识流和‘技巧’——内心独白这两者混淆起来了。意识流小说应该被认为是一种主要挖掘广泛的意识领域，一般是一个或几个人物的全部意识领域的小说……其实，并没有什么意识流技巧；假如有人这样说，那么在文学批评的专门术语上就犯了严重的错误。意识流是小说的一种形式，正如‘颂歌’或‘十四行诗’是指诗的某种形式。”很难设想在何种意义上的“文体”适合于此处的语境。“意识流”与诗歌、讽刺诗、哥特式小说有什么有效的共同之处？【弗里德曼译文见申丽平等译：《意识流：文学手法研究》，3页，上海，华东师范大学出版社，1992。——译者注】

识流按此处的用法，则超越了句法：它根据自由联想原则驱使语义要素的安排。要问为什么两者必定共同出现，没有任何理由（尽管它们常常共同出现）。作者轻易地就把自由联想原则同史诗过去时（epic preterite）、标签等的运用联系起来。正如肖尔斯与凯洛格指出的，即使在对话当中，意识流也可以成为一个安排原则。或者反过来说，持续的内心独白可以展示高度目标化、目的论、"可控联想"种类的内容发展。

的确，历史地看，内心独白与意识流倾向于共现于文本中。但假如要保持我们的分析清晰而锐利，就必须不使它们如此夹缠以致我们无法 190 考察每一个本身。不加区别和无力区别，我们就不能应对基本要素的新配置、新群集。例如，罗伯特·哈姆弗莱对"意识流"的解释，就不能给我们关于《嫉妒》及其他很多先锋叙事方法的任何新知。再强调一遍，恰恰是对新的可能性之预言能力，使得文学（及美学）理论富有意义与可行性。

对于自由联想已有很多讨论，但鲜有实际例示，特别是与可控联想加以对比的例示。也许例示自由联想段落的最好方法是将它与不以此种模式进行的心理描绘加以对照。《傲慢与偏见》是一个很好的参照物：我们来看看咖苔琳夫人警告伊丽莎白不要期望达西先生向她求婚之后，伊丽莎白仔细思虑那一出人意料的议论：

> 这不速之客去了以后，伊丽莎白很是心神不安，而且很不容易恢复宁静。她接连好几个钟头不断地思索着这件事。咖苔琳夫人这次居然不怕麻烦，远从罗新斯赶来，原来是她自己异想天开，认为伊丽莎白和达西先生已经订了婚，所以特地赶来要把他们拆散。这个办法倒的确很好；可是，关于他们订婚的谣传，究竟有什么根据呢？这真叫伊丽莎白无从想象，后来她才想起了达西是彬格莱的好朋友，她自己是吉英的妹妹，而目前大家往往会因为一重婚姻而连带想到再结一重婚姻，那么，人们自然要生出这种念头来了。她自己也早就想到，姐姐结婚以后，她和达西先生见面的机会也就更多了。因此卢家庄的邻居们（她认为只有他们和柯林斯夫妇通信的时候会说起这件事，因此才会传到咖苔琳夫人那里去）竟把这件事看成十拿九稳，而且好事就

在眼前，可是她自己只不过觉得这件事将来有几分希望而已。①

读者立即就会对隐含在伊丽莎白这段思想过程的表现中的目的性留下深刻印象。进入她的思想，仅仅为了一个理由，即满足接下来的情节需要：必须显示出她被激怒、诧异而且不由自主地希冀。她已经拒绝了
191 达西的结婚建议，她没有什么特别理由相信这一建议还会重复。可她突然遗憾于早先对他的偏见。咖苔琳夫人突袭了她，说起了关于他俩订婚的谣言，要求伊丽莎白承诺不和他结婚。伊丽莎白以超出预料的傲慢反应，拒绝作出这样的承诺。咖苔琳夫人离开后，她感觉茫然、气愤，但又奇怪地期望（以一种压抑的方式，即适合于她总体上的谨慎与端庄——甚至仅是在其个人思想的隐私中）。这一段告诉我们，第一，她惶恐不安；第二，她无法将注意力移离于这次不同寻常的来访，其不同寻常不仅在于它的实质内容，而且在于咖苔琳夫人加诸其上的那种急迫，咖苔琳夫人显然感到达西可能真的行动了；第三，她疑惑于这样的传言是如何开始的；第四，达西是彬格莱的朋友而她是吉英的妹妹这一事实，必定也提示了她关于前途的推测。第五，卢家庄的邻居们已经完成了一桩她仅在个人思想的隐私中开始的婚姻。

由伊丽莎白的意识构成的这一片段几乎像辩证法本身一样被严密组织起来。首先是她的概括化的但尚未明晰表达的惶恐，然后是她关于事情是如何搅乱的这一问题的分析，再然后是她试图确定谣传的原因和源头，最后是她关于这件事的结果的推测。在形式上更为简明，尤其是更为尖锐，而又不太像自由联想的，那将会是什么呢？相对于我们的目的来说，重要的不是伊丽莎白有着井井有条的思维（尽管她的确有），而是隐含作者把心理描述像对其他叙事行为一样，仅仅视为情节线条上的“接下来发生什么”。情节带有强烈的目的性，它回答“伊丽莎白与达西最终是否结婚”这一问题，任何从那一问题转移出去的话题都不允许出现。自由联想显然会破坏这一古典叙事文体中的直截了当的趋向。这种

① 见《傲慢与偏见》第 57 章。采王科一译文，见《傲慢与偏见》，399 页，上海，上海译文出版社，1980。——译者注

小说中的所有东西，包括人物的深思熟虑，都像米哈伊尔·巴赫金所说的，是"情节语用学"(plot-pragmatic)。[1] 从心理学意义上看，这种文体的现实性和过去诸种文体比起来既不更多也不更少。它只是运用了一个不同的现实主义概念，它预先假定心理联想过程从属于思想本身，而思想又严格听从于情节的安排。 192

现在来看《尤利西斯》中《吃萎陀果的种族》一章的开头：

> [1] **布卢姆先生沿着停在约翰·罗杰森爵士码头上的一排货车稳重地走去**，一路经过风车巷、利斯克亚麻籽榨油厂和电报局。[2] 要是把这个地址也通知她就好了。[3] 走过了水手之家。[4] 他避开了早晨码头上的噪音，取道利穆街。[5] 一个拾破烂的少年在布雷迪公寓旁闲荡，臂上挎了一篮子(提梁是用绳子绑的)碎肉，吸着人家嚼剩的烟头。[6] 比他年纪小、额上留有湿疹疤痕的女孩朝他望着，懒洋洋地攥着个压扁了的桶箍。[7] 告诉他：吸烟可就长不高了。[8] 算啦，随他去吧！[9] 他这辈子反正也享不到什么荣华富贵。[10] 在酒店外面等着，好把爹领回家去。[11] 爹，回家找妈去吧。[12] 酒馆已经冷清下来，剩不下几位主顾啦。[13] 他横过汤森德街，打绷了面孔的伯特厄尔前面走过。[14] 厄尔，对，"之家"。阿列夫、伯特。[15] 接着又走过尼科尔斯殡仪馆。[16] 它在十一点才举行。[17] 时间还从容。[18] 我敢说准是科尼·凯莱赫替奥尼尔殡仪馆揽下今天这档子事的。[19] 闭着眼睛唱歌。[20] 科尼。[21] 有一回在公园里，我和她不期相遇。[22] 摸着黑儿。[23] 真有趣。[24] 给警察盯上了哩。[25] 问她姓名和住址，她就哼唱了一通：我的吐啦噜，吐啦噜，呔。[26] 哦，肯定是他兜揽下来的。[27] 随便找个地方花不几个钱把他埋掉算啦。[28] 我的吐啦噜，吐啦噜，吐啦噜，吐啦噜。[2]

---

① Bakhtin, *Dostoevsky's Poetics*, p. 5.

② 见《尤利西斯》第五章。采萧乾、文洁若译文，见《尤利西斯》，上卷，161页，南京，译林出版社，1994；并参考金隄译文，见《尤利西斯》，上卷，107页，北京，人民文学出版社，1994。根据英文原文，标点及个别行文情况略作更动。——译者注

这是对一个人的思想过程的呈现，但他并非为任何特殊目的而思考，他的思想并不像伊丽莎白的思想那样受引导或被拘束于某些不容更改的事情的步伐上。《尤利西斯》中的事件——葬礼、利奥波德与格蒂·麦克道维尔的插曲、他和斯蒂芬的碰面——并不“走向”传统意义上的任何地方。没有什么东西以任何重要方式改变过状态，就像《傲慢与偏见》中所发生的那样（伊丽莎白开始时是单身，到最后结婚了）。无论事件颠倒——假如利奥波德在葬礼前而不是葬礼之后去邮政局——会招致何种艺术性损失，叙事逻辑都将大致如旧。乔伊斯、伍尔夫、英格玛·伯格曼及其他现代艺术家都不把情节视为一个待解的复杂难题。它不是事件状态之改变，而仅仅是事件状态本身。在这一语境中，凌乱
193 的意识流构成其天然之家。

但这一段引文不纯粹是印象的混杂。弗洛伊德等人已经阐明自由联想有其自己的组织原则——归纳、分析、例证等。除此之外还出现了“不那么值得注意”的心理现象——双关语、语音接近联想、抑制与浓缩。

让我们来看一些这样的原则，例如第 2 句中的**物理接近**（physical contiguity）原则。布卢姆与邮政局的接近是叙述者直接传达的。从那里我们直接跳到他内心独白中的心理反应——“要是把这个地址也通知她就好了”。根据接近原则，我们推测，直证性的“这个”指的是叙述者所提及的最后一个对象。[直到后来我们才充分理解其意义：作为他与玛莎秘密通信之隐秘地址，电报局（the postal telegraph office）与邮政局（the post office）一样好。] 布卢姆对邮政局的感知没有流露，但在两个句子中间的空白处暗示了出来。在第 5 句和第 7 句中，接近原则再次发生作用：布卢姆看见一个男孩吸烟，我们推测他提出了父亲般的建议。这样，**重新考虑**（reconsideration）成为第 8 句的组织原则：布卢姆有了第二种想法（“算啦，随他去吧！”）。这又是通过**推测**（speculation）得以提示出来的（第 9 句：“他这辈子反正也享不到什么荣华富贵”），包括心理上对男孩生活中**某个场景的唤起**（evocation of a scene）（第 10 句“在酒店外面等着”），也包括**想象式对话**（imagined dialogue）

（"爹，回家找妈去吧"）。与下一句之间联系之基础则是同时性（cotemporality）——男孩暂停工作，这提示了"冷清"这一议论。在叙述性的第 13 句和独白性的第 14 句之间，存在一个**语音接近联想**（Klang association）——"伯特厄尔"。而在第 14 句中，音近又与转喻（metonymy）相结合——"伯特厄尔——厄尔——阿列夫、伯特——"，"上帝之家"的名字后面跟着希伯来语字母表中的前两个字母。[①]

我们在之前的片段中已经知道了帕狄·迪格纳穆之死。"它在十一点才举行"（第 16 句）这些字眼在他经过尼科尔斯殡仪馆时在他的脑海中闪过，"它"指的一定是迪格纳穆的葬礼。"相近"与记忆相配合。我们进一步猜测"奥尼尔殡仪馆"（第 18 句）也是一家殡仪馆，这是根据**同类的另一例**原则；因而"这档子事"一定是迪格纳穆的葬礼，而科尼·凯莱赫一定是个葬礼司仪经纪人。当然这只是猜测之网，但最后的事件——整个哈德斯一章证明它完全正确。[②] 通过**转喻**，像"吐啦噜，呔"（第 25、28 句）之类押韵但是无意义的字眼被联系到科尼身上——他是个爱说笑话的人和流行歌手，但它们也包含一种**语音沉湎**（phonetic obsession）之类的原则。 194

意识流的惯例是，既不存在人物思想的外在动机化组织，当然也不存在叙述者对它们的选择。其效果与伊丽莎白思想的持续目的性说明完全不同。读者知道她思想的延伸段落将趋于详述过往事件并加以评论，即使当她想知道未来要发生什么的时候。她的思考根深蒂固地对准定向目标，很容易还原为"问题—答案"逻辑，导向一个最终答案。在《傲慢与偏见》中，所有思想过程都和别的一切行为那样，遵循巴特所称的 19 世纪长篇小说的那套"诠释"（hermeneutic）传统。所指总是很清楚，它们以整饬顺序排列。但布卢姆的思想则总是从中间开始（*in medias res*），在任意刹那都可能出现陌生话题。在很多情况下，精确判

---

① 伯特厄尔（Bethel）是一所楼的名字，原系《圣经》中的地名，意为"上帝之家"。在希伯来语中，厄尔（*El*）是"上帝"，伯特（*Beth*）是"房子"，而 Aleph（α）、Beth（β）是希伯来语的前两个字母。参见金隄译：《尤利西斯》，上卷，108 页注 1，北京，人民文学出版社，1994。——译者注

② 哈德斯一章，指《尤利西斯》第六章。——译者注

断——例如直证代词的识别——只能迟缓作出，有时推迟很久，有时则永远不能实现。

电影中的内心独白

电影并不频繁运用内心独白与意识流，关注一下其原因何在是十分有意义的。有些理论家认为原因是现代小说中的行为主义派别（例如海明威）的影响。在这一派别中，语言在总体上是被轻视的，特别是思想的语言。最大的可能性在于，因为电影**展示**一切，画外音总体上被认为是冒昧的和非艺术的，而那些诉诸“截短”句和自由联想模式的言说尤其如此。

在电影中表现内心独白在技术上足够容易。唯一需要的是画外音应
195 能被辨认出属于一个嘴唇不动的人物。但这种联系同样可以激发其他意义。只有上下文语境可以告诉我们，那是否确是他的内心独白，抑或是自白，或者甚至是对情节的回顾式评论（正如足球运动员可以评论自己在过去的一场比赛中的表现）。其他方面可以用于认清情况。低语的画外音可以暗示内心独白中的隐私。当然文本也可以在句法上零碎化，在心理联想上也可以很自由，就像文字叙事中那些经典的内心独白段落那样。但这似乎很罕见——我只记得它在一两部影片中出现过，例如希区柯克的《谋杀》(1930)。① 由于媒介的成规，我们很可能被欺骗。在最初几次看让-吕克·戈达尔的《已婚女人》时，我以为以自由联想的支离句法低语的画外音表现的是妻子的内心独白。最后一遍看它时，我改变了自己的看法：看上去它更像是对情节的一种抽象而空洞的议论，完全不是妻子的声音，而是一套陈词滥调，浅薄得像她和她的女仆所读的妇女杂志《Elle》中的文章，或者被视为接待来访者时的谈话、关于其

① 希区柯克明确地用“意识流”（stream of consciousness）这个词，而不是像“画外音”（off screen voice 或 voice-over）这样的标准电影术语来描述这种场景，这显示他头脑中明显有文学传统。（Fransois Truffaut，*Hitchcock*，New York，1966，p. 53.）

公寓的唠唠叨叨。这一例中的支离化反映的并不是思想过程的即刻性与自由流动性，而是对于广告和廉价小说的无意义的刻板印象。和利奥波德及斯蒂芬的思想不同，我们从画外音之看不见的嘴唇听见的这种零碎措辞——"他这是什么意思"、"我想知道我能不能做"、"我爱你"等——并不产生对于女主人公之持续思考的即时可解释关系。它们毋宁说是对于其生活品质的一种议论，正像同样伴随其动作的陈腐的流行歌曲片段一样。

196

第五章　隐蔽叙述者与公开叙述者

一个清晰而响亮的声音响起，
那庞大的一群却听不见它。

——威廉·华兹华斯

《远游》

我沉浸在主日圣灵的光辉，
听见身后传来声音高亢，
仿佛喇叭的巨响。

——《天启》

辨识出标志着叙述者可听闻程度的诸特征，比为叙述者划分类型更重要。有一种数量效果起着作用：辨识特征越多，我们对叙述者现身的感觉就越强烈。[1]“非叙述”或最小化叙述的故事只是一种，其中没有或只有很少此类特征出现。

---

① 在韦恩·布斯对叙事中“客观性”观点这一教义的反证法里，暗示出一个“叙述者资质程度”(degrees of narratorhood) 的等级序列 (*Rhetoric of Fiction*，pp. 16 - 19)。但我是在严格意义上采用叙述者资质程度这一概念。【布斯的观点见其书第一章“作者的多种声音”一节，参见华明等译：《小说修辞学》，19～23 页，北京，北京大学出版社，1987。——译者注】

不过隐蔽叙述者（covert narrators）与公开叙述者（overt narrators）之间的根本区别还是应该被指出的，这正是本章的任务。我们不能对每个特征都加以详尽讨论，只能聚焦于最重要的、特别是存在问题的诸特征上。

首先关注的是三个问题：间接引语的本质，在隐蔽叙述目的下的文本表层操作，以及在某一个或多个特定人物身上的视点限制。前两个是十分开放的话题，正如晚近以来的研究所显示的。间接引语的复杂性已催生了大量的尚无定论的文学作品。当代语言学挑战了传统理论，并提出了一些关于间接文体的有趣问题。它也着手分析那些对句子中某些要素予以特殊强调的机制——通过这些机制，隐蔽叙述者可以“隐秘地” 197
操纵其句子结构，将重要性程度不同的各种因素推上前景或隐进背景。本章将用举例的方式对“预设”（presupposition）这一机制加以讨论。与隐蔽性有密切关系、事实上经常与之混淆的，则是隐含作者加诸叙述者知识之上的限制。

至于公开叙述者，我们关注其诸特征的一个变化幅度——从凸显程度最小的标记，到凸显程度最大的标记；即从背景描述与对人物所**未予**言说及思考之事的报告，到各种各样的议论——解释、评判、概括。这一章（以及全书）的结论是关于叙述者之对话人即受述者的一些评论。

隐蔽叙述者

隐蔽的或无痕迹的叙述，占据着“非叙述”与明显可听闻叙述二者的中间地带。在隐蔽叙述中我们听到一个声音在言说事件、人物及环境，但这声音的主人却隐蔽在话语阴影当中。和“非叙述”的故事不同，隐蔽叙述的故事可以用间接方式表达某个人物的言语或思想。这样的表达暗示着某种本质上不同于“非叙述”式叙事之简单的“思想阅读式打字机”的解释策略或中介者。一定有某个解释的人将人物思想转换为间接表达，而我们不敢说词句之后就没有隐藏着他个人的倾向：“约翰说他会来”所传达的比“约翰说‘我会来’”要多，因为不能保证约翰用的恰巧是这几个词语。因此就有了我们对潜藏在羽翼下的模糊不清的叙述者的直觉。

隐蔽叙述这一领域令人迷惑，极易使人迷路。我最近从一次演讲中十分困惑地听到：乔伊斯的“叙述者”包括他的大多数主要人物——伊夫琳、莱内汉、加布里埃尔、斯蒂芬·迪达勒斯、利奥波德和摩利·布卢姆。将“叙述者”这一术语派给内心独白中人物自己的心理声音，这
198 一做法之不妥在第四章中已论证过。[①] 当人物的思想通过隐蔽叙述者表达出来时，这一点尤为清楚。认为莱内汉是《两个风流哥儿》中任何意义上的“叙述者”，这只是一个错误。当他沉思、回忆时，或在类似的情况下，他不是在对任何人讲故事，甚至不是对他本人讲。那是某个外在说话人在报告（“内在式地分析”）他的思想：

> 在想象中，他仿佛看见那对情人漫步在一条幽暗的路上；他依稀听见考利用低沉的声音大献殷勤，又看见那年轻女郎撇嘴媚笑。这幻景使他深深感到自己的穷困潦倒。他一直四处游荡，玩诡计，耍花招，在困苦中求生。[②]

显然莱内汉的词汇不会包括“低沉的声音大献殷勤”、“自己的穷困潦倒”、“玩诡计，耍花招”之类。由于这些不是他的语词，所以他不可能是它们所讲述的故事中的叙述者。叙述者把“穷困潦

---

① Dorrit Cohn, “Narrated Monologue: Definition of a Fictional Style,” *Comparative Literature*, 18 (1966), 102. 该文对这一错误之原因提出一种大胆解释：“这一赞同观察之内部视角的论调，亨利·詹姆斯、珀西·卢伯克、约瑟夫·沃伦·比奇都曾有力地阐述过，它引向了这样一种信念：独立的叙述者从戏剧化小说中缺席，因而‘核心理智’自身就是叙述者，这与第一人称讲述的故事中的叙述者就是‘我’是同样的意义。也许当卢伯克把观察所依赖的人物称为‘戏剧化作者’(dramatized author)、‘作者的发言人’(spokesman for the author)、‘新的叙述者’(fresh narrator)时，就已开启了这种错误理解。但尽管存在这些误导性隐喻，卢伯克本人还是充分认识到在所有的第三人称小说中，人物形象的灵魂因‘有一个别的什么人越过他的肩膀在瞧’而得到补充。”【参见卢伯克著，方土人译：《小说技巧》，见《小说美学经典三种》，185页，上海，上海文艺出版社，1990。——译者注】

② 采马爱农译文，见《都柏林人 青年艺术家的画像》，49页，北京，人民文学出版社，1996。——译者注

倒”的感觉**归诸**莱内汉，但这仅仅是隐蔽叙述者的“归诸”，是他的内心分析或报告。只有当可能属于莱内汉语汇的词句——“四处游荡”、“在困苦中求生”——出现时，我们才意识到其为自由间接形式的引语。①

有间接标记的自由文体

任何对于人物言语行为与叙述者言语行为之间复杂关系的分析，都需要理解言语（外部声音）或思想（内部声音）的各种交流途径。一个基本区别在于引用与报告之间，或者用更传统的术语来说，在于“直接”与“间接”形式之间，这一区别在几百年前就已经是公认的了。通常，在“言语”意义上阐述“她说‘我得走了’”和“她说她得走”之间的区别，显然同样适用于在“思考”意义上阐述“她想‘我得走了’”和“她想她得走了”之间的区别。 199

两种形式的表面不同是泾渭分明的。二者当中都有两个分句，一个是可选择的，另一个是强制的。为阐述方便，我把引导性或可选分句称为“标签”（“她说”），把第二个称为“关联”。标签分句表明：正是关联从句包含了所报告或所引述的内容（“我得走了”或“她得走了”）。在英语中，直接与间接文体的不同涉及：（1）关联从句谓语的时态，（2）从句主语的人称，以及（3）“that”的（可选择性）出现。在间接文体中，关联从句的时态一般早于其直接文体中对应项的时态。

这两种形式的深层次语义关系却比较模糊。直到最近，人们还认为二者互为直接变体，即“她说她得走了”的意义与“她说‘我得走了’”

① 这两个词句分别为“tired of knocking about”、“pulling the devil by the tail”。主人公莱内汉是个穷困潦倒的街痞，是个粗人。徐晓雯译本将这两句译为“四处飘零奔命”、“整日捉襟见肘”（见徐译《都柏林人 青年艺术家的画像》，47页，南京，译林出版社，2003），显得过于文雅，似乎离莱内汉的口气稍远；马爱农译本似更近之，但仍有疏隔。后一语用汉语俗言“吃了上顿没下顿”或“拆了东墙补西墙”庶几能传其几分情态。——译者注

相同。但语言学家已经提出了重要区别以质疑这一简单假说。[①] 例如，有些句子只以直接形式出现。“Egbert blurted out，‘How I have loved it!’”（“艾格伯特脱口道：‘我曾经多么喜欢它！’”）要保持原义就不能转换为“Egbert blurted out how he had loved it”（“艾格伯特脱口说出他怎么喜欢它的”）。在前一句中“how”意为“多么”，在第二句中则意为“以何种方式”。同样，“Clarissa whispered，‘There!’”（“克拉丽莎低声说：‘那儿！’”）也不能以间接形式出现——* “Clarissa whispered that there”（“克拉丽莎是在那儿低声说出的”）。从叙事的观点来看，最有
200 意思的限制也许在于只有直接形式能够引用说话人的准确原话，而间接形式不能做出如此保证。因而我们就只可能质疑间接报告从句的语言。我们可以说“俄狄浦斯喊道，他与母亲做下了可怕的事情，但我不想重复他的原话”，却不能说* “俄狄浦斯喊道，‘我与母亲做下了可怕的事情’，但我不想重复他的原话”。[②]

叙事中的间接形式暗示了更多一点的叙事者介入，因为我们不确知报告从句中的话是否为所引说话人的精确原话。当然，它们可能是，当它们在措辞和/或句法上与叙述者的已确定的“美辞”方式彻底不同时，就是如此：例如《伊夫琳》中的句子“近来他（伊夫琳的父亲）开始威胁她，说他为她所做的一切**仅仅**是为了她已故的母亲”[③]。上下文明确指示黑体部分是底层爱尔兰人的方言土语，是“**如果不是**为了她已故的母亲的缘故”（**if it were not** for her dead mother's sake）的对应物。但“美辞”叙述者并没有说底层方言。[④] 还有其他多种表达效果表明人物

① 参见 Ann Banfield，“Narrative Style and the Grammar of Direct and Indirect Speech，” *Foundations of Language*，10（1973），1 - 39（及其中所引文学作品）；另参见 Roy Pascal，*The Dual Voice*（Totowa，N. J. 1977）。例子采自班菲尔德文章，我发现这篇文章富有挑战性，尽管我并不同意它。星号标出的是非英语式说法。

② 前加“*”，表示不能如此说。——译者注

③ 采马新林译文，见《都柏林人 青年艺术家的画像》，29 页，北京，人民文学出版社，1996。略有改动。——译者注

④ 因乔伊斯本人作过修改，《伊夫琳》初版本与再版本文字有多处差异。此处即为一例，初版本用“如果不是……”（if it were not...）这样的虚拟语气，再版本作“仅仅是为了……”（only for...）这一方言土语形式。参见本节下文论述。——译者注

之言说与思想是被直接引用的。例如，句子的某些部分可以来回移动，某些要素可以删除以使它们更突出，正如有人在热烈状态下的实际表达中可能做的那样："约翰咆哮说，玛丽怎么会表现得如此糟糕而超出了他的理解力。"可以引入感叹语："理查德抗议说，上帝！他不喜欢那样。"或者吞吞吐吐："他抗议说，他，上帝保佑，他不应该对此负责。"或者特殊强调："他抗议说，**他**不应该对此负责。"①

另一方面，可能会有很好的证据表明原话没有被精确引用，像上面所引的俄狄浦斯那一例就是。我们感觉"我"改述了俄狄浦斯的原话。"我"可能对等地概括、浓缩、解释或以其他方式改动了所引说话人的精确原话。当然，那个"我"，即报告者，必定是这些句子的叙述主体，可以不提及他本人，这样**代词**"我"就不会真正地出现。 *201*

在19世纪，绝大多数欧洲语言中都出现了另外一对区别，与直接和间接的言语及思想相交织，即所谓"标签化"（tagged）文体与"自由"（free）文体之间的区别（*style indirect libre*，*erlebte Rede*）。② 自由文体排除标签，于是有表5—1。

表5—1　"标签化"文体与"自由"文体

		标签化	自由
直接	言语	"我得走了。"她说	我得走了
	思想	"我得走了。"她想	我得走了
间接	言语	她说她得走了	她得走了
	思想	她想她得走了	她得走了

自由言语与思想表达是相同的，因而难以分清，除非上下文有说明。

---

① 尽管班菲尔德给它们标了星号，但这些在小说中还是完全可能的。可不是所有的表达要素都可以出现。班菲尔德正确地主张：像"克拉丽莎惊叫：'简直开玩笑！'"（"Clarissa exclaimed，'what a lark！'"）这种句子的间接形式对应物是不可能存在的。

② 参见多利特·柯恩文章脚注及 Stephen Ullmann's "Reported Speech and Internal Monologue in Flaubert", *Style in the French Novel* (Cambridge，1957)。据我所知，"自由直接文体"（*style direct libre*）第一次被提及是 Derek Bickerton，"Modes of Interior Monologue：A Formal Definition"，*Modern Language Notes*，28 (1976)，233，又收入 L. C. Harmer，*The French Language Today* (Melbourne，1954)，p. 301。

我已指出自由直接形式是内心独白的特征。自由间接形式则不然，这恰恰是因为第三人称及早前时态预设了一个叙述者。当然，它们可以与自由直接形式同时出现，《尤利西斯》中有很多这样的例子。但通常是像在弗吉尼亚·伍尔夫的主要小说中那样，它们只与“间接—标签化”形式同时出现。

自由间接形式的意义还不仅是“间接标签化”形式减去标签后的剩余物。它有更高程度的自治权，而且尽管可能还很模糊，但标签的缺少使它听起来更像是人物在言说或思考，而不是叙述者在报告。像“She felt that John, bless his soul! would provide for the family”（“她感觉约翰，为他祈祷！将供养这个家庭”）这样的句子，可能意味着要么是人物，要么是叙述者，要么是两者都在为约翰祈祷。而在自由间接对应物语境“约翰，为他祈祷，将供养这个家庭”中，似乎更像只有人物在祈祷。对于很多表达功能来说都是如此：感叹、疑问、咒骂、祈使、重复及类似的强调、打断、“是”与“不是”之类的词语、口语体，以及其他形式的“非叙述”（例如昵称、技术性行话、外语成分等）。只要叙述者运用这些形式，他就很难保持隐蔽。

202

再以感叹句为例略加考察。隐蔽叙述者难以运用感叹语，因为它们表达强烈的感情——反对、热情之类。这样的表达会引起对那些感情的过分注意：我们会想知道它们，特别是想知道关于**他**是否“说来话长”。感叹语不适合于抹掉痕迹的或清晰透明的中介者角色。隐蔽叙述的逻辑只允许人物感叹。如在乔伊斯的《死者》中：

> 加布里埃尔用温暖而颤抖的手指轻轻叩击着冰冷的窗玻璃。外面一定非常凉爽！要是独自到外面去，光沿着河畔，再穿过公园蹓跶蹓跶，该多么惬意啊！树枝上积雪未融，惠灵顿纪念碑戴上了一顶璀璨的白银冠冕。到那里散步该多么愉快！不是比坐在晚餐桌旁边强多了吗？①

① 采陈登颐译文，见《世界小说一百篇》（中），549页，西宁，青海人民出版社，1983。——译者注

我们假定这感叹是专属于加布里埃尔的，是对他心理言语的直接引用。我们没有理由认为那是叙述者在大发感慨。①

就文体风格而言，关联从句既可以与可猜测的人物原话相同，也可以与它保持明显距离——事实上可以是如此明显的距离，以至于看上去那只是叙述者的释义。我可以间接表现一个被解雇的街道清洁工的陈述，而用的是他的语言，或者明显不是他的语言："他说他喝得烂醉，那是该死的工头的过错。"② 或者可以是："他说他的辞职是被迫的，这意味着明显带有法律性质的问题被提了出来。"这两种说法都可以以自由间接文体出现。这样，自由间接文体就分成了不同的亚类——归诸人物的与归诸叙述者的。在这两种亚类之间存在着模糊性程度多变的不同陈述。对于明显属于人物的语言，最近有人提出了一个合适的标签，叫做**被叙述的独白**（narrated monologue）。③ "被叙述的"说明了间接特征——第三人称与早前时态，而"独白"传达了"听到人物的正确原话"这一意义。被叙述的独白显然有别于叙事性报告（内心分析）。在叙事性报告中，人物的思想与言语是用可识别为属于人物的语词传达的。最后，还有模糊性程度相对普通的情况，即下面将要讨论的。在这种情况中，很难知悉是谁的声音在言说。 203

迄今我们一直在关注的这种间接模式是纯粹文字的，也就是说，是对人物言说或思想的**词语**的说明的。但显然还有另一种报告，其基

---

① 为什么感叹必定标志着人物的自由间接引语，这一点皮埃尔·芝路在一篇精湛的论文中有所论证。Pierre Guiraud，"Modern Linguistics Looks at Rhetoric：Free Indirect Style，" in Joseph Strelka，ed.，*Patterns of Literary Style*，Yearbook of Comparative Criticism，Vol. Ⅲ（University Park，Penn.，1971），p. 83.

② "He said he was canned and it was the goddamned foreman's fault"，这句用词多俚语。——译者注

③ 柯恩还提出了另外一些术语，其中有"替代言语"（substitutionary speech）、"含蓄话语"（*Verschleierte Rede*）、"经验话语"（*erlebte Rete*）、"间接引语的独立形式"（independent form of indirect discourse）、"直接非真实话语"（*uneigentlich direkte Rede*）、"代理话语"（represented speech）、"叙事性模仿"（narrative mimicry）、"作为事实的话语"（*Rede als Tatsache*）、"间接内心独白"（monologue intérieur indirect）。Cohn，"Narrated Monologue"，p. 98. See Paul Hernadi，*Beyond Genre*（Ithaca，N. Y.，1972），pp. 187 - 205，and Edward Versluis，"Narrative Mimicry and the Representation of the Mental Processes"（Ph. D. dissertation，University of Chicago，1972）.

础毋宁说是感知。下面是《包法利夫人》第四章的结尾和第五章的开头：

> 老女佣人过来同她见礼，道歉晚饭没有备好，请太太先认认她的住宅。
>
> 5
>
> 房子前脸，一砖到顶，正好沿街，或者不如说是沿路。门后挂一件小领斗篷、一副马笼头、一顶黑皮便帽……

接下来一段描绘起居室、大厅、查理的诊室、用作柴棚与仓库的大房子，以及花园。然后——

> 爱玛来到楼上。第一间没有家具。第二间寝室靠里，有一张红幔桃花心木床……①

204 这不是一个外在叙述者对道特的一处房子的纯粹描绘，而是一种感觉：这个地方给予爱玛怎样的第一印象。尽管没有一个动词提及爱玛的感知，但很显然有暗示——也就是说，我们推测第二句其实是"她看到房子前脸一砖到顶，正好沿街"的缩短，等等。这不应称作"自由间接思想"，其完整形式并不是"爱玛想房子前脸一砖到顶正好沿街"。毋宁说它是一种"自由间接感知"（free indirect perception）。②

下面让我们用两处引用来例示"被叙述的独白"与内心分析之间的区别。它关乎某种逻辑，我认为在间接引语中，我们正是靠这种逻辑去确定我们所听到的究竟是谁的声音。如《伊夫琳》的开头几句：

（1）"她坐在窗旁，望着暮色侵占那条街道。"一开始我们不确定有

---

① 采李健吾译文，见《包法利夫人》，27～28页，北京，人民文学出版社，1979。——译者注

② 或者用伯纳德·费尔的术语叫"替代感知"（substitutionary perception）。Bernard Fehr, "Substitutionary Narration and Description: A Chapter in Stylistics," *Von Englands gestigen Bestanden* (Frauenfeld, 1994), pp. 264－279. 费尔注意到替代感知的一些有意思的特征，例如它习惯于跟进行时，而不是简单动词形式："他看见了和希尔瓦一起回来的那些人当中的一个，**他正站在**他的小船上……"（He saw one of the men who had returned with Siva. He was standing in his boat...）

一个叙述者。话语可能只是一种表演，是坐在舞台上、靠在画于背景上的窗户旁边的某女演员之叙事对等物。“坐在窗旁”可能是明显作为“非叙述”传达的，但“望着”就颇为含糊。人物可能被描述为从内在观点望着某物，这样就没有叙述者。或者动词可能是她的感知之文字化形式，那样就有一个隐蔽叙述者。

接着我们遇到“暮色侵占那条街道”一语。隐喻显然预设了某个有能力创造这一隐喻的人的心理；如果不是伊夫琳所为，那么说话人就只能是叙述者。后面的证据证实了这一假设［见下文第（5）条］。

（2）“她的头倚靠在窗帘上，满鼻孔都是沾满灰尘的印花装饰布的气味。”该句前半部分似乎又一次呈现了一个简单表演。但在具体语境中它似乎更像一个隐蔽叙述者的声音，是一种自由间接感知。 205

（3）“她累了。”这句话很含混：既可以是“她觉得（她）累了”；也可以是“我（叙述者）的报告是她累了”，不管她怎么想。（或者**两者并存**：自由间接形式之多义性。）

（4）“街上几乎没有行人。”同上：“她几乎没有看见行人”或“根据我（叙述者）的意见，街上几乎没有行人”，或者二者并存。

（5）“从最后一座房子出来的那个男人路经这里往家走。”（The man out of the last house passed on his way home.）此处显然区分出两种说话风格。“出来”（out of）是“from”一词的阶级方言。说暮色“侵占”了街道的那一声音，显然不是说某人走出（out of）最后的一座房子的那个人的声音，很明显，前者属于一个“作者”—叙述者，而后者属于人物。这个句子的基本形式是自由间接感知，但“从最后一座房子出来”（out of the last house）一语则是直接引用，因此“是被叙述的独白”。[①]［文本稍后又出现了佐证：反复用“过去常常”（used to）代替更为文学化的“都会”（would）、“她过去总是要压她一头”（She

① 格莱哈姆·哈克把“美辞”叙述者及其重要性视为据以安置人物声音的一种准则。他指出其对照系是长篇小说的而不是史诗的特征［Graham Hough “Narrative and Dialogue in Jane Austen,” *Critical Quarterly*，12（1970），201］。**【马新林译文此处作“她总是要跟她过不去”，译者根据上下文论述改译作此。——译者注】**

always had an edge on her)、“把她们赶出去”(*hunt them in*)、“不太坏”(not so bad),包括指示伊夫琳尚很年轻的形式,如“长大了”(grown up)、“望风”(keep nix)等。]

当《伊夫琳》收入《都柏林人》重新出版(它最初发表于《爱尔兰庄园》1904年9月10日)时,乔伊斯作了多处修改,这些修改显然试图使伊夫琳的心理声音更为突出。在重印版中,她“纳闷所有的灰尘到底是从哪里来的”,而在初版中,她说她的房间会“分泌”灰尘。有一处虚拟语气被替换成了方言土语形式:他父亲“说如果不是为了她已故的母亲,他将会怎样对待她”变成了“说他为她所做的一切仅仅是为了她已故的母亲”。也许最有意思的修改是丢弃了原版中关于加万小姐的
206 那一句中“一头”(edge)上面的引号:“加万小姐过去总是要压她‘一头’……”去掉引号,把整个句子变成了“被叙述的独白”。(引号并不意味着自由直接思想,而是意味着叙述者关于俚语的“詹姆斯式”的自我意识。)

这样,我们就把人物伊夫琳的简单口语化的声音与隐蔽叙述者的文学性质的声音区别开来。当然,这一区别得到故事内容的支撑。现在我们的阅读足以让我们感觉到伊夫琳的环境很恶劣(窗帘脏兮兮的,因为它们挂在旧楼上,其所在街区空气污浊),而她从小就住在这个街区,和街区里别的孩子一起在空地上(而不是在奢华的寄宿学校的绿地上)玩耍,如此等等。即便没有措辞上的证据,这些认同也会使得她不像是“文学”的,也就是说,想成为在阁楼上奋斗的作者的那种人。后来的这些句子强化了我们关于开头两句之性质的判断:它们显系叙述者的报告。[①]

这种费力而反常的阅读方式当然不是读者实际要做的,而只是指出其判断逻辑是怎样的。作为受述者,他**听到**的是叙述者的报告,人物实际上的啰唆冗赘则是无意间听到的。

---

① 因而克里弗·哈特的假定就是不正确的,他认为第一句中的“侵占”意象,正是人们期望像伊夫琳这样的女孩可能会用的一种夸张。“Eveline,” *James Joyce's Dubliners*: *Critical Essays*, London, 1969, p. 51.

有时无法确定自由间接形式中的话究竟是人物的还是叙述者的，例如，假若两者都以高度文学性的方式言说。这并不是一种消极表现，因为两种声音的混合可能正是作者要追求的美学效果。它暗示着“谁说或谁想无所谓；它对人物和叙述者都适合”。这一含混性可以强化两者之间的界限，使我们更加信任叙述者的权威。也许我们更愿意说它是“中立化”（neutralization）或“统一”（unfication），而不是含混性。

因此，隐蔽叙述者可以从一个明显的外部有利位置加以描述，可以 207
下倾来用他自己或人物的原话从人物思想中加以引用，或者安置关乎某句措辞的含混性——难以清楚区分地讲述与展示、叙述与表演人物的内心生活。

弗吉尼亚·伍尔夫的《达洛维夫人》中有一些“中立化”自由间接文体的绝佳例子。其开头句子是：

> 达洛维夫人说她自己去买花。因为露西的工作已经给安排好了。要把门从铰链上卸下来；朗普尔迈耶公司的工人要来。①

一种“同情”效果呈现了出来，因为没有理由假定克拉丽莎的个人言说方式与叙述者的言说方式有什么重大不同。此类陈述暗示着人物与叙述者如此贴近、如此同情，以至于我们把陈述派定给哪一方都没有关系。如果是不偏不倚的说法，可能是“你看，亲爱的读者，露西的工作已经给安排好了”（也就是说，“据叙述者我观察，露西……”），或者“（达洛维夫人记得）露西的工作已经给安排好了”。事实上含混性走得更远，因为**言语**可以只是暗示出来的：“（达洛维夫人**说**）露西的工作已经给安排好了。”所有这三种可能性都盘旋于句子之上。它建立了这样一种感觉：叙述者不仅拥有通达人物内心的入口，而且拥有和它之间非同寻常的亲和与共振。存在某种“圈子内”心理迹象：“各方，包括‘我自己’（叙述者），都理解露西的工作已经给安排好了。”第一句的内容给我们准备好了这样一条共识：据报告，达洛维夫人只是说她要自己

① 采王家湘译文，见《达洛维夫人 到灯塔去 雅各布之屋》，3页，南京，译林出版社，2001。据查特曼引用略有改动。——译者注

去买花，却并非对任何特定的人说。这里似乎是宣告多于对话。一种更宽广的社会语境之意义浮现了出来：达洛维夫人习惯于有一个合作性听众——女仆、厨师、管家。凯瑟琳·曼斯菲尔德的《园会》的开头也是同类的共识在起作用。“天气总算称心极了。办园会再找不出像今天这样美妙的日子”：难以分清这是一个人的还是全家人的想法，抑或是其中一个对其他人说的，又或者是叙述者对情况的判断。

208 但自由间接文体决不拘囿于同情。它可能反讽地运行。[①] 福楼拜在一个想象优美的段落中表现了查理与爱玛·包法利彼此相反的梦幻：

> 他深夜回来，不敢叫醒她……查理看着妻子和女儿……啊！等她长到十五岁，像她的母亲一样，也在夏天戴大草帽，该多好看！人会老远把她们看成一对姊妹花的……他们会想到她的婚姻：他们会为她挑一个殷实可靠的好丈夫；他会使她快乐，而且永远快乐。
>
> 爱玛没有睡，也就是装睡；他躺在旁边，昏昏沉沉，她却醒过来，做别的梦。
>
> 她同罗道耳弗乘了驿车，四匹马放开蹄子，驰往新国度，已经有一星期了；他们到了那边，不再回来。他们走呀走的，交起胳膊，不言不语。他们站在山头，常常意想不到，望见一座壮丽的大城，有圆顶，有桥，有船，有柠檬林和大理石教堂，教堂的尖钟楼有鹳巢。[②]

反讽存在于向两个截然不同的梦幻世界的两种间接自由投入之并置中。思想远隔万里之遥，尽管身体距离只在咫尺之间。

正如我已论证过的，在表明叙述者的现身方面，间接标签化形式走得更远。的确，标签可以直接解释人物的思想、感情或言语：“约翰断

---

① 多利特·柯恩也注意到自由间接文体“暗含两种基本可能性：其一，与主体融合，在这种情况下行动者认同、‘变成’他所模仿的人；其二，远离主体，戏仿嘲弄式地认同，最终导向讽刺模仿。相应地，也有两种歧异方向朝向‘被叙述的独白’开放，其依据是在抒情和讽刺这两种模仿倾向中何者占优势”（pp. 110－111）。“抒情”给我的印象是比“同情”（用这个词语之根本意义——“对另一人的口味、情绪、感情、性格等的认同”）的描写效果更少。

② 引自原作上卷第12章。采李健吾译文，见《包法利夫人》，192～193页，北京，人民文学出版社，1979。据查特曼引文略作改动。——译者注

定他是对的"与"约翰想他是对的"相比，前者比后者暗示了一种更大程度的叙述者介入，这正是因为约翰得出其确定结论之心理过程显示了叙述者的特征。

同样属于解释的，还有这样一些句子：在这些句子中，思想与感觉不是用 that 从句，而是用名词性短语表达的。这种更进一步的句法变动强调了一种浓缩，因而也就强调了更大的叙述者可听闻度。"约翰确定自己观点之正确性"更明显地是叙述者对情况的内在分析，因为相对于约翰事实上对自己说出"我的观点之正确性"这些精确词语这一点，前者更少确定。 209

批评家们用"限制性第三人称叙述"所毫无疑义地意指的，正是"内心分析"或"叙述者报告"——尽管如我上文所论，"第三人称"一词运用不当。在纯粹的隐蔽性叙述中，叙述者完全不会提及他自己，因而它也就与"第一人称叙述"没有相似点。在后者中，叙述者真正通过第一人称代词提到**他本人**。但在前者中，用第三人称代词指代的是**人物**——叙述者完全不提及自身。称之为"他"，并不比称之为"我"或"你"有更多的意义。

叙事目的下的句子操作：以预设为例

下面转向对叙事文本有重要意义的另一些语言学特性。语言是一个有极端多变功能的工具，聪明的作者能够利用有广泛变化幅度的文字强调与隐蔽、促成或蒙骗。直到最近，语言学和哲学才发展出足够精确地衡量这些效果的手段。例如，目前我们能够解释"话题化"（topicalization），即某一句子要素朝向一个更显著位置移动以便其更为突出："那个，我必须知道"（that I have to see）或"访问哈瓦伊，那是我的梦"（To visit Hawaii is my dream）；也能够解释"分裂句"（the cleft sentence），即将 What 引导的从句提至句首来强调某个元素："你所需要的是一辆好车"（What you need is a good car）。其中最有意味的表达手段也许就是我们所称的“预设”（presupposition），它也是能够例证其他手段之效用的一个最理想手段。①

隐蔽叙述者必须当心他说的话以避免暴露自身，使其公开现身。他
210 必须规避那种露马脚的直接断言。预设就是此种规避的简便手段。预设是句子的一部分（另一部分是断言），它作为**基准点**（datum）给出，是某种“不假言传”、已然意会的东西，是包括听者在内的所有人都必须认同的。假如我说“我很高兴看到杰克不再酗酒”，那么我就已经预设了——不仅对我自己，也对你、对听者预设了——杰克事实上曾经酗酒。唯一的新断言是“我很高兴看到 X”。其余的对于意指任何事物的句子而言都必须是预设为真实的。对于预设的质疑只是重申其有效性：如果你问：“杰克曾经酗酒吗？”那你不过是承认了你自己的无知，因为我已**说过**——当然，是间接地、通过预设的方式说过——他曾经如此。“你是什么时候停止打老婆的？”这一法律诘难是一个让人反感的预设之经典实例。

当然，你可以说“不对，杰克从来不酗酒”，以此否认预设之合法性。但受述者（至少是那些不兼为人物的受述者）不能质疑或否定叙述者所告诉他们的事情。因此隐蔽叙述者永远都能以“给定，却不必明确断言”的方式确立某件事实。我们必须被动接受给定的“事实”，如果要完全遵从话语，就要付出这一代价。预设允许隐蔽叙述者操纵我们，同时创造他的呈现。他不必直接陈述就能确立起来。换句话说，预设为直接叙述背后之暗中叙述提供方便：

> “外面又在下雪吗，康罗伊先生？”莉莉问。
>
> 她走在前头，领他走进冷食厨房，帮助他脱掉大衣。加布里埃

---

① 预设在叙事中的重要性第一次给我留下深刻印象是在杰拉德·普林斯的《论预设与叙事策略》中。Gerald Prince，“On Presupposition and Narrative Strategy，” *Centrum*，1 (1973)，23－31. 普林斯的材料来源见其第一条脚注。另一稍早的讨论见 J. L. 奥斯汀。J. L. Austin，*How to Do Things with Words*（New York，1962），pp. 48－53。奥斯汀把预设同蕴涵（entailment）和暗示（implication）区分开来。另见 Ducrot and Todorov，Dictionnaire encyclopédique des sciences dulangage（Paris，1972），347－348，该书列出了参考文献。

尔**为她说出他姓氏的三个音节**而微笑了一下……①

我把句中的预设部分标为黑体。它拥有绝对权威：我们丝毫不会质疑莉莉事实上用三个音节发出他姓氏的音。她的行为是预设的，所有被断言的行为仅仅是它使加布里埃尔微笑了一下这一事实。还要注意，在我们建立的与加布里埃尔的联系中，莉莉被排除了出去；她不知道用两个音节发音更为文雅，也不知道加布里埃尔为什么要笑。在稍后的一个句子中： 211

> 室内那些粗俗的人脚跟踩在地板上的咔嗒咔嗒声，鞋底在地板上的拖曳声提醒他，自己的文化水平和他们是不可同日而语的。②

预设强化了一种受述者不能助成、只能分享的价值结构。我们无法追问脚跟的咔嗒声是否真的粗俗、鞋底是否在拖曳、"他们"的文化水平是否真与他的不可同日而语。我们只能接受叙述者关于这一切的言词，它们反映了加布里埃尔的感情。因此也许加布里埃尔是错的——咔嗒声可能很文雅，拖着鞋走也许很时髦，他自己的文化水平也许并不优越于室内跳舞的人们。但即使那样，叙述者也必须要这么说，也就是作出一个直接断言（因而就变成了公开叙述），或者带着相反的预设进入另外一个更可信的人物的内心。不过，在后面这种情况下，我们发现自己处于一种含混情境中。我们会需要一些外部线索，其预设更接近于"真相"。这种矛盾视点的策略在叙事中经常运用，而预设则是一种有力的手段，用于暗示其意识得以呈现的那个主人公之被误导、轻信、无知、自欺，等等。

叙事传达中的权威之限制

在论述过文字叙事诸属性如何用于维持那种隐蔽的幻觉后，我们可

① 采陈登颐译文，见《世界小说一百篇》（中），533页，西宁，青海人民出版社，1983。据情况略有改动。——译者注

② 《世界小说一百篇》（中），535页。——译者注

以转向一个更宽泛的问题，该问题吸引了自亨利·詹姆斯以来的叙事理论家，那就是对“叙述者有权说什么”的各种限制。这种权力经常被称为叙述者的“权威性”（authority）。

隐含作者限定其发言人的知识，这一观念不难接受。每种艺术都设定自己的边界，尽管它们的性质及范围不同。例如，罗伯特·弗洛斯特拒绝使用为惠特曼、桑德堡、威廉姆斯等人所乐于使用的自由韵形式：他把那比作不用球网打网球。与之类似地，亨利·詹姆斯拒绝他的叙述

212 者进入每个人物的内心，除了其主人公之外。

但是“限制”这一概念本身却并不总是能够清晰限定。它的一个对立面是“全知”（omniscience），即**知道一切**。此处“一切”包括每一事件的结果及每一种实存的本质。当然，**知道一切**未必意味着**讲述一切**。叙述者有规律地隐瞒信息：这是话语的一项正常的选择功能，即使隐蔽叙述者也必然知道**结局将会如何**（书信或日记体叙述者例外，参见前文）。

因此在大多数讨论中，“全知”在进入人物意识的能力这一意义上对立于“限制性”。[①] 就术语而言，这样做是有效的：把“权威”限定于此种功能，而用其他术语去限定别的权力。

例如空间的问题：叙述者可能一次只被允许报道一个场景（显然他的意识中心正是在该场景中得以呈现的）。或者他可能有权在不同场景间自由地来回转换，以传达同时发生的行动（如《包法利夫人》的农业博览会一章）。[②] 或者他可能（单独地或附加性地）拥有忽略个别场景而从空间上概括所发生事件的权力［所谓“概观”（panoramic）功能］。这种没有被赋予身临其境的理解力、却可以从 A 地跳到 B 地的能力，与其称为“全知”（omniscience），不如称为“全在”（omnipresence）。两者之间没有必然逻辑关系。叙事可以允许叙述者“全在”而不“全知”，或者相反。

---

① “叙述者的个别最重要的不受限制的叙述，也就是获得对另一人物的内心观察的叙述。” Booth, *Rhetoric of Fiction*, p. 169.【参见华明等译：《小说修辞学》，181 页，北京，北京大学出版社，1987。——译者注】

② 指《包法利夫人》上卷第 8 章，这一章以其场景间频繁而有节奏的变幻交织取得一种交响效果，成为文学史上的经典描写。——译者注

另一特权领域涉及时间：叙述者可以被限制于当前故事时刻，回顾式地观察；也可以漫游入过去或未来，通过特定场景抑或通过概述，仅用一两个句子述及漫长跨度内的或多次重复的事件；或者相反，详述事件以至于阅读它们所花费的时间长于它们本身发生所用的时间。在第二章中我们已讨论过这些情况，此处我们仅在其标志叙述者特征的范围内来关注它。这些叙述者特征在逻辑上是独立自主的，尽管它们经常共同出现，理解这一点十分重要。但对于一个叙述者而言，“同时是‘全知’和‘全在’的”这种情况没有逻辑必然性（例如，《达洛维夫人》的叙述者有时“全知”，却不“全在”）。 213

隐蔽叙述者拥有进入人物内心的权力并不意味着他就持续地行使它。出其不意的沉默可以达到引人注目的效果。例如，福克纳的评论者们注意到他在紧要关头从内部视点中狡猾地退出。《八月之光》中有一个很好的例子：

> （乔·克里斯默斯）在爬窗之前，他记起刚才看见楼上透亮的那个窗户没挂帘子……（爬上之后）也许这时他想起了曾经翻越的另一个窗户以及他得依赖的绳子，也许没想。[①]

这一退出加强了我们关于乔·克里斯默斯的隐秘感——连他的叙述者都不能完全知晓他内心的复杂。这一手法也可能被用于暗示乔的无力控制之感：“我要出事啦。”[②] 至于是**什么事**，即使对他本人也还是秘密。像“可能”、“或许”、“大概”、“似乎是”、“仿佛”、“不管是因为A还是因为B”之类语词的使用，与其说在福克纳小说中是一种癖好，毋宁说它们强调了人为决定之无理性和动机之不确定性。

在那些叙述者权威的退出与在故事内容中的退出相一致的叙事中，有一种更为复杂的情况。科塔萨尔在《基克拉泽斯群岛的偶像》中提供了极好的例子。两个考古学家苏摩萨和莫兰德，在一个希腊海岛上发现了丰饶女神的古代雕像并走私回巴黎。尽管他们二人共同拥有它，但却

---

① 采蓝仁哲译文，见《八月之光》，163页，上海，上海译文出版社，2004。——译者注
② 见原著第五章。——译者注

由苏摩萨悭吝地收藏在自己的工作室里。叙事之**“现在”**是莫兰德对苏摩萨的一次来访，是苏摩萨邀他来的。在苏摩萨的工作室，莫兰德又把妻子叫了来，表面看来这很费解，因为他曾由于发现苏摩萨爱上她而让她永远远离苏摩萨。（泰莱莎显然被认为是丰饶女神。在岛上，她曾脱
214 下比基尼乳罩晒太阳。当她听见他俩发现雕像的大叫声，她裸身奔了过去。）苏摩萨在神像的驱使下，突然袭击莫兰德，而莫兰德——似乎是出于自卫——杀死了苏摩萨。

[1] 在转而看见他之前，莫兰德在阁楼角落里呕吐，全吐在了脏布上。[2] 他觉得吐空了，呕吐使他感觉舒服了些。[3] 他摘下眼镜放在地板上，喝光剩下的威士忌，心想泰莱莎几分钟后就要到了，他必须做些什么，报警，做些解释。[4] 他往回把苏摩萨的尸体拖进反光灯的强光下时心想：让人以为他的行为是出于自卫，这一点应该不难。[5] 苏摩萨的古怪，他的遁世，他明显的疯狂。[6] 他蹲下身子，把手浸入从死者面部及头发上淌下的血，同时看了一眼他的手表，差二十分八点。[7] 泰莱莎不久就会来的，最好出去，在花园或大街上等她，与她分享神像的形象，它的脸上正滴血，纤细的红丝滑过脖颈，绕胸脯滑过，流向精致的性感的三角地带，沿大腿滑下。[8] 短斧深陷进牺牲者的颅骨，莫兰德拔出它来，用黏乎乎的双手持起。[9] 他用脚猛推了一下尸体，最后让它留在柱子旁边，嗅了一下空气，然后转身走向门口。[10] 最好打开门以便使泰莱莎能够进来。[11] 他把短斧靠在门上，开始脱衣服，因为他感觉热了，空气也不新鲜，笼中的兽。[12] 他已经赤身裸体了，这时听到了出租车的刹车声音，泰莱莎的声音压过了笛声；他关掉灯等着，斧头在门后的手中，轻轻擦一下斧刃，心想泰莱莎真准时。①

通过否认话语（姑且这么说），叙述者显示，莫兰德——我们先前的理性之标准，也是意识之中心——失去了自我，成为神像的奴隶。事情是作为意外事件开始的，在自我防卫中彻底转变成一场牺牲，而莫兰德

① Paul Blackburn 英译。

还在等待下一个牺牲品——他自己的妻子。话语之受操控，首先是通过把人物的观念视点从他的隐蔽的身体行动中分离开来。最初变得受制于神像力量的正是那个身体，思想只能随后跟进。此时人物的观念视点也与叙述者的相分离。但这些是渐次发生的，有着某些叠合。在前 5 个句子中，莫兰德的行为——呕吐，喝威士忌，想到警察，等等——似乎是其对所亲历的令人厌恶的经验之合理反应。在第 5 句中，自由间接文体强调了他的心智之正常（以及叙述者的联想）。但在第 6 句中，他把手蘸在了苏摩萨的血中：在表演这个仪式化行为时，他的理智摇摇欲坠。不过似乎只有他的身体受了感染。公开的身体行动是被客观化描述的。看手表**似乎**是文明习惯。第 7 句的前半部分用自由间接文体传达了一种内在观察，显得他仍有理智，关心泰莱莎的心理状态。但在后半部分中，他全神贯注于血流的精确路线，这传达出一种令人毛骨悚然的音调。而在第 8 句中有一种微妙的文明视角之退出："短斧深陷进牺牲者的颅骨。"这一描述从莫兰德分离出来，直到最后一个字；我们可以想象那把斧头发现自己因意外原因而在颅骨当中。但在我们读到"牺牲者"（sacrifice）一词之后就不了。我们可以仅把从"意外受害者"（accidental victim）到"牺牲者"（sacrifice）的改变归诸莫兰德心理上的戏剧性变化，用脚猛推尸体到"柱子"（之前它只存在于苏摩萨的想象中）上，闻一下空气，把手浸在"牺牲者"的血中——这些强化了莫兰德的转变。因此第 10 句尽管又是自由间接模式的内部角度，但其含义仅在表面上是模糊的。它并非源自对泰莱莎之到来的焦虑；相反，他让门开着以更便于袭击她。这仍然只是猜测——只有在最后一句中，在莫兰德把自己脱光，就像苏摩萨之前所做的那样之后，我们才明白，莫兰德的心智已被神像彻底奴役了。 215

"转换限制性"的与"全知"的内心进入

叙述者可以将其内心进入从一个人物转换到另一个人物，同时仍保持相对隐蔽。"转换限制性"进入（"shifting limited" access）不同于持

216 续的全知，但那不是因为进入之时长较短，也不是因为显示与讲述之间、详述与概述之间、纯粹呈现与解释之间、自由间接引语与标签化间接引语之间、报道与阐释之间的区别。这些只是额外的特征，可能同时出现，也可能不同时出现。

首要标准在于从一个人内心往另一个人内心之移动的**目的**何在。像意识流一样，“转换限制性”进入没有任何目的。它并不服务于情节之目的论。它让一群迥然不同的个体进行思考，却不朝向共同的目标。思考本身就是“情节”，其变幻莫测绝不附属于某个外部事件进程。“转换限制”意味着彻底转换到下一个人物内心，而不解决任何问题，也不展开因果链条。在这样的段落中，叙述者不是把人物内心世界挨个窥视一过（像蜜蜂采花蜜）以获得解释学问题的答案。心理的进入似乎是偶然的，这反映了日常生活的随意性。

埃里希·奥尔巴赫在《到灯塔去》的“转换限制性”文体中发现了一种力求客观观察的主观印象主义，他把这种文体称为“意识的多人化表现”（the multipersonal representation of consciousness）：

> 弗吉尼亚·伍尔夫的技巧之基本特征不是把一个人的意识（也就是它所获得的印象）提供给我们，而是很多人的，在他们之间频繁地从一个到另一个转换……进入的人的多样化暗示着我们在这里最终面临着研究其客观真实性之努力，具体说也就是要研究“真实”的拉姆齐夫人。她被认为是一个谜，她基本上保持如此，但她也可以说是被所有直接加诸她身上的（包括她本人的）多种意识之内容所包围；尽人类能够成功的感知与表达之可能来从多角度密切地接近她。①

这一印象主义探求，并不是转换限制性技巧要想具备价值就必须要瞄准的唯一美学目标。出其不意的转变暗示：尽管身体密切接近，人心
217 仅隔薄肚皮，但咫尺之外就是迥异的心理世界。在全知中则相反，知晓一切的叙述者之现身感使我们确信：不管叙述者心理有多大不同，它们都十分贴切地安放于一个主要情节。

---

① *Mimesis*（Princeton，1968），p. 536.

实际例子将帮助我们弄清这个区别。在《达洛维夫人》的一节中，彼得·沃尔什坐在公园的凳子上为克拉丽莎之死而悲痛：

> 真可怕，他大声喊道，可怕，可怕！
>
> 然而，太阳依然灼热，人依然能从打击中恢复过来。生活依然按自己的方式过了一天又一天。从他童年至今，摄政公园依然——他打了个哈欠，开始注意到周围，心里想到——了无变化，除了松鼠之外——然而想来总会有补偿吧——这时，一直在捡鹅卵石，准备添加到她和哥哥收集在育儿室壁炉台的卵石堆上去的小埃丽斯·米切尔突然把一把石子放在了保姆的膝头，然后飞跑开，又一头撞在一位女士的腿上，彼得·沃尔什大笑起来。
>
> 但是卢克雷齐娅·沃伦·史密斯此时正在自言自语道，太不像话了；为什么我就该受苦呢？她一面沿着一条宽阔的小路走去，一面自问……
>
> 现在她离他很近了，能看见他两手紧握，望着天空喃喃自语。可霍姆斯医生却说他没病。那么究竟发生了什么事呢？——他为什么走开，为什么当她在他身旁坐下时他惊得一跳，对她皱着眉，挪开身子，指指她的手，拿起来恐惧地看着呢？
>
> 是因为她摘掉了结婚戒指吗？"我的手瘦成这样了。"她说道。"我把戒指放在手提包里了。"她告诉他道。
>
> 他放开了她的手。他们的婚姻完了，他痛苦而又轻松地想道。绳索已经割断；他跨上马；他自由了，天意决定他，塞普蒂默斯，人类之君主，应该得到自由；孤身一人（既然他的妻子已扔掉了她的结婚戒指；既然她已离开了他），他，塞普蒂默斯孤身一人，先于大众被召唤去聆听真理，去领悟真谛，现在终于在文明的一切艰辛努力之后——希腊人、罗马人、莎士比亚、达尔文、现在是他自己——即将完整地给予……"给予谁？"他大声问道。[①]

① 采王家湘译文，见《达洛维夫人 到灯塔去 雅各布之屋》，57～60页，南京，译林出版社，2001。——译者注

这里有三个视点（尽管只有一个叙事声音，因为所有人的观点都是用间接文体表达的）：首先是彼得的，然后是卢克雷齐娅的，最后是塞普蒂默斯的。但这些转换并不导致任何情节结果。它们构成一种在给定情节时刻上的、不相关人物的偶发性的思绪沉浸。彼得与史密斯夫妇之
218
间没有直接的故事关联（不管它们最终有何主题关联）。卢克雷齐娅与塞普蒂默斯之间的误会只是表明了二者不同的贯注心思，除此之外，没有别的功能。卢克雷齐娅的想法是常识的、普通的、悲伤的和可理解的；塞普蒂默斯则是反常的、不谅解人的和不可理解的，深陷于自命不凡的谬见之中。但没有核心，也没有什么关于叙事中的行为之待解问题，因为《达洛维夫人》没有那一类情节。

现在来看《名利场》第三章中的一些句子，它们是真正的全知：

> 她（蓓基·夏泼）夸奖赛特笠长得漂亮，因为知道爱米丽亚准会去告诉妈妈，做妈妈的多半又会说给乔瑟夫听。就算她不去传话，听到人家称赞儿子，心里总是高兴的……说不定乔瑟夫·赛特笠本人就会无意之中听见这话——利蓓加说话的声音又响——事实上他的确已经听见了（他心底里一向自以为仪表堂堂），一听这话，快活得胖身子里面条条筋络都抖动起来。可是接着他又起了疑团。想道："这女孩子莫非在开我的玩笑？"……他想："不知道她是真的觉得我漂亮，还是在取笑我。"
>
> 他们一路下楼，乔瑟夫涨红了脸，利蓓加举止端庄，一双绿眼睛望着地下。她穿了一身白衣服，露出雪白的肩膀；年纪轻轻的，越发天真烂漫，活是个又娴静又纯洁的小姑娘。她想："我该装得很沉静，同时表示对印度发生兴趣。"

蓓基在咖喱里加了过量的调料，喝水时又呛到，这引起老赛特笠先生的笑：

> 乔瑟夫觉得这次恶作剧妙不可言，也跟着爸爸一起大笑。母女两个看着利蓓加可怜，只不过微笑一下。利蓓加恨不得把赛特笠老头儿一把掐死，幸而她有涵养……

赛特笠老头儿笑起来，觉得利蓓加脾气不错……[1]

这之所以是全知，恰恰是因为它推动了一种清晰的情节进展。每沉浸于一个新的意识，都是为了把事件推进到下一个阶段。首先是蓓基一心想着计谋。从她的内心，我们一下子过渡到乔瑟夫的内心，来验证这一计谋是否奏效，但她的计划总是因出乎意料的消化问题而走偏。老赛特笠笑了，我们回到乔瑟夫的内心来看他的反应，然后转到女人们对蓓基之不适的同情。最后进入老赛特笠的思想。显然，叙述者被赋予全知权，以便一秒一秒地跟踪他们在琢磨“蓓基的游说是否成功”这一支配性问题的过程中态度的相互作用。仅仅这个问题本身，就规定了从意识到意识之间的转换。 219

公开叙述：环境描写

环境描写是公开叙述者最微弱的标志，因为它仍然相对不那么突出。描写即使在“非叙述”的故事中也存在。但在这类故事中，它们一定看似单独地从人物行为中出现：“（尼克）抬头望着路轨，目送末节货车拐过弯”（海明威《拳击家》）。弯曲的路轨和货车没有从句法上得以突出；它们不是被宣称出来的，而仅仅是作为尼克碰巧看见的东西，间接地在场景中找到了自己的位置。其语法上的朴素——悄然进入来框定行为背景——使它们没有构成独立的景物再现，即一段环境描写。

但叙述者的公开现身却由精确描写，亦即向受述者直接传达他需要知道的背景知识而**标志出来**。[2] “洼地区包括六排矿工住宅，每三排为

① 采杨必译文，见《名利场》（上），26～28 页，上海，上海译文出版社，1957。略有改动。——译者注

② Booth, *Rhetoric of Fiction*, p. 169：“对一个评论者来说，最明显的任务是告诉读者他不能轻易从别处得知的事实”，例如，“描述有血有肉的事件和细节，只要在这种描述无法自然地出自一个人物的时候”。【参见华明等译：《小说修辞学》，191 页，北京，北京大学出版社，1987。——译者注】

一行，恰如一张六点的骨牌那样，每排有十二幢房子。”[①] ——在《儿子与情人》中，我们在遇到莫雷尔夫妇之前、事实上也是遇到任何人物之前先读到了这些。描写的精确性因“包括”及比喻而得以强调。我们马上就感觉到一个公开叙述者的存在。

句法可以夸大这样一种感觉：作者直截了当地把一段描写交给了我们。卡波特的《圣诞记忆》用活泼的“剧本”文体引起我们对作为技巧
220
的描写之注意：“冲进来：两个亲戚。气势汹汹。满眼怒火，口舌灼人。”“凌晨。草尖霜露晶莹透亮……”“到家了：奎尼趴在壁炉上呼呼大睡，一直到次日，打呼噜的本领不逊于人。”

在多数现代小说中，方法更为微妙：叙述者和人物二者都与描写利害攸关：

> 玛莎面前是一面脏兮兮的玻璃窗，下半部分遮着块脏兮兮的布。门开着，灰褐色的长条门上挂着小水珠，一闪一闪的。对面商店的门脸没有什么特别颜色。店招一度是黑色的、褐色的、全黄的、白色的，如今则是深浅不一的晦暗的棕色。这间屋玻璃顶部写着“乔记鲜鱼，薯条”，字是反着的，斑驳如陈旧的巧克力。她坐在一块桃红色长方形油布旁，方糖溅洒得到处都是。油布上，橘茶造成砂质污垢，有人用它涂鸦出半个姓名：黛西·福莱特……（多丽丝·莱辛，《四门之城》）

玛莎之卷入此种观察是不可避免的，被描述的地方正是在她感知视点的变化范围内呈现出来（外面的商店门脸是从洞开的门中看到的，饭馆的名称是反着的）。但是这一视觉是可疑的。景致是被准确描述出来的，混合指涉使得叙述者保持相对隐蔽。其传达方式不像在《儿子与情人》那一段中那样直接，不过**确实**出现了一个叙述者，因为玛莎本人由一个外在声音置于场景之中（“她坐在一块桃红色长方形油布旁”）。

---

① 采陈良廷、刘文澜译文，见《儿子与情人》，2页，北京，外国文学出版社，1987。——译者注

在文字叙事与电影叙事对实存的表现之间，有着有趣的不同。正如让·里加尔杜所认为的，不能在任何意义上说电影摄影机是在“描绘”。[①] 摄影机所拍摄的对象数量及变化性实际是有限的，它们受到画框及它们与摄影机之间距离的约束。但因为一个被拍摄对象的所有属性——形状、颜色、尺寸等——可以作为一个整体、以“即时综合（immediate synthesis）”的方式予以掌握，所以对象拥有一种“强烈的自主”。（我们必须采取特殊步骤，通过特写和剪辑，才能分析出个别属性，并显示从一个对象到另一个对象之间的相似。）

以文字方式描写的对象则相反，它以较为缓慢的方式逐渐变成读者的意识。我们无法立即掌握它们的所有特性，而只能慢慢理解它们。描写越充分，解释说明就越长。要填充更多的细节，所需要的词语也就更多。里加尔杜在这种广泛的“差异性综合”（differentiated synthesis）中发现了文字描绘对象的“相对自主”（relative autonomy）。也就是说，因为诸属性是相继呈现出来的，它们的分离性因此得以强调。对一个事物的一项属性的命名，可以极好地激发起对其他事物中的这一属性的记忆或感觉。因而，文字描写的对象激发起相似对象的一种纵聚合的群集。事实上，我们可以越过里加尔杜而进一步认为，对一个对象各方面的详细说明暗示着叙述者**意在**描写。［相反，尽管有特写、摄影机潜行（camera-prowls）、综合剪辑等手段，我们也永远不能确定地说摄影机是在“时间停滞式地”描绘而不是一种进展中的叙述——事实上，正如我在上文中所认为的，在电影中时间不能停滞，除非是在定格画面中。］ 221

身份辨认也遵循与描写相同的模式。在隐蔽方式中，在人物第一次出场时，二话不说就对他命名。姓名也可能延后几页、几章出现，甚至永远不出现。或者在引介它时用拐弯抹角的方式，例如用对话——直到第四页上，在知晓了“他”最隐秘的思想之后，我们才得知“他”是拉斯柯尼科夫。而在公开形式中，可以立即对名字加以修饰，其方式听上

① Jean Ricardou, *Problèmes du nouveau roman* (Paris, 1967), ch. 2.

去像是正式的介绍（“爱玛·伍德·豪斯，端庄儒雅、才思敏捷、家境富裕、生性开朗……”）。

恰当的名字就像定冠词一样是直证的，它表明个体特性。首次提及的人物如果是不明确的，则暗示着对介绍之更为自觉的需要，因而也暗示着更为公开化的叙述者：“七月初，时当酷暑，傍晚，有个年轻人从他向C巷二房东租来的一间小屋里走出来，慢慢地、犹豫不决似地朝K桥方向走去。”[①]《罪与罚》的叙述者是如此开始的。而海明威这样开
222 头：“少校坐在靠墙的一张桌子旁。”它暗示着我们已经认识“他”，事实上，像沃克·吉布森与法瑟尔·昂指出那样，我们是同道、旅伴，或者如果用技术性的术语，那就是行家。[②] 弗吉尼亚·伍尔夫的小说一开腔就是明确指示：“达洛维夫人说她自己去买花。”或者：“……他们在一间窗户朝向花园的大房子里谈论那个污水池。”这分别是《达洛维夫人》和《幕间》的第一句。追问“哪个达洛维夫人?”、“哪个大房子?”、“哪个污水池?”当然是毫无意义的——就是故事所全神贯注的那个达洛维夫人、那个污水池。叙述者通过把人物与背景指示为既成事实，从而抹掉了他自身，剥夺了读者接受正式介绍的权利。

公开叙述：时间性概述

在“叙述者—显著性”变化幅度内的精确位置并不总是很清晰。给叙述者加上“最小化的”、“隐蔽的”或“公开的”之类标签，这在一定程度上是任意的，实际上是认为有一种特定的性质标志着两类叙述者之间的边界线。尽管这样的性质的确存在，但还是可以提出关于不同界限的好的观点。

---

① 采朱海观、王汶泽文，见《罪与罚》，3页，北京，人民文学出版社，1991。——译者注

② 转引自 Walter Ong，“The Writer's Audience Is Always a Fiction”，in *Interfaces of the Word*（Ithaca，N. Y.，1977）。

为什么会有这样的主张，例如，认为作出独立描写性陈述的权限，是叙述者现身之或弱或强的标志，而不是时间性或空间性概述（summary）的标志？我们的判断之合理性依赖于支持它们的推理性论证以及随之而来的总体理论的设计。在更有优势的反面论点提出时，这些都可以为之修正。

考虑到模仿的原则，我把环境描写置于公开叙述特征变化幅度之“弱”或最“不显要”的一端。我在第一章中深入探讨过“确实性”（bestimmtheit）[①]，即细节的确定性与具体性问题，并注意到电影叙事呈现出可视细节的无限性（主人公衬衫的颜色、女主人公发式的准确造型、他们所进入的房子之详尽的建筑特点）。这样的细节只能通过文字叙事激发出来。另外，这些团块式描写中的词语可能阻滞故事—时间，它引起一种人为技巧感和叙述者现身的感觉。 223

但是为什么这种感觉会比产生自时间性概述段落中的感觉要弱呢？恰恰是因为文字叙事中的描写性陈述抵消了感觉细节表达中的困难。环境描写之动机，与其说是为了展现叙述者，不如说是为了应对媒介之急需。我们一般接受描写，不是把它视为人为操作性现身对情节的无关的增补。细节不可能让人感觉是虚饰（因而也就是叙述者可能的自我沉溺），而是关于一幅更完整画面或核心事件之理解的信息。

相反，概述则确实提出此种问题。因为语言处理起时间来，比处理空间更加自如，它有直接概括这一选择自由，例如省略。概述唤起对它自身的注意，因为对于跨越一段无须详述的故事时间这一问题而言，它与其说是一种消极的不如说是一种积极的解决策略。模仿性时间准则，即在电影与戏剧中最常发挥作用的准则是“场景”；话语时间与故事时间是等时的。绝对“非叙述”性叙事就是以此种方式展开时间的。叙事背离这一准则越远，也就越强烈地把时间操纵**突出为**一种处理方法或一个人为技巧，而叙述者的声音在我们听起来也就越响亮。省略只让时间发生推移，完全不加议论。概述暗示着某人感觉到了“过渡的问题”或

① 有关讨论见第一章“叙事推断、选择与一致性”一节。——译者注

类似的问题——如果不是叙述者，那谁又会是那个“某人”呢？概述预设了对时间—推移加以说明的需要，以回答受述者心中关于“在该时间间隔中发生了什么”的疑问。一个说明不能只是引人注意那个感觉应该做出此说明的人。

上述区别可以用艾萨克·巴什维斯·辛格的《降神会》中的两个段落加以例证。故事写了一个明显有才智的侨民卡利舍博士丢丑的场面，他把时间浪费在一个骗子巫师考培茨基太太身上，希望得到一点神灵启示，但他既鄙视她，也鄙视自己的这种嗜好：

224 在那张放有灵应牌、喇叭和枯萎的玫瑰的圆桌旁，坐着祖拉奇·卡利舍博士，他小小的身材，宽宽的肩膀，头顶前半部分光秃秃的，只在后面有一丛稀疏的头发，一半儿黄，一半儿灰。浓密的黄眉毛下，闪烁着一双小巧的、有洞穿力的眼睛。卡利舍博士几乎没有脖子——脑袋直接坐在宽肩膀上，使他看上去恰似一尊非洲原始雕像。鼻子歪着，顶端扁平，尖端一分为二。下巴上长着个极小的肉瘤。

稍后一点，又有：

他一度试图用自己的理由去理解万物，但理性主义时代早已过时了。从那以后，他又建立了一种反理性主义的哲学，一种极端快乐主义，用性本能原则看待自在之物（*Ding an sich*），也用存在之最低阶段的原因、用导向绝对死亡的“熵”来看待它。

对卡利舍博士的外貌予以详述，仅仅是因为除了用词语而外，没有什么办法传达他的外貌。电影改编可能仅仅让演员上场，让我们在匆匆一瞥中看见这些细节。词语是其他媒介所能提供的直接视觉翻版之必要替代品，因此我们无法强烈地听到叙述者声音之语调。但第二段的确引发这样的语调：有人在向我们解释卡利舍博士是如何过渡到此时此地的。我的看法并不涉及该段落在美学上的妥当性，而只涉及它如何放大了叙述者给我们讲述卡利舍博士的过去的那一声音。

“概述”通常指时间上的缩略，第二章曾把它正式定义为这样一种结构：故事—时间持续得明显长于话语—时间；因为动词的存在，文字叙事较容易达到此种效果——动词的意义基本是持续的（或反复的）。但空间概述也十分普遍。《战争与和平》就提供了许多宽度扫视的实例，《愤怒的葡萄》也是如此：

> 从前加利福尼亚是属于墨西哥的，土地属于墨西哥人，有一大群褴褛的、疯狂的美国人蜂拥而来。他们对土地的欲望非常强烈，于是他们就强占了这带地方——霸占了索特的土地，奎瑞罗的土地，把他们的领地强占了，分割成许多块，大家吵吵闹闹，争夺了一番，这些疯狂的、饿狼似的人呀；他们用枪守住了他们所霸占的地方。他们盖起了住宅和谷仓，犁开土地，种上了庄稼。这些东西都是财产，财产就是主权所有的东西。 225
>
> 墨西哥人都很软弱，而且都吃饱了肚子。他们不能抵抗，因为他们无论对于什么东西，都不像那些美国人追求土地那样，有一股狂热的劲头。（见原著第十九章。）[①]

空间—概述同样假定一个比纯粹描写更为不必要的控制权，这标志着叙述者更加公开化的现身。它甚至比时间—概述更不必要，因为语言更为谨慎地适用于时间的概述，每个人都会二话不说地接受记忆行为（无论是个人的还是更宽泛的历史的）。但假如叙述者将其用于自己对全景的描述，从鸟瞰视点表现广阔地域或扫掠过人群，他就会使人注意到其自身的显著地位。

第三种概述浓缩了实存或事件的特质。任何种类的直接塑造都引人关注一位叙述者的声音，但用一个词或短语浓缩人物或背景则暗示着更大的控制权，因而叙述者声音也更易听见。由遍布文本的迹象所分散表现的“他们（曾）是什么样子的”转变成“用一个词准确而言他们是什么样子的”，这个词是叙述者的概要式的支配所擅自运用的。《无名的裘德》的叙述者即（高度）倾向于此种概要：“（裘德）是个什么东西也不

① 采胡仲持译文，见《愤怒的葡萄》，305 页，北京，人民文学出版社，1959。——译者注

忍伤害的孩子。”“韦伯是个卖假药的江湖郎中，因为他一向小心谨慎，不露马脚，免得惹出是非，引人盘查，所以只有乡里人熟识他，其他人就对他一无所知了。”“（阿拉贝拉）活脱是条结实肉感的母大虫——真算的毫厘不差！”[1]

对人物所未想、未说内容的报告

在叙述者显要性层级上再进一步的层次就是：有些叙述者假定有权报告人物实际上所**没有**思考或没有说出的东西。对可能的却又是未实现的事件的提及，更加清楚地引起人们注意到叙事过程本身的人为技巧。霍桑的《拉帕奇尼医生的女儿》中有一例：

> 226 如果这位青年知道在巴格里奥尼和拉帕奇尼之间久已存在着职业上的矛盾，而且一般说来后者占上风，那他在听着前者的意见时，就会大打折扣。[2]

乔万尼可能对巴格里奥尼的意见打折扣，但他没有这么做，因为他不知道其与拉帕奇尼的矛盾。叙述者用这么多词语告诉我们的，是可能发生但却并未发生的。

在劳伦斯的《恋爱中的女人》第 16 章中，伯金问杰拉尔德，妹妹的溺死是否使他大伤脑筋，他回答道：

> “我感到震悚。不过，我对此倒并不特别看重，真的。我并未发现有什么不同。我们迟早都要过世，不管怎么说，不管你是死是活，都似乎没有任何区别。你知道。我感觉不到什么哀戚。它使我变得冷酷。我无法对此进行透彻的理解。”
>
> “你对生存死亡不在乎吗？”伯金问。

---

① 这三处分别引自原著第一部第二章、第四章、第六章。采冼凡译文，见《无名的裘德》，9、18、30 页，南京，译林出版社，1999。——译者注

② 采冯钟璞译文，见陈冠商编选：《霍桑短篇小说集》，397 页，济南，山东人民出版社，1980。——译者注

> 杰拉尔德望着他，眼睛蓝得就像枪管里的钢蓝色那样。他感到尴尬，却又觉得异样，事实上，他在乎得要命，而且害怕得要命。[1]

引文中倒数第二句报告杰拉德意识中的尴尬、无所谓。但以“事实上”引起的句子，则是公开叙述者的上位认识。他不仅洞悉杰拉尔德的意识，而且洞悉他的无意识心理。事实上他是在说“杰拉尔德并不真正知悉自己的感觉，其实他很害怕”。这样的表述，传达的是叙述者的宣称，它比寻常情况更深地探入内心。在别人会把结论完全留给人猜测的地方，劳伦斯式的叙述者却用如此多的话告诉我们他在此处的“发现”。

性格与议论

在《修辞学》第一部（I. 1. 2）中，亚里士多德写道：

> 当演说者的话令人相信的时候，他是凭他的性格（ethos）来说服人，因为我们在任何事情上一般都更相信好人，由于这个缘故，我们对于那些不精确的、可疑的演说，也完全相信。但是这种相信应当由演说本身引起，而不应当来源于听者对演说者的性格预先有的认识。有些修辞学者在他们的课本中认为演说者的善良品质无补于他的说服力，这个说法不合乎事实，其实演说者的性格 227
> (ethos)可以说是最有效的说服方式。[2]

他所指的当然是现实世界中的说服——法律的（辩论式）、典礼的（夸饰式）、商量的（忠告式）。在叙事为真实的亦即历史的这一范围内，叙述者都寻求用通常的修辞手法来建立自己性格的可信性。诚实性之保证可以表现为各种方式，从讲述无稽流言者所说的“没骗你”，到法庭

---

① 采但汉源译文，见《恋爱中的女人》，259 页，广州，花城出版社，1999。——译者注

② *The Rhetoric of Aristotle*, ed. Lane Cooper (New York, 1960), pp. 8-9.【采罗念生译文，见《修辞学》，23 页，上海，上海人民出版社，2006。——译者注】

证人所发出的誓言“我郑重发誓……”。

性格（ethos）同样也在虚构叙事中发挥功能，除非该叙事之标准不是真实性（truth）而是逼真性（verisimilitude），即外观的诚实。怎样最好地展示这种外观，依文体与时代而不同。海明威的解决方式是使叙述者的现身最小化。海明威文体中的“逼真性”是简洁性的一种功能——对叙述者和对人物都是。18世纪的作者们则持另一观点。他们的公开叙述者都是各种雄辩者，尽管他们说服读者的不是实际行动而是接受他们的模仿之合理性。他们描画人物和风景与“世界的寻常方式”相一致，棘手的问题可能由解释性概括而提出。

由于叙事从不传达隐含作者的直接言语，性格就只能运用于叙述者。“逼真性”只有在关乎那一虚构时才有似真性（plausibility）（尽管公开叙述者经常用一般所认可的关于外部世界的真实亦即“哲学概括”来支撑幻觉）。换言之，叙述者的修辞努力则相反，是使用成套的故事与话语，包括叙述者的表现，有趣、令人满意、自洽和巧妙。

叙述者的性格依赖于他所声称的逼真性之种类。在《摩尔·弗兰德斯》、《了不起的盖茨比》的自传式或目击式虚构中，道德诚实性依赖于
228 “我亲眼所见”这一原则。“我亲耳所闻”在小说中和在法律中一样，已经弱化了；事实上，它的弱点也堪把玩，就像康拉德在《吉姆爷》及类似小说中所作的那样。当叙述者假装成为“作者”时，他的道德基础就大为不同了。他对于事件的感知不再有争议。他心照不宣地或公然承认他本人就是所描绘的事件及实存的来源。其说服力在于受众相信构成其可信性的睿智、世俗化等要素。

议论

叙述者操持的比叙述、描写或辨识走得更远的言语行为将与其自身共鸣。最好将这类宣告称作**评论**（comments）（尽管它们涉及整个言语

行为领域）。由于是不必要的，议论（commentary）所传达的公开叙述的声音，比任何缺少精确自我提及的特征更为明显。

自然语言哲学已经编制出言语行为的不权威的清单，权威似乎也并非它的目的。名称以及某些“施事”（illocutions）的存在容有争议。不过，由于我们的目的在于把议论作为一种叙事特征来考察，这样的一张清单仍不无必要。传统的分类完全包含像菲尔丁那样有密集议论的小说。议论既可以是含蓄的（亦即反讽的），也可以是明确的。后者包括解释、判断、概括以及“自觉”叙述。在各种明确的评论当中，前三种都居于故事之上。“解释”（在这一特定意义上）是对主旨、关联性或某故事要素之意义的公开说明。“判断”表达道德的或其他的价值观点。“概括”从虚拟世界向外指向现实世界，无论是指向“宇宙真理”还是指向实际的历史事实。“自觉”叙述是晚近出现的术语，用以描述那些针对话语而不是针对故事的评论，无论是严肃的还是谐谑的。

含蓄议论：反讽叙述者与不可靠叙述者

反讽（irony）颇为复杂，它有各种各样的表现方式。我们将仅聚焦于一种，即说话者与他的听众进行隐秘交流。这一交流与他所用的实际词语相矛盾，来捉弄其他的人或事物，即牺牲者或“笑料”。 229

如果交流是叙述者与受述者之间的，而以一个人物为牺牲，我们就可以说有一个反讽叙述者。如果交流是隐含作者与隐含读者之间的，而以叙述者为牺牲，那我们就可以说隐含作者是反讽的，而叙述者是不可靠的。

韦恩·布斯颇有助益地区分出了稳定反讽和不稳定反讽。稳定反讽（a）是故意的，（b）是隐蔽的，（c）是由读者“重构”出的意义，它比呈现出来的意义更为有趣，（d）是固定的（读者一旦建立起反讽意义，他就“不再被召唤用进一步的破坏或重构去损毁它”）以及（e）有限运用的（它仅涉及实际已作出的陈述）。[①] 不稳定反讽出现于“作者——在‘我们可以发现他、事实上他经常十分模糊’这样的范围内——拒绝自行宣告任何稳定的看法，哪怕是微妙地宣告”[②]。我将只关注稳定反讽，因为“模糊”的隐含作者——尽管他有深刻的文学意义——要创造一个不可靠叙述者也同样将是微妙的。

叙述者针对人物的反讽之典型例子是《傲慢与偏见》的第一句。凡是有钱的单身汉必定需要娶位太太这条真理之“举世公认”，其实仅对受嘲弄的社会阶层——即 19 世纪初期自满的英国乡下中产阶级——有影响，而叙述者与受述者均不属于这个阶层。该陈述是反讽，因为它显然与理智相矛盾，没有什么值得受述者来与叙述者分享的重要价值。这样的反讽总是依赖于含蓄的恭维，因某种获得的、“兀自炮制”的性质而增强。我们从背面了如指掌地辨识出这**不是**真理，更不是什么举世公认的真理。

叙述者声音可以仅在某一时刻变为反讽，也可以蔓延遍布于整个叙事中。哈代允许自己只使用偶然的（尽管是微弱的）反讽以照亮他那阴
230 郁的景物。在《无名的裘德》中，关于裘德对自己第一次与阿拉贝拉的见面之反应，叙述者评论道：

> 他刚好对着新鲜大气猛吸了一口，以前他随便到哪儿，大气总是显然地前后左右包着他，至于有多久，他没在意过，不过这会儿真正一呼吸大气，觉着有点让一层玻璃给挡住了。仅仅几分钟前他那么精心制订的读书、工作和做学问的计划，现在正意想不到地要垮掉，眼看要灰飞烟灭，可是他一点没知觉。[③]

尽管用的是叙述者正式、比喻性的语言，但它报道了青春期少年的“咦，**这个样子**已经有多久了？”这样一种感觉。反讽在“显然”与“意想不到”处转折：性的蔓延之“显然”及其妨碍更严肃追求的“意想不

① *A Rhetoric of Irony* (Chicago, 1974), p. 6.

② 同上书，240 页。

③ 采洗凡译文，见《无名的裘德》，32 页，南京，译林出版社，1999。略有改动。——译者注

到”的倾向，只能出现在尚未体验过它们的人身上。我们与叙述者一起沉溺于优越感当中。但作为一个局部反讽，它绝不会改变可怜裘德的命运，针对他，感觉到优越是不合适的。

相反，在《间谍》中，反讽则渗透整部小说。它是叙述者的习惯性表达姿态，那种讥嘲总是告诉我们是谁在说话。从对维尔洛克先生的橱窗的描绘中我们得到像这样的精华：“几份不大出名的旧报纸——叫什么《火炬报》、《铜锣报》，总之是一些激动人心的名字。”① 假如你沉迷于那种事情的话，当然是激动人心的。反讽经常通过摆出对立的情况，以使自身引人注目：维尔洛克先生同时是“非法物品的兜售者”和“社会的保护人”。显然他不可能同时是这两种人，当我们知悉他的真实职业之本质，反讽就现出真相了。

一旦我们被调到叙述者言谈的反讽波段，我们甚至在自由间接形式中都能听出它。利益视点一度贴近温妮和她的母亲，但我们猜测维尔洛克的夜间行动是非法的。反讽在像下列句子的自由间接引语中暴露出来：“……他出门以后却似乎要花费很大的劲才能找到路，返回他在贝尔格莱维亚区广场上的临时寓所。”② 这种对维尔洛克夜游行为的幼稚
描述依赖的是温妮母女的角度，因为根据叙述者的一些直接描述（“他 231
的表面职业”，“脸皮很厚，两眼直瞅着顾客，他厚颜无耻似乎足以抵挡住别人讨嫌的威胁”③），显然维尔洛克不是在街上迷路的人。

在《间谍》中，叙述者几乎是以反讽提到所有的人物，无论是其政见、生活地位还是个人品性。温妮的兄弟，“可怜的斯迪威”，用寻常的说法是很“娇弱”，但这其实是“精神障碍”（用奥斯西潘的话叫“变态”）的反讽式婉语。尽管“他从未因受惊而昏倒过”（这还让人放心），但不幸的是他的下嘴唇却有下垂倾向。④ 敌国大使馆参赞乌尔姆特，虽然“面色苍白”、阴郁丑陋，却努力使自己成为“有功之臣”。符拉迪米

① 采张健译文，见《间谍》，1～3 页，上海，上海译文出版社，2002。——译者注
② 同上书，4 页。——译者注
③ 同上书，2 页。——译者注
④ 见原著第一章，参见上书，1～6 页。——译者注

尔先生是负责谍报工作的新随员，他发现他那面对研究维尔洛克十分有用的镜子给予了他额外的好处："端详自己刮得溜光的圆脸，满面红光，还有那两片富于表情的薄嘴唇，它能说出恰到好处、妙趣横生的俏皮话，从而使他成为上流社会的宠儿。"[①] 如此等等，不一而足。在米凯利斯受审、服罪和假释的过程中，没有人逃脱惩罚。他因参与一起试图从警车中释放一些囚犯的行动而被判以无期徒刑。在那一行动中，一名警察被不慎射杀。尽管他所做的一切不过是帮助打开警车的门，但他还是获得了适合于一名残酷成性的杀人犯的无期徒刑：

……但是夜盗还没有谁会被判如此重刑。警察因公殉职，他很难过，但是阴谋失败也同样使他感到痛苦。即使在被选任为陪审团的同胞面前，他也供认不讳，毫不掩饰地述说自己的矛盾心情。在座无虚席的法庭上，他良心上责备自己，看来并不能令人满意。宣判时，法官颇有感触地谈到这位年轻犯人腐化堕落，麻木不仁。[②]

一个人告诉陪审团他抱歉于杀了人、也抱歉于他的叛乱没有奏效，这听起来是天真的自我毁灭。但同样反讽性的是陪审团囚门凄厉的"咣当"之声，叙述者以反讽性的"曲言法"（litotes）[③] 表现出来——他的行为"并不能令人满意"，这是个同样适合于茶叶之高价的修饰词。安

232 排了他的假释许可证的那些"滴血的心"，和（例如）米凯利斯高尚的女恩主比起来，也好不到哪儿去：

这伟大的女性我行我素，十分率直。他（米凯利斯）的思想和信念并没有使她感到吃惊，因为她总是从自己的立场出发居高临下地看问题。老实说，像他这样的人很容易得到她的同情。她不是一个剥削别人的资本家。她仿佛超然于经济条件之外。然而对于人类的大苦大难，她却深表同情；正因为她对这些苦难的历程完全陌生。[④]

① 见原著第二章，张健译：《间谍》，20 页，上海，上海译文出版社，2002。——译者注
② 同上书，95 页。——译者注
③ 也译为"反叙法"，指用反语的否定来表示肯定。——译者注
④ 张健译：《间谍》，95 页，上海，上海译文出版社，2002。——译者注

于是，在这两段中就有下列内容是反讽化的：

（1）米凯利斯心地单纯，在显然是敌对性的听众面前，他对自己的革命目标，没有能够采取最小化的自卫性沉默。

（2）法庭上的过度愤慨与表达这种愤慨的词语之间的不同。

（3）担保赦罪以干涉法律的人。

（4）“伟大的女性”，其高贵姿态使她能够对诸种诉讼理由持单纯的态度，因为她对它们理解得如此之少；她还使自己相信她的财富不是取自资本家的剥削。（如果知道我们大英帝国做了些什么，那又怎么可能呢?）

关于伟大女性的那段引文前面，有一段引言，它表面上是普遍的而不仅仅适用于这部小说的言论：“在社会等级的两端，思想单纯是性格沉静的人的共同特点。”这种概括本身并不是反讽，它很容易出现于一个完全不同的语境中，例如一部19世纪早期的小说中。在那里面，一位浪漫的贵族发现自己只能跟农夫交流。但在该文本中它转向反讽：仁慈，在一定程度上本应是同情的产物，我们却发现它恰恰产自同情之缺失。不仅存在四个明显的笑柄，而且它们受到叙述者在迅即转换的道德背景上的抨击：拙劣的精明（米凯利斯**太**诚实了），过分的自以为是（法官无视米凯利斯较小一些的罪行，不能确认他自我谴责的坦率是源自其灵魂的极度纯真），社会不负责任（这促使人们在其一无所知的领域内变成空想的改良主义者），以及大量的世袭财富（它排斥那些从日常现实享受它的人）。尽管米凯利斯的徒刑在第一种情况中是过分的，但错误并未因干涉者们为它赢得的假释而得以纠正。叙述者的基本准则转换了，而每个人都是输家。 233

在“不可靠叙述”中，叙述者的说明与隐含读者对故事真正意图的推测不一致。故事暗中破坏了话语。通过从字里行间“读出”，我们判断事件与实存不可能“是那个样子”，因此我们认为叙述者是可疑的。这样，不可靠叙述就是一种反讽形式。[1] 传统手法完全满足布斯提出的

① *Rhetoric of Fiction*, pp. 304 – 309.

稳定反讽的四个属性。隐含读者会感觉到对故事的合理重构与叙述者所给出的说明之间的不符。两套规范相冲突，而隐蔽的那一套一旦被识别，它必将获胜。隐含作者已然建立起与隐含读者间的一种秘密交流。叙述者之不可靠，可能源于贪婪（杰生·康普生）、智力障碍（班吉）、容易上当（道林，《好兵》的叙述者）、心理或道德上的迟钝（《丛林猛兽》中的马切尔）、困窘或缺乏信息（《吉姆爷》中的马洛）、天真（哈克·芬），或大量其他原因，包括一些“令人困惑的混合物”①。

我们对叙事传达中的六方参与者以图解（参见图 5—1），它为表明不可靠叙述之独具蹊径提供了方便途径。

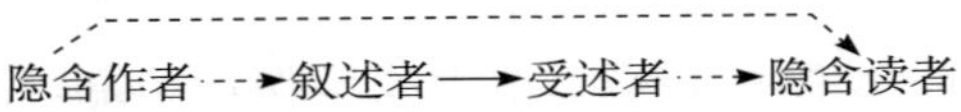

图 5—1　叙事传达中的参与者

234 实线表示直接交流，虚线表示间接的或推论性的交流。虚线的两条路径对应于叙述者是否可靠。如果他是可靠的，叙事行为就只沿着中心主轴发生下去。如果他是不可靠的，就会有两种信息（像在任何反讽中那样），一个是可信的（在上方），一个是不可信的（在下方）。隐含的信息总是可信信息，恰如一个人的声调总是比他说出来的话要可信那样。

准确地说，不可靠性之领域在哪里呢？在于话语，也就是说，对于发生了什么及实存是什么样子的看法，而不在于叙述者的人格。令人生厌的叙述者可能给出关于故事的完全可信的解释（也就是说，对于我们的推论而言它是无可指摘的）。在我看来，《洛丽塔》的叙述者亨伯特·亨伯特是可信叙述者，无论他的性格是什么样子。出于所有对于人物与

---

① *Rhetoric of Fiction*，p. 432. 布斯列举了许多小说的标题，包括一些如此巧妙的不可靠以至于成为“不稳定”反讽的叙述，也就是说，我们不确定叙述者**是否**真的不可靠。在追踪反讽与不可靠性的过程中，读者偏执狂是一种职业风险，正如布斯饶有趣味地承认的。【杰生·康普生和班吉均为福克纳《喧哗与骚动》中的叙述者；《好兵》，英国小说家福特·马多克斯·福特（Ford Madox Ford，1873—1939）的长篇小说；《丛林猛兽》，亨利·詹姆斯的短篇小说。——译者注】

事件（对他的两个妻子，对美国公路旅行，当然还有最激烈的——对于他自己）的嘲讽，我们感觉到他在努力告诉我们实际上发生了什么。什么时候他发现了自己讲述中的不可靠，他就首先承认。通过做到可信，亨伯特没有丧失任何机会，而是获得了大量机会，以最终吐露心声、解除自己的心理负担。最末一章中对其苦恼之传达尤为动人，它们为全书投下一种令人忧伤的真实性，连他最尖刻的评论都不能损害它。

不可靠叙述的把柄在于叙述者本人，而不在于我们据以得出自己结论的那些人物。因此，不仅他的现身留下不可磨灭的痕迹，而且他提供的人物对故事的关系这一前提也同样如此。否则，他在给我们的歪曲的讲述过程中还有什么趣味呢？他的动机绝不仅在于纯粹故事讲述的快乐。他可能是一个次要的或外围的人物而不是主人公，但他却不能“谁都不是”。当然，他对事件之可疑述说，可能是在嘲讽他的人物，除非另有提示。我们把杰生·康普生的不可靠性想象为这样一个叙述者，他作为人物，褊狭、小气而又淫秽。

一般而言，不可靠性在整个叙事中是固定的，但有时它会有所波动。在陀思妥耶夫斯基的《性格温和的女人》中，就有很多角度的变化。叙述者一开口，就显得较为可信。使这个故事富有趣味的，是叙述 *235*
者全神贯注于自己的可靠性。在一开头，他就宣告了这一点。他表达了对于在温顺的姑娘身上发挥的力量之自满。他告诉自己，“这并不是一个很坏的感觉”，这当然暗示着他仍然有所感觉，至少是在他努力重构实际发生过的事情之过程中以想象方式感觉到它。但他是如此没有良知和自私自利，以至于他欣然假定读者和他一样会对于她的“奇异”反应感到“吃惊”。“您信不信呢，我在她的眼中变成了大坏蛋。哦，是的，我知道自己在谈论什么。这事我是做过深入的研究的。”显然他仍然把自己想成“心地最最宽宏的人”，是他用每天一个卢布供养她的生活，是他带她去此前说过不再去的剧院，是他用一百种方式重申他的予取之权力。他就是那样的，而叙述行为表明了他是什么样子，又将会变成什么样子。在故事传达过程中，他开始有了担忧：“这里面好像我有点什么没有办好。”但他仍然继续寻找借口：“放大胆一点，也要保持高傲！

责任并不在你身上嘛!”后来在某个时刻，所有的虚饰坍塌，天平倾斜，他才开始理解到底发生了什么，明白了自己的罪过。(但从另一个角度来看，“真相”证明是一种神经质被替换为另一种。过去他把她当作自己的控制欲之对象，嗣后他为“爱”而转向她，也就是接受她，就像一个孩子接受母亲的爱。当然，因为这个，现在她已经**太**柔弱，受生活损害太严重。她已**听任**自己生活在远处，也就是说，他的“爱”正是他旧有的神经质需要的一种新的表现形式，就如同“需求”一样。)

不可靠叙述在电影中是一种颇妙的效果，因为描述故事中的事件与实存的话外音，可以被我们自己如此清晰地看见的东西证明是虚假的。罗伯特·布莱森据贝尔纳诺斯《乡村牧师日记》改编的电影中有一个佳例。正如一位批评家所说：“(牧师)感觉伯爵是个‘朋友’，而我们却持怀疑，伯爵面部表情冷漠，我们自问：牧师怎么可能认为他是一个朋友?
236 我们觉得牧师是在想象他迫切渴望的那个朋友。”[①] 关于“朋友”这一错误信息是由牧师的叙述声音或者说由他日记中的可视词语传达出来的。但我们从面部表情语言中读出的是“冷漠的旁观者”这一信息。我们相信自己对人物的判断超过相信天真的牧师的印象。

更绝妙的例子出现在阿尔弗雷德·希区柯克的《欲海惊魂》中。整个神秘气氛有赖于在闪回中对**现在**之前的事件的基本属于“非真相”式的说明。乔纳森(理查德·托多饰)，告诉他的朋友伊芙(简·韦曼饰)，他如何无意中被卷进一场由一个著名的音乐厅演员夏洛(玛莱娜·达艾特里奇饰)犯下的谋杀案。在他叙述事件时，画面叠化到“事件本身”——夏洛穿着带血的衣服出场，乔纳森匆忙到她的公寓为她取一件干净衣服，做这些的时候，他迈过了她死去的丈夫的尸体。然后我们看到他安排“证据”以假装夏洛的丈夫是被窃贼杀死的：他打碎了露台门窗，把桌屉里的东西翻了个底朝天，诸如此类。不幸的是，当他试图退出时，被夏洛的女佣发现了。后来，警察找上门来，他落荒而逃，

① Raymond Durgnat, *The films of Robert Bresson* (New York, 1969), p. 48.

在表演学校里找到伊芙，并说服她开车送自己到她父亲海边的家，希望躲到他家的船上去。电影以两人在她的汽车上高速驶往海边为开头，正是在这段旅程中，乔纳森讲述了前面所呈现的事件。我丝毫不知道他的故事版本是不是真实的，直到最后。

> ……我们不可避免地从叙述者的（也就是乔纳森的）视角看任何事情，仅仅知悉了他所告诉我们的……我们秉持某种自以为是的观念看电影，知道这个正派年轻人将以某种方式获胜……后来，在影片结尾我们突然获知夏洛完全没有诬蔑他：他真的是杀人者，背景被推翻了。闪回是一个蓄意的谎言（而且，不管埃里克·洛莫和克劳德·查伯洛尔会怎么说，形象和词语一样善于撒谎，这完全不容置疑）。[①]

换言之，摄影机与不可靠叙述者合谋。但我们已经说过摄影机是电影隐含作者的傀儡，我们也要说**他**同样会说谎吗？电影媒介在这方面是否区别于文字媒介（因为我们已说过只有叙述者可以是不可靠的，隐含作者则不可能）？我要说：不是的，其逻辑在于，尽管实际的镜头，即视觉形象的确能“说谎”，但它们这样做是为叙述者即乔纳森服务，而不是为隐含作者服务。隐含作者最终必然允许真相最后暴露，因此不能说他是不可靠的。乔纳森只是看上去像个“正派年轻人”，因此颇为可靠，他在所投射的画面中与他的言词中同样可靠。否则，全部涉及者就只是从讲述故事的人物叠化到纯粹的故事上演这样一个寻常的电影传统手法了。希区柯克只是让电影呈现叙述者—人物的谎言。观众（包括老练的法国批评家）坚持认为摄影机展示出来的每一个故事自身都必然是“真实”的，这不是希区柯克的错。通过允许摄影机为人物—叙述者撒 237

① Robin Wood, *Hitchcock's Films* (New York, 1969), p.37. 此处所提及的是埃里克·洛莫、克劳德·查伯洛尔的《希区柯克》（巴黎，1957）。弗朗索斯·特吕弗在他关于希区柯克的长篇评论《希区柯克》（纽约，1967）中对他们的观点表示同意。希区柯克以一个狡猾的修辞学问题予以回答：“如果显示一个人在撒谎，人们永远不会反对。而且当一个人物讲关于过往的故事时，对于闪回来说，把故事显示成仿佛正在当前发生一样，这也是可以接受的。那么，为什么我们不能通过闪回来撒谎呢？”对于“新浪潮”电影奠基人之一的特吕弗来说，对该种可能性的否定态度似乎有奇怪的学究气息，甚至是故步自封的。

谎，希区柯克不过是挑战了可靠叙述的成规，正如那么多的小说家早已做过的那样。视觉不再比词语更加神圣不可侵犯。电影在 1951 年赶上了文字叙事早在世纪初①之前就已建立起来的时髦。

对故事的议论：解释

“解释”（interpretation）可以被看作公开评论中最为宽泛的一个范畴。在某种意义上，它包括其他种类：如果说解释本身就是一种解说（explanation），那么评判也是一种以道德价值为基础的解释，而概括也是一种解释，它把故事中的事件、实存与非虚构世界的故事、实存加以对照。但我们将继续执行前文列出的三路式区别，把“解释”限制在按
238 故事本身解释一些事情的、任何较为价值中立的尝试上，而不越出这一范围（去进行评判和综合）。

即便在这样一些限定之内，仍然有大量的表述是可能的。下面举《高老头》（亨利·里德英译）中的一些例证。正如我们所看到的，巴尔扎克急于为从行为、外貌、事件状态直到巴黎生活的细屑碎片作辩解或使之合理化。例如：欧也纳·拉斯蒂涅通过倾听妇女们的忏悔，领教了巴黎上流社会的卑鄙内幕。这些通常出现在直接对话中，然后由叙述者阐发其要点。但斐纳感激于拉斯蒂涅赌赢以把她从财政破产中拯救出来，讲述了她作为纽沁根的妻子及被特·玛赛抛弃的情妇的悲惨史。为了使我们（也使欧也纳）把握概貌，叙述者解释道：“使女人显得多么伟大的好心，现在的社会组织逼她们犯的过失，两者交错之下，使欧也纳心都乱了。”② 但斐纳支离破碎的解释之准确相关性于此得以强调：它例证了时尚女人受到来自社会的何等巨大的压力，以致把高尚的爱与

① 指 20 世纪初。——译者注

② 采傅雷译文，见《欧也妮·葛朗台 高老头》，315 页，北京，人民文学出版社，1983。——译者注

卑鄙的金钱贪欲混合在一起。①

或者，在碰到特·雷斯多太太的情人玛克辛时，欧也纳对自己说，“这是我的情敌，非打倒不可！”叙述者爆出一句“这冒失鬼！”并开始解释：“他不知道这位玛克辛·特·脱拉伊伯爵专门挑拨人家侮辱他，然后先下手为强，一枪把敌人打死。”事实上，拉斯蒂涅总体上的无知，是公开解释巴黎道德观的一个合宜策略：“欧也纳不知道那时某些女子的虚荣简直像发狂一样。没有人告诉他，为了踏进圣·日耳曼区阀阅世家的大门，一个银行家的太太作什么牺牲都肯。”“欧也纳不知道在巴黎不论拜访什么人，都必须先到主人的亲友那里把丈夫的、妻子的，或儿女的历史打听明白。”如此等等。②

解释同样可以是预言：在用从家人那里借来的宝贵的法郎大步踏上社会之时，欧也纳把他的前途的赌注压在新衣服上。所幸，他所找 239
的裁缝——

> 懂得人要衣装的老话，自诩能够把青年人捧出山。后来拉斯蒂涅感激之余，在他那套巧妙的谈吐里说了两句话，使那个成衣匠发了财：“我知道有人靠他做的两条裤子，攀了一门有两万法郎陪嫁的亲事。”③

解释性叙述者可以求助于祈愿语气或将来时态，以推测可能发生了什么。假如高里奥的妻子还活着，她将会——

> 在感情以外对他有点儿影响。也许她能把这个死板的人栽培一下，让他懂得一些世道和人生。④

直接人物描绘可以与解释相结合：

---

① 这一解释中嵌有一个概括，即：“社会逼良为娼。”我们将会看到，我们的多数例子都有混融特征——这是公开评论的一般性质。《S/Z》中的词汇（lexies）几乎总是多价（polyvalent）的。

② 各条引文见傅雷译：《欧也妮·葛朗台 高老头》，237、307、245 页，北京，人民文学出版社，1983。个别地方略有改动。——译者注

③ 同上书，270～271 页。略有改动。——译者注

④ 同上书，264 页。——译者注

> 像所有心路不宽的人一样，伏盖太太从来不能站在事情之外推究它们的原因。她喜欢把自己的错处推在别人头上。[1]

在巴尔扎克作品中，解释的形式和它的内容一样富有变化。可以使用明显的解释性词语，如最简单的因果性词语“因而”、“因为”、“由于”、“结果”。或者叙述者的解释可能重复受述者提出的问题。葡萄牙美男子发现很难告诉特·鲍赛昂太太他将放弃她。叙述者就问：“为什么?”接着解释提供了答案：“因为天下的难事莫过于对一个女子下这么一个哀的美敦。”[2] 用一种公式化语言介绍波阿莱的贪心：“读者一定会惊诧于波阿莱……”解释性叙述者可以提供一种虚假引用，更好地抓住问题的要点。像欧也纳在与但斐纳的第一次会面之后回到家里：

> “倘若特·纽沁根太太对我有意，我会教她怎样控制她的丈夫……那家伙是做银钱生意的……他可以帮我一下子发一笔大财。”这些念头，他并没有想得这样露骨，他还不够老练，不能把局势看
> 240 清、估计、细细地筹划。[3]

于是解释性叙述者替他做这些。

解释可以说明那些人物由于无知、不善表达、戏剧性不宜等原因而没有机会说明的东西。这一效果在主题性小说中很普遍，例如哈代的小说。人物被其自身所不能理解的力量推动。裘德被推到阿拉贝拉的怀抱中：

> 这会儿好像实实在在有只力大无朋、蛮不讲理的巨手死死抓住了他一样——这可是跟迄今推动他的精神和影响的东西毫无共同之处……犹如粗暴的老师抓住一个小学生的领子，只管拽着他朝着一个方向走……[4]

---

[1] 同上书，205 页。——译者注

[2] 哀的美敦，拉丁文 *Ultimatum* 之音译，意为“最后通牒”、“既成事实”。——译者注

[3] 傅雷译：《欧也妮·葛朗台 高老头》，299 页，北京，人民文学出版社，1983。略有改动。——译者注

[4] 采洗凡译文，见《无名的裘德》34 页，南京，译林出版社，1999。——译者注

哈代的意识之利斧频频在此种解释上磨利：“就他们的决定而言，关系可谓一了百了；无奈除此之外，还有其他力量和法则在起作用。”或者用隐含性或与事实相反的形式：“如果一位明察秋毫的法官在法庭上审理这桩案子，大概会援笔在案件记录簿上记下这个不合情理的事实：苏是以细行不谨来代换大节有亏。”或者是用预感，就像裘德第一次受到苏的注意：“那些文件中的一份，它们本身简简单单，平淡无奇，可是一到后来带着思往怀旧的心情去看，就会发现其中孕育着种种充满了炽热情感的后果。”①

即使在强烈隐蔽性叙述的《使节》中，叙述者也偶尔作出解释。小说著名的第一段就包含着一个解释：

> 出于同样一个神秘的考虑，斯特瑞塞没有坚持要韦马希到码头来接他，他们见面的时间也因此推迟了数小时。同样的原因也使他觉得等待不会使自己感到失望……我刚才提到的安排是这个刚登岸的人出自本能考虑的结果……②

在伊恩·瓦特如此精当描述过的否定性轻描淡写（“因此推迟了数小时”、“等待不会使自己感到失望”）之反讽中，有我们前面说过的那种叙述者与人物同情之融合。但用“神秘”，亦即“完全直觉化”来描述此种“考虑”之特征，这暗示着叙述者实际在进行某种解释。毕竟，“神秘感”如果不是出自斯特瑞塞本人，那还能出自谁呢？在这些句子 241
中，利益视点保持在斯特瑞塞身上；但恰恰在他的感觉是“直觉”的并不易被他本人发现这一程度上，他不可能是在很好地用语词清楚地表达这些感觉。所以，声音明显是叙述者的，它告诉我们斯特瑞塞感觉到什么，但没有加以确认。叙述者在帮助斯特瑞塞表达，正如他帮助森林中另一位姑娘梅西一样。③

---

① 冼凡译：《无名的裘德》，181、190、84 页，南京，译林出版社，1999 。——译者注

② 引自原著第一章。采敖凡、袁德成、曾令富译文，见《使节》，1 页，成都，四川人民出版社，1998。——译者注

③ 指詹姆斯的另一部小说《梅西所知道的》(*What Maisie Knew*) 中的叙述者。——译者注

对故事的议论：评判

价值、准则、信念——韦恩·布斯的《小说修辞学》已经如此老练地处理了小说中这诸种要素，以至于任何说明都似乎只是他著作的一个注脚。他的观点尤其有助于显示隐含作者如何通过区别并强调特定价值来“铸造信念”（molds beliefs）——这些价值无论是传统的，如在《汤姆·琼斯》、《傲慢与偏见》、《巴彻斯特大教堂》、《利己主义者》中；还是不常见的、新的或“不存在的”，如在《卡斯特桥市长》、《诺斯托罗莫》、《夜色温柔》中那样。①

不过我们可以看一下评判被传达的形式机制。在此还是要考察一些措辞细节、它们的语法及“施事”的地位，找到一些有用的特殊性。让我们来看在两部截然不同的长篇小说中，公开评判声音是如何让我们听到的。

《巴彻斯特大教堂》的叙述者在叙事评判方面获奖毫不足奇。（亨利·詹姆斯会称之为“未名奖”）。他实际上以如此众多的字眼，通过依靠传统道德规范的形容词，评判了教堂城市的每一位居民：如格伦雷博士“高傲、世故、利欲熏心”；已故的约翰·波尔德“配不上自己娶到的这位妻子”，但他的婴孩却“讨人喜欢”，而他的妹妹玛丽·波尔德，“不可能有一位（比她）更友爱的宽慰人了”；普劳迪主教虽“仪表堂
242 堂、潇洒漂亮”，却颇为“惧怕”他那“专制”的夫人。更妙的是：“……早年为了读出来好听，在自己的姓氏后面加了一个字母‘e’，像在他以前的其他大人物做过的那样。”这一评判是反讽的：他**是**污水坑中的浊物，而**不是**什么大人物。叙述者或者通过小说中丰富的肖像描绘

① 一个无须进一步讨论的问题是评判的**合法性**。布斯的观点不仅仅满足说服力之标准：特别参看“铸造信念”（*Rhitoric of Fiction*，pp. 177－182）、“把个别事物预计定规范相联系”（pp. 182－189）等节，以及引自《荒唐故事》（pp. 145－147）与《爱玛》（pp. 256－257，262－264）的例子。布斯的观点获得罗伯特·奥特尔的独立支持，奥特尔发现菲尔丁成功地运用判断代替了心理分析。Robert Alter，*Fielding and the Nature of the Novel*（Cambridge，1968）.【所提及布斯诸节，分别见原著第五、七、九章。——译者注】

之珠玑来评判人物。有些形容词是直接评判性的，另外一些则是暗含的与隐喻的：例如斯洛普牧师握手时的过分汗湿感，或者乡绅索恩先生的染发嗜好。

《巴彻斯特大教堂》的叙述者如此倾力于道德评判，以至于他期待着同可能得出“错误”观点的受述者进行争辩。如关于格伦雷会吏长因未收到主教职位任命而生的失望之评判：

> 许多人都会认为，他为失去主教大权而伤心失望是恶劣的，垂涎那种权力也是恶劣的，而且就连想到它都是恶劣的……对于这些指责，我不能说我完全同意。①

有时一个评判——例如“自我怀疑本是哈定先生的弱点”——因一个概括而缓和：“不过，这并不是他这个阶层的人通常的过失。”② 通过对看上去合乎教义的其他牧师投以信任，怀疑转化为一种美德。概括可以支持否定性评判，如关于斯洛普先生给爱莉娜·波尔德的信的评判：

> 这封信总的说来（考虑到斯洛普先生希望和爱莉娜显得十分亲密），本来没有什么不妥当的地方，就是不该提到那些长发。真个的，除非关系很亲密，否则先生们写信给女人，是不会谈到她们的头发的。③

或者（唉!）一个概括可能证实一件极不像真的但对情节又很必要的行为之合法。哈定先生从骨子里确知斯洛普先生的信之妥协性质，但（不可思议地）未能成功警告他那（不可思议的）感觉迟钝的女儿。特罗洛普需要扎扎实实的一页来证明这一失败，其开头是足够牵强的一句：“要想准确地判断别人的情感，这是多么困难啊!”④

在赫尔曼·黑塞的《玻璃球游戏》开头数句中，我们碰到通往叙述者评判的完全不同的另一通道。争议不在于某个人物或事件，而在于一种整体的思想方法，它涉及个人主义在未来社会中的位置。叙述者坚持 243

① 引文见原著第一章。采主万译文，见《巴塞特郡纪事（二）巴彻斯特大教堂》，12页，上海，上海译文出版社，1987。——译者注

② 同上书，68页。——译者注

③ 出自原著第二十七章（第二卷第八章）。同上书，321页。——译者注

④ 出自原著第二十九章（第二卷第十章）。同上书，353页。——译者注

对玻璃球游戏大师的生平事件之价值加以描述，但对流行态度也需要作辩解：

> 我们当然清楚，这种尝试（把约瑟夫·克乃西特的生平写入本书）多少违背了玻璃球游戏团体的治理原则与习惯，甚至是背道而驰。因为尽量消灭个人主义，尽可能将个体纳入专家学者所组成的团体之中，正是我们最重要的指导原则之一。①

这个评判是说约瑟夫·克乃西特是一个例外，它证明一条规律，或者用文本中的概括："……人们越是深入而彻底地去探讨一个命题，结果却越是不可抗拒地陷入反命题的误区之中。"因为约瑟夫·克乃西特如此好地体现了社会的共同的、团体的结构，挑选他以表示对传记的注意，并不意味着屈服于"个人崇拜"，而是相反，是重申群体之价值。

> 人们越是深入而彻底地去探讨一个命题，结果却越是不可抗拒地陷入反命题的误区之中。我们只尊重这样一种英雄人物，并对他产生特殊兴趣，这个人的天性与他后来所受的教育让他几乎完全融于自己的团体职能之中，同时却也没有让自己丧失纯属个人的清新活泼的强大冲力，它使每一个个人散发香气并具有价值。②

此处公开叙述者的评判能力走得比形容词和描绘性短语更远；它求助于整体的认识论，并以推论和修辞学方式论证问题。在这么做的过程中，它预设了一套准则，这套准则与隐含受众以推测方式持有的那一套完全相反。

对故事的议论：概括

批评家们久已注意到小说中频繁引用"一般真理"，亦即哲学言论，

① Richard and Clara Winston 英译。【原著《引言》。采张佩芬译文，见《玻璃球游戏》，2页，上海，上海译文出版社，2001。——译者注】

② 《玻璃球游戏》中译本，4页。——译者注

它超越虚构作品的世界而进入现实世界。[1] 即使职业哲学家也关心这类真实断言的奇妙地位： 244

> 并非小说中所有的句子都是虚构句子。有些纯粹是精确陈述的逻辑真理、词语的隐含意义、经验的归纳、以经验为依据的人类本质之规律，不管它们是全体的（universal）抑或是部分的（proportional），以及我们的世界认为理所当然的、我们为理解艺术性文学作品所必须提供的那种种假定。“7 是个素数”，及“人终有一死”都是真的，即便它们出自小说人物之口。[2]

但科学事实仅仅是概括的一个种类。更为常见的（至少在 19 世纪小说中）是宽泛的“哲学”言论，这种言论以更多因事制宜的方式关乎事实情况。例如，在文本某个地方，我们可以接受“人应当永远讲真话”；而在另一个地方则接受“对那些结果可能受真话伤害的人，我们永远不能说真话”。与“7 是个素数”不同，前一类的断言是可商榷的——与其说它们居于科学世界，不如说居于修辞学的世界。对于叙事来说，也像对于现实生活中的论争一样，它们的隐含意义依赖于它们以何种方式与虚构语境相适应，而不依赖于其绝对意义上的真实性。

无论事实的还是修辞的概括都服务于同一些基本功能，例如，修辞性功能，特别是逼真性功能。[3] 我们已注意到概括及其他评论是如何经常应逼真性之需要而产生，因为在复杂的历史时期里，那些符码没有强烈到足以建立一种显见真实性的程度。由此也就产生了即时创造的、仅限作者独具的逼真性（verisimilitude）之更为普遍的流行。概括变得高

---

① 例如约瑟夫·沃伦·比奇（Joseph Warren Beach）引用了菲尔丁的例子，见 *The Twentieth century Novel*（New York，1932），p. 28。布斯把概括称为“灌输”（implanting）或“加强”（reinforcing）。概括是巴特所称的“文化符码”（culture code）或“指示符码”（referential code）（*S/Z*，p. 20）。其普通意义上的亚符码为“格言”（gnomic）符码。

② Laurent Stern，“Fictional Characters，Places and Events，” *Philosophy and Phenomenological Research*，26（1965），213.

③ 布斯《小说修辞学》讨论了“概括整部作品的意义”（pp. 197－200），在我看来，“概括整部作品的效果，使它看起来具有超出事件的刻板事实之上的、一种普遍的或至少有代表性的性质”，这是一个完全不同的问题，无须任何公开概括性评论即可达到。【所提及布斯章节参观华明等译：《小说修辞学》，220～222 页，北京，北京大学出版社，1987——译者注】

度任意。巴尔扎克作品中有如此多的“因为”（*parce ques* 或 *cars*），以至于它们最终都引起人们对它们自身的关注，恰恰强调（也是以某种方
245 式削弱）了其所设置为隐蔽的内容，即任何叙事决断之任意性（像斯特恩和狄德罗这样的更放松、更大胆的作者所公开赞扬的一种任意性）。热奈特注意到巴尔扎克式的解释性概括，“普遍规律”“被认为不为读者所知，或被他遗忘，叙述者需要告知或提醒他”，临时的省略推理（那正是它的基本性质——它是一种修辞工具而不是逻辑或诗学工具）可能整个是“两面都有理”的。对于每一个主张而言，只要情节需要，都可以同样容易地接受它的反面主张。在必要情况下，错误可以导致胜利而非败北，也可以导致失败而不是成功。如果一个教区牧师的欲望不因一大笔遗产而获满足，却需要一个牧师身份，那是因为“萝卜白菜各有所爱，这牧师也不例外”（《图尔的本堂神甫》）。但如果他因遗产而获得满足，则可用另一概括来涵盖之：“酒囊饭袋焉有鸿鹄大志?”在寻找解释过程中如此过分的容易（overfacility），显然表明文学史上一个不稳定的（uneasy）过渡阶段。它标志着这样一种风格：它需要传统的现实主义，但并不掌握一个关于现实的足够充分的多数人意见，来建立这种现实主义。它提出自己的模式套路来解释行动，如果不用这些套路，行动就似乎不明晰或不合理，因为传统符码已然被历史所颠覆。巴尔扎克和萨克雷建构了人工逼真性，以弥补“不能再从公共思想领域默默占取”所留下的亏欠。惯用语句待价而沽。作家需要概括，因为靠已知符码不能阐明动机。可以明显忽视解释的彻底任意性叙事之时代尚未到来，那只是因为“生活正是那个样子的”。

不过，还是让我们通过具体例子来看一下概括之本质与功能。《巴彻斯特大教堂》再次成为我们的讨论材料。多数概括是以直接方式作出的“哲学”概括。特罗洛普不是巴尔扎克，他的概括注定听起来不像特别安排的，而是简单的、合情合理的，正因其普遍，所以贴切自然。我引用或改述一个随机片段：“被迫听人讲道是一个巨大的苦难”（第 6 章）；“女人易被谄媚之言蒙骗”（第 7 章）；“每个人都恶意地谈论他人，
246 而当得知别人也这样谈论自己时，又十分不痛快”（第 20 章）；“英国人

对自己的建筑物的知识远少于对欧洲其他建筑的知识”（第 22 章）；“恋爱与冷漠之间有多么细微的差异啊，那一级级差别多么不为人所理解”（第 24 章），等等。[①] 所有这些都是以颇具装饰性的方式引入的，然而这种装饰性（尽管表面上不无矛盾）事实上却是有用的。尤其对于“为朗曼先生夫妇”而扩充出的必不可少的若干页来说是有价值的。[②] 对特罗洛普的艺术如此重要的从容步幅，正是由此类介入而度量出来的。概括频繁助成他的风格中曲言的机智（litotic wit）与假装的谦卑特征的结合。概括通常以“为一种行为或性格特征辩解”的面目出现。例如，关于讲道的概括出现于斯洛普在巴彻斯特大教堂的第一次（也是唯一一次）表演的语境中。[③] 对于一个痛恨他的男人（或者女人）来说，它倍增了会众本来已有的痛苦。这次讲道独有的难堪，因任何讲道都有的一般性难堪而加强。关于英国人对本国建筑之无知的概括，恰当地伴以对索恩家的超级撒克逊式的居处厄拉索恩大院之奇观的描绘，等等。概括就像能工巧匠手中的任何评论一样，是达到经济性的精确工具——在许多情况下不如此就不能获得洞察力。

尽管我们首先关心的不是叙事的语言学外观自身，但有一种句法转换还是作为最高典型（最主要特征）跃入概括之实施者的视野。它包括一个由直证（常以“那个”为指示性代词）指代的名词，后跟以阐明指示功能的限制性分句。其惯用语在有逼真性焦虑的巴尔扎克作品中极为普遍，在巴特详细分析的对象《萨拉辛》的第一个句子中就出现了一个：

> 我沉陷在那些酣浓的白日梦中的一个，在热闹非凡的晚会上，

---

① 采主万译文，见《巴塞特郡纪事（二）巴彻斯特大教堂》，64、70、235、265～266、284 页，上海，上海译文出版社，1987。——译者注

② 指第三卷第 9 章以后的部分。第三卷第 9 章中有这样一句：“我必须在这一卷余下的这点儿篇幅里把我们的朋友全交代一下。哎，但愿朗曼先生允许我再写一个第四卷！那么这一卷就会胜过其他的三卷，像七重天胜过天堂中较低的各层那样了。”“朗曼先生”是《巴彻斯特大教堂》的出版商。——译者注

③ 见第 23 章（第二卷第 4 章）。采主万译文，见《巴塞特郡纪事（二）巴彻斯特大教堂》，上海，上海译文出版社，1987。——译者注

这般白日梦侵袭一切人，甚至最浮浅的人也觉着彻骨的震撼。①

“那些酣浓的白日梦中的一个；你知道我说的是哪种”——我们的肩膀被叙述者亲密地轻推了一下。句法的这一确切构型强迫我们接受。仅仅是
247 为了理解，我们必须采纳这样的前提：人的确可能在晚会上陷入遐想。我们并不采取置疑这一断言的姿态，因为它不是以断言方式给出的——它是在直证的润滑作用下滑进来的。如果问：“哪次遐想?”那我们就一定是反常的（要不就是一个理论家，那也许同样是反常的）。如果我们在公众阅读中真这么做，听众必将爆出：“就是**那些**遐想啊，你这个傻瓜!”

现代电影总体上慎于运用公开评论。任何种类的叙述性画外音都不流行，道德化的或解释性的评论尤甚。（当然，对于那些在表达上模仿小说技巧的电影，尤其是模仿喜剧或讽刺效果的，像托尼·理查森的《汤姆·琼斯》，就不是这样。）但少数有才能的导演也曾设法以视觉手段传达评论之等价物。米开朗基罗·安东尼奥尼的《蚀》之结尾部分即是一例。作为一种批评性论述，其结尾片段“收集了电影世界的很多视觉碎片，使之成为一个无力又无用的讲述性画面”②。其效果是通过一个镜头序列达成的，这个镜头序列不可理解，除非理解为对刚刚结束的故事的评价——故事讲的是一个女人不停地寻找生活的意义，以及她在建立与一个男人之间的真诚关系过程中的困难。该序列展示了都市环境，她在这个环境中走——一个人走，和母亲一起走，和朋友们一起走，和情人们一起走；但现在，它空无一人，她或任何家人都不再出现。赤裸而空洞的城市风景因下列镜头而唤起：

一棵树的影子落在一面白色墙壁上。

柏油路面上的两只影子，不太明亮的阳光射在上面。

体育场全景镜头。皮耶罗和维多利亚曾经常在那后面一起散步，而现在，那里空寂无人。街道空荡荡的。

248 柏油路面上为行人方便而涂的白色斑马线。脚步声杂沓可闻。

---

① 采屠友祥译文，见《S/Z》，80～83页，上海，上海人民出版社，2000。有改动。——译者注

② Robert Richardson, *Literature and Film* (Bloomington, Ind., 1969), 50-51.

那是陌生的路人的脚步。[1]

对话语的议论

由叙述者针对话语所作的议论，几个世纪以前就非常普遍。罗伯特·阿特尔曾指出在《堂吉诃德》中就已有此详尽老练的议论，无疑还能发现比这更早的例子。[2]

人们自然会想到话语评论之间一个基本的二分法：即它是否削弱小说之结构。前者已被称为“自觉”叙述。

有些针对话语的评论简单、直接，与故事之间比较和谐。特罗洛普的叙述者写到其作者身份之负担，谦虚地否认艺术能力，自由地扣上这一叙事之纽，扳过那一把柄，并随时刹车，但很显然，他深入于其故事之中，体会到他的人物的厌恶或钟爱，而且无论如何也不会扰乱读者的幻觉：在某处确实存在一个巴彻斯特大教堂，它有自己的主教、教长、副主教、牧师，当然还有他们的妻子。[3] 尽管他模仿了《亨利五世》的序幕（《啊，炎炎的诗神》）（如果不说是模仿荷马和维吉尔），发问：“可是我怎样来歌颂一下斯洛普先生神圣的怒火……？”但叙述者有着极轻微的嘲弄夸张。大多数有些许困惑的评论必涉及叙事机制之运行：“我们必须来把他（斯坦霍普）和他的家属一一介绍给读者”，“然而，他（斯洛普先生）却在那儿，独个儿待在花园里的小路上。我们一定得设法把他从那儿请出去不可”，“我们用不着去听他的全部讲话”，诸如此类。[4] 如果我们太拘于平滑柔声的詹姆斯风格，那么这种喋喋不休的机制可能会使我们生烦，它也很难促成对于叙事技巧之本质的深切关

---

① L. Brigante, *Screenplays of Antonioni* (New York, 1963), p. 357.

② 这一讨论极大地受益于我这位朋友的著作（尤其是《不完全戏法》及《菲尔丁与小说》的结尾章）及我们之间的交谈。感谢他的赞同之耳及智慧反应。

③ 关于巴尔扎克、狄更斯和萨克雷，阿特尔也得出同样结论，见《不完全戏法》第四章。

④ 采主万译文，见《巴塞特郡纪事（二）巴彻斯特大教堂》，510、87、510、537 页，上海，上海译文出版社，1987。——译者注

249 注。特罗洛普可能扩展至文学批评性的附议中，例如当叙述者用它来攻击情节悬念之原则时：

> 或许在这儿可以允许小说家来说明一下，他对于讲故事这门艺术中很重要的一点见解。他很大胆地摈弃了一般常用的那种方式。那种方式对读者喜爱的人物的命运，到第三卷快要结束时还保持秘密，这样甚至破坏了作者与读者之间的正常的信任。①

但他通过做这些来解除读者对特定叙事的潜在焦虑：

> ……但是好心的读者，请您一点也不必发愁，爱莉娜命中注定不会嫁给斯洛普先生，也不会嫁给伯蒂·斯坦霍普。②

故事的基调与叙述者对获准描述它的那种话语性需求之间并未发生冲突。总体态度是同质的，以温和有礼、高雅客气、关心受述者感受为标志。叙述者的语调与他的主人公哈定先生的语调颇为相似：避免引人注目，又过分地体贴。不是说这排除了喜剧性的含意，而是说它就是一种宽容的喜剧。当主教退回他的婚室——他牧师职务中很多重要决定都是在这里做出的——叙述者评论道：

> 我们绝不会想跟随他到那儿去。有些事是不论哪个小说家，不论哪个史学家都不应该去尝试的。人生这出戏里有几场，就连诗人也没有一位敢去描绘。请读者明白，普劳迪博士和他太太之间那一晚的事情，就是这样一种场面。③

或者解释为什么斯坦霍普太太总是穿得那么漂亮：

> 这一番辛苦部分是她自己出的力，还是完全是她的贴身女仆出的力，这是像作者这样一个人不应去妄加揣测的。④

简而言之，《巴彻斯特大教堂》中针对话语的议论一般采取解释其自

---

① 出自第一卷第15章，采主万译文，见《巴塞特郡纪事（二）巴彻斯特大教堂》，172页，上海，上海译文出版社，1987。——译者注

② 出自第一卷第15章，同上书，172页。——译者注

③ 出自第三卷第13章，同上书，391页。——译者注

④ 出自第一卷第9章，同上书，88页。——译者注

身局限的形式，而这些局限指的是叙述者权限、知识与老练程度方面的局限。这绝不是质疑小说虚构性及艺术巧计，叙事永远不会因此削弱。

特罗洛普对话语的议论比起狄德罗来还差很远。狄德罗的《定命论者雅克和他的主人》中的叙述者从一开始就因创作的绝对任意性及其对读者的影响而自得： 250

> 读者，您看到的，我所选择的路不差；我完全可以使雅克离开他的主人，可以使他们俩都随我高兴碰上各种各样意外的事情而使您等上一年、两年、三年。①

编造故事多么容易！只要我愿意，欺骗你们受述者多么容易！牵着你的鼻子走多么容易！我们的信心是关于该叙述者想要做的这最后一件事的。上面这段完美地例证了自觉叙述的这一特色，对这一特色我无法比罗伯特·阿特尔说得更好了。他说：

> 自觉小说系统性地夸示自己的巧技情况，通过这么做，深入探查看似真实的巧技与真实之间的复杂关系。……在一部充分自觉的小说中，从头至尾，通过文体、叙事观察点的把握、强加到人物身上的名字与语词、叙述模式、人物的本性及降临到人物身上的事件，存在一种始终如一的效果：传达给我们一种感觉，即这一虚构世界是建构在文学传统与成规之背景上的作者构想。

它是“小说之本体论地位的一种检验”。它“要求我们去关注（小说家）如何创作他的小说，这一创作过程中涉及哪些技术上或理论上的问题”②。

狄德罗小说第一章的另一段在玩弄叙事契约方面更加骇人。雅克帮助了一位伴外科医生同行的女子，因为她从马上摔下之后，脚套在了上衣裙中，裙子翻在头上，十分不便。叙述者的评论强调了他的同时也是任何叙事的任意性，他不仅拒绝他本来能够写下的故事，而且责备受述者仅仅（姑且这么说）为了廉价**礼物**（present）的狂喜，就试图带他

---

① 采匡明译文，见《定命论者雅克和他的主人》，2页，北京，人民文学出版社，1958。——译者注

② *Partial Magic*, pp. x–xiii.

偏离那一轨道。[1] 他坚决拒绝从他的轨道上分心（尽管他已告诉我们，任何轨道都是随机的），以达到破坏受述者因女人的裙子与衬裙套在了
251
头上而起的性兴奋幻觉。第一人称复数——“咱们（us）让这个村女坐到她的护送人的马屁股上，让他们去吧，我们再来讲我们的两个旅行者。”[2] ——这不是堂而皇之的我们（we），而仅仅是叙述者用任意性成规来揭受述者的疮疤。它相当于说：“亲爱的朋友，你和我都必须专注，假如我们要听我已决定要讲的这个故事；而你——根据你在捧起这本书时就已甘愿无条件同意的契约——必须同意让这个挑逗性的、分散我们注意力的女人去走她的路。”[3]

这种对基本叙事成规的玩弄，是“浪漫主义反讽”意义上的反讽。但是有一些自觉叙事走得更远，似乎是下决心破坏，而不仅仅是玩弄它们。像下面引自萨缪尔·贝克特的《瓦特》这样的段落，是真正“破坏性”的，或者是“解构性”的（就布莱希特意义而言）：

> 然后传给下一代，有汤姆的儿子，二十岁的西蒙，他的病症描述起来十分痛苦
>
> ?
>
> 还有他的堂弟娶了他舅舅的十九岁的女儿安娜……塞姆的另一

① present 除了“礼物”之意外，还有“呈现”之意。此处查特曼语带双关，指受述者从自己的趣味出发，试图让叙述者偏离轨道，将他回避的内容讲出来。——译者注

② 采匡明译文，见《定命论者雅克和他的主人》，5 页，北京，人民文学出版社，1958。——译者注

③ 为读者理解方便，兹将原文片段录于此处。同上书，5 页，略作改动。——译者注

雅克对那个跌倒的或是被救起的女人说：“请不要难过，我的亲爱的，这既不是您的过错，也不是大夫先生的过错，也不是我的过错，也不是我主人的过错，而是天上写好了的：今天这个时候，在这条路上，大夫先生要饶舌一番，我主人和我，我们两个都情绪不好，您的头部要碰伤，而且别人要看到您的屁股……”

要是我心血来潮，存心要使您失望的话，这次遭遇在我手里有什么变不出来的呢？我可以给这个女人一些重要性；我可以把她作为邻村一个本堂神甫的侄女；我可以把那个村庄的村民们聚集拢来；我可以准备一些战斗和爱情；因为这个女人，衬衣下面是美丽的，而雅克和他主人都看到了；爱情并不是经常能够有这样诱人的机会的。为什么雅克不第二次陷入情网呢？为什么他不第二次成为他主人的敌手，他主人的最亲爱的敌手呢？——“是不是这种情况已经发生了呢？”——总是提问题！难道您不要雅克继续他的恋爱史了吗？为了一劳永逸起见，请您解释一下，您对他的故事感兴趣呢，还是不感兴趣？假如这个故事使您感兴趣的话，那么咱们就让这个村女坐到她的护送人的马屁股上，让他们去吧，我们再来讲我们的两个旅行者。

个已婚女儿，二十一岁的凯特，一个漂亮女子但却是易出血者(1)，她的表妹嫁给……

在这一页底部有条脚注：

(1) 血友病，像前列腺肥大一样，是男性专有的紊乱疾病。但在本书中则不是如此。[①]

如果不是这条脚注，我们会把该叙述当作不可靠叙述（叙述者完全不懂医学）。但由于脚注讲到了、事实上是断言了这种畸变，我们才判断他是出于纯粹反叙述的故意，将一种毫无根据的戏弄式的别扭投入作品中。脚注所言类似于“所有这些故事都是讨人嫌的话以及谎言，如果我是你的话，我不会相信它们。因为你看到了，我如何能够仅凭告诉你相信，就使你盲目相信了最明显的荒谬。‘在本书中则不是如此’，真的”!

在电影中，针对话语的评论很罕见，但也并非没有。巴斯特·基顿在《福尔摩斯二世》（1924）中用一个有趣的片段表现一个电影放映员在放映间里睡着了。他正在放映的电影成为他的梦；在梦境中他大步走过过道，爬上去进入银幕。开始他还是一个外部对象，在他奋力“追赶”背景时，背景却在他身后转变，他“跳下一块高高的岩石去救一名在波涛中挣扎的金发女郎，在一只狮子吃惊的注视下着陆到沙漠上”[②]。 252

自觉电影的一个深刻而持久得多的例子是吉加·维尔托夫的《持摄影机的人》(1928)。电影表面上是在俯视一个城市，从早晨到晚上，从生到死，但其真正目的却是去除电影制作艺术与技术的神秘面纱。这一目的是经由多种方式达到的。电影一开始展示的是一个空荡荡的影剧院，正准备一场电影开幕，座位自动放下，等等。在结尾处，摄影机在再现了（像歌剧的音乐结尾）它所录下的情节的几个片段之后就“谢

---

① 转引自 Richard Ohmann 的一篇论文，见 *Literary Style: A Symposium*, ed. Seymour Chatman (New York, 1971), 44-45。

② René Clair，转引自 Georges Sadoul, *Dictionary of Films*, trans. P. Morris (Berkeley, 1972), p. 339。

幕”了。通过拍摄持摄影机的人的镜头（这个人正在拍摄我们认出“主要”影片主体之前和之后那些时刻的镜头），它达到了相当于电影叙述者自我指涉的效果。（“我们看见，从矿井里升起一个驾驶煤车的工人，是倾斜拍摄的。他闪过去了，然后我们看到持摄影机的人俯卧在地上，正在拍摄他。”①）或者通过逆放影片，即所谓“前后倒置”（hysteron proteron）这一修辞格的电影对等物：买牛肉的行为向后回放，肉“实实在在”还原成为“复活”的牛。或者通过将一个一个序列彼此交切的过程，即剪辑师剪出最后成品的目标序列之过程。通过这些手段，就有了“意识（也就是通过唤起观众的意识）而造成对电影幻觉主义的颠
253 覆”②。很显然，维尔托夫试图用自己的媒介做成塞万提斯、斯特恩、狄德罗及后来的贝克特、纳博科夫及福尔斯用他们的媒介做过的事情。

受述者

在考察了隐蔽叙述者与公开叙述者的各种特性以后，我们就可以转而考察其对话人，即受述者（narratee）。他较少为人所知；事实上，直到最近，人们才认识到他的真正存在。对受述者的研究提出了若干有意思的问题：他到底是谁？我们如何辨识他？他承担何种叙事任务？杰拉德·普林斯已经开始回答了这些问题：

> 叙述者表面上可以使其叙述面向自身，像在布托尔的《变》或菲利普·苏勒斯的《梦》中那样。还可以面向一个或多个作为人物表现的接受者（《一千零一夜》、《背德者》、《黑暗的心》）。人物—接受者可以是一个听者（《波特诺伊的怨诉》中的斯皮尔沃戈尔博士，

① Annette Michelson, “‘The Man with the Movie Camera’ from Magician to Epistemologist,” in *Artforum*, 10 (March 1972), 61-71.

② 同上文，69页。米切尔森举出的达成此效果的另外一些技巧还有：动画，不是由故事所激发的放映速度之突变，包括定格（持续提醒银幕是平面的而不是纵深的），分画面，及其他视觉幻象。

《一千零一夜》中的哈里发），或者是一个读者（《危险的关系》中的梅尔特伊侯爵夫人、范尔蒙、席耳库尔，《毒蛇之结》中的伊沙或罗伯特）；他自身可以在他叙述的事件中扮演一个重要部分（《变》、《危险的关系》），抑或相反，完全不扮演任何角色（《波特诺伊的怨诉》）；他可能受到他所读或所见内容的影响（《曾几何时》），也可以不受其影响（《黑暗的心》）。有时，叙述者心中可能有一个接受者，然后是另一个，然后又是另一个（《毒蛇之结》）。有时他可能打算向某个接受者叙述，却落在了另一个接受者之手：在《伪币制造者》中，爱德华为自己保存了一本日记而伯纳德凑巧读到它。通常，叙述者把他的叙述讲给一个不是作为人物表现的接受者，一个潜在的现实生活中的接受者听（《浮士德博士》、《欧根·奥涅金》、《亿万头脑》）。这个接受者可以被直接提及（《浮士德博士》），也可以不被直接提及（《亿万头脑》）。他可以是一个倾听者（口头叙事），也可以是一个阅读者（书面叙事），如此等等，不一而足。①

① “On Readers and Listeners in Narrative,” *Neophilologus*, 55 (1971), 117-122. 普林斯还发表了“Notes towards a Categorization of Fictional ‘Narratees,’” *Genre*, 4 (1971), 100-105，以及他关于这一课题的最好的论文“Introduction á l'étude du narrataire,” *Poétique*, 14 (1973) 178-196，我个人的大部分论述即以普林斯《受述者研究引论》(“Introduetion á l'étude du narrataire”) 为基础。我有些微不同意见，但也许值得注意。普林斯倾向于超出情况需要地增加话语实体。他提出不仅存在着一个“真实读者”(*Lecteur réel*) 和“潜在读者”(*lecteur virtuel*)，即我们的“隐含读者”，而且还有一个“理想读者 (*lecteur idéal*) ……他是一个准确理解并完全赞同（作者的）作品中最不足道之处以及他的微妙意图的人”(“Introduction,” p. 180)。在我看来这些特征已包含在潜在或隐含读者之中；至少我看不出它们为什么不包含于其中。他又预设一类跨媒介的“缺陷读者”(*reader manqué*)，它**不能**准确理解并赞同叙述者的言词和意图，这有什么理论上的益处？为什么要假定一个天赋不高的人——既然这些实体首先仅仅是为了理论缺失而存在，而理论需要尽可能简单的解释可能性？我也看不出他称为“零度受述者”的另一实体之必要——这一受述者只知道词的字面意思却不理解其隐含意义。如果说叙事是二级系统（也就是说，是已经在有效媒介中预设了其能力的系统），那我想不出好的理由以从理论上建构在一级权限上有缺陷的实体。既然隐含意思多在语言中（或者说至少是在**文本**中，亦即“作为话语的语言”中），那么想象出一个不具备这些能力的叙事读者又能服务于何种目的呢？【《浮士德博士》(*Doctor Faustus*)，英国剧作家克里斯托弗·马洛 (Christopher Marlowe, 1564—1593) 的作品；《亿万头脑》(*Billion Dollor Brain*)，英国作家莱恩·德顿 (Len Deighton, 1929—　) 的作品。普林斯《受述者研究引论》有袁宪军译文，题《“叙述接受者研究”概述》，载《外国文学报道》，1987 (1)。——译者注】

254 受述者被唤起之程度也是一个有趣的问题。隐蔽/公开的区分是否同样适用于受述者？普林斯认为是的：他对比了“不提及受述者的叙事”和“相反，把受述者界定为特殊个体的叙事”。我们可以在故事内和故事外受述者之间，也就是在框架故事内的受述者与外在于故事的受述者之间，作一个更基本的区分。这些区分如图 5—2。

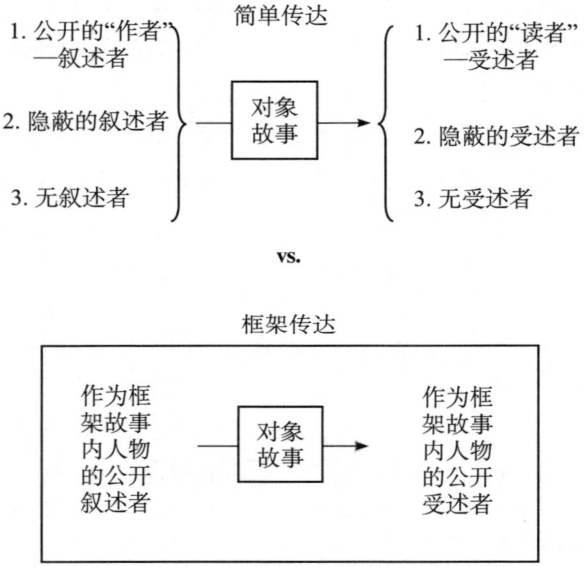

图 5—2　简单传达 vs. 框架传达

255 一般来说，某给定类型的叙述者倾向于激发相对应类型的受述者：公开叙述者激发公开受述者，等等。但也不总是如此：一个第一人称叙述者可能在向一个“无受述者”说话亦即不是对任何人说话，像在加缪的《局外人》中那样。

无论框架故事多微小或多庞大——无论是马洛给朋友们讲，还是山鲁佐德为救自己性命而煞费苦心——它都是凭其自身条件、依自己在事件与实存、话语等方面的规律而建构起叙事。但它另外也调动了“自我嵌入”（self-embedding）这一重要力量。“自我嵌入”对于语言学家来说是习见的概念，它也同样出现于其他符号系统中。叙事中的自我嵌入不是存在于媒介之纯粹表面（例如，关于报告的动词，像

“约翰告诉他们他一度发现自己在刚果，而且……”），而是存在于叙述结构本身。电影中已经运用过种种手段，例如，让观众知道他们即将看到的是刚才所看的故事当中的故事——叠化，“涟漪池”的光学效果，等等。

从理论上说，自我嵌入可以和记忆本身的能力一样广泛。最极端的是约翰·巴斯的短篇小说《墨涅雷德》，用放纵的标点符号达到了七重深度。叙述者是墨涅拉俄斯：他的无形的声音（MV）讲述了一个故事，墨涅拉俄斯是这一故事中的人物（M^1，第一个引号），他回忆了普洛透斯的预言，预言说有一天在和西特拉图和忒勒马科斯一起喝酒时，他要告诉与他们（PT，第二个引号）在从特洛伊回家的航船上告诉海伦的事（H^1，第三个引号），那是关于普洛透斯建议他做的事情的（P，第四个引号）。但普洛透斯只有在听到墨涅拉俄斯怎样学会抓住他之后才会那么做；是普洛透斯的女儿厄多忒亚教的墨涅拉俄斯，但那是在他告诉她（E，第五个引号）他和海伦讨论的内容（H^2，第六个引号）之后——他是在特洛伊陷落时在得伊福波斯的床上当场俘获她之后和她讨论的，讨论的是他们当初的蜜月以及他被帕里斯欺骗的故事（M^2 及 H^3，第七个引号）。最终交谈的至关重要的问题是：“为什么海伦在有那么多优秀男人可以选择的时候，同意和墨涅拉俄斯结婚?”墨涅拉俄斯必须知道，那是他陷落的原因。在故事高潮处我们面对下面这样连珠炮似的引号： 256

> “‘“‘“‘“说！”墨涅拉俄斯朝婚床上的海伦大喊。’我想起了在她特洛伊的卧室中的海伦。”我这海滩上向厄多忒亚忏悔。’我在洞口向普洛透斯宣告。”我在船上赐予海伦。’我至少在我的斯巴达大厅里告诉过庇西特拉图。”我跟随便哪个这么说，我到处说。海伦回答：

“ ‘ “ ‘ “ ‘ “ 爱！” ’ ” ’ ” ’ ”

↑ ↑ ↑ ↑ ↑ ↑ ↑ ↑ ↑ ↑ ↑ ↑ ↑ ↑ ↑ ↑

MV M^1 M^2 H^1 P E H^2 H^3 H^3 H^2 E P H^1 M^2 M^1 MV

或者，用图 5—3 的形式。

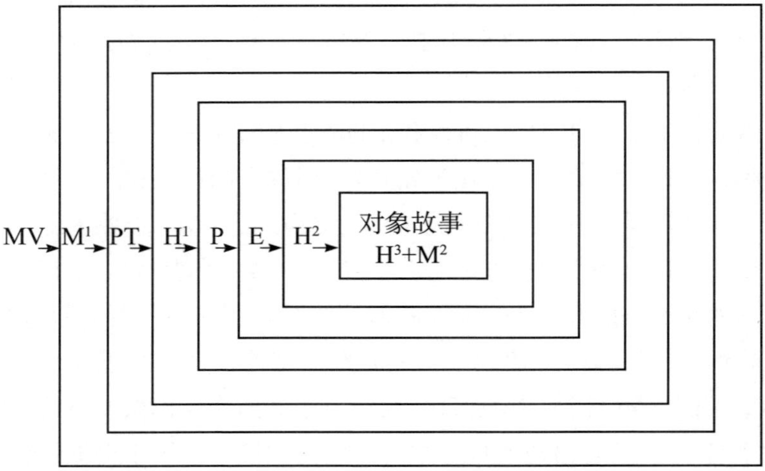

图 5—3　小说《墨涅雷德》中的自我嵌入叙述示意图

对受述者的精确引证与对叙述者的相平行。对受述者可以仅用第二人称代词提及，正如叙述者用第一人称代词提到他自己一样。或者运用某些常见的称谓："你的作者"就很容易让人想到一个对应的"我的（或）亲爱的读者"。第一人称复数的使用稍微有点复杂，因为在英语中它至少有着包含的和排除的两种功能。"我们"可能仅仅指叙述者。或
257 者它可以排除式地意味着"受述者你"和"叙述者我"。又或者可以包含式地意味着"不仅是我们两个，而且包括世界上其他每一个有类似想法的（即'合理的'）人"。在后一种情况中，我们对受述者结构没有对前面讨论的那种叙事"概括"关注得那么多。

通过暗示指涉受述者是一个更为微妙的问题。叙事文本中所有那些不是完全的对话或纯粹的动作记录的部分，尤其是那些看起来是在解释什么的部分，都承担此种功能。正如解释性段落预设了一个解释者一样，它们同样也预设了一个解释之接受者（explainee）。例如《儿子与情人》中："莱佛斯家总给人这种争吵不和的感觉"；"米丽安不愧为她母亲的女儿"；"米丽安和她哥哥是天生的对头。埃德加是一个讲究理性

的人，他生来好奇，对生活有一种科学的兴趣”①。关于米丽安和埃德加的信息应该以此种概括与直接方式传达，劳伦斯的这一决定必然预设了一个正在倾听讲话人的话的人。

更加直接的传达形式出现于叙述者与受述者之间。这些情况仍然没有对受述者直呼其名，但它们听起来像是出自双方对话中叙述者一方的那一部分。

有时上下文指示出一道对话的鸿沟、一个连续性的空洞，在此期间受述者必定向叙述者发出过某一言论。少数求稳的作者用省略号标出此种空白，更多的老练作者则不这么做。在加缪《堕落》的第 2 页，因为酒吧侍者、一个只说荷兰语的“大猩猩”会不理解用法语提出的问题（这表明受述者至少是会用法语的），叙述者为受述者叫了一杯刺柏子酒，然后说：

> 我告退了，先生，很荣幸为您效劳。我谢谢您，若是果真不惹人生厌的话，我就接受您的邀请。您太好了。我就把我的杯子放在您的杯子旁边吧。②

叙述者首先退回到他的原位，但接着又来到受述者旁边。后者的声音没有报告出来，但我们从“效劳”（obliged）与“我”（I）之间的空 258
间中可以“听到”它。③ 叙述者没有理由感谢受述者，除非受述者在间隙处做了或说了些什么引起感谢——几乎不需要什么想象就能猜测到，他事实上是发出了邀请。尽管在表面层次上有一道鸿沟，叙事文本却提供了明显的迹象。问题因最后一句得以解决，那一句中的将来时态直接标志着一种传统的友谊姿态业已建立（将某人的杯子置于另一人杯子旁边，按“酒吧行为符码”读出的）。

我们已经注意到，和叙述者一样，受述者在叙事过程中可能发生变

---

① 采陈良廷、刘文澜译文，见《儿子与情人》，195、196、209 页，北京，外国文学出版社，1987 页。——译者注

② 采郭宏安译文，见《加缪文集》，551 页，南京，译林出版社，1999。略有改动。——译者注

③ “……很荣幸为您效劳。我谢谢您……”原文为“...happy to obliged. I thank you...”。

化——无论是作为一个个体的发展，还是被另一个个体取代。甚至还会出现这种情况（例如《高老头》）：叙述者忘记了受述者，难以在任意特定时刻判断受述者究竟是谁。最有意思的情况也许是叙述者与受述者同一化，或者二者互换职责。在《恶心》中，像其他的日记体小说家一样，洛根丁也是他自己的受述者。在《坎特伯雷故事集》和《十日谈》中，受述者轮流变成叙述者，因为框架故事是由一个游戏性契约构成的：每个人都既聆听公共娱乐又要为它做出贡献。在《背德者》中，米歇尔的诸受述者之一，通过一封信变成了叙述者；他把米歇尔的故事讲给米歇尔的兄弟听，他的兄弟则变成新的受述者。

受述者承担的叙事任务有哪些？遵循我们的基本的二分法，我分出故事内功能与故事外功能。从故事内来说，在一个框架故事中，他为叙述者担当听众，在这个听众身上，各种各样的叙事修辞技巧得以实践。回想到小说中的修辞只能处理逼真性而不是争议性的“真实”这一看法，默认的受述者可以显示：叙述者的说服、赢取对自己看法的信任之效果实际是成功的。在《一千零一夜》中，哈里发保持倾听，因而山鲁佐德活了下来。在最简单的情况下，也就是没有理由质疑它的情况下，受述者之接受是叙述者之可靠性的保证。相反，如果我们怀疑受述者容
259 易受骗，那么我们也就更难于决断。是否叙述者与受述者二者都不可靠？抑或叙述者是可靠的，尽管我们对其受述者心存狐疑？

叙述者—受述者关系可以以某种方式与对象故事之主题相似，或者强化这一主题。普林斯给出了两个例子，以说明内部与外部关系互相纠缠的程度：

> 在《高老头》中，叙述者始终保持着对受述者的统治。从一开始，他便努力预见到后者的反对，以便控制和说服他。他用尽一切手段：哄骗、恳求、威胁、嘲弄——总之我们事先就知道他最终说服了他的受述者……这种战争，这种追求权力的欲望，同样也可以表现在（对象故事中的）人物层面上。而同样的争论在事件层面及叙述层面上也已经发生过了。

在《堕落》中，叙述者与受述者的关系不仅与故事中的事件一致，

而且提供了关于其核心问题的唯一真实的答案，也就是无论克拉芒斯的自我辩护是否有效——

> 在《堕落》中，只有通过研究克拉芒斯的受述者之反应，我们才能了解：究竟是主人公的辩护如此有力以至于无法反驳呢，还是相反，它们仅仅是一种巧妙却不能令人信服的呼吁。当然，在通篇小说中受述者没有说一句话……无论受述者是什么身份，唯一值得考虑的是他在何种程度上同意主人公的观点。主人公的话语表明他从受述者一方那里遇到了越来越强烈的反抗。随着故事的进展以及听者的逃避，克拉芒斯的语气更加坚决，词句也变得更加复杂混乱。在小说的最后部分，甚至有几次他都显得真正动摇了。[①]

既然叙述者在受述者与作品世界、尤其是它的人物之间进行调节，距离的问题就出现了。如果在三个人称之间假定距离的两种基本程度——“近”和“远”，我们就可以辨识出五种不同的关系：叙述者和受述者可以彼此很近，但距人物很远（例如反讽的情况）；叙述者可能很远，而将受述者与人物置于切近联系中（见下面即将谈到的《间谍》的例子）；叙述者与人物近，而远离受述者（如在不可靠叙述或天真的第一人称叙述中）；所有这三者都很近（一种总体的共鸣感占优势，如 260
在《园会》中）；所有三者都很远（非共鸣的叙述者与非共鸣的人物，像在塞利纳作品中[②]）。

比较罕见的一种类型（上面第二种）之例子是下面引自康拉德的《间谍》的一段。维尔洛克先生刚刚与弗拉基米尔先生有过一次不快的会面，他站在正对着黑魆魆的街道的黑暗的客厅窗户前：

> （他）感到外面的一切对他似乎都不友好，似乎有一种力量使他感到极度痛苦。再没有什么职业比给警察当暗探更令人感到失望的了。这就仿佛是骑马奔跑在荒无人烟、干涸酷热的平原上，你的

---

① Prince, “Introduction,” pp. 195 - 196.

② 指《长夜行》，参见第四章“真实作者、隐含作者、叙述者、真实读者、隐含读者、受述者”一节正文及注释。——译者注

坐骑突然倒地而死一样。维尔洛克先生想到这样一个比喻，是因为他一生中不知骑过多少匹战马。[①]

“再没有什么职业……”一句作为叙述者的概括首先使我们震动，因而**“你的”**也就被解释为“任何发现自己处于那一困境中的人”——也许是“你的”，而不是“某个人的”，它暗示着对受述者更加亲密的指涉。然而最后一句揭示，这些实际是自由间接引语中的维尔洛克的思想。尽管如此，“你的”仍保持了其原初力量中的某些东西：可以设想维尔洛克生是在向他自己的想象（他允许自己如此信任的唯一处所）中的一位对谈者说话。受述者是**“他的”**版本的受述者，因而也是一个被叙述者反讽的对象——既然真正的受述者处于被戏谑中。

还可能存在另一种复杂反讽，即在受述者与隐含读者之间的反讽。正如叙述者可以是不可靠的一样，受述者也可以是不可靠的。迄今我所见最明显的实例是普林斯从《汤姆·琼斯》中引用的。叙述者告诉他的受述者：“同您谈论爱情的效力必然和同一个天生的盲人研究色彩一样荒谬……爱情在您的心目中大约就酷似一盆汤或是一块烤牛腰肉”。[②]它只在此等范围内有效：隐含读者不赞同可推知的受述者观点，即“爱情真的像汤或烤牛肉”。由隐含作者所唤起的隐含读者（与由叙述者所
261 唤起的受述者不一致）恰恰是一个对爱情持有更严肃观点的人。

这种情况因为受述者与隐含读者的距离，而突出了受述者的中介作用。但中介作用在可靠情境下也可以发挥：由一位叙述者说出的直接评判与解释，可以因受述者之默认（甚至心照不宣）而强化。如果受述者会说“是的，我懂”，这种情况就被进一步强化。对此种休戚相关性持有质疑的隐含读者必须证明受述者易于受骗，或他与叙述者结盟。如果缺乏证据，他就必须持赞同意见。叙述者与受述者之间这种价值与观点的直接交流，是向隐含读者传达文本所需之态度的最经济和最明晰的方式。因此许多视模糊性为审美优长的现代主义文本都回避直接言说

① 采张健译文，见《间谍》，50页，上海，上海译文出版社，2002。——译者注

② 出自原著第六卷第一章。采萧乾、李从弼译文，见《弃儿汤姆·琼斯的历史》，286页，北京，人民文学出版社，1984。——译者注

(direct address)。

受述者可能承担的另一种功能是更加清晰地限定叙述者自身。正是通过其与受述者的互动，《汤姆·琼斯》的叙述者给我们留下深刻印象，觉得他“对自己蛮有把握，但又无可非议，因为他无限优越于他的受述者，无论是在知识上还是在智慧上；有一点专制，因为他毫不犹豫地对每一个不赞同他的人予以胁迫，甚至是很蛮横地胁迫；但却又有很好的性格，时刻准备着和解”①。

同样，此类限定的**缺席**本身也是某种叙述者的标志：《局外人》中的默尔索，其生活与任何人都保持如此遥远的距离，尽管他用第一人称讲话，却激发不出任何受述者。他可能只不过是在说给自己听。其效果更加深刻，因为他跟自己也同样没有交流。

著名法律修辞学家查伊姆·佩雷尔曼指出一个有趣的事实，即每个说话人都可能“通过某种虚构，把他的那一听众嵌进一系列不同的听众当中”。(他给出的例子涉及的是人物而不是叙述者与受述者，但其原则显然同样适用于后者。) 他从《项狄传》中引用道： 262

> 他（项狄的父亲）……进行全面论证；跟她辩论时，时而像个基督徒，时而像个异教徒，时而像个丈夫，时而像个父亲，时而像个爱国者，时而像个男子汉。我母亲却只像女人那样回答每一件事情，这可真有点难为她了，因为她无法应付那么多五花八门的人物杀出重围，“这可不是一场势均力敌的较量”，这是七对一的局面。②

这不啻“听众”定义的一个缩影，也是对它的一个仿拟。说话人通过特设一场辩论以适应每一种可想象到的对象，使他的听众迷惑从而默许他。在这么做的过程中，他从理论上破坏了听众的独立性。它完全不

① Prince, "Introduction," pp. 195 - 196. p. 193.

② 转引自 Chaim Perelman and Lucie Olbrechts - Tyteca, *The New Rhetoric: A Treatise on Argumentation* (Notre Dame, 1969), p. 22。【引自原著第一卷第十八章，采蒲隆译文，见《项狄传》，47 页，南京，译林出版社，2006。——译者注】

是那样一种修辞策略：利用辩论的复合性去满足由来自各界人士的个体所组成的听众——屠夫、面包师、烛台制造商、保皇党人、维新党人、共产党人、嬉皮士。后面这种复合性不是叙事结构中的通常目标。我想不出哪一个上好实例，但无疑存在一些这样的例子。它的罕有似乎是多数叙事都具有的这样一种需要的功能：它们需要亲切感，需要特别聚焦于某个实际命名或指示到的叙述者。

结语

我已做完；你也全听见；

事实都已掌握；自己去判断。

——亚里士多德

《修辞学》

理论造成阅读的沉闷，理论家也对其读者负有概括与评估的特殊责任。我看到的不是有关我们称之为叙事的文本的一堆事实，而是找到了观察它的一种方法，以解释批评家们早已发现其重要性的一些要素——情节、人物、背景、视点、叙事声音、内心独白、意识流——连同另外一些新近才出现在批评性讨论中的要素，例如受述者。我重新考察了这些标签，以弄清我们如何使其有更大的自我一致、内在一致。我提出了一些定义，但它们也并非无可置疑的。

也许我可以通过回应某些开放性问题来做出最好的概括。从头开始：故事（即叙事之内容要素）与话语（即其形式要素）二者之间的区分有多大用处？这一区分并不新鲜，但人们并不经常如此严苛地论证过它。在故事当中，一个极为重要的问题涉及事件之间联结的基础。当代文本向叙事性因果的传统观念发起了严峻挑战。必须假定一些新的组织原则："意外事故"（contingency）之适当性还有待观察。另外，叙事与其他时间性文体之间的边界需要研究。有许多边缘性文本尚未得到阐释。对现代主义叙事尤其应当仔细考察，以弄清热奈特在顺序、时距和频率之间所作的区分是否足够有力。关于逼真性的规范，需要具体结合文学史，这样我们才能更好地理解多数叙事都包含的、强有力的、未说出的文化信息。在人物方面还有若干工作要做，无论其分析基础是什
264 么：尤其是，将其与特性（或用其他称谓称之）相联系的种种惯例，以及和事件序列相联系的种种惯例，这二者需要同样严密的历史性检验。在这两种情况中，广泛的语义学蕴涵将必须得以确定，将各种情节与人物划归亚类的问题也同样如此。背景实际上是未知领域；我的区区几页的论述很难公正解决这一课题，特别是它与所谓"氛围"（atmosphere）这一模糊概念之间的关系。我希望，像我所做的那样，对人物与背景间的同质关系的辨识，能够导致人们对后一种实存的更浓厚的兴趣。

再进一步，我们需要探讨媒介与抽象话语结构之间的复杂关系。特别是对于文字叙事，我们完全有理由问是否"叙述者身份资质之程度"就是分析叙事声音之最佳途径。对于视点，除了我提出的那些，是否还可以区分出其他种类？一旦语言学家与语言哲学家们在如何以最佳方式加以解释方面达成一致，间接引语（特别是自由形式的间接引语）之叙事功能就要求系统地重新表述。在内心独白与意识流之间加以区别是否有用？它会不会导致我所未预见到的概念麻烦？除了预设，其他挺进语言学领域的新洞见还能告诉我们关于文字叙事艺术的哪些东西？如何对待新近出现的关于代词结构及关于"直示"（deixis）的整个课题之观点？（例如，在像《变》这样的第二人称叙述中，

叙述者有什么语义学地位?）在对反讽作出更彻底的说明时，关于反讽性的叙述者，特别是在自陀思妥耶夫斯基以来的叙事艺术家们选择占据的含混、“不稳定”领域中，我们还能说出些什么呢？这一话题还有得到自觉叙述，尽管已有像阿特尔等人的出色论述，但探讨仍有未尽之处。最后，受述者（正如斯坦利·费什的“读者”一样）是美学领域极富吸引力的新人物。我相信我们会听到关于这个新人物更多的声音。

希望上面这种种问题我都已激发起来。不论是好是坏，我自己的论述依赖于一种“构形良好”的感觉，而不是依赖于传统及公认观点之权 265
威。构形良好是系统之逻辑属性，而不是美学属性。同样，它也有待于挑战和诘问；我不仅容许而且欢迎挑战和诘问。对于那些将建立更好模式的人，我预先表示我的敬意。

但我要向这些人提出以下问题。

（1）一种方法：关于方法论前提的清晰描述，例如是否应该收集证据以支持一个构想（演绎）或建立一个构想（归纳）。

（2）一种模式：如果说我所假定的二元化的或形式主义的模式是不充分的，那是什么导致的？如果由形式与质料、表达与内容的交叉而产生的四扇形分法太多或太少，那么应该有多少？为什么？

（3）分类学：除经济性与简洁性之外（也是与经济性和简洁性形成对照），一种理论面临的考验是它对其声称掌握的所有结构样本的容纳能力，及对它们作出富有意义的区分的能力。如果我的分类被证明不充分，那么是什么样的区分证明的？你的理论又是如何更好地容纳它们的？

（4）时效性：新出现了何种需要做出解释的文本？用什么标准证明它们的确是新的？

尽管理论常求助于逻辑学，但它也严重地依赖于修辞学。在我看来这不是贬义。这是公认的，它只不过是说不自觉的修辞学是唯一一种真正不好的修辞学。我是在充分自觉地**论证**一套情况：话语与故事的二元结构，内心独白与意识流的区分，等等。论辩似乎是讨论问题的正途。任何论辩之成功都依赖于它对听众的说服力，听众从诸方面作出恰当的评判：它的一致性，它的解释能力，它是否提供足够差异化的例子以验证自身，它是否乐于激发其方法、结论与分析过程的讨论，特别是，它是否期待和鼓励对它的反驳。与此同时，我相信说服力本身亦是一个深刻的传统概念，它是文化与历史态度的反映。“每一种修辞学都有它自

266 己恰当的文体。”亚里士多德考虑到了口头与书面、演说与创作之区别。但如果我们把“文体”（style）一词等同于类似福柯的“知识型”（*epistème*）——某一时代所特有的思想方式——之类的东西，这句名言就出现了有力的新回声。索绪尔、雅各布森和乔姆斯基为我们这一代创造了新的“知识型”。他们的思想方式在很多学科激发了剧变，对文学和艺术形成冲击。英美文学批评界却尚未完全欢迎这种种努力——尽管有些值得注意的例外。无视它们并不能使它们消失，而严肃的质疑则有助于锉掉它们不怎么有理的自命不凡，并将使**每个人**的观察文学的方法更加老练。理论论争有百利而无一害，只要论争是诚恳、宽容而客观的。谁都不可能阅读、观看、聆听已创作出的全部叙事，因此在某些直接现实意义上，理论有赖于学者、批评家和理论家的集体之经验。当批评家向我提供了我的理论未予包含的有意义的实例，我只会为有机会改进我的理论而感到高兴。反过来，我也希望提供能满足他们需要的术语，经过理论论争之砧锻打而坚固可靠的术语，这样他们就可以由衷信任地将其用于他们自身的工作，去解释和评价各种文本。

叙事结构示意图

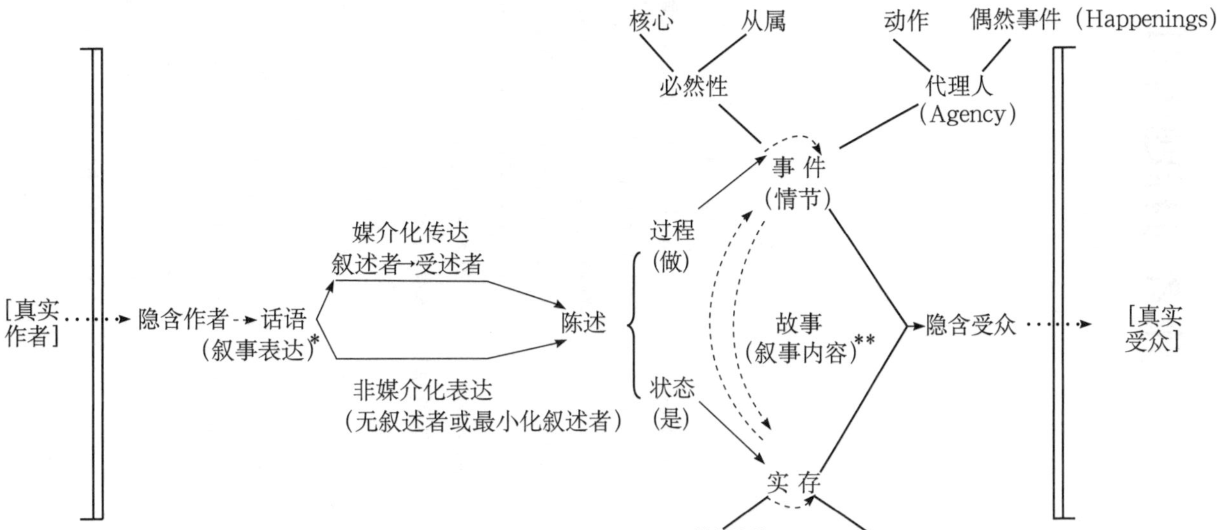

关键词：实线箭头：公开交流
无箭头实线：亚类别
虚线箭头：隐含及推论式交流
点线箭头：并非内在于叙事结构但最终为它所负责的诸方之关系

*这是叙事表达的形式；它出现于不同媒介（文字：小说，历史；视觉：油画，喜剧漫画；视—听：电影等等）中之质料或表现方式。

**这是其非材料性内容之形式。

作者与标题索引

主题索引

译后记：该来的还是来了

一

中译本《故事与话语》，是我近年完成的理论经典逡译计划“叙事学四书”中的一种。

作者西摩·查特曼（Symour Chatman，1928—　），是美国电影与文学批评家、叙事学家，加州大学伯克利分校修辞学教授。他被认为是结构主义叙事学或经典叙事学的杰出代表。主要著作有《亨利·詹姆斯的晚期风格》（*The Later Style of Henry James*，1972）、《故事与话语：小说与电影的叙事结构》（*Story and Discourse：Narrative Structure in Fiction and Film*，1978）、《安东尼奥尼，或世界的表象》（*Antonioni，or，the Surface of the World*，1986）、《叙事术语评论：小说与电影的叙事修辞学》（*Coming to Terms：The Rhetoric of Narrative in Fiction and Film*，1990）、《解读叙事虚构作品》（*Reading Narrative Fiction*，1993）及与保罗·顿坎（Paul Duncan）合著的《米开朗基

罗·安东尼奥尼电影大观》（*Michelangelo Antonioni*：*The Complete Films*，2004）等。他还主编过很多重要的主题文集，例如 1971 年的《文学文体论集》（*Literary Style*：*A Symposium*，1971）。著作译成多种语言，在国际学界有巨大影响。

《故事与话语》是查特曼的代表作，也是叙事领域的经典。原书 1978 年面世，30 多年来，可以说好评如潮，即便查特曼本人在后来的著述中对自己的某些论点有所保留和修正[①]，也丝毫没有影响到本书的稳固地位。它仍然不断重版，成为真正的"长销书"，而且从未出过什么"修订版"。国内学界和期刊界近来渐渐重视所谓"引用率"。用这个指标衡量，查特曼的这本《故事与话语》在西方叙事研究论著的参考文献中，绝对是引用率最高的理论著作之一。宾夕法尼亚大学教授、著名叙事理论家和法语文学专家杰拉德·普林斯（Gerald Prince）说：

> 在查特曼的著作中，我最欣赏的是他解决问题的活力与抱负：他一再证明有能力划定研究领域（例如，叙事与其他时间性文类的边界、情节的类型、前景与背景的区别性特征）以及在问题及其解决的意义上对叙事进行讨论。翻开查特曼著作，首先读到这样的简介："作为明智而富有见识的书，《故事与话语》应该成为叙事和关于叙事的现代思想的标准指南。"这么说是完全正确的。[②]

加拿大埃尔伯塔大学比较文学教授、叙事学家尤里·马尔格林（Uri Margolin）则说：

> 《故事与话语》呈现了一套广泛、系统、天衣无缝而又前沿的叙事理论，它建基于过去 20 年中结构主义叙事理论的积累之上。它是英美传统中唯一可以如此宣称的研究著作，它必然会成为这一

① 例如，在其后的《叙事术语评论：小说与电影的叙事修辞》（*Coming to Terms*：*The Rhetoric of Narrative in Fiction and Film*）一书（康奈尔大学出版社，1990）中，他对《故事与话语》中关于"隐含作者"的观点进行了修正，"不再坚信叙述者与受述者是'任意的'，以及在叙述者缺席之处，隐含作者可以直接对读者说话"。详见原书第五章"捍卫隐含作者"。其他如在"叙述者"、"视点"等概念上，也都有修正或发展。

② 英文原版封底普林斯评语。

学科中的英文的标准高级教科书和参考文献。[①]

查特曼其人其作的重要性，于此可见一斑。在与本书同批出版的普林斯《叙事学：叙事的形式与功能》中译本后记中，我曾写道，“一旦对普林斯在叙事学中的重要地位和卓越贡献稍有感性了解，就不免连番惊叹：这真的是一座绕不过去的‘大’山”；普氏著作“本来是早该登陆中国的，不意却姗姗来迟。但不管怎么说，该来的还是来了”。其实，这一说法同样适合于西摩·查特曼的著作。[②]

二

《故事与话语》虽然面世于 1978 年，但从作者撰述经历来看，其中的内容最晚从 1970 年代初期就以论文的方式陆续发表过，这说明本书不是一蹴而就，而是经历了较长时间的积累。许是由于近水楼台之便（作者服务的处所——加州伯克利地近世界电影产业中心好莱坞），电影研究一直是查特曼的学术专长，在影人研究（如安东尼奥尼）和电影基本理论研究方面，他都有着深厚的学术基础。而他的叙事理论研究，也一直是以电影的叙事、特别是小说与电影的叙事比较为大本营，进行一般理论阐发的。1970 年代末期，主流叙事学理论研究的视界仍囿限于文学叙事、特别是小说叙事之畛域，而查特曼却从“小说与电影的叙事结构”出发，开拓出崭新的论域，并织造起一张严密的理论之网。正如德国叙事学家莫妮卡·弗卢德尼克（Monika Fludernik）指出的，“查

① 《作为系统的叙事：西摩·查特曼的〈故事与话语〉》（Narrative as System：Seymour Chatman's *Story and Discourse*），载《加拿大比较文学评论》，1982（3）。

② 在笔者阅读所及的范围内，1990 年代及以前，译成中文的查特曼著作仅有朱水涌、南帆两先生所译《叙事：小说与电影》一文。该文原题“小说可以做哪些电影所不能做的？反过来呢？”［What Novels Can Do That Films Can't (and Vice Versa)］，出自 J. T. Mitchell 主编《论叙事》（*On Narrative*）一书（芝加哥大学出版社，1981）。新世纪以来，则似仅见申丹等译《当代叙事理论指南》（原书布莱克韦尔出版社，2005；中译本北京大学出版社，2007）中所收入的《〈达洛维夫人〉的后代：〈时时刻刻〉作为第二等级叙事》（乔国强译）。

特曼也是最早将电影当作叙事文类来分析的批评家之一，可以说，他开辟了一条把电影作为叙事来研究的路线，充实了麦茨、布兰尼根和波德维尔等人在这方面所作的重要研究。”[1] 在新世纪里，当学界如火如荼地展开“跨媒介叙事研究”这一时髦课题之际，回望30年前的《故事与话语》，自是别有一番滋味。应该说，查特曼是富有前瞻眼光和拓荒之功的。

“故事”与“话语”的区分，既是本书的逻辑起点，也是其最具影响力的理论贡献。作者交代道：

> 对我来说，通往这些问题的最令人兴奋的方式是亚里士多德主义传统中的二元论与结构主义。遵循罗兰·巴特、茨维坦·托多罗夫与热拉尔·热奈特等法国结构主义者们的方式，我假定了一个**“是什么”**（what）和一个**“如何”**（way）的问题。叙事的“是什么”，我称之为其“故事”（story）；“如何”，我称之为其“话语”（discourse）。[2]

在对叙事结构进行阐释的过程中，作者借鉴语言学与符号学理论模型，将“表达”/“内容”这一对平面的对立，与“内容”/“形式”这一对平面的对立交叉起来，于是离析出四个结构侧面：

> 表达的质料：指能够传达故事的媒介。（有些媒介本身即是符号系统。）
>
> 表达的形式：指由任何一种媒介叙事所共有的因素构成的叙事话语（叙事传达之结构）。
>
> 内容的质料：指对于真实或想象世界中的对象与行为的表现，它们可以被以某种叙事媒介加以模仿，经过作者所处社会之规范的过滤。
>
> 内容的形式：指叙事的故事成分，包括事件、实存及其联结。[3]

---

① 《叙事理论的历史（下）》，见《当代叙事理论指南》，北京大学出版社，2007。
② 见英文版《序言》，9页。
③ 见英文版第一章，24页。

作者将“形式”层面的研究作为全书的主要任务，而其中的“内容的形式”构成了本书第一个关键词——“故事”，第二、三两章集中展开这一概念；“表达的形式”构成了第二个关键词——“话语”，用第四、五两章展开论述。

《故事与话语》的思想方法仍然属于结构主义传统，但在很多方面，查特曼又超越了结构主义。结构主义本质上是反历史、反个性、反心理主义的，这一倾向的标志之一就是：结构主义叙事学在人物理论上一直乏善可陈，甚至与此前的人物理论相比呈现倒退局面——“人物”更多地被当作“行动元”，而不是作为心理现实的人。在批评性地概述了亚里士多德、形式主义、托多罗夫、罗兰·巴特的人物观之后，查特曼重提“性格”（character）、“个性”（personality）、“精神特性”（mental traits），并广泛引证现代心理学成果，将人物界定为“特性之聚合”，并以此重新检视了福斯特著名的“圆形人物”/“扁平人物”概念和布雷德利关于莎剧人物的分析。查特曼突破结构主义传统的这一努力，曾得到里蒙-凯南的激赏。①

在话语研究部分，查特曼首先廓清叙事交流中的各方主体，给出了一个“叙事—交流情境示意图”。这个示意图久负盛名，多年以来广被征引。（在此基础上给出的“叙事结构示意图”则简明、清晰地概括了全书的理论框架，同样允称明晰而精致，值得读者重视。）② 在“非叙述”、“叙述”（隐蔽叙述者/公开叙述者）之下，从小说与电影作品中采撷大量实例，穷形尽相地研究了各种各样的话语类型。在这一点上，美国《图书馆学报》的书评说他“对材料的驾驭令人印象深刻”。在论述每一种范畴的时候，查特曼最终都落实到电影媒介上去，所提出的论断都具有开创意义。当然，相对于小说来说，结合电影的阐释仍不免薄弱，这一点在后来的《叙事术语评论》中又有极大拓展。

---

① 参见《叙事虚构作品》，264 页，北京，三联书店，1989。

② 两图分别见英文版，151、267 页。

三

以我的浅薄学力，翻译如此厚重的著作，真正是“愚公移山”之举。没有前贤、师友、亲人的宽宏勉励和无私帮助，我不可能完成这一目标。

感谢申丹教授的鼓励与指教。感谢中国中外文艺理论学会叙事学分会的傅修延、谭君强等前辈的见教。感谢欧美文学专家刘建军教授、文学理论专家王确教授和刘雨教授的支持、理解与鼓励。特别感谢东北师范大学外国语学院刘国清教授，最后定稿前，我曾针对多处细节与他密切商量，为此他花费了巨大精力。他的精湛见解多数都已被吸纳进最后的定稿当中。

感谢中国人民大学出版社人文分社的翟江虹、刘汀两君。犹记2011年年初，我将“四书”的策划论证邮寄给尚未谋面的翟老师，不久就接到答复，说是“全部通过”，顿时感觉备受鼓舞。未几，她来信说她将从中文学科转向新闻传播学科的策划工作，该选题的策划工作交由别人负责。又未几，得知接手负责者为刘汀，且此刘君不是别人，乃是十年前的旧知——2002年我为某出版社编选大学生小说年选，就选收过他的作品，在一次会议上还特意通过他的老师季广茂先生约来见面倾谈；此后往来不多，只是偶有音问，有一两次接获新作，先睹为快，欣赏不已。一别十年，他成为实绩斐然的青年作家，实乃意料中事；但他到出版社工作，并已成为社中栋梁，则是我所没想到的。至于拙译居然要经他之手面世，那就更是“纯属意外”了——但又“绝非巧合”，我宁愿相信这是冥冥之中的缘分。

责任编辑黄超具体负责本书编辑工作，付出了很多艰辛琐细的劳动，一并致谢。

感谢出版本书英文版的康奈尔大学出版社 Tonya Cook 小姐的热情帮助。在确定本书选题过程中，她与我多有书信往还，为我提供良多信息，并邮寄了参考书籍。

徐亮、刘姗、李艳玲、孙娜、杨雯婷、白雪、徐香诸位为我分担了手稿的最初输入。校订稿的核对则由孙翠翠、陈婧二位任之；所有的打印装订工作都是鞠焕文博士代劳。谨对她（他）们付出的劳动，致以诚挚的谢意。

我的母亲张汝花女士（1948—2011），生前目睹了本书很大一部分的翻译过程，却没能看到最后的出版。那几年她缠绵病榻，我们姊弟三家和父亲陪同她辗转多地寻医问药。在病床前我做不了别的工作，就抽空断断续续地译书。母亲用她那温热的手掌摩挲手稿、替我整理散叶的神态动作还在眼前映现，那无数次责怪我贪黑工作的声音还在耳际回响，而转眼间墓草都已两度荣枯了。母亲识字不多，但是通情达理；一生劬劳，始终克己奉献，最是儿女心目中的母仪典型。谨以此译品作为心香一瓣，敬献于母亲的在天之灵。

因能力所限，译文中一定有不少失当与舛误之处，盼望读者诸君不吝赐教。

徐　强

2012 年 9 月 16 日

长春，六弦斋

当代世界学术名著·第一批书目

心灵与世界	[美]约翰·麦克道威尔
科学与文化	[美]约瑟夫·阿伽西
从逻辑的观点看	[美]W.V.O.蒯因
自然科学的哲学	[美]卡尔·G·亨普尔
单一的现代性	[美] F.R.詹姆逊
本然的观点	[美]托马斯·内格尔
宗教的意义与终结	[加]威尔弗雷德·坎特韦尔·史密斯
帝国与传播	[加]哈罗德·伊尼斯
传播的偏向	[加]哈罗德·伊尼斯
世界大战中的宣传技巧	[美]哈罗德·D·拉斯韦尔
一个自由而负责的新闻界	[美]新闻自由委员会
机器新娘——工业人的民俗	[加]马歇尔·麦克卢汉
报纸的良知——新闻事业的原则和问题案例讲义	[美]利昂·纳尔逊·弗林特
传播与社会影响	[法]加布里埃尔·塔尔德
模仿律	[法]加布里埃尔·塔尔德
传媒的四种理论	[美]威尔伯·施拉姆 等
传播学简史	[法]阿芒·马特拉 等
受众分析	丹尼斯·麦奎尔
写作的零度	[法]罗兰·巴尔特
符号学原理	[法]罗兰·巴尔特
符号学历险	[法]罗兰·巴尔特
人的自我寻求	[美]罗洛·梅
存在——精神病学和心理学的新方向	[美]罗洛·梅
存在心理学——一种整合的临床观	[美]罗洛·梅
个人形成论——我的心理治疗观	[美]卡尔·R·罗杰斯
当事人中心治疗——实践、运用和理论	[美]卡尔·R·罗杰斯

万物简史	[美]肯·威尔伯
动机与人格(第三版)	[美]亚伯拉罕·马斯洛
历史与意志:毛泽东思想的哲学透视	[美]魏斐德
中国的共产主义与毛泽东的崛起	[美]本杰明·I·史华慈
毛泽东的思想	[美]斯图尔特·R·施拉姆
仪式过程——结构与反结构	维克多·特纳
人类学、发展与后现代挑战	凯蒂·加德纳,大卫·刘易斯
结构人类学	[法]克洛德·列维-斯特劳斯
野性的思维	[法]克洛德·列维-斯特劳斯
面具之道	[法]克洛德·列维-斯特劳斯
嫉妒的制陶女	[法]克洛德·列维-斯特劳斯
社会科学方法论	[德]马克斯·韦伯
无快乐的经济——人类获得满足的心理学	[美]提勃尔·西托夫斯基
不确定状况下的判断:启发式和偏差	[美]丹尼尔·卡尼曼 等
话语和社会心理学——超越态度与行为	[英]乔纳森·波特 等
社会网络分析发展史——一项科学社会学的研究	[美]林顿·C·弗里曼
自由之声——19 世纪法国公共知识界大观	[法]米歇尔·维诺克
官僚制内幕	[美]安东尼·唐斯
公共行政的语言——官僚制、现代性和后现代性	[美]戴维·约翰·法默尔
公共行政的精神	[美]乔治·弗雷德里克森
公共行政的合法性——一种话语分析	[美]O.C.麦克斯怀特
后现代公共行政——话语指向	[美]查尔斯·J·福克斯 等
政策悖论:政治决策中的艺术(修订版)	[美]德博拉·斯通
行政法的范围	[新西]迈克尔·塔格特
法国行政法(第五版)	[英]L·赖维乐·布朗,约翰·S·贝尔
宪法解释:文本含义,原初意图与司法审查	[美]基思·E·惠廷顿

英国与美国的公法与民主	[英]保罗·P·克雷格
行政法学的结构性变革	[日]大桥洋一
权利革命之后:重塑规制国	[美]凯斯·R·桑斯坦
规制:法律形式与经济学理论	[英]安东尼·奥格斯
阿蒂亚论事故、赔偿及法律(第六版)	[澳]波得·凯恩
意大利刑法学原理(注评版)	[意]杜里奥·帕多瓦尼
刑法概说(总论)(第三版)	[日]大塚仁
刑法概说(各论)(第三版)	[日]大塚仁
英国刑事诉讼程序(第九版)	[英]约翰·斯普莱克
刑法总论(新版第2版)	[日]大谷实
刑法各论(新版第2版)	[日]大谷实
日本刑法总论	[日]西田典之
日本刑法各论(第三版)	[日]西田典之
美国刑事法院诉讼程序	[美]爱伦·豪切斯泰勒·斯黛丽, 南希·弗兰克
现代条约法与实践	[英]安托尼·奥斯特
刑事责任论	[英]维克托·塔德洛斯
刑罚、责任和正义——相关批判	[英]阿伦·洛雷
政治经济学:对经济政策的解释	T.佩尔森,G.塔贝里尼
共同价值拍卖与赢者灾难	约翰·H·凯格尔,丹·莱文
以自由看待发展	阿马蒂亚·森
美国的知识生产与分配	弗里茨·马克卢普
经济学中的经验建模——设定与评价	[英]克莱夫·W·J·格兰杰
产业组织经济学(第五版)	[美]威廉·G·谢泼德, 乔安娜·M·谢泼德
经济政策的制定:交易成本政治学的视角	阿维纳什·K·迪克西特
博弈论经典	[美]哈罗德·W·库恩
行为博弈——对策略互动的实验研究	[美]科林·凯莫勒
博弈学习理论	[美]朱·弗登伯格,戴维·K·莱文
利益集团与贸易政策	G.M.格罗斯曼,E.赫尔普曼
市场波动	罗伯特·希勒
零售与分销经济学	罗格·R·贝当古

世界贸易体系经济学	[美]科依勒·贝格威尔， 罗伯特·W·思泰格尔
税收经济学	伯纳德·萨拉尼
经济学是如何忘记历史的:社会科学中的历史特性问题	杰弗里·M·霍奇逊
通货膨胀、失业与货币政策	罗伯特·M·索洛 等
经济增长的决定因素:跨国经验研究	[美]罗伯特·J·巴罗
全球经济中的创新与增长	[美]G.M.格罗斯曼，E.赫尔普曼
美国产业结构(第十版)	[美]沃尔特·亚当斯， 詹姆斯·W·布罗克
制度与行为经济学	[美]阿兰·斯密德
企业文化——企业生活中的礼仪与仪式	特伦斯·E·迪尔 等
组织学习(第二版)	[美]克里斯·阿吉里斯
企业文化与经营业绩	[美]约翰·P·科特 等
系统思考——适于管理者的创造性整体论	[英]迈克尔·C·杰克逊
组织学习、绩效与变革——战略人力资源开发导论	杰里·W·吉雷 等
组织文化诊断与变革	金·S·卡梅隆 等
社会网络与组织	马汀·奇达夫 等
美国会计史	加里·约翰·普雷维茨 等
新企业文化——重获工作场所的活力	特伦斯·E·迪尔 等
文化与组织:心理软件的力量(第二版)	吉尔特·霍夫斯泰德 等
实证会计理论	罗斯·瓦茨 等
组织理论:理性、自然和开放的系统	理查德·斯科特 等
管理思想史(第五版)	丹尼尔·A·雷恩
后《萨班斯—奥克斯利法》时代的公司治理	扎比霍拉哈·瑞扎伊
财务呈报:会计革命	威廉·比弗
当代会计研究:综述与评论	科塔里 等
管理会计研究	克里斯托弗·查普曼 等
会计和审计中的判断与决策	罗伯特·阿斯顿 等
会计经济学	约翰·B·坎宁

图书在版编目（CIP）数据

故事与话语：小说和电影的叙事结构/（美）查特曼著；徐强译.—北京：中国人民大学出版社，2013.1
（当代世界学术名著）
ISBN 978-7-300-16612-4

Ⅰ.①故… Ⅱ.①查…②徐… Ⅲ.①小说研究-叙述学②电影-叙述学-研究 Ⅳ.①I054②J904

中国版本图书馆 CIP 数据核字（2012）第 271072 号

当代世界学术名著
故事与话语
小说和电影的叙事结构
［美］西摩·查特曼（Seymour Chatman） 著
徐强 译
Gushi yu Huayu

出版发行	中国人民大学出版社		
社　　址	北京中关村大街 31 号	**邮政编码**	100080
电　　话	010－62511242（总编室）		010－62511770（质管部）
	010－82501766（邮购部）		010－62514148（门市部）
	010－62515195（发行公司）		010－62515275（盗版举报）
网　　址	http://www.crup.com.cn		
经　　销	新华书店		
印　　刷	运河(唐山)印务有限公司		
规　　格	155 mm×235 mm　16 开本	**版　　次**	2013 年 1 月第 1 版
印　　张	18.5 插页 2	**印　　次**	2024 年 8 月第 7 次印刷
字　　数	258 000	**定　　价**	59.00 元